T0270156

La princesa del champán

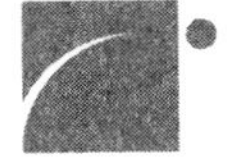

La princesa del champán

Annette Fabiani

Traducción de Susana Andrés

Rocaeditorial

Título original en alemán: *Die Champagnerfürstin*

Derechos negociados a través de Ute Körner Literary Agent
www.uklitag.com

Primera edición: febrero de 2023

Av. Marquès de l'Argentera 17, pral.
08003 Barcelona
actualidad@rocaeditorial.com
www.rocalibros.com

Impreso por LIBERDÚPLEX, S. L. U.
Printed in Spain – Impreso en España

ISBN: 978-84-19449-49-8
Depósito legal: B. 23492-2022

No conocemos a nadie en esta ciudad que haya invertido una energía más indómita en cada acto de su vida. Su organización cerebral respondía más a la de un hombre que a la de una mujer. Habría dirigido un ministerio con la misma autoridad que un comercio. Su vivaz inteligencia enseguida entendía el lado práctico de una cuestión. No experimentaba o no quería experimentar dificultades en la ejecución de sus planes. A estas cualidades, que podría haberle envidiado un hombre de Estado, se unía una vigorosa fuerza imaginativa…

Dr. Henri Henrot, alcalde de Reims 1884-1896,
junto a la tumba de Jeanne Alexandrine Pommery

1

Reims, septiembre de 1888

—El Destripador ha vuelto a atacar. ¡Londres está aterrorizado!

Henry Vasnier suspiró y dejó a un lado el diario. Las primeras líneas de las «Últimas noticias de todo el mundo» le habían quitado las ganas de seguir leyendo. Últimamente, hasta el *Courrier de la Champagne* mostraba más y más frecuentemente las noticias escabrosas del extranjero, que ocupaban siempre la primera plana. ¿Adónde había ido a parar el mundo? En su juventud no se había visto nada igual. Henry Vasnier volvió a suspirar y dio un sorbo a su café de la mañana.

—¿Desea algo más, monsieur? —preguntó la sirvienta.

Henry dedicó una sonrisa a la joven Héloïse antes de despedirla moviendo negativamente la cabeza. La siguió satisfecho con la mirada mientras ella salía y cerraba la puerta a sus espaldas. Se felicitaba por haber contratado a esa muchacha, pues prefería el bonito rostro de una empleada femenina que la expresión avinagrada de un mayordomo, a los que tanto apreciaban los ingleses.

Después de limpiarse el bigote gris dándose unos toquecitos con la servilleta, volvió a coger el *Courrier*. Se saltó la descripción del horroroso asesinato de una prostituta en Londres y hojeó el periódico hasta llegar a las noticias locales. Su mirada se detuvo en un anuncio que, si bien no ocupaba un lugar prominente, no pasaba inadvertido: «REIMS: ¿ES INSOLVENTE LA EMPRESA DE CHAMPÁN VEUVE POMMERY?».

Henry Vasnier leyó sin dar crédito las pocas líneas de la noticia. Inconcebible, pensó atónito. ¡Esos canallas de Roederer, Ruinart y el resto no se acobardan ante nada!

La puerta de la sala de las mañanas, donde el señor Vasnier desayunaba, se abrió y Héloïse entró con expresión intranquila.

—Lo siento, monsieur. Es un caballero que insiste en que lo reciba. Ya le he dicho que a estas horas usted no atiende a nadie, que debe acudir a la agencia, pero…

La sirvienta alzó las manos en un gesto de impotencia.

—¿De quién se trata, Héloïse? —preguntó Henry.

—Es monsieur Barthélemy.

—Está bien. Que pase.

Vasnier plegó el diario y lo dejó sobre la mesa. Qué deprisa había corrido el rumor, pensó con cinismo. El viticultor que irrumpió alterado en la habitación estaba visiblemente excitado. Tenía los pelos de punta, y el rostro, ya de por sí enrojecido por el habitual consumo de vino, tenía un color tan violeta como el de sus racimos de uva.

—Buenos días, monsieur Barthélemy —saludó Henry al visitante con toda la calma de que era capaz—. ¿Qué lo trae a horas tan tempranas a Reims?

—Eso ahora no tiene ninguna importancia, monsieur Vasnier —respondió sin preámbulos el viticultor.

—¿No quiere sentarse? —le ofreció Henry, señalando hospitalario con la mano un asiento frente al suyo—. La sirvienta le servirá un café recién hecho.

—No…, no… —rechazó Barthélemy; pero luego se lo pensó mejor y con un gesto nervioso acercó la silla.

—Héloïse, por favor, tráigale a nuestro invitado un café con un cubierto —dijo Henry. Consiguió que su voz adoptase un tono resuelto, lo que, en efecto, serenó un poco al recién llegado—. Dígame, amigo mío, ¿qué puedo hacer por usted? —preguntó el anfitrión con una sonrisa solemne que habría hecho todos los honores al arzobispo de Reims.

Barthélemy tiró nervioso del chaleco de paño marrón que se tensaba fuertemente alrededor de su barrigón.

—Espero que no tome a mal, monsieur Vasnier, que me haya presentado sin previo aviso en su casa; sé que le desagrada mucho que lo importunen con asuntos de trabajo.

Inseguro, deslizó la vista por los elegantes muebles y objetos artísticos que adornaban la sala. De repente, en ese entorno tan selecto, su excitación le pareció fuera de lugar y se avergonzó de sus toscos modales. No obstante, la expresión afable del señor de la casa le infundió valor para seguir hablando y decidirse a plantear sus dudas.

—Esta mañana, he leído en el *Courrier* que Veuve Pommery es insolvente..., y no podía marcharme a casa sin aclarar este asunto ahora que estamos en plena vendimia. Lo entiende, ¿verdad? —soltó de corrido el viticultor.

—Pues claro que lo entiendo, estimado Barthélemy —contestó Henry con fingida jovialidad—. Pero no hay motivo para preocuparse. La noticia del diario no es más que un rumor malintencionado que ha propagado nuestra competencia. La casa Veuve Pommery no atraviesa en absoluto dificultades económicas. No obstante, está bien que me haya comunicado sus inquietudes, monsieur.

—Primero pensé en dirigirme a madame Pommery —confesó Barthélemy.

—Por fortuna no lo ha hecho —respondió Henry forzando una sonrisa—. Madame Pommery le habría devuelto a la sensatez y le habría hecho olvidar esas tonterías.

—Era lo que me temía —admitió Barthélemy, tragando con esfuerzo—. Por eso he venido antes a hablar con usted, monsieur Vasnier.

—Le doy mi palabra de honor de que no hay nada de cierto en esos rumores sobre nuestra empresa —dijo Henry, mirando directamente a los ojos de su interlocutor.

Siempre había sabido esconder sus sentimientos bajo una máscara impasible. Así era como había hecho los negocios más lucrativos y había adquirido algunas antigüedades por una mínima parte de su valor.

—Entonces, ¿es seguro que cumplirán ustedes con su obligación? —preguntó Barthélemy algo más tranquilo.

—Pues claro que sí, monsieur —confirmó Henry—. Hemos firmado contratos sobre la compra de su cosecha y a ellos nos atendremos. No tiene que preocuparse.

Con una sonrisa de hombre de negocios, se levantó; Barthélemy se sintió obligado a imitarlo.

El señor de la casa tiró de un cordón que había junto a la chimenea para avisar a la sirvienta.

—Le deseo un buen viaje de regreso a casa —dijo, dándole unas palmaditas al viticultor en el hombro—. Héloïse, acompaña a nuestro visitante —indicó a la sirvienta.

Después de que la puerta se hubo cerrado tras Barthélemy, Vasnier permaneció un momento más ante la mesa del desayuno, mirando el *Courrier de la Champagne* que descansaba junto a la taza de café medio vacía.

—Mierda —murmuró entre dientes—. Mierda…, mierda…

El encantador chalecito que madame Pommery había construido en el pueblo de Chigny, al sur de Reims, rodeado de bosques y de unas suaves colinas, se alzaba al final de una larga pendiente cubierta de arena. El edificio de dos pisos y ventanas altas tenía un aspecto elegante, pero no ostentoso como el de un palacio. Los clientes ingleses de la Casa Pommery, que acudían con frecuencia invitados a participar en alguna cacería, lo apreciaban especialmente por su extenso y hermoso jardín.

Henry tendió con impaciencia el sombrero y el bastón al criado con librea.

—Comunique inmediatamente mi llegada a madame Pommery —indicó.

El sirviente se apresuró ante la expresión sombría del caballero. Todos los empleados de la Casa Pommery eran conscientes de la autoridad de monsieur Vasnier, pues no solo era socio de la empresa, sino un viejo amigo de la jefa.

Como todas las mañanas, Jeanne Alexandrine Pommery ya estaba ocupada revisando la correspondencia de clientes, representantes comerciales y proveedores. Cuando Henry Vasnier entró en el estudio, la viuda dejó la pluma y lo miró con curiosidad. El amplio escritorio casi llenaba la pequeña habitación que normalmente habría contenido solo archivadores y un par de sillas para las visitas. A diferencia de la moda imperante, no había objetos decorativos ni colgaban cuadros en las paredes pintadas de blanco. Los asientos, a su vez, se alineaban delante del escritorio como dos soldados formados para pasar revista. Ese era el estudio de una mujer ocupada y de mente prosaica. Madame Pommery se sentaba dando la espalda a la ventana, pues era de la opinión de que la hermosa vista al jardín solo podría desconcentrarla. Para dar un paseo al aire libre ya habría tiempo, siempre después de concluir el trabajo.

Henry se la quedó mirando un momento antes de elegir las palabras adecuadas. La edad apenas había alterado el rostro de Jeanne Pommery, de rasgos marcados, pómulos altos, nariz recta y algo prominente, con esa boca de expresión resoluta. En el mes de abril había celebrado su sexagésimo noveno cumpleaños, pero su tez pálida seguía estando lisa. Solo en las comisuras de los ojos se apreciaban unas pocas arruguitas que delataban que reía con más frecuencia de lo que dejaba sospechar su severa expresión. No obstante, Henry notó que esa mañana parecía un poco cansada. Las sombras que aparecían bajo sus ojos se acentuaban a causa del color malva de la blusa de seda de cuello cerrado y la cofia de viuda que le cubría el cabello, recogido en la nuca y sin apenas hebras plateadas.

Henry la saludó y tomó asiento respondiendo al gesto con el que ella le invitó a hacerlo.

—Parece usted preocupado, mi querido amigo —dijo Jeanne Pommery.

Observó que tenía la corbata ladeada y que el cuello esmoquin de la camisa estaba aplastado. El cabello gris, que normalmente apartaba con esmero de la frente y que la gomina solía mantener en su sitio, estaba algo alborotado por los lados, y el café de la mañana le había dejado huellas en las retorcidas puntas del bigote.

—¿Ya ha leído el *Courrier* esta mañana? —preguntó Henry, tendiéndole el diario que había llevado bajo el brazo.

Jeanne cogió sorprendida el ejemplar y leyó la noticia que le señalaba.

—Es increíble —exclamó ella—. ¿Sabe quién es el responsable de esta mentira?

—No, pero puedo imaginármelo —respondió Henry—. Nuestra querida competencia: supongo que los trabajadores de Moët, que siempre son los primeros en maniobrar con esta insidia, o también los de Ruinart, o quizá Werlé de Clicquot. Hasta he llegado a pensar que se han unido todos para debilitar nuestra posición. Lo que no entiendo es por qué justo ahora.

Jeanne Pommery apretó sus finos labios.

—Todo el mundo sabe que este año no celebramos ninguna cacería —dijo pensativa.

—Con este calamitoso clima del mes de julio, no nos quedaba más remedio —indicó Henry—. Nadie podía sospechar que íbamos a tener un final de verano tan caluroso. Pero tampoco habría tenido ningún sentido enviar invitaciones. Sobre todo nuestros invitados ingleses ya llevarán tiempo ocupados en otras tareas. Los ingleses son menos timoratos en lo que respecta al tiempo —dijo despectivo.

Jeanne mantuvo la vista baja mientras giraba lentamente el tapón de la pluma que le había regalado un cliente norteamericano.

—Es probable que no sea esta la única causa —apuntó en voz baja—. No sé cómo, pero ya debe de haberse enterado de que la semana pasada vino a verme el doctor Richaud.

—¿El doctor Richaud? —preguntó sorprendido Henry. Su rostro alargado adquirió una expresión llena de desasosiego—. ¿No estará usted enferma?

Ella sonrió sin mirarlo.

—Solo una pequeña indisposición. Marie-Céleste insistió en que me examinara un médico.

Henry hizo chasquear la lengua con desaprobación.

—Permite que esa pequeña haga con usted lo que se le antoja. A fin de cuentas, no es más que una criada que ha ascendido a doncella. No está lo suficientemente preparada para ser su asistenta personal.

—Como la querida Lafortune, ¿quiere decir? —replicó Jeanne.

Cada vez que pensaba en su antigua doncella, con quien había compartido casi dos décadas de su vida, sentía una pena que le pesaba sobre su espalda como una fardo insoportable. Isabelle Lafortune había sido mucho más que una empleada. Más bien una confidente, casi una amiga. Su muerte, hacía un año, había afectado profundamente a Jeanne.

—Se equivoca —dijo—. Lafortune también habría llamado al médico. Era muy diligente.

—Ahora me está dando realmente miedo, madame —advirtió Henry—. ¿Está segura de que no es algo serio?

—Mi querido amigo, no se preocupe. Ya le he dicho que solo fue una pequeña indisposición propia de mi edad. Ya ni siquiera me acuerdo de ella.

Siguió con los ojos posados en el pliego de papel de cartas que había sobre el escritorio delante de ella para que él no advirtiera su inquietud. No quería cargarlo con sus zozobras. ¿De qué servía contarle que esa mañana había vomitado sangre? Había sido muy poca, tal como observaba de vez en cuando desde ya hacía unos años, y eso carecía de importancia. Apartó decidida tales pensamientos y se obligó a cuadrarse y levantar la vista para mirar a su viejo amigo, que la contemplaba con preocupación.

—Por lo visto, mis rivales suponen ya que tengo un pie en la tumba —bromeó Jeanne—. Y ahora salen arrastrándose como las ratas de los paneles de madera, convencidos de que van a acabar con nosotros con un par de rumores perversos. Demuéstreles lo mucho que se equivocan. ¿Cómo reaccionaremos mejor ante las calumnias?

2

Concentrada en no derramar ni una gota, Marie-Céleste llevó con las dos manos el cuenco de agua caliente y lo colocó sobre el tocador delante de Jeanne. A continuación, corrió a la cocina para recoger el medio limón que había olvidado. Su señora no pudo evitar sonreír mientras sacaba las tijeras de las uñas y la lima de un estuche de piel. Marie-Céleste no era la estrella más rutilante del firmamento, pero siempre estaba de buen humor y no se quejaba nunca. Su sonrosado rostro siempre era alegre y su charlatanería tenía algo de refrescante. Jeanne la había elegido como sucesora de Lafortune porque le gustaba tenerla cerca. Su antigua amiga le había sido muy leal —algo que Jeanne siempre había valorado en ella—, y si tenía algo que criticar lo hacía abiertamente. Sin embargo, en ocasiones, la expresión severa y triste de Lafortune había cohibido un poco a Jeanne. Volvió a sonreír al darse cuenta de que nadie la creería si lo contaba. Sus colaboradores y amigos la respetaban sobre todo por su capacidad para imponerse y por su inquebrantable voluntad, gracias a la que hasta había hecho frente a los invasores prusianos.

Inmersa en sus pensamientos, Jeanne sumergió las puntas de los dedos en el agua caliente para que las uñas se ablandaran y fueran más fáciles de arreglar. Había pasado todo el día deliberando con Henry Vasnier sobre de qué modo responder a las calumnias del *Courrier de la Champagne*. Publicar un simple desmentido no acallaría los rumores. Aunque no se correspondiese con la verdad, el rumor sobre la quiebra de la empresa quedaría anclado en la mente de los lectores. No lo olvidarían. Tenía que suceder algo. La Casa Pommery necesitaba hacer un gran gesto, ofrecer un espectáculo que dejase huella, que se ocupara de que sus rivales se ahogasen en sus propias mentiras. Pero ni Henry ni ella sabían aún cómo llevarlo a término. Esos asuntos debían planificarse tan bien como una campaña militar. Necesitaban una idea.

Jeanne no se había calmado ni siquiera después de haberse despedido de Henry, y había estado cavilando hasta acabar con dolor de cabeza. Había llegado a la conclusión de que tenía que distraer su mente para ordenar sus pensamientos, pues, de lo contrario, estos amenazaban con no progresar. Así que se había retirado a su habitación, donde Marie-Céleste la había desvestido. Ya en bata, se había sentado delante del tocador para dedicarse un poco al cuidado de su cuerpo. No había nada que la relajase más. Qué maravilla quitarse la cofia de viuda y las horquillas del moño. Con un movimiento juvenil, sacudió la cabeza y se pasó los dedos por el cabello oscuro, que le caía suavemente por la espalda. ¿Estaba equivocada o había más hilos plateados en él?

Apretó los dientes en un gesto combativo. No había construido un imperio con tantos esfuerzos y sacrificios, haciendo frente a la soledad de su condición de viuda, a la codicia de sus competidores e incluso al ejército prusiano, para dejarse vencer por unas perversas habladurías. ¿Qué habría hecho Alexandre? Ni siquiera la enfermedad habría podido impedir que su esposo cumpliera con sus obligaciones. Se habría sentado en el carruaje y hubiera visitado a cada uno de sus viticultores para asegurarles que la Casa Pommery no iba a dejarlos en la estacada. Ella, siendo mujer, no podía hacerlo, al menos en la época en que le había tocado vivir. Cincuenta años antes, la viuda Clicquot se había paseado entre sus viñas en su carromato acompañada tan solo por un mozo de cuadra. Pero las mujeres gozaban antes de más libertades. Jeanne Pommery tenía que enviar a su socio varón a tranquilizar a los viticultores.

Alexandre…, mi amado Alexandre, pensó nostálgica. Ahora tengo que seguir viviendo sin ti. Espero que apruebes lo que he hecho, que me haya decidido a dirigir la empresa. No fue una decisión fácil. Me sentía muy perdida sin ti. Tú lo eras todo para mí.

La aparición de Marie-Céleste arrancó a Jeanne de sus pensamientos. La muchacha colocó un cuenco con el limón cortado delante de su señora, sobre el tocador.

—Si le parece bien, voy a abrir la cama, madame —anunció Marie-Céleste al tiempo que se marchaba al dormitorio contiguo.

Ensimismada, Jeanne empezó a frotarse las uñas de los dedos con limón. El ácido de la fruta limpiaba y blanqueaba las uñas. El olor del cítrico cubrió las últimas huellas del costoso perfume que Jeanne se había puesto por la mañana, sustituyó el aroma a almizcle, pachuli y ámbar que los perfumistas habían mezclado según una receta secreta. Era el último grito. Los nuevos hallazgos en el terreno de la química facilitaban la creación de perfumes exóticos. La sencilla fragancia del limón condujo a Jeanne al pasado. Entonces, cuarenta años atrás, cuando todavía no había perfumes artificiales, el aroma natural de los cítricos se había puesto de moda. Todo el mundo, ya fuera rico o pobre, olía a limón y bergamota.

Jeanne cerró los ojos e inspiró hondo para evocar el recuerdo que el familiar aroma despertaba en ella. Se miró ante su tocador, el mismo que seguía conservando, aunque entonces era nuevo y su olor a madera fresca y pintura se mezclaba con el de la esencia de limón. El espejo le había devuelto la imagen de una mujer ya no tan joven, una mujer madura de treinta y siete años cuyo rostro, iluminado por el sol de la mañana, parecía más fresco que de costumbre. Se habría podido decir que el resplandor surgía de su interior. Aquella cálida mañana estival del año 1856, Jeanne se había contemplado sorprendida en el espejo preguntándose si podía ser cierto. Sus manos se habían desplazado por encima de los delicados pechos que el fino camisón que llevaba bajo la bata apenas ocultaba. Sus pezones brillaban oscuros a través de la clara tela de seda y le dolían cuando los tocaba. La noche anterior, el olor del *ragout* de pollo le había provocado náuseas, y en ese momento la fragancia de la esencia de limón que tanto solía gustarle le daba ganas de vomitar. Últimamente, también la buena Lafortune había mirado de forma significativa a su señora, pero, por supuesto, no había pronunciado ninguna palabra acerca de lo que pensaba. Era probable que la doncella ya sospechara desde hacía tiempo lo que Jeanne había visto con claridad la noche anterior: tras dieciséis años de matrimonio, tras tener un hijo que ya había celebrado su decimoquinto cumpleaños, volvía a estar embarazada. Una sonrisa de felicidad asomó en sus finos labios cuando se contempló fascinada en el espejo. Sí, ya se le notaba, aunque debía de estar solo en la tercera o cuarta semana. Su rostro y la expresión de sus ojos habían cambiado. Parecía diez años más joven.

—Tiene usted un aspecto maravilloso esta mañana, madame —dijo Alexandre, que se había quedado junto a la puerta mirándola.

Ella volvió el rostro hacia él y le sonrió. Curioso, Alexandre se acercó a sus espaldas y le colocó las manos sobre los hombros. Acababa de afeitarse. La piel de sus mejillas se había irritado un poco debido a la afilada cuchilla que su ayuda de cámara había deslizado por ellas hacía poco. También Alexandre llevaba consigo el olor a bergamota y limón, que perfumaba su macasar, mezclado con el laurel y el clavo del agua de afeitar. Ya se había anudado la pajarita sobre el rígido cuello vuelto de la elegante camisa y abrochado el chaleco hasta el botón inferior. Sus miradas se encontraron en el espejo. Ella bajó la vista con una tímida sonrisa.

—¿Qué ocurre, madame? —preguntó su esposo, extrañado—. ¿He dicho algo que no debiera?

—No —respondió ella sonrojándose—. Ha dado en el clavo.

Alexandre frunció el ceño, confuso, pero entonces una lucecita se encendió en su mente y la miró sin dar crédito.

—¡No, no puede ser verdad! ¡Está esperando un hijo!

Ella asintió sonriendo.

—¿Está segura? ¿Después de tanto tiempo?

—Pregunte a Lafortune, si no me cree —bromeó ella.

La doncella, que había estado ocupada sacando del armario los vestidos de su señora, se volvió hacia ellos y con aparente indiferencia dijo:

—Todo parece indicar tal cosa, monsieur. El pequeño Louis pronto tendrá un hermanito.

—¿Para cuándo se espera? —preguntó Alexandre con el rostro transfigurado.

—Oh, no creo que sea antes de primavera —respondió Jeanne.

Vio que los pensamientos se agolpaban en la cabeza de su marido. Entonces algo ensombreció su rostro. Jeanne sabía lo que era. Después de haber dirigido un próspero negocio de lanas desde su casa de la Rue Vauthier-le-Noir durante casi diez años y haber reunido con ello una pequeña fortuna, Alexandre había seguido el consejo del médico y hacía dos meses que había dejado de trabajar. El doctor Morel opinaba que para el débil corazón de su paciente sería mejor abstenerse de la fatigosa vida de los negocios. Pero ahora que aparecía la probabilidad de tener un nuevo hijo, le preocupaba haber tomado esa decisión.

—Ya nos apañaremos —dijo Jeanne, animosa.

—Aspiro a que mi familia pueda algo más que «apañarse» —contestó Alexandre, pensativo—. Pero tal vez haya una solución. El comercio textil anda renqueando en Reims. Por eso no me dio ninguna pena dejarlo. Pero, hace poco, un amigo me hizo una interesante propuesta que en realidad pensaba desechar. —En sus rasgos se dibujó una sonrisa de culpabilidad—. Con pesar, como debo admitir, ya que me aflige la inactividad a la que me ha condenado el doctor Morel. Usted, madame, hoy me ha brindado una razón para volver a plantearme qué decisión tomar.

—¿A qué amigo se refiere? —preguntó Jeanne, con sentimientos encontrados.

Deseaba que su marido fuera feliz y encontrara satisfacción en el trabajo, pero no quería que pusiera en peligro su salud.

—Monsieur Narcisse Greno de Wibert & Greno —respondió Alexandre.

—¿El comerciante de vinos?

—Sí, su socio, monsieur Wibert, pretende retirarse del negocio y desea vender su parte.

—¿Se trata de una empresa grande?

—Venden unas cuarenta y cinco mil botellas al año a una clientela selecta en el norte de Francia, pero también en Bélgica y Holanda.

—Pero usted no sabe nada del comercio de vinos, querido amigo —objetó Jeanne.

—Monsieur Greno me enseñará todo lo necesario. No se preocupe, madame…

Pese a esos argumentos, Jeanne se había preocupado, y con razón, como quedó demostrado. El 14 de marzo del año siguiente, dio a luz a una niñita: Louise. Se había alegrado muchísimo y se había dejado embelesar por el diminuto ser al que se sentía tan profundamente unida. A Alexandre le había ocurrido lo mismo. Lleno de celo se había sumergido en el trabajo, y la empresa había florecido con el nombre de Pommery & Greno. Su socio, Narcisse Greno, lo había introducido en el arte de la elaboración y el comercio del vino.

Cuando por las noches volvía a casa, le contaba a Jeanne lo que había hecho durante el día, cómo había llevado la contabilidad y escrito cartas a clientes y viticultores, y ella lo escuchaba cautivada. En un principio no se había dado cuenta de su dificultad para respirar, que había relacionado con su entusiasmo, y había supuesto que el insomnio se debía a la excitación anterior a la vendimia, cuando en realidad eran síntomas de que recaída en su enfermedad.

> Las almas perdidas del Mary Celeste
> en el Hades celebran una fiesta agreste,
> el diablo se apoderó de ellas
> al escuchar sus voces blasfemas...

Jeanne se estremeció al oír las palabras de aquella melodía entonada en voz baja. La sirvienta volvía a canturrear esa obscena letra que un cantante popular había escrito sobre la tripulación desaparecida del velero norteamericano Mary Celeste y que los niños de la calle solían entonar a gritos. Quince años atrás, el buque fantasma había atraído la atención de gentes de todo el mundo. En las tranquilas aguas cercanas a las Azores, otro velero había encontrado el Mary Celeste sin nadie al timón. El capitán, su familia y la tripulación habían desaparecido sin dejar huella, aunque no se halló ningún desperfecto. No había nada que indicara que las personas que estaban a bordo hubiesen sido víctimas de una tormenta funesta o de un combate mortal. Solo faltaba el bote salvavidas. Nadie había logrado explicarse cómo había desaparecido esa pobre gente.

Jeanne conocía la canción y había advertido a su nueva sirvienta que no la cantase más, pues el contenido, que giraba en torno al demonio y actos pecaminosos, no era aceptable en una casa decente. Pero puesto que ella llevaba el mismo nombre de la extraña nave fantasma, Marie-Céleste era incapaz de resistirse a la tentación. Jeanne estaba cansada de reprenderla. No dijo nada, escuchó ensimismada los versos de la cancioncilla y los tan pegadizos pareados.

¿Qué nos sucede cuando morimos?, pensó con melancolía. ¿Dónde se habrían perdido las pobres almas del Mary Celeste? ¿Qué pasará conmigo cuando mi vida termine? ¿Volveré a ver a Alexandre? ¿Se acordarán de mí? ¿Me convertiré también yo en tema de una tonadilla, en una leyenda, o me olvidarán? ¿Existirá todavía el vino de perla de la viuda Pommery cuando yo me haya ido, y el negocio que con tanto esfuerzo y tanto sacrificio he construido...?

3

Reims, febrero de 1858

Los fuertes estertores del moribundo habían terminado. En el dormitorio reinaba tanto silencio como en las calles, cubiertas por completo por una espesa capa de nieve. Un carro se abría paso con esfuerzo a través del blando tapiz que amortiguaba el sonido de su avance. Solo se oía el leve chirrido del cubo oxidado de una rueda. Lafortune se levantó y cerró los postigos de la ventana, mientras el ayuda de cámara de Alexandre Pommery cerraba los párpados de su señor y enderezaba su cuerpo. Tras una mirada inquisitiva a la viuda, extendió la mortaja blanca sobre el muerto. Solo el rostro permaneció al descubierto. Jeanne cerró los ojos y dejó que las lágrimas corrieran por su rostro.

A través de las puertas cerradas llegó el llanto ahogado de la pequeña Louise desde la habitación de los niños. Faltaba un mes para que celebrase su primer cumpleaños. Crecería sin padre. Henri Alexandre Louis, de dieciséis años, permanecía sentado, como petrificado, junto a su madre, sin atreverse apenas a respirar. Sentirse responsable de ella y de su hermana menor era para él como acarrear una carga insoportable sobre sus espaldas. Habría preferido encerrarse en su habitación y acurrucarse bajo la colcha de la cama como cuando era un niño pequeño.

Jeanne se levantó de la silla en silencio y depositó el crucifijo que había sostenido en sus manos sobre el pecho de Alexandre. Su doncella le llevó la rama de boj bendecida que el sacerdote había dejado y la viuda la depositó en el mismo lugar.

—Si lo desea, madame, yo me encargo de velar al difunto —dijo el ayuda de cámara. Su voz solo era un susurro.

Jeanne negó con la cabeza.

—Está bien, Perrot. Descanse. Esta tarde ya me relevará.

El joven se inclinó y dejó la habitación del fallecido.

Tendría que despedirlo, pensó Jeanne. Pero a su edad encontraría fácilmente un nuevo puesto. Le extrañó que sus pensamientos giraran con tan poco esfuerzo en torno a los cambios en la administración doméstica, aunque tenía el corazón roto y no había nada que desease más que seguir al hombre al que amaba. ¿Cómo iba a arreglárselas sin él? ¿Con quién compartiría sus preocupaciones y pesares? ¿Quién la estrecharía entre sus brazos cuando necesitara consuelo y sostén? Se sentía tan perdida que ni siquiera podía encontrar consuelo en Dios.

Uno de los sirvientes se había dirigido al registro civil para comunicar el fallecimiento de Alexandre Pommery. El médico oficial, un hombre joven, apareció ese mismo día. Maldijo el tiempo que hacía e ignoró la expresión indignada de los presentes, escandalizados por su forma de expresarse. Solo la mirada fulminante de la viuda lo hizo callar. Confirmó avergonzado que comunicaría al registro civil el resultado de la revisión, que indicaba que monsieur Pommery había fallecido de muerte natural. La compañía de pompas fúnebres envió a un empleado para que hablara con la viuda y el socio de la empresa sobre el sepelio.

Después de que Jeanne despidiera al empleado de la funeraria y al sacerdote, también Narcisse Greno se levantó. Pero no acababa de decidirse a partir. Jeanne alzó la vista pensativa hacia el patio interior cubierto de nieve de la casa en la que durante once años había sido feliz con Alexandre y que ahora le pertenecía: ese gran y laberíntico edificio en la Rue Vauthier-le-Noir, que tiempo atrás había servido de residencia a los cardenales de Lorena. Alexandre había construido espacios de almacenaje en los amplios subterráneos, primero para las balas de tela y luego para las botellas que contenían el vino de perla que con tanto éxito había comercializado. Jeanne tomó conciencia de que esas bodegas contenían las existencias de la compañía Pommery & Greno, champanes que ya estaban en parte vendidos, pero que todavía no se habían entregado. ¿Qué iba a pasar con ellos? En ese momento se percató de la presencia de Narcisse Greno, quien permanecía vacilante junto a la puerta.

—Oh, perdone, querido amigo —dijo Jeanne con sensación de culpabilidad—. Estaba pensando. ¿Puedo ofrecerle algo de beber? ¿Un café o un coñac?

—Un coñac me sentaría bien —respondió aliviado Narcisse.

La viuda comprendió entonces que estaba esperando que advirtiera su presencia y le brindara la oportunidad de hablar con ella. Una vez que el mayordomo hubo servido el coñac y se hubo marchado, Jeanne se volvió con expresión grave a Narcisse. Él y Alexandre habían sido algo más que socios de una empresa, se conocían desde hacía mucho y la confianza era mutua. Sabía que ese hombre flaco e inagotable de la región de la Picardía, con la sonrisa sincera y esa mirada infantil e ingenua con la que sabía inducir a sus clientes a hacer pedidos más grandes de lo que habían planeado, no se aprovecharía de ella. En ese momento, apenado, mantenía los ojos azules bajos y sorbía pensativo el coñac antes de acabárselo en unos pocos tragos.

—Créame que me resulta sumamente desagradable hablarle de este tema en un momento tan difícil —empezó torpemente a hablar.

Jeanne sonrió para facilitarle la tarea.

—Sé lo que va a decir —señaló la viuda cuando él intentó encontrar las palabras adecuadas—. Se trata de la empresa.

—Sí —reconoció aliviado—. Puesto que la parte de su marido pasa a ser de su propiedad, tengo que importunarla muy a mi pesar con asuntos de negocios. Hay que tomar decisiones y firmar documentos. Aparte de eso —Narcisse Greno entrelazó nervioso los dedos de las manos—, hay que decidir cómo vamos a continuar. ¿Conservará usted la participación en el negocio o la venderá, madame?

Pese a que ya había contado con que le hiciera esa pregunta, Jeanne se sintió como pillada por sorpresa, pues todavía no había reflexionado lo bastante al respecto.

—Debe comprender... —dijo, pero su interlocutor la interrumpió.

—La entiendo muy bien, madame, y yo no quiero perturbar su dolor con temas que en estos momentos no son en absoluto de su interés. Pero debe creerme si le digo que solo pienso en su bienestar. Si no nos decidimos pronto sobre qué vamos a hacer con el negocio, perderá usted mucho dinero. Los buitres ya revoloteaban sobre nosotros.

Jeanne miró sorprendida al hombre que tenía delante y cuyo rostro se había ensombrecido.

—Monsieur, su forma de expresarse no me parece la más adecuada.

—Lo siento, madame —contestó Narcisse—, pero la situación es realmente grave. Piense en el placer que experimentará la competencia engullendo una empresa aparentemente sin dirección como la nuestra. Estoy seguro de que en los próximos días se dirigirán a mí y debo saber qué tengo que contestarles.

—¿No exagera usted un poco, monsieur? —preguntó Jeanne discretamente—. ¿A quién deberá responder?

—A Moët, Ruinart, Fourneaux, Roederer. Cualquiera de ellos estaría dispuesto a apropiarse de la participación del apellido Pommery en la compañía y al final deshacerse de mí.

—No era yo consciente de que la lucha entre las distintas casas de champán fuera tan encarnizada —musitó Jeanne, sorprendida.

—En caso de que realmente quiera vender, tenemos que hablar sobre el valor del negocio para que no se aprovechen de usted —señaló Narcisse.

—¿En tal caso? ¿Qué otro camino me queda?

El hombre sonrió.

—Seguir. ¿Qué si no? Su esposo invirtió gran parte de su fortuna en el negocio. Y la «tienda» funciona bien. Puede usted aumentar su apuesta.

—Pero si yo no tengo ni idea del comercio del vino —protestó Jeanne.

—Su esposo tampoco la tenía —le recordó Narcisse.

—Y soy una mujer —concluyó ella, porque sabía que todos los demás se lo echarían en cara.

—Eso tampoco fue un obstáculo para la viuda Clicquot —replicó el hombre delgado con una sonrisa irónica.

Jeanne se calló, desprovista de más pretextos.

—Me coge un poco de improviso —dijo al final desvalida—. Tengo que pensarlo con calma.

Narcisse se levantó y se inclinó ante ella.

—No se lo piense durante demasiado tiempo, madame. Si tiene alguna pregunta, no dude en acudir a mí. Me despido de usted.

Jeanne Pommery se hallaba en el salón de su residencia en la Rue Vauthier-le-Noir, número 7, mirando el rostro de su esposo. El ataúd en el que yacía estaba abierto, tal como dictaba la tradición. El hombre que había preparado el cadáver era un buen profesional. Alexandre tenía una expresión serena, parecía dormido. Jeanne habría cogido la cara de su marido entre las manos y lo habría besado otra vez; pero no estaba sola. Se consideraba impúdico mostrar ante los demás dolor y tristeza. No debía volver a mencionar en público el nombre de Alexandre nunca más.

Para sus hijos este era un periodo horroroso. Louis vagaba como un fantasma. Era lo bastante mayor para saber cómo comportarse en una situación así, pero no tanto como para no rebelarse en su interior contra ella. Y Louise percibía la aflicción de los adultos, no dejaba de llorar y no quería comer, lo que preocupaba a su niñera. Jeanne no sabía cómo consolar a la pequeña. Nunca conocería a su padre, que la había amado tanto. Y a Jeanne eso le parecía lo peor de todo.

El mayordomo anunció la primera visita: Louis Roederer. La viuda se retiró a una silla al fondo de la habitación. No estaba obligada a hablar con los asistentes al velatorio. Roederer se limitó a saludarla con un gesto de la cabeza, luego se acercó al ataúd, en la cabecera del cual ardían unos cirios; tras inclinarse brevemente, cogió una de las ramas de boj que estaban preparadas, la sumergió en el cuenco de agua bendita y roció varias veces al muerto con ella. Jeanne observaba en silencio el desfile de quienes habían acudido a expresar sus condolencias. En un momento dado desaparecieron de sus ojos los rostros, y las personas le parecieron autómatas mudos interpretando una danza macabra. Algunos se marchaban enseguida, otros intercambiaban un par de palabras con Narcisse Greno o le daban el pésame a Louis. El pobre muchacho los miraba desamparado y avergonzado, incapaz de pronunciar palabra.

De repente, una de las visitas se detuvo delante de Jeanne y la arrancó de su ensimismamiento. Al principio no reconoció la figura rolliza vestida de negro, que esperaba paciente a que Jeanne levantara la vista y la mirase. Era el rostro ancho y orondo de una mujer, con unos ojos grises bajo unas espesas pestañas, nariz grande, labios finos y una buena papada. Una cofia de viuda, blanca y con puntillas, cubría el cabello rojizo que, probablemente, no era suyo.

—Cuánto lo siento, querida amiga. Monsieur Pommery era un hombre afable y trabajador —dijo Barbe-Nicole Clicquot-Ponsardin, rompiendo así tan abiertamente con el protocolo que Jeanne le regaló una sonrisa admirada y al mismo tiempo agradecida.

Ahí había alguien que comprendía su dolor, pues la viuda Clicquot había perdido a su esposo, François, cuando acababa de cumplir los veintisiete años. También ella había tenido que criar sola a una hija. Por primera vez, Jeanne se sintió aliviada. Pero eso tuvo sus consecuencias, pues el dique se rompió y sintió que unas lágrimas calientes rodaban por sus mejillas. Por fortuna, apenas se veían detrás del velo de crep negro. Solo le habría faltado eso, que toda la ciudad chismorrease acerca de ella porque no había guardado la compostura y se había entregado sin pudor a su pena.

Junto a Barbe-Nicole Clicquot apareció su socio Édouard Werlé, hombre de negocios alto y de espaldas anchas, originario de Hesse, que desde hacía cinco años era alcalde de Reims. El cabello gris se apartaba tirante de su frente, pero la severidad de su aspecto quedaba suavizada por los rizos naturales de sus sienes que ni siquiera la gomina más densa llegaba a dominar. Jeanne notó que había visto sus lágrimas y bajó la vista, avergonzada. Se ruborizó. La viuda Clicquot acudió en su ayuda.

—Me siento un poco cansada —dijo Barbe-Nicole, aunque su voz no delataba ninguna indisposición—. Si no le causa ninguna molestia, me gustaría reposar unos minutos en una habitación.

Su acompañante se disponía a intervenir, pero la mirada autoritaria de madame Clicquot lo hizo callar.

Jeanne entendió y sonrió.

—Por supuesto, madame —dijo, enderezándose y ofreciendo su brazo a la mujer mayor.

Ante la mirada sorprendida de los presentes, las dos viudas

se dirigieron lentamente a la puerta, que un criado con librea les abrió y cerró a sus espaldas.

—En este *boudoir* no nos molestará nadie —dijo Jeanne, con la voz quebrada por la aflicción.

Condujo a su invitada a un pequeño estudio, cuyas paredes estaban adornadas con grabados y miniaturas. Después de ofrecer asiento a madame Clicquot, ella misma se sentó en una silla.

—Discúlpeme, por favor, madame —gimió—. ¿Qué debe de estar pensando de mí?

—Que amó a su marido —contestó Barbe-Nicole—. Igual que yo al mío. No se deja de amar solo porque la persona querida haya muerto. Llore, querida mía, yo también lo hice. Antes la etiqueta no era tan severa como hoy en día.

La simpatía de su compañera de penas fue demasiado para Jeanne. Durante unos minutos fue incapaz de decir nada. Cuando cesó la opresión que sentía en el pecho y se hubo sonado la nariz, se sintió mejor y su respiración se calmó. La inesperada comprensión de la viuda Clicquot la sorprendía, pues, aunque habían coincidido en algunas reuniones de negocios, nunca se habría dicho de ellas que fueran amigas. Pertenecían a generaciones distintas, y como consecuencia no se habían tratado demasiado. Pero Jeanne siempre había admirado a Barbe-Nicole Clicquot-Ponsardin por el valor y la energía que la habían llevado a dirigir una de las casas de champán más importantes del país.

—¿Cómo se las arregló con el dolor, madame? —preguntó Jeanne haciendo un esfuerzo.

—Por una parte, concentrándome en el trabajo; y por otra, conservando en honor a mi marido el negocio que él había erigido —respondió Barbe-Nicole—. No fue algo fácil, tal como usted misma comprobará.

A la defensiva, Jeanne levantó las manos, enguantadas en negro.

—Todavía no he decidido qué voy a hacer.

—La viudedad puede ser muy aburrida —señaló madame Clicquot con una sonrisa irónica.

—Es posible que tenga razón...

—Y si no tiene la intención de volver a casarse, tendrá que pasar sus días inclinada sobre un bastidor y bordando —replicó al instante Barbe-Nicole.

—Me pinta usted un cuadro terrible, madame. Todavía no he pensado al respecto.

—Pues tendría que hacerlo. Sé que su esposo acaba de fallecer, pero la competencia no conoce en absoluto lo que es el respeto.

Jeanne miró atónita el rostro de la anciana.

—Es lo mismo que me ha dicho el socio de mi marido. ¿Tan despiadada es realmente la rivalidad entre las casas de champán?

—En efecto. En los primeros años, tuve incluso que expulsar a espías de mis bodegas. Qué tiempos aquellos...

—En los que, por lo visto, usted disfrutó —señaló Jeanne sorprendida.

—Cierto. Fue todo un desafío penetrar en el mundo de los hombres y superarlos profesionalmente. —La sonrisa de Barbe-Nicole se ensanchó.

—Pero ¿cómo consiguió triunfar? —preguntó la viuda más joven; había despertado su curiosidad.

—Es una larga historia.

—Aun así, me gustaría escucharla.

—¿Por qué no? Me divertiría mucho contársela, nunca he tenido la oportunidad de hacerlo. —Adoptó una expresión melancólica—. Los caballeros que en aquel entonces me apoyaron participaron de las circunstancias. Y no he conocido hasta ahora a ninguna mujer que se interesara por el negocio. Mi hija nunca quiso imitarme, ni tampoco mi nieta. Usted, por el contrario...

Barbe-Nicole lanzó a Jeanne una mirada casi pícara.

—Tengo la sensación de que usted es parecida a mí. La veo capaz de tener tanto éxito en la empresa como yo en mis tiempos. Pero no debe tardar en decidirse.

—Me da usted ánimos, madame —reconoció Jeanne.

—Si necesita consejo, quedo con mucho gusto a su disposición —se ofreció la anciana—. Venga a verme alguna vez a Boursault. Normalmente paso el invierno en el Hôtel Ponsardin, aquí en Reims, pero como están rehabilitando la cubierta me he mudado al campo. Estaría muy contenta de compartir mis experiencias con usted si desea escucharlas.

—Me encantaría, madame —respondió agradecida Jeanne—. Solo que en estas circunstancias…

—Sí, tiene usted razón. Antes del entierro queda totalmente descartado que visite a alguien. —Barbe-Nicole arrugó la frente, pensativa—. Incluso después, una viuda no debería mostrarse en público durante seis meses. Pero ya sabe que el tiempo apremia. Si no da usted tanta importancia a obedecer las rígidas normas de la etiqueta que, de todos modos, solo contempla la aristocracia, yo estaría de acuerdo en mantener una conversación confidencial con usted después del entierro. —Se levantó y dibujó una sonrisa mordaz—. Y, ahora, regresemos al salón antes de que se propague el rumor de que en la casa de la viuda Pommery sufrí un ataque de apoplejía y los lobos empiecen a pelearse también por mi empresa.

Pese al frío, Jeanne bajó la ventanilla de la puerta del carruaje y se inclinó un poco hacia delante para poder ver mejor. A su lado, Lafortune chasqueó la lengua en señal de desaprobación, aunque tan bajo que el traqueteo de las ruedas ahogó la crítica. Jeanne no hizo caso. Un poco de aire fresco no le sentaría mal a nadie. No se resfriaría. Ahora que habían llegado al pueblo de Boursault, deseaba a toda costa echar un vistazo al palacio blanco de estilo renacentista para el que, según se suponía, el castillo de Chambord, en el valle del Loira, había servido de inspiración. Su construcción había terminado hacía diez años. Se hallaba en una colina cubierta de un espeso bosque, como en un cuento de hadas. Las torrecillas coronadas con sutiles chapiteles, las altas chimeneas y los lucernarios conferían un aire romántico a la silueta que se elevaba ante el cielo gris de invierno.

Mientras la carroza atravesaba el enorme parque con sus estanques y sus fuentes, ahora congelados, Jeanne no salía de su asombro. Había crecido en el palacio de la familia de su madre, en las Ardenas, pero aquel viejo edificio en ruinas no podía compararse con ese precioso palacio. Cuando el landó se detuvo delante de la ancha escalinata, Jeanne se percató de que la fachada estaba decorada con escenas de guerra diferentes entre sí. Se podían pasar horas contemplándolas. Unos setos podados en perfecta simetría flanqueaban la escalera que ascendía a la entrada principal. La alta puerta de dos hojas se abrió al detenerse el landó. Un criado con librea se apresuró a dar la bienvenida a las recién llegadas, y unos mozos de cuadra señalaron al cochero el camino a la caballeriza una vez que Jeanne y su doncella se hubieron apeado del vehículo. La viuda tendió su tarjeta al criado, y este la condujo al vestíbulo, donde la recibió el mayordomo. Jeanne lo siguió a un salón contiguo. Lafortune esperaría en la cocina con el servicio.

Madame Clicquot posaba para el pintor Léon Cogniet en una silla con reposabrazos tapizada de terciopelo rojo. Llevaba un vestido de estar por casa negro, un chal de *chiffon* blanco y una cofia de viuda blanca, que enmarcaba su cabello rojizo. Sobre sus rodillas descansaba un libro abierto. Cuando se percató de la presencia de Jeanne, sonrió cariñosamente.

—Así que ya ha venido, querida. Por favor, tenga un poco de paciencia para que monsieur Cogniet consiga dejar el pincel y me conceda una pausa.

El pintor hizo una mueca, pero no protestó. Estaba acostumbrado a los caprichos de su modelo.

—Si está usted de acuerdo, madame, proseguiré mañana —dijo, resignándose a su destino—. De todos modos, la luz es hoy algo mortecina.

Dando un suspiro, la viuda Clicquot se levantó de la butaca con dificultad y condujo a Jeanne a una habitación vecina, un pequeño gabinete en el que estarían más cómodas que en el monumental salón. Un criado con librea les llevó café con pastas y volvió a marcharse.

—¿Me permite que sirva el café, madame? —se ofreció Jeanne.

Estuvieron un rato hablando de asuntos sin importancia, como el tiempo y las molestias del viaje.

—No envidio a nuestro agente comercial —confesó Barbe-Nicole—. Incluso si viajar en tren presenta muchas ventajas en comparación con los recorridos en diligencia, también atrae a todo tipo de sediciosos. Ya puede decir nuestro buen emperador que tuvo la suerte de salvar la vida viajando en uno.

Jeanne le dio la razón. Se estremeció al pensar en las crónicas sobre el atentado con bomba de los revolucionarios italianos cuando, hacía un mes, Napoleón III se desplazaba en un tren. Toda Francia respiró aliviada al saber que había salido indemne. No obstante, algunos pasajeros sí habían perdido la vida.

—La descripción de los periódicos del atentado contra el emperador me hizo pensar en la Revolución —dijo Barbe-Nicole—. Entonces yo no era más que una niña. Fue una época horrorosa, pero también emocionante —añadió guiñándole un ojo—. En aquella circunstancia tenía más libertad que las muchachas de generaciones anteriores, como mi madre.

—¿Presenció usted los altercados? —preguntó interesada Jeanne.

—Más de lo que me hubiese gustado. Usted no se puede ni imaginar lo que sucedía entonces, madame, en el año 1789, cuando la Revolución llegó a Reims. Todo el orden se desmoronó de repente y la plebe tomó las calles —contó la viuda Clicquot—. A pesar de que uno fuera un ciudadano decente, se jugaba la vida si salía de casa. Se saquearon iglesias y conventos, se mató a sacerdotes y monjas. En esos tiempos, yo iba a la escuela del convento de Saint-Pierre-les-Dames, donde aprendía los buenos modales y aquellas disciplinas que debía dominar una muchacha de buena familia. Entre ellas no solo se contaba el saber bordar con esmero, bailar y tocar un instrumento, sino también el arte de sostener una conversación entretenida, todas las cosas que el vulgo, que entonces campaba por las calles como una manada de lobos famélicos, despreciaba profundamente.

»Cuando el ambiente de la ciudad fue caldeándose más, mis padres temieron por mi vida. Los gruesos muros del convento me ofrecían cierta protección, pero las noticias procedentes de París sobre la toma de la Bastilla evidenciaban con toda claridad que una multitud furiosa, si estaba firmemente decidida a hacerlo, era capaz de penetrar incluso en la fortaleza mejor defendida. Mi padre no sabía qué hacer. Lo primero que se le ocurrió fue llevarme de vuelta a casa. Pero ¿cómo? La chusma dominaba las calles y tal vez desfilaba delante de los portones del convento para tomarlo por asalto e incluso masacrar sin piedad tanto a monjas como a discípulas.

»Mi madre, Jeanne-Clémentine, quería enviar la carroza de nuestra propiedad a recogerme, pero mi padre le explicó que sería una locura excitar a la muchedumbre con una exhibición de su posición privilegiada en la ciudad. No, tenía que trazar otro plan, una artimaña que me hiciera pasar inadvertida entre el gentío sediento de sangre. Al final, papá se acordó de nuestra modista, que se había cobijado de los alborotos en nuestra cocina para el servicio. Cuando se le pidió ayuda, Madelein Jourdain no dudó ni un segundo en apoyar a nuestra familia. Era una mujer menuda y frágil, la buena madame Jourdain; pero una mujer de gran osadía. Puedo decir, y no exagero, que a ella le debo la vida.

Barbe-Nicole se interrumpió, conmovida. Sus pensamientos retrocedieron al pasado. Cuando por la mañana había recibido la carta de madame Pommery anunciando su llegada, la viuda Clicquot había sacado el cofre con las cartas privadas que había guardado durante toda su vida. Las mantenía en su secreter separadas de los papeles de la empresa. Como poseída por una extraña fiebre, había hojeado las cartas tan primorosamente atadas con cintas y había tropezado al final con la correspondencia epistolar que había mantenido con madame Jourdain. La modista había trabajado muchos años para su madre y al final casi se había convertido para Barbe-Nicole en un miembro de la familia. Cuando ya estaba casada, había pedido por carta a la modista que le describiera otra vez los acontecimientos de aquel momento, pues en esa época ella solo tenía once años, y ya no se acordaba bien de todo. Sin vacilar, Madeleine Jourdain había respondido a su solicitud:

> Pese a que no puedo entender por qué quiere recordar esos malos tiempos, es para mí un placer volver a contarle aquellos detalles que todavía recuerdo. No niego que ese pequeño cometido exigía de cierta dosis de valor, pues la turba en las calles pedía sangre; pero me avergonzó lo agradecido que su respetable padre se mostró conmigo. Además, usted compensó con creces el nerviosismo que me hizo pasar en los días siguientes de una manera tan inesperada...

4

Reims, julio de 1789

Madeleine Jourdain caminaba a paso ligero a lo largo de la antigua muralla de la ciudad. Era tal su excitación que apretaba fuertemente contra su pecho el hatillo que llevaba como si se tratara de un bebé al que debía proteger a cualquier precio. En las calles de Reims hacía el calor de un verano árido que resecaba la cosecha de los campos de cultivo. El viento arrastraba la tierra rica en cal de la Champaña depositándola como un polvo blanco y sofocante sobre los caminos, y hasta las casas y la soberbia catedral de la acomodada ciudad se hallaban cubiertas de una capa blanquecina.

Madeleine se detuvo en la esquina de la Rue des Murs para secarse el sudor de la frente y de las sienes con el dorso de la mano. La gente que pasaba por su lado no le prestaba ninguna atención. La indumentaria sencilla de la menuda modista la identificaba como una de ellas, una mujer del pueblo, parte de las gentes que pasaban de largo y que se apiñaban ese día por los callejones. El pueblo, oprimido y explotado durante siglos por nobles y religiosos, por fin tenía voz. Ciudadanos y campesinos osaban por primera vez levantar la cabeza y hacer frente a sus señores. En París, la población se había reunido y asaltado la Bastilla, el símbolo del poder real, para armarse y, si era necesario, usar la violencia para hacerse escuchar. La noticia de la toma de la fortaleza se había propagado por todo el país a la velocidad de un reguero de pólvora. En Reims, también la gente celebraba la osadía y la determinación de los parisinos que luchaban por liberarse de su yugo. Qué importancia tenía que rodaran un par de cabezas, pensaban algunos encogiéndose de hombros. Quien no estaba con ellos estaba en su contra. Los campesinos, cercanos siempre a la hambruna a causa de las malas cosechas de los últimos años, enseguida tomaron el ejemplo de los ciudadanos de París y se levantaron a su vez contra los amos. Y ahora la chispa de la ira también había prendido en los habitantes de Reims y había provocado un incendio que todo lo arrasaba y nadie podía detener.

Los locales de los comercios junto a los que pasaba apresurada Madeleine Jourdain estaban cerrados; las ventanas de las casas solariegas y burguesas, atrancadas. Las calles pertenecían al pueblo. La modista habría preferido acurrucarse en su vivienda de la Rue de Dieu-Lumière y taparse los oídos para no tener que oír más el vocerío de las masas y los himnos provocadores de los somatenes. Pero sobre todo para no tener que oler más el repugnante hedor a sudor, excremento y sangre que se expandía por las calles…

Cuando Madeleine pasó corriendo junto al convento de los agustinos, casi tropezó con un monje, un anciano con tonsura, que yacía bañado en sangre delante de la puerta de entrada. ¿Por qué se había atrevido a exponerse a ese torbellino furioso al que se había entregado el vulgo? ¿Había pensado que su edad lo protegería de la sed de venganza de la excitada muchedumbre?

La modista no se atrevió a detenerse y ocuparse del monje agustino. Cualquier muestra de interés hacia un religioso habría encendido inevitablemente la cólera de la turba. Hizo un esfuerzo por combatir la sensación de asco que se apoderaba de su estómago.

Pobre hombre, pensó afligida, mientras apartaba de su mente esa imagen digna de compasión.

Madeleine se concentró decidida en la peligrosa misión que debía cumplir. Recordó los rostros llenos de ansiedad del matrimonio Ponsardin, sus preciados clientes. La modista comprendía la preocupación de ambos por su hija Barbe-Nicole, y eso la había empujado a atreverse a recoger a la niña en el convento y esconderla en su casa durante un tiempo.

En su local había cogido las prendas de una criada que una de sus ayudantes estaba arreglando. Y en ese momento se encontraba —con el corazón desbocado y el preciado hatillo en el brazo— delante del convento de Saint-Pierre-les-Dames accionando el tirador de la campanilla. Durante un buen rato no ocurrió nada. ¿Y si las monjas no osaban abrir? Como para implorar la ayuda divina, Madeleine levantó la vista hacia los dos chapiteles en forma de cúpula de las torres de la iglesia a su izquierda.

¿Dónde estaba Dios esos días?, ¿dónde estaban los santos que velaban por el destino de los seres humanos?

Madeleine volvió a tirar con energía de la campanilla. Tras esperar lo que le pareció una eternidad, se abrió una mirilla protegida por unas rejas en la puerta encastada en el portalón y apareció el rostro de una joven, enmarcado por una toca.

—¿Qué desea, madame?

—Me llamo Madeleine Jourdain y trabajo como modista al servicio de monsieur Ponsardin —contestó en voz baja la visitante—. Vengo a recoger a su hija.

La hermana comprobó con la mirada la plaza que había detrás de Madeleine y, como no amenazaba ningún peligro, abrió la puerta lo más silenciosamente que pudo.

—Entre deprisa, madame, no vaya a ser que la vean —susurró.

Aliviada, Madeleine se deslizó por la abertura al interior

del convento. La novicia cerró apresurada la puerta y corrió el pesado cerrojo.

—Espero que la hermana portera no se enfade porque la he dejado entrar sin consultarlo, pero no quería dejarla ahí fuera sin protección —dijo.

Madeleine asintió agradecida y siguió a la figura con el hábito negro y el velo blanco rumbo a una reja tras la cual se encontraba la hermana encargada de la portería mirándolas a las dos con desaprobación. Sin embargo, cuando la novicia le expuso la intención de la modista, consintió en que madame Jourdain entrara en la sala de visitas.

El mobiliario consistía solo en unos sencillos bancos de madera. A través de una ventana enrejada podía verse el jardín del convento, en el que los parterres con flores y el césped se ordenaban formando figuras simétricas. Por encima de las paredes que separaban el terreno de la Rue des Murs trepaban rosales, que dirigían sus espléndidas flores blancas, rojas y amarillas al sol. En una gran maceta crecía un jazmín blanco cuyas flexibles ramas una monja trenzaba con paciente esmero en un enrejado. Un aroma embriagador entraba con el aire a través de la ventana abierta. Era una visión tan serena que uno casi se olvidaba de que fuera de ese refugio estaba el infierno.

Madeleine no tuvo que esperar mucho. Acababa de recuperar el aliento cuando corrieron una cortina detrás de una abertura con barrotes en la pared. La modista se colocó delante de las rejas de hierro e hizo una reverencia, pues suponía que estaba frente a la madre abadesa.

—Dice usted que la envía monsieur Ponsardin, madame —dijo la hermana en un murmullo—. ¿Ha traído algo que confirme su encomienda?

Madeleine metió la mano por una ranura de su falda y sacó de la bolsa que llevaba debajo un escrito. Por un cajón que la abadesa empujó hacia fuera, la carta llegó a sus manos. La hermana leyó las pocas líneas que contenía.

—¿No sería más seguro dejar aquí a la muchacha hasta que terminaran los tumultos? —señaló la priora.

—Con su permiso, respetable madre, madame Ponsardin se muere de preocupación por su hija y quiere tenerla a su lado —respondió la modista.

Se guardó de dejar entrever que monsieur Ponsardin temía que la muchedumbre enfurecida asaltara el convento.

—Entiendo —contestó la abadesa.

Su impertérrito rostro no permitía adivinar qué estaba pensando. ¿Consideraba que el deseo de los Ponsardin era el capricho de unos burgueses bien acomodados o tal vez sospechaba los peligros que acechaban fuera de los portalones del convento?

—Está bien, madame —acordó la abadesa—. Diré que traigan a mademoiselle Ponsardin. A partir del momento en que abandone el convento no me hago responsable de su seguridad.

—He traído ropa para que la niña se cambie —se apresuró a añadir Madeleine cuando la cortina se corrió—. Para que no llame la atención por la calle.

No sabía si la habían oído, pero justo después asomó una novicia, cogió el hatillo y volvió a desparecer. Madeleine se acercó angustiada a la ventana y contempló el jardín del convento. La anciana monja seguía ocupada en trenzar los zarcillos cargados de flores del jazmín de solano en el enrejado. Abejas y abejorros revoloteaban alrededor de las rosas y llenaban el jardín con su zumbido. Salvo por eso, el silencio era espectral. En aquella época del año, los pájaros cambiaban su plumaje y, conscientes de su vulnerabilidad, se escondían entre el follaje de los árboles sin emitir sus habituales trinos.

A lo mejor el vulgo se ha dispersado, pensó esperanzada la modista. Si tenemos suerte, atravesaremos la ciudad sanas y salvas.

Cuando la puerta de la sala de visitas volvió a abrirse, Madeleine se dio media vuelta. La misma novicia que había recogido el hatillo apareció acompañada de una niña de cabello rojizo de once años que miraba sorprendida con sus grandes ojos grises a la modista.

—Madame Jourdain, ¿ha ocurrido algo? —preguntó sin preámbulos Barbe-Nicole—. ¿Están bien papá y mamá?

Enmudeció cuando advirtió la mirada de reproche de la novicia.

—Todo está en orden, mademoiselle —se apresuró a asegurarle Madeleine a la joven—. Sus padres están bien, igual que sus hermanos.

—Pero ¿por qué tengo que ponerme esta ropa que huele tan mal? —se quejó Barbe-Nicole, y se mordió el labio cuando, una vez más, la alcanzó la mirada severa de la novicia.

Madeleine miró a la muchacha de expresión abatida que se alisaba la modesta falda de lana y el corpiño de basto barragán. Se había calzado los pies desnudos en unos pesados zuecos, como los que solía llevar la gente del pueblo, y su larga trenza de un rubio rojizo asomaba por debajo de una cofia de lino amarilleado. Madeleine se felicitó por su elección. La criada a quien pertenecían esas prendas no era especialmente aseada, lo que ahora resultaba favorable a los propósitos de la modista.

—Se trata de un juego —explicó—. Igual que la reina se disfraza a menudo de pastora, usted interpretará hoy el papel de criada.

Poco entusiasmada por la propuesta, Barbe-Nicole hizo una mueca, pero no puso más objeciones. Era lo suficiente sensible para percibir que tanto la modista como la novicia estaban muy tensas.

—Venga, mademoiselle —le instó Madeleine—. ¡Tenemos que marcharnos!

—¿Y qué pasa con mi baúl, madame? —preguntó la niña.

—Ya lo recogerán más tarde —contestó la modista.

Tendió la mano y Barbe-Nicole se la cogió, confiada. Si su

padre deseaba que dejara el convento, ella se conformaba. Se encomendaba totalmente a él.

La novicia que había dejado entrar a Madeleine condujo de nuevo a la modista y a Barbe-Nicole a la puerta lateral. Esta vez la acompañaba un sirviente ya entrado en años que iba armado con un garrote. Una vez que la hermana se hubo asegurado de que la Place Saint-Pierre estaba desierta, las dejó salir. Madeleine oyó cerrarse la puerta a sus espaldas y correr el pesado cerrojo. El silencio que había reinado en el interior del convento dejó sitio al escandaloso tumulto que llenaba las calles de Reims. Era como abandonar un lugar habitado por la paz y entrar en un caos ensordecedor.

—Que Dios las proteja —musitó la modista, mientras lanzaba una última mirada a los muros del convento tras los cuales las monjas se sentían tan seguras. Solo podía esperar que estuvieran en lo cierto.

Madeleine se apresuró a atravesar la plaza con la niña de la mano. A su derecha, la catedral de Notre-Dame se alzaba imponente por encima de los tejados rojos de la ciudad, que centelleaban bajo el sol resplandeciente. Barbe-Nicole iba dando trompicones detrás de la modista, que tiraba de ella sin piedad.

—No se demore, mademoiselle —la amonestó Madeleine.

Barbe-Nicole no pudo evitar protestar.

—No puedo ir deprisa con estos horribles zuecos de madera. Por favor, madame. Prefiero volver a calzarme mis zapatos de piel.

La modista se detuvo alarmada.

—¿Los ha traído?

Con expresión porfiada, Barbe-Nicole rebuscó en su bolso y sacó aquellos ligeros zapatos planos. Madeleine se puso de inmediato delante de ella para protegerla de las miradas curiosas de quienes pasaban por su lado.

—Deme los zapatos, mademoiselle —ordenó ya al límite de su paciencia.

—Pero, madame…

—¡A callar! ¿No se da cuenta de lo que está ocurriendo? Mire a su alrededor, bobalicona, el pueblo está desatado y quiere ver sangre. Su sangre, mademoiselle, y la de los suyos. Nadie debe darse cuenta de que procede usted de una casa de la alta burguesía. Su vida depende de que la tomen por una criada. ¿Lo entiende ahora?

En ese mismo momento, cerca de donde estaban, un número incontable de voces se unieron en un bramido. Barbe-Nicole se estremeció y miró asustada a su alrededor. Ahora, también ella veía a seres de rostros enrojecidos y miradas feroces deambulando por las calles como si la ciudad les perteneciese. La niña no se atrevió a preguntar qué significaba esa agitación por miedo a que se tratara del fin del mundo. El griterío se convirtió en una de esas canciones como las que cantaban los soldados: excitantes, rítmicas y combativas. Hombres armados con horcas, guadañas y porras, que llevaban sus armas al hombro como si fueran mosquetes, desfilaban como un ejército acanallado por la Rue Saint-Étienne, seguidos de mendigos harapientos. Casi todos llevaban la escarapela roja y azul de los somatenes que se habían formado por toda la ciudad propagando el horror y el espanto. Cuando los hombres hubieron llegado a la Place Saint-Pierre, los grupos se separaron entre sí y se juntaron delante del portalón del convento de monjas. Resonaron los silbidos y los puños golpearon la gruesa madera.

Madeleine notó que se le secaba la boca. Cogió decidida la mano de la niña que le habían confiado y tiró con fuerza de ella. Los ojos de Barbe-Nicole se llenaron de lágrimas cuando entendió lo que estaba a punto de suceder. Demasiado horrorizada para volver la vista atrás, siguió a la modista.

Giraron rápidamente hacia la izquierda por la Rue Saint-Étienne, que se extendía a lo largo del muro del convento. Cada vez eran más las personas que salían a su paso. En una ocasión, Madeleine notó la mirada inquisitiva de una campesina que le resultó familiar. Por un instante, la modista temió que hubiese reconocido a la niña que llevaba de la mano —quizá porque alguna vez había entregado un paquete de fruta o verdura en la casa de los Ponsardin—, pero la campesina no se detuvo, sino que se dejó llevar por la masa.

—Baje la vista, mademoiselle —le advirtió Madeleine a Barbe-Nicole—. No mire a nadie a la cara.

En la esquina con la Rue des Murs, la modista se detuvo dubitativa y reflexionó sobre si debía coger el mismo camino por el que había llegado, a lo largo de la muralla de la ciudad, donde la atmósfera era más sosegada, o si era mejor coger el trayecto más corto para alcanzar su taller.

—¿Adónde me lleva, madame? —preguntó Barbe-Nicole sintiéndose insegura—. El Hôtel Ponsardin está en sentido contrario.

—No vamos a la Rue Dauphine, cielo. En estos momentos sería imposible que nos metiéramos en la casa pasando inadvertidas. La muchedumbre nos detendría.

—Pero yo quiero ir con mis padres.

—Es demasiado peligroso. Le podrían hacer daño. Tenemos que esperar a que reine de nuevo la tranquilidad en las calles. ¿Entiende?

A sus espaldas, el clamor de la multitud estalló en un espeluznante aullido triunfal. Con el corazón latiendo con fuerza, Madeleine y Barbe-Nicole se giraron y volvieron la vista al convento. Un fuerte ruido, como de madera astillándose, indicaba que la plebe había conseguido romper la puerta de entrada. La masa se lanzó como una inmensa ola y con un estridente bramido al interior del convento de las monjas. Barbe-Nicole se quedó plantada, con los ojos desorbitados, intentando comprender lo que estaba viendo. Se había puesto blanca como la cal y no conseguía pronunciar palabra alguna, aunque tenía miles de preguntas en la punta de la lengua.

Cuando la modista la cogió de la mano y tiró de ella, se quedó como petrificada en su sitio, incapaz de moverse.

—¡Vamos, mademoiselle! —insistió Madeleine con un susurro—. ¡Tenemos que seguir!

Como la muchacha no se movía, la modista la sacudió por los hombros.

—Contrólese. De lo contrario nos sucederá lo mismo que a las monjas.

Barbe-Nicole por fin salió de su inmovilidad y miró, con los ojos anegados por las lágrimas, a la mujer que tenía delante.

—¿Van a entrar también en casa de mis padres? —preguntó.

—Esperemos que esta chusma esté demasiado ocupada con las iglesias y los conventos para atacar las casas de los ciudadanos acomodados —respondió Madeleine, intentando que su voz tuviera un deje de seguridad, pese a que carecía de ella—. Y ahora venga de una vez. Tenemos que marcharnos de aquí antes de que nos vean y nos hagan alguna pregunta incómoda.

La modista volvió a coger la mano de la niña con tanta fuerza que Barbe-Nicole casi perdió el aliento. Se dejó arrastrar sin rechistar. Puesto que la amplia Rue du Barbâtre, que llevaba al sur, parecía menos poblada que la Rue des Murs, por la que se llegaba a la muralla de la ciudad, Madeleine eligió el camino directo. Pese a que estaba muerta de miedo, se obligó a no caminar demasiado deprisa y, sobre todo, a no correr por muy tentada que se sintiera de hacerlo, para no revelar a quienes las rodeaban que estaban huyendo. Avanzaba con Barbe-Nicole junto a las fachadas de las casas con frontispicio, cuyo entramado había palidecido y se había desmoronado a causa del sol de innumerables veranos. El polvo de cal que habían levantado miles de pies y de ruedas se había sedimentado en las ranuras de las vigas de madera reseca y en las grietas, desplegándose como las venas de un cuerpo vivo. Ese día, la niña tuvo la impresión de que las representaciones de criaturas maravillosas colocadas en los voladizos de los pisos superiores como adornos o para espantar a los malos espíritus eran como demonios que observaban mudos y quizás algo burlones el caos de las calles.

El recorrido condujo a la modista y a la niña junto al orfanato y el convento de las carmelitas. También ahí había irrumpido la plebe y parecía desfogarse en los edificios. En la esquina con la Rue de Normandie, donde la Rue du Barbâtre se convertía en la más ancha Rue Sainte-Balsamie, presenciaron cómo un grupo de jóvenes rodeaban a un sacerdote con sotana negra y lo apaleaban. Lo calificaban de explotador del tercer estado y manipulador de los oprimidos. Por su acento, esos hombres eran unos inútiles procedentes de París que propagaban consignas rebeldes por las ciudades de los alrededores y se unían allí a los somatenes locales. Cuando el sacerdote, agotado y amedrentado por el brutal comportamiento, cayó al suelo, los chicos lo golpearon y patearon desenfrenados, hasta que el religioso ya no se movió más.

Estremecida, Madeleine venció el pánico que la invadía y alejó del grupo a la niña paralizada por el horror. Pero uno de los hombres las vio y se interpuso con una mueca en su camino.

—¿A quién tenemos aquí? —preguntó desafiante, mirando inquisitivo a la mujer y la niña.

—¡Déjame pasar, sinvergüenza! —exigió Madeleine.

Sabía que en ningún caso debía mostrarse atemorizada, sino que tenía que fingir que era una de ellos.

—Eh, mirad, dos bellas palomitas —gritó el parisino a sus colegas.

Otros dos hombres se separaron del grupo que había aporreado al cura y se colocaron delante de la modista y la niña.

—¿Adónde vais? —preguntó uno de los recién llegados, un tipo flaco, con barba y el cabello grasiento.

—A casa —contestó Madeleine.

Tenía la boca tan seca que le costaba pronunciar las palabras.

—¿Tú de qué bando eres, ciudadana? —preguntó el barbudo, mirándola de arriba abajo.

—Soy modista y voy con mi ayudante camino de mi taller —respondió Madeleine—. Los somatenes necesitan escarapelas para distinguirse, y estaremos ocupadas hasta altas horas de la noche para hacer todas las que podamos.

Se había inventado esa mentira por si acaso y esperaba que los hombres la creyeran.

—¡Eso está bien! —exclamó el barbudo con el pelo grasiento—. Podéis seguir. No vamos a deteneros.

Pero el parisino, que era el primero que se había dirigido a Madeleine y Barbe-Nicole, no parecía satisfecho. Miró con recelo a la pálida niña que la modista llevaba cogida de la mano.

—A mí no me parece que tu ayudante esté acostumbrada a trabajar duro… con esa aristocrática palidez y las manos tan suaves.

Madeleine lo fulminó desafiante con la mirada. El miedo le daba vértigo, pero la rabia que sentía hacia la insolencia del parisino le infundía al mismo tiempo valor para contestarle con desprecio:

—No es una criada, sino una modista. ¿Es que te has creído que tiene tiempo para sentarse al sol sin hacer nada y papar moscas como tú, inútil?

Sin esperar respuesta, se abrió camino entre los dos hombres, arrastrando decidida a la niña tras ella. Los chicos no intentaron detenerlas. La modista evitó mirar hacia atrás y siguió su camino acelerando el paso. Notaba la mano de Barbe-Nicole temblando en la suya y la oía llorar en silencio. La criatura estaba al límite de sus fuerzas.

Una vez que hubieron pasado la colegiata de Sainte-Balsamie y atravesado la Place Saint-Nicaise, las dos se metieron en un callejón al final del cual se alzaban por encima de las cubiertas las torres de la iglesia de Saint-Remi. A la izquierda comenzaba la Rue de Dieu-Lumière, donde se encontraba el taller de Madeleine. Ya antes de llegar a la puerta que iba a salvarlas, la modista sacó la llave del bolsillo de la falda. Abrió con manos temblorosas. En el interior imperaban la penumbra y un silencio consolador, solo quebrantado por sus jadeos. Aliviada, Madeleine se apoyó en la pared y cerró los ojos.

Barbe-Nicole se despertó inquieta. Con el corazón desbocado, intentó desprenderse del sueño cuyas horribles imágenes iban empalideciendo lentamente ante sus ojos abiertos como platos: cuerpos apiñados y sucios, con la boca abierta, que lanzaban gritos y entonaban canciones subversivas, seres retorciéndose en el suelo abatidos a golpes y, una y otra vez, sangre, una sangre roja y horripilante...

La niña estalló en llanto. Unos pasos se acercaron desde la escalera y alguien abrazó a Barbe-Nicole y la meció para consolarla.

—Tranquila. Solo ha sido un sueño —dijo la voz femenina que Barbe-Nicole no llegó a reconocer al principio—. Aquí está segura.

—No hago más que ver al pobre sacerdote... y los hombres que lo pateaban —balbuceó la muchacha—. ¿Por qué lo hacían..., por qué?

—No lo sé, pequeña —respondió la mujer que la estrechaba entre sus brazos—. El demonio se ha apoderado de la gente y la obliga a hacer cosas espantosas.

—Quiero ir con mi madre —gimió suplicante Barbe-Nicole.

—Enseguida podrá reunirse con ella. Cuando las calles estén más calmadas, la llevaré a su casa.

La niña alzó los ojos llorosos hacia la mujer que estaba a su lado.

—Todavía no le he dado las gracias, madame, por haberme salvado la vida. Los hombres de París que nos detuvieron querían hacer conmigo lo mismo que con el sacerdote, ¿verdad? Me miraban llenos de odio. ¿Por qué me odian? ¿Qué les he hecho?

Madeleine negó entristecida con la cabeza.

—No la odian. Están enfurecidos contra los nobles y los ciudadanos ricos porque ellos poseen mucho y los pobres no tienen nada.

—Pero eso es por voluntad divina, ¿no?

—Sí, lo es. Lo que no significa que no se pueda salir de la miseria trabajando duro; pero nunca utilizando la violencia, matando y asesinando. —La modista se levantó—. Ha dormido usted mucho rato y debe de tener hambre. Por desgracia no puedo ofrecerle ninguna taza de chocolate por la mañana, como usted tal vez esté acostumbrada a tomar. Ni siquiera tengo leche, solo un poco de pan seco y queso. Por las calles todavía reina la confusión y no hay mercados. Así que es imposible salir a comprar algo más.

—No importa, madame. No tengo apetito.

Con una sonrisa comprensiva, la modista abandonó el cuarto y descendió por la escalera a su taller. Barbe-Nicole volvió a apoyar la cabeza en la almohada e intentó dormir de nuevo; pero no lograba tranquilizarse. Al final, se levantó, se acercó a la pequeña ventana y la abrió. Aunque todavía no era mediodía, el aire centelleaba con el calor y no soplaba una ráfaga de aire fresco. La ventana daba a los polvorientos tejados rojos de las viejas casas del barrio. No muy lejos se desplegaba la muralla de la ciudad bordeada de árboles. Detrás se extendían los campos y viñedos de los alrededores. Un mundo extraño para la muchacha, en el que nunca se había internado.

Barbe-Nicole volvió a ponerse de mala gana las mismas prendas del día anterior. En el convento había tenido que aprender a vestirse sola, algo que antes la nodriza y luego la niñera le habían ayudado a hacer. A esas alturas ya no tenía ninguna dificultad para anudarse las cintas de las enaguas y atarse con habilidad el corpiño siempre que no tuviera que llevarlo demasiado estrecho. A continuación, se calzó los odiados zuecos de madera y bajó haciendo ruido por la resonante escalera.

En el taller de costura, Madeleine Jourdain estaba ocupada en la confección de una blusa de lino. Cuando la niña entró, alzó alegre la vista de la labor.

—Qué bien que ya se haya levantado, mademoiselle. ¿Quiere beber algo? Hay vino aguado en el cántaro. Beba y siéntese aquí conmigo.

La muchacha siguió sus indicaciones. La modista pidió a su huésped que le hablara de su vida en el convento. Al principio, Barbe-Nicole hablaba con cierta vacilación. Confesó que encontraba aburridas las clases de trabajos manuales y de conversación, pero que le divertía mucho el cálculo.

—¿Sabe usted hacer cálculos mentales? —preguntó interesada Madeleine—. Eso nunca fue mi fuerte. Siempre me equivoco.

—Pero si es la mar de sencillo.

—Eso lo dirá usted. Creo que hay que llevar los números en la sangre para poder manejarlos. Seguro que usted ha heredado de su padre la afición por la contabilidad. Yo soy más hábil con las manos que con la cabeza.

Barbe-Nicole permaneció un rato observando el modo en que cosía un dobladillo con unas primorosas puntadas y se preguntó cómo era posible tener tanta paciencia.

—¿Puedo ayudarla en algo, madame? —preguntó la muchacha.

Madeleine reflexionó, luego asintió, apartó la blusa y se levantó. Sobre una gran mesa para cortar había una chaqueta de caballero de tela negra.

—Está casi acabada —señaló la modista mientras tendía la prenda a Barbe-Nicole—. Solo hay que coser los botones y los ojales. Coja doce botones de latón de uno de los cajones de allí detrás y cósalos a la distancia conveniente. Encontrará aguja e hilo sobre la mesa.

Barbe-Nicole abrió con curiosidad los cajones del armario en los que Madeleine Jourdain guardaba bobinas de hilo, cintas y botones de todas las formas y tamaños. Ahí se encontró con un auténtico revoltijo. La niña buscó en todos los cajones, pero solo encontró diez botones de latón y se los mostró a Madeleine.

—Hay solo diez botones, madame.

La modista frunció el ceño.

—¿Ha mirado bien por todas partes? Juraría que hace poco compré veinte.

—He estado buscando por todos los cajones. A lo mejor ya ha utilizado alguno —observó la niña.

—Bueno, la semana pasada, Marie estuvo arreglando una falda —dijo Madeleine—. Si no recuerdo mal, también ahí había botones de latón.

—¿Quiere que revise en el libro contable cuántos artículos ha comprado y cuántos ha utilizado? —preguntó Barbe-Nicole con cautela y para no parecer pedante—. Los ayudantes de mi padre apuntaban en los libros de contabilidad todas las balas de tela y otras minucias. Y para controlar hacían el inventario una vez al año.

—¿El inventario? —preguntó la modista sin comprender.

—Sí, se cuentan todos los artículos que están en el almacén y se cotejan con los que constan en los libros de contabilidad. Y si las cifras no concuerdan, mi padre sabe que alguien ha cometido un error al escribir el dato o que alguien ha robado.

Madeleine sonrió.

—Entiendo, pero este proceder solo es habitual entre los comerciantes que venden muchos artículos. Yo también tengo un libro de contabilidad, pero he de confesar que no siempre lo apunto todo, y mis ayudantes suelen olvidarse de escribir lo que han utilizado.

—Si lo desea, puedo echar un vistazo a sus libros y cotejarlo con sus existencias —se ofreció Barbe-Nicole—. Así sabrá qué tiene y qué debe comprar.

—¿Sabe usted llevar un libro contable? —preguntó Madeleine, sorprendida.

—Mi padre me ha enseñado cómo se hace —respondió la muchacha—. Hasta ahora nunca lo he intentado, pero sé cómo funciona.

Al ver cómo brillaban los ojos de Barbe-Nicole, la modista se lo permitió. Ese trabajo mental distraería a la pequeña de las horribles experiencias vividas, y así no seguiría dándole vueltas a la cabeza.

En primer lugar, la niña echó una ojeada al libro que le entregó Madeleine. Eso bastó para que Barbe-Nicole dedujese que lo mejor era empezar desde el principio. Dejó a un lado el libro encuadernado en piel y echó un vistazo al taller.

—Perdone, madame —dijo—, creo que tenemos que elaborar una lista de los artículos que tiene en el almacén. Para eso necesito su ayuda, pues, aunque mi padre comercia con telas y paños, no conozco las diferencias. —Sonrió disculpándose—. Mi hermana Clémentine tiene debilidad por las telas bonitas, y a los seis años ya puede distinguir lo que es una batista de lo que es una tela zephyr. Pero yo no domino tanto la materia.

Madeleine volvió a dejar la blusa a un lado con expresión dubitativa y se acercó a la muchacha.

—¿Está segura de que quiere tomarse toda esta molestia, mademoiselle?

—Es importante hacerlo con mucha precisión si se desea alcanzar un buen resultado —insistió Barbe-Nicole—. Así me lo ha enseñado mi padre. Y una vez que ya esté todo ordenado, da menos trabajo controlar las entradas y salidas. Siempre que sus ayudantes no vuelvan a ser negligentes.

Madeleine arqueó las cejas con reconocimiento.

—Ya se ve que es usted hija de un hombre de negocios. Si

monsieur Ponsardin no tuviera a su hermano como heredero, podría confiarle a usted su empresa algún día. —Suspiró y puso los brazos en jarras—. Bien. Manos a la obra. Clasifico los rollos de tela y le digo las cantidades, y usted lo registra en una lista.

Se pasaron el resto del día y la mañana siguiente haciendo el inventario. Al final todas las bobinas estaban ordenadas según el tipo de tela, se habían limpiado los cajones de los armarios, y los hilos, botones y accesorios se habían organizado según el color y el material. Todas las existencias se registraron junto con su precio en una página nueva del libro contable. Barbe-Nicole había mostrado a Madeleine cómo tener una visión general de los encargos, las facturas correspondientes y los importes que todavía debía cobrar. Eso era muy importante, pues la mayoría de la gente, en especial la acomodada, compraba a crédito.

Entre tanto, los disturbios de las calles de Reims se habían apagado. Barbe-Nicole y Madeleine estaban tan inmersas en su tarea que no se percataron de que poco a poco la ciudad iba sumiéndose en un silencio espectral. De repente, la calma de la tarde se vio perturbada por el golpeteo de unos cascos y el chirriar de las ruedas de un carro sobre las calles cubiertas de polvo. El vehículo se detuvo delante del humilde taller y poco después alguien llamó enérgicamente a la puerta.

La modista y la niña se quedaron petrificadas por el miedo, al recordar el peligroso mundo fuera de sus cuatro paredes. Con las manos heladas por el horror, Madeleine abrió la puerta y sonrió aliviada cuando vio ante sí al mismísimo Nicolas Ponsardin.

—¡Papá! —exclamó Barbe-Nicole, llena de alegría. Se lanzó al cuello de su padre y se abrazó a él—. Qué contenta estoy de que haya venido.

—Está bien, pequeña. Te echaba de menos. Y tu madre casi se muere de preocupación.

Nicolas Ponsardin dirigió la vista a la modista, que lo miraba conmovida.

—No sé cómo darle las gracias, madame. Mi familia siempre estará en deuda con usted.

—Ha sido un placer tener conmigo a mademoiselle Barbe-Nicole —contestó Madeleine—. Además, su hija me ha prestado un gran servicio durante este tiempo y ha puesto al día mis libros contables. Puede usted estar orgulloso de ella. Dirigiría su empresa con un vigor del que muchos hombres carecen. Lástima que sea una muchacha y que no vaya a hacer uso de ese talento especial.

—Ya veremos —contestó Nicolas—. Nunca se sabe qué nos deparará el futuro.

5

Boursault, febrero de 1858

La viuda Clicquot permaneció unos instantes callada. Pero el silencio que se había instalado entre ellas no le resultó molesto a Jeanne. Podía ver que evocar esa inquietante huida, el miedo y la emoción ante la generosidad de la modista habían alterado a la anciana. Y, sin embargo, no parecía agotada, sino gratamente excitada, incluso se diría que había florecido. De no ser así, Jeanne no le habría permitido que siguiera hablando. Ahora, puesto que había callado, como para dejar que el recuerdo se fuera desvaneciendo, miró por la ventana de la terraza y una sonrisa se dibujó en sus finos labios. Jeanne siguió su mirada y descubrió a un hombre de edad avanzada que, apoyado en su bastón y con una pipa en la boca, paseaba parsimonioso arriba y abajo pese al frío, delante de las puertas de la ventana del gabinete, dejando una estela de nubecillas de humo.

Jeanne ignoraba cuánto tiempo debía de llevar allí. No se había percatado de su llegada. Pero tenía la sensación de que madame Clicquot ya hacía tiempo que era consciente de su presencia. El hombre iba vestido con un traje modesto pero aseado, como el que llevaban los campesinos los domingos para ir a misa, y parecía tener la misma edad que la viuda Clicquot. Jeanne solo alcanzó a distinguir su perfil cuando pasó de largo delante de la puerta de la terraza, pero, como allí no brillaba el sol y las alas de su sombrero ocultaban su rostro, no pudo determinar si le era familiar.

Barbe-Nicole notó su mirada y le dirigió una extraña sonrisa que Jeanne no supo descifrar.

—Dicen que su primer encuentro con su marido fue de amor a primera vista —mencionó la anciana.

—¿Eso se dice? —inquirió Jeanne. Sintió un nudo en la garganta—. Sí, es cierto —admitió, sorprendida de que la viuda Clicquot le planteara algo tan personal—. Una amiga me presentó a monsieur Pommery en Rethel. Entonces negociaba con lanas para monsieur Rollet y viajaba por todas partes con objeto de comprar los mejores vellones en las granjas. Cuando nos miramos a los ojos, supimos que nos entenderíamos. Al cabo de un par de meses ya decidimos que nos pertenecíamos el uno al otro. Por fortuna, mi madre fue de la misma opinión. Mis padres vivían entonces separados, pero mi padre no puso ningún reparo.

Barbe-Nicole asintió.

—Para mi padre fue más difícil encontrar al esposo adecuado para mí. Pero no tenía prisa. Antes de la Revolución soñaba con casarme con un joven de la nobleza. Para él fue muy doloroso que las circunstancias cambiasen y que sus propósitos no se cumplieran. Hubo muchos que pidieron mi mano, pero ninguno de esos jóvenes satisfacía sus altas expectativas. Mi felicidad le interesaba hasta cierto punto.

—¿Hasta cierto punto? —preguntó Jeanne.

—Pues sí, hay cosas que hasta el más cariñoso padre no tolera, pero... creo que esto es ir demasiado lejos. Basta con decir que intentó estar en misa y repicando. Por una parte, quería dar la impresión de ser un convencido revolucionario, y por la otra, seguir siendo leal a la monarquía. Así que elegir un marido para su propia hija no fue fácil.

6

Reims, enero de 1793

El arrullo seductor de un palomo delante de la ventana incitó a Nicolas Ponsardin a levantar la vista del libro contable. Era una imagen insólita en el mes de enero. Posiblemente a causa del cálido y soleado día de invierno, los pájaros estaban en celo.

Observó con una sonrisa el cortejo del palomo en la repisa y no se percató de que la tinta que goteaba de la pluma que sostenía en la mano iba dejando una fea mancha en las páginas cuidadosamente pautadas. El trabajo que llevaba consigo la dirección de una de las mayores casas comerciales de Reims; el control de sus fábricas, que garantizaban que cientos de personas se ganasen el pan; y la gestión de los artículos de sus almacenes distraían al comerciante de las preocupaciones de las que casi nadie podía evadirse en esos días. El país en el que vivía, su patria, ya no era una monarquía. En septiembre pasado, Francia había sido declarada república. Luis XVI, en cuya coronación había colaborado Nicolas Ponsardin, por fin había sido depuesto. Además, Francia estaba en guerra con Austria, Prusia y Gran Bretaña. Con la miseria vinculada a esa situación, llegaron la hambruna, la inflación y el alzamiento del campesinado. Desde que había comenzado la Revolución, hacía cuatro años, no había dejado ni un solo día que sus almacenes no estuvieran vigilados por hombres armados.

Cuando iba a trabajar, solía llevarse a sus hijos, pues ya no confiaba en el servicio de su casa en la Rue Dauphine. A veces, los criados se ausentaban todo el día para participar en las reuniones y a saber en dónde se metían las sirvientas.

Su esposa sufría mucho por culpa del caos que había destruido el bien ordenado mundo burgués y con frecuencia se quedaba sentada durante horas con la vista fija en la pared. En tales circunstancias, Nicolas no quería perturbarla todavía más con la visión de tres vivarachos adolescentes que, a falta de una educación rígida, armaban mucho alboroto a su alrededor. La pequeña Clémentine adoraba trastear por los almacenes y hurgar entre las mercancías. Ya tenía una marcada percepción de las cosas bellas y seguramente se convertiría en una elegante damisela.

El hijo y heredero de Nicolas, Jean-Baptiste, mostraba por el momento poco interés por el negocio. Tan pronto como Francia había declarado la guerra a Austria, había suplicado a su padre que lo dejase ingresar en el ejército. A los trece años, solo tenía en su cabeza desfilar con los hombres y lanzarse audaz contra el enemigo.

Solo la hija mayor, Barbe-Nicole, no había decepcionado a Nicolas Ponsardin. Con tan solo quince años ya era casi una adulta. Incluso si a menudo escapaba de la descuidada vigilancia de la institutriz y salía con su hermano a corretear por las calles, no permanecía mucho tiempo fuera. El despacho de su padre ejercía una mágica atracción sobre ella. Desde que Barbe-Nicole había ayudado a la modista de la familia a gestionar sus libros de contabilidad, se sumergía en los listados de las mercancías de la casa comercial Ponsardin y aprendía las diferencias entre los tejidos, su origen y su valía. Cada vez más a menudo, él le entregaba papel y pluma, le dictaba las entradas y al final le pedía que lo sumara todo. Era un juego del que ambos disfrutaban, pues Nicolas era consciente de que su hija nunca podría utilizar las facultades que él le transmitía. Jean-

Baptiste heredaría el negocio y antes o después Barbe-Nicole se casaría. Pero ¿con quién? Antes de la Revolución, Nicolas había soñado con dar a su hija como esposa a un miembro de la aristocracia. Naturalmente, eso ahora ya no era posible. La supervivencia de su familia dependía de que el mundo exterior considerase al ciudadano Ponsardin un ardiente defensor de la Revolución. Muchas de las personas de su posición social la habían dado por concluida desde que se había proclamado la nueva Constitución en septiembre de 1791 y habían esperado que la vida pública se normalizara. Pero Nicolas era un buen conocedor del ser humano y sospechaba que el monstruo que había logrado salir de la jaula no podría volver a encerrarse tan pronto. La plebe no daría marcha atrás a mitad de camino y no recaería en su antigua inercia. Había lamido la sangre y ahora quería llegar hasta el amargo final.

De ahí que Nicolas no hubiese tardado en adherirse a los jacobinos, el club político más vil, el que se consideraba la liga santa contra los enemigos de la libertad. No obstante, el comerciante textil de Reims no se hacía ilusiones acerca de los objetivos de hombres como Robespierre, Saint-Just y Danton. Lo que ansiaban, más que nada, era el poder. Que para obtenerlo pasarían por encima de cadáveres lo mostraban las sangrientas masacres que en el pasado septiembre habían alcanzado unas proporciones escandalosas en París. En Reims solo había habido un par de muertos, pero también ellos habían revelado a Nicolas lo poco que significaba una vida humana en esos tiempos. Y él estaba decidido a hacer cualquier cosa para protegerse a sí mismo y a su familia.

La llegada de su asistente arrancó a Nicolas Ponsardin de sus pensamientos. Las palomas que estaban sobre la repisa de la ventana alzaron el vuelo asustadas.

—Monsieur —dijo Lebrun—, el ciudadano Millet desea hablar con usted. Parece muy alterado. Se diría que revienta de novedades.

Nicolas suspiró. Eso no podía significar nada bueno.

—Hágalo entrar, Lebrun.

Una desagradable sensación se extendió en su interior, mientras dejaba la pluma en el tintero. Un segundo después, Jules Millet cruzaba el umbral del despacho. Nicolas conocía al comerciante de vinos desde que había ingresado en el club jacobino y lo apreciaba por sus opiniones comedidas. Esa mañana, no obstante, su usual ecuanimidad parecía haberlo abandonado.

—¿Qué hay de nuevo, ciudadano? —preguntó Nicolas con discreción.

—Me acaban de llegar noticias de París —contestó inquieto el comerciante—. Robespierre ha pedido la condena a muerte para el ciudadano Capeto.

Nicolas sintió automáticamente una punzada en el corazón. Seguía siendo en su interior un realista, un partidario de la monarquía absoluta, y siempre continuaría siéndolo. La farsa judicial contra el rey por derecho divino era una monstruosidad que no había previsto ni en la peor de sus pesadillas.

—¿Y? —se forzó a preguntar. Le resultaba difícil que no se le quebrara la voz.

—Se ha admitido la solicitud —contestó Millet con tono triunfal.

Nicolas se apoyó estremecido en el respaldo de la silla.

—¿Cuándo es la ejecución?

—El ciudadano Capeto subirá al patíbulo el día 21. Entonces se hará justicia. A nuestro país lo esperará un glorioso futuro.

—Cuando haya terminado la guerra —añadió el comerciante textil—, así como la hambruna y los alzamientos que arrojan al pueblo francés a la miseria.

—Mi querido Ponsardin, usted sabe tan bien como yo que debemos defender las fronteras de nuestra joven república todo cuanto sea necesario.

—Por supuesto. Nadie quiere ver ejércitos extranjeros en nuestro suelo. Pero hasta entonces el comercio se mantiene en barbecho.

—Pero... pero... eso es secundario —replicó Millet—. También obtiene usted ganancias como comerciante de telas durante la guerra. El ejército de la Revolución precisa de uniformes, y la Marina, tela para las velas de las nuevas embarcaciones que necesitamos para combatir contra los ingleses.

—En eso tiene usted razón, amigo mío —admitió Nicolas, reprimiendo una despectiva observación sobre la poca puntualidad en los pagos de la Convención.

Como el visitante no se decidía a marcharse, el comerciante preguntó con un suspiro difícil de contener:

—¿Puedo ofrecerle algo para beber? ¿Café, vino?

—Un vaso de vino sería ahora muy de mi agrado —admitió Millet.

Nicolas llamó a Lebrun y encargó al auxiliar que les trajera el vino.

—¿Hay otras novedades que quiera usted comunicarme, ciudadano? —preguntó.

—Bueno, querría más bien hacerle una propuesta —contestó Millet, después de tomar asiento.

—¿Y eso?

—Su hija mayor, Barbe-Nicole, cumplió en diciembre quince años, ¿no es así? Una buena edad para casarla. ¿Ha elegido ya a algún joven que le parezca adecuado? —Antes de que Nicolas empezara a hablar, Millet se apresuró a continuar—. En caso de que no sea así, le haré una propuesta: uno de mis protegidos, un joven abogado que el año pasado fue elegido diputado. Brissot lo tiene en gran estima. Llegará lejos. ¿Qué opina usted?

Nicolas notó que se le ponía la piel de gallina y reprimió un escalofrío. ¿Su pequeña Barbe-Nicole casada con un enfebrecido revolucionario? ¡Inconcebible! Una cosa era que su padre se dejara llevar por la corriente para proteger a su familia de represalias, pero otra totalmente distinta era que su hija se uniera a uno de esos locos ansiosos de poder y que no retrocedían a la hora de mancharse las manos de sangre.

—Con quince años todavía es muy joven para casarse y administrar un hogar… —contestó discreto.

—Pero no es algo inusual —le señaló Millet.

—Barbe-Nicole es muy bajita para su edad, todavía no mide ni metro y medio. No podría cumplir aún con sus deberes maritales.

—Comprendo su preocupación, ciudadano, pero también podría considerarse un noviazgo más largo —propuso Millet.

—Me lo pensaré —prometió Nicolas con una sonrisa forzada, pero en su interior no tenía la menor intención de hacerlo.

7

Boursault, febrero de 1858

Mientras Jeanne escuchaba el relato de su anfitriona, observaba al anciano caballero que fumaba con satisfacción su pipa y que de vez en cuando dirigía la vista a la ventana. Cuando notó que los ojos de la joven viuda se posaban en él, le dirigió una encantadora sonrisa.

—Me temo que tendrá que marcharse pronto si quiere llegar a su casa antes de que anochezca, madame —advirtió Barbe-Nicole.

Jeanne se ruborizó. Estaba tan inmersa contemplando al extraño que no se había dado cuenta de que la anfitriona la observaba.

—Tiene usted razón —contestó.

Barbe-Nicole interpretó sin esfuerzo la mirada inquisitiva de la joven.

—Ha escuchado mi historia con mucha atención —señaló sonriendo—. ¿La encontró de verdad interesante?

—La he encontrado interesantísima.

—¿Desea seguir escuchándola?

—Sería un placer.

—He divagado mucho.

—No importa. Me gustaría escuchar toda la historia.

—Pues lo hará —convino Barbe-Nicole—. Pero la próxima

vez deseo ir yo a su residencia, si le parece bien. Además, quisiera pedirle un favor. La casa en la que vive perteneció en su tiempo a los cardenales de Lorena. Una parte del edificio hizo las veces de calabozo durante el periodo de la Revolución.

—Sí, estoy al corriente.

—¿Le importaría llevarme a las bodegas? Cuando era niña, las exploré con mi hermano en una ocasión y me extravié. Sin embargo, a pesar de ello, guardo un buen recuerdo de ese día. Y ahora me gustaría volver a ver por última vez las antiguas bodegas. Es algo sentimental, ¿sabe?

—Sería un honor para mí acompañarla, madame —afirmó sin vacilar Jeanne.

—Es muy amable por su parte…

De repente, madame Clicquot se interrumpió y apartó la vista alarmada de Jeanne para mirar por la ventana. La joven viuda se volvió y descubrió que el caballero había tropezado y se agarraba a un tiesto de flores, mientras el bastón caía al suelo. Jeanne ya estaba a punto de ponerse en pie y acudir en su auxilio, pero un sirviente que estaba alerta corrió en ayuda del anciano. Aliviada, Jeanne se giró de nuevo hacia su anfitriona y distinguió por su tensa actitud que madame Clicquot había sentido el mismo impulso que ella. En el rostro de Barbe-Nicole asomaba la preocupación, suspiró visiblemente tranquilizada cuando el anciano se enderezó de nuevo con ayuda del sirviente. Casi con renuencia se forzó a apartar la vista de él y dirigirla a su invitada. Con una sonrisa avergonzada, tiró del cordón de la campanilla que había junto a la pequeña estufa.

—Pierre la conducirá a la salida —dijo Barbe-Nicole—. ¿Le va bien que pasado mañana vaya a verla a su casa? ¿A eso de las once? Siempre que acompañe el buen tiempo.

—Naturalmente, madame —contestó Jeanne.

El incidente le había parecido lamentable. Sabía que la viuda Clicquot había dejado al descubierto, aunque muy brevemente, unos sentimientos que no estaban destinados a ojos extraños, y se esforzó por fingir que no se había dado cuenta de nada. No sabía quién era el anciano, pero sospechaba que era importante para Barbe-Nicole. Y estaba segura de que la viuda Clicquot no le contaría qué la unía a él.

Dos días después, Jeanne recibió a la anciana dama en su casa de la Rue Vauthier-le-Noir. Después de conversar sobre el tiempo y la salud del emperador, Jeanne condujo a su invitada a las amplias bodegas. Se componían de tres galerías situadas una encima de otra. El bodeguero las precedía con una lámpara que casi no alumbraba. La tenue luz dejaba en sombras las paredes de ladrillo y daba realce en la oscuridad a largas hileras de botellas de vino almacenadas. El ambiente era fresco y limpio.

—¿Hay también unas grandes bodegas debajo del Hôtel Ponsardin? —preguntó Jeanne para romper el silencio.

—Oh, sí —confirmó Barbe-Nicole—. Por esa razón, nos colamos en el abandonado palacio cardenalicio mi hermano, Dios lo tenga en su gloria, y yo. —Se santiguó—. Jean-Baptiste quería saber si estas galerías estaban unidas con las nuestras.

—¿Acaso no servía una parte de estos sótanos de calabozos? —preguntó extrañada Jeanne.

—Cierto. La mazmorra solo estaba separada por una estrecha pared de las galerías que los romanos habían cavado por toda la ciudad. Cuando estuvimos aquí, oímos los gemidos y lamentos de los pobres presos, o al menos eso nos imaginamos.

La anciana dama se detuvo y miró meditabunda a su alrededor, aunque su vista no podía horadar la oscuridad. Jeanne tenía la sensación de que, mentalmente, veía los pasillos tal como habían sido en aquel entonces. Allí había sucedido algo relevante, algo que había marcado su vida de forma decisiva.

—¿Supo su padre de su excursión por los subterráneos de Reims? —preguntó Jeanne cuando el silencio empezó a resultarle incómodo.

—No —contestó Barbe-Nicole. Parecía despertar de un sueño—. Bueno, no lo supo enseguida. Pero cuando se enteró, nunca olvidaré la tormenta que se abatió sobre mí... —Sonrió—. Opinaba que no era propio de una joven de buena familia entrar en una casa abandonada y pasearse por sus oscuros sótanos. Su preocupación era comprensible, pero injustificada. A fin de cuentas, me acompañaba mi hermano. Y aunque era más joven que yo, su presencia me protegía de posibles problemas y de que mi buen nombre cayera en descrédito. Jean-Baptiste y yo siempre estuvimos solos. Ni una sola vez nos cruzamos con un extraño durante nuestras salidas secretas.

8

Reims, julio de 1794

—¡Espérame, Jean-Baptiste! —gritó Barbe-Nicole a su hermano.

Para hacerla enfadar, este había salido corriendo y tomado la Rue de la Visitation, que se extendía a lo largo del Palais de Tau.

—¿Adónde quieres ir? —preguntó ella jadeando.

Él la miró con los ojos brillantes y una misteriosa sonrisa.

—He descubierto en una casa vacía un sótano sin utilizar. Vayamos y echemos un vistazo.

—Por mí que no quede. Pero le he prometido a papá que no estaré mucho rato fuera.

—Acaban de dar las doce. Para cuando papá regrese a casa, nosotros ya hará tiempo que habremos vuelto.

Se puso en marcha para no darle la oportunidad de protestar más. Barbe-Nicole lo siguió a través de las serpenteantes callejuelas. Antes de llegar a la Rue du Corbeau, giró hacia la izquierda por la Rue de l'École de Madeleine. Junto a la cárcel de la Bonne-Semaine, en la que se retenía a los condenados antes de llevarlos a la guillotina, ella lo vio meterse por un agujero de un muro desmoronado que rodeaba un gran edificio. Las ventanas de la casa abandonada estaban cegadas, la mayoría de los cristales rotos. La puerta colgaba de los goznes como si la hubiesen abierto con violencia. Posiblemente, el vulgo había irrumpido en la casa durante uno de los alzamientos del año anterior y la había saqueado.

—Entra de una vez —la urgió Jean-Baptiste.

Su hermana intentaba seguir su ritmo y escaló los montones de escombros del suelo. En el interior de la casa un silencio sepulcral recibió a los dos hermanos. Se quedaron quietos, explorando con la mirada el entorno, sin hablar, oprimidos de repente por la atmósfera que irradiaba de la casa abandonada, donde las voces de las personas que una vez la habitaron habían enmudecido, pero cuyo eco todavía se percibía. Era como una ligera vibración que se apoderaba del cuerpo y que provocaba que el fino vello de la nuca y los brazos se erizase.

Vacilante, Barbe-Nicole siguió a su hermano y entró en un salón en el que ya no quedaba ningún mueble. Habían robado todo lo que tenía algún valor. Solo en las paredes colgaban todavía algunos cuadros desde los cuales los antepasados de los inquilinos miraban con desaprobación a los intrusos.

—Vámonos de aquí —pidió Barbe-Nicole—. Es muy lúgubre.

—Esto es precisamente lo bonito —contestó Jean-Baptiste, aunque también él se había quedado un poco amedrentado al ver las miradas fijas dentro de los marcos dorados—. Por aquí —indicó decidido, y su voz resonó de forma extraña en la habitación vacía.

Hermano y hermana entraron en la cocina de la casa. Una escalera descendía de allí a los sótanos. Al principio, Barbe-Nicole pensó que el espacio que los acogía era una bodega normal, como tantas otras bajo la ciudad de Reims. Dentro se encontraban un par de toneles de vino polvorientos y estanterías caídas. Pero cuando siguieron avanzando, se abrió ante ellos un pasillo que se perdía en la oscuridad.

Jean-Baptiste se inclinó sobre una lamparita que estaba en el suelo, se sacó del bolsillo el encendedor y lo accionó para que saltara la chispa.

—La primera vez que estuve aquí, cogí la lamparita de la cocina —explicó—. Este sótano está unido a las galerías que atraviesan la ciudad, como en nuestra casa. Pero, por lo visto, esta no se ha utilizado. Quiero averiguar si alguno de los pasillos lleva a la Rue Dauphine.

—¿Has oído? Alguien está llorando —dijo su hermana estremeciéndose.

—Al lado están las celdas de los presos de Bonne-Semaine —respondió Jean Baptiste. Su voz reflejaba que se enorgullecía de sus conocimientos. Señaló un muro—. Ahí detrás están los reos que serán conducidos a la guillotina.

A Barbe-Nicole se le volvió a poner la piel de gallina.

—Es horrible.

Prestó atención, conmovida. Le parecía oír un llanto sofocado.

—Vámonos —pidió—. No quiero quedarme aquí.

Cuando la mecha de la lámpara por fin prendió y la llama arrojó una luz cálida a los rincones más retirados de la habitación, Jean-Baptiste se internó por uno de los pasillos, y su hermana se vio forzada a seguirlo para no quedarse sola. Pero la curiosidad enseguida venció al miedo y miró a su alrededor. Las paredes eran de ladrillo rojo. Una vez más la sorprendió lo amplios que eran los sótanos bajo la ciudad. Y se preguntó cómo era que las calles, con todos sus pesados edificios, no se desmoronaban y eran absorbidas por los espacios huecos.

—Vamos a ver adónde nos lleva este pasillo —animó Jean-Baptiste a su hermana.

Los escombros crujían bajo sus delgadas suelas de piel. Su padre había explicado a Barbe-Nicole que la piedra caliza de Reims se había empleado muchos siglos atrás para construir las iglesias y casas de la ciudad. La gente había hecho lo mismo en París, desde donde llegaban relatos de que allí constantemente se abrían las calles y las casas desaparecían en oscuros abismos.

—¿No tienes miedo de que la bóveda se nos pueda caer encima? —preguntó en voz baja Barbe-Nicole.

—¿Por qué iba a hacerlo si ha aguantado tanto tiempo? —inquirió Jean-Baptiste despectivo—. Te preocupas demasiado.

Sí, a lo mejor pensaba demasiado. Pero sus pensamientos eran como caballos que se desbocaban. Nada podía detenerlos. Una vez tomaban ese camino, otra vez aquel otro, y nunca se cansaban. A menudo ni siquiera la dejaban dormir, siempre en busca de una nueva tarea, un misterio que resolver. La curiosidad de Jean-Baptiste era contagiosa. Ahora también Barbe-Nicole quería saber adónde llevaba cada uno de los pasillos.

—¿En qué nivel de profundidad nos encontramos? —preguntó la niña de forma automática.

—Padre dijo en una ocasión que algunas galerías se encontraban a más de treinta metros por debajo de la ciudad —respondió Jean-Baptiste.

Ante ellos, el pasillo se dividía en dos ramales. Los chicos eligieron el de la derecha porque Jean-Baptiste opinaba que era en esa dirección donde se encontraba la Rue Dauphine. Poco después tropezaron con una nueva bifurcación. Esta vez, siguieron el pasillo de la izquierda, el cual, sin embargo, no tardó en describir una curva cerrada.

—No debe de ser por aquí —dijo disgustado Jean-Baptiste—. Tenemos que dar marcha atrás.

Al girar bruscamente, tropezó con su hermana. Barbe-Nicole perdió el equilibrio, buscó donde sostenerse y se torció el pie. Gimiendo de dolor se apoyó en la pared.

—¿Qué te pasa? —preguntó Jean-Baptiste.

—Me he torcido el tobillo. ¡Qué daño me hace!

—Enseguida estarás mejor. Levanta la pierna y deja colgar el pie un rato —le aconsejó—. Voy a ver adónde lleva el otro pasillo.

Antes de que Barbe-Nicole pudiera protestar, el muchacho se había alejado con la lamparita en la mano.

—¡Jean-Baptiste! —gritó ella asustada cuando se vio envuelta por la oscuridad—. ¡Vuelve!

—Enseguida vuelvo —respondió su hermano antes de desaparecer.

Barbe-Nicole escuchó atenta sus pasos, hasta que enmudecieron. Enfurecida, apoyó el pie lesionado para seguirlo, pero un intenso dolor que le recorrió toda la pierna la obligó a detenerse. A sus labios acudieron imprecaciones, palabras que había oído pronunciar a los hombres en la calle y que al oírlas su madre la habría reñido. Barbe-Nicole se frotó con cuidado el tobillo hasta que el dolor disminuyó un poco. Con mucha prudencia dio un par de pasos en la dirección en que su hermano se había marchado. Seguro que la había dejado adrede tanteando en la penumbra y que ahora se estaba riendo de ella. Que esperase, ¡ya le cantaría después las cuarenta!

Durante un rato, Barbe-Nicole estuvo andando a tientas, desorientada, en la oscuridad. De repente sintió una ráfaga de aire y se detuvo. Delante de ella debía de haber una de las ramificaciones por las que habían pasado ella y su hermano.

—Jean-Baptiste —gritó—. ¿Dónde estás?

Sintió que la invadía el miedo. La negrura empezaba a ponerla nerviosa. Cuando creyó oír unos pasos delante de ella, se apresuró a recorrer el pasillo a ciegas. Las puntas de sus dedos resbalaban por las ásperas paredes. De repente, se abrió otra galería, la mano quedó suspendida en el vacío y ella casi se cayó. Respirando con dificultad, se detuvo. Cuando volvió a coger aliento, llamó de nuevo a su hermano sin obtener respuesta.

Maldita sea, pensó Barbe-Nicole. Se había perdido.

Decidida, luchó contra el miedo, se dio media vuelta y regresó al punto de partida. Cuando llegó a una bifurcación, palpó las paredes que la rodeaban y confirmó que en ese lugar se encontraban tres pasillos. Y ella no tenía la menor idea de por cuál había llegado hasta allí. Unas lágrimas de frustración anegaron sus ojos. ¿Por qué no se había quedado en el lugar donde Jean-Baptiste la había dejado? ¿Por qué había tenido que correr tras él? ¡Su impaciencia iba a ser una vez más su perdición!

No había más remedio. Tenía que tratar de encontrar el camino de regreso. Durante unos minutos estuvo dando vueltas, confusa, intentando reconocer por la intensidad de las ráfagas de aire y los sonidos si se acercaba a algún lugar que le fuera familiar. Pero en un momento dado estaba tan perdida que se detuvo agotada y se dejó caer en el frío suelo. Luchó con poco entusiasmo contra las lágrimas que asomaban a sus ojos. La encolerizaban las burlas que tendría que soportar cuando Jean-Baptiste la encontrase. Pero al mismo tiempo era consciente de lo que pasaría si su hermano «no» la encontraba. Entonces tal vez debería vagar días enteros en la oscuridad y acabaría muriéndose de hambre. De repente, Barbe-Nicole dio rienda suelta a su desesperación. Se sintió como tiempo atrás, cuando había corrido de la mano de madame Jourdain por las calles de la ciudad ocupadas por la plebe. A merced de un peligro contra el que no podía luchar ni aún menos controlar. El sentimiento de impotencia la desanimó. De repente ya no le quedaban fuerzas para levantarse y seguir andando. Casi con agrado se entregó a su derrota, imaginando las distintas circunstancias de su inminente muerte hasta que la invadió una sensación de ebriedad que a un mismo tiempo la extasiaba y le daba miedo. Pero eso ahuyentó el cansancio que la había poseído y dio a sus fatigados músculos nueva elasticidad. Consiguió ponerse en pie. Solo cuando uno se rinde está realmente perdido, pensó, y fue como si hubiese adquirido un conocimiento básico de la vida.

Barbe-Nicole oyó unos pasos. Se quedó quieta escuchando. Era un sonido lejano, casi irreal, pero que iba subiendo de volumen. En la lejanía asomaba una luciérnaga solitaria. Barbe-Nicole no respiraba, tenía la mirada fija en la lucecita que iba aumentando de tamaño hasta que distinguió que procedía de una linterna.

—¿Jean-Baptiste? —susurró.

No obtuvo respuesta. La muchacha no se atrevió a hablar más fuerte. Tenía la sensación de que no era su hermano quien se acercaba. Pero, en esos tiempos, un extraño significaba un posible peligro. Una voz pusilánime en su interior la aconsejaba que emprendiera la huida, pero Barbe-Nicole la ignoró. Ya hacía tiempo que huía, de la oscuridad, de la incerteza, de su miedo. Ahora se había decidido a manejar ella la situación, costara lo que costase.

Solo cuando la figura se detuvo delante de ella y la luz de la linterna la sacó totalmente de las tinieblas, reconoció que se trataba de un muchacho de su edad. El cabello oscuro y revuelto le caía sobre la frente y sus ojos negros la miraban socarrones. Por un momento, su aspecto mediterráneo le infundió miedo. Pero cuando tomó la palabra, lo hizo con el familiar acento de la Champaña.

—Me da la impresión de que te has perdido, camarada. ¿Puedo ayudarte?

En el rostro de Barbe-Nicole asomó una sonrisa aliviada que ella contuvo de inmediato cuando notó que se estaba burlando de ella.

—Mi hermano y yo nos hemos separado —explicó, intentando en vano darle un tono de seguridad a su voz—. Te agradecería que me indicaras el camino de salida.

—¿Y cómo verás hacia dónde vas? —preguntó él; era evidente que estaba siendo irónico.

Puesto que ella no respondió, el chico sonrió amistoso.

—Permite que me presente, ciudadana. Mi nombre es Marcel Jacquin. Mi padre es viticultor —dijo inclinándose formalmente.

—Barbe-Nicole Ponsardin.

Ella hizo una reverencia tal como le habían enseñado en el convento y al momento se sonrojó, porque recordó que los revolucionarios habían suprimido los buenos modales.

—¿Puedo acompañarte a la salida? —preguntó Marcel Jacquin, como si no hubiese advertido su error.

—Te estaría muy agradecida —contestó Barbe-Nicole.

Él le dirigió otra sonrisa que ella encontró tranquilizadora. Mientras caminaba junto a él, sentía cómo se iba desprendiendo de la tensión. De golpe estaba cansada, agotada. El joven le infundía confianza. Su serenidad y su silencio casi le hacían parecer más adulto. Contempló con curiosidad su perfil, la nariz respingona y los labios finos. Y cuando él la miró, la mirada de esos ojos negros y atentos la conmovió. Era como si le hubiese llegado al alma. Volvió alterada la cabeza y se concentró en el pasillo que estaban siguiendo.

—¿Está muy lejos todavía? —preguntó Barbe-Nicole.

—A la vuelta de aquella esquina —explicó Marcel—. ¿Qué estabas haciendo aquí, en realidad?

—Mi hermano y yo solo queríamos echar un vistazo —contestó vacilante Barbe-Nicole.

—¿Tu hermano se desenvuelve bien por aquí abajo?

—Un poco.

—Si de verdad quieres ver unas grutas impresionantes, tienes que ir al laberinto que hay en las afueras de la ciudad. Será un placer para mí llevarte —se ofreció.

Lo miró y volvió a notar esa sonrisa irónica que, francamente, la irritaba un poco.

—Mi padre no lo permitiría —rechazó ella la invitación.

—Pues no se lo digas —respondió con descaro.

—Pero tú ¿qué te imaginas? —exclamó ella, indignada.

Al mismo tiempo, sin embargo, sintió un agradable escalofrío. Ahí se le ofrecía la oportunidad de tener una aventura sin su hermano, sin el conocimiento de sus padres, como si ya fuera una persona adulta.

Cuando apareció ante ellos una escalera excavada en la piedra, Barbe-Nicole subió aliviada los escalones, pero se detuvo de nuevo.

—Me lo pensaré —dijo.

Nicolas Ponsardin contempló la falta de expresión del rostro de su esposa. Se encontraba junto a uno de los ventanales del salón. Dirigía la mirada a los jardines delanteros del Hôtel Ponsardin, pero su marido percibía por la inexpresividad de sus ojos que no se daba cuenta de nada. En aquellos días, era cada vez más frecuente que descubriera huellas de lágrimas en las mejillas de Jeanne-Clémentine. Sufría por Francia, su país, inmerso en un sangriento caos. Lo que pasaba en París, donde miles de personas caían víctimas de la guillotina, impresionaba a todos los que se enteraban, pero no querían creer las crónicas. Incluso Danton y Saint-Just, tan poderosos en otros momentos, habían sido víctimas del Terror. Los impulsores de la Revolución se despedazaban entre sí. Y ahora, después de que se hubiese abolido oficialmente la práctica de la religión católica y se hubiese sustituido por el culto a la razón, Jeanne-Clémentine temía por su salvación y la de su familia. ¿Qué pasaría con ellos si Dios les daba la espalda?

Como si hubiese seguido el curso de los pensamientos de su esposa, Nicolas Ponsardin frunció el ceño.

—¿Ha comprobado que todo se haya recogido minuciosamente, madame? —preguntó.

Jeanne-Clémentine salió de su ensimismamiento.

—Sí, por supuesto —contestó con una débil sonrisa—. Y

también he puesto mucho cuidado en que nadie viera al abate Godard abandonar la casa. E incluso si eso ocurriera, creerían que es uno de tus asistentes.

Nicolas asintió y trató de relajarse. En los últimos años, había hecho todo lo necesario para que lo considerasen un ferviente partidario de la Revolución. Nadie, exceptuando su familia y el círculo más íntimo de sus amigos, sospechaba que seguía siendo un convencido seguidor de la monarquía y que por nada del mundo pondría en juego la salvación de su alma inmortal. Pues después de morir tenía que presentarse ante Dios y los santos y rendir cuentas de sus obras. Y temía la condena eterna que esperaba a cualquiera que hubiese perdido la fe.

Así que por mucho que fuera el cuidado que Nicolas pusiera en defender en su vida cotidiana los revolucionarios conceptos de libertad, igualdad y fraternidad para proteger a su familia, lo arriesgaba todo, sin embargo, por la religión. Eran pocos los sacerdotes que no habían prestado el juramento exigido a la constitución y que seguían celebrando la prohibida misa católica. Esos sacerdotes vivían escondidos como animales perseguidos, durante el día se dedicaban a un discreto oficio y durante las noches celebraban la misa en las casas de creyentes de confianza. No eran los únicos que llevaban una doble vida. Nicolas había asistido en público a la rotura de la santa ampolla con cuyo óleo sagrado eran ungidos los reyes de Francia durante su coronación, incluso había plantado con sus propias manos uno de los simbólicos árboles de la libertad en la Place Nationale. Pero luego, protegido por la oscuridad de las bodegas de su casa, había participado en la santa misa.

Sabía que la posibilidad de poder asistir al servicio divino protegía a su esposa de enloquecer de preocupación. Su fe la sostenía y la proveía de la paciencia necesaria para esperar días mejores.

—Tenemos visita —advirtió Jeanne-Clémentine de repente.

—¿Quién es? —preguntó Nicolas, acercándose a la ventana.

—Tu viejo amigo Millet. Me aburre su conversación, pero siempre es el primero en traer novedades de París. A lo mejor, para variar, nos trae alguna buena noticia.

Poco después, un criado conducía al visitante al salón y lo anunciaba. Nicolas salió a su encuentro y le tendió la mano.

—Querido Millet, ¿cómo está? ¿Acaba de llegar de la capital?

—Así es. No se lo va a creer —informó sin aliento Millet—. Ha caído Robespierre.

Nicolas y Jeanne-Clémentine miraron estupefactos al recién llegado.

—¿Es cierto?

—Sí, el Tribunal Revolucionario lo ha condenado a muerte, a él y a veintiún seguidores suyos, entre ellos Saint-Just. El 10 de termidor, Robespierre y los otros serán guillotinados en la Place de la Révolution. Por fin volverán a reinar la justicia y el orden.

Con expresión satisfecha, Millet se sentó en un sillón.

—Pues sí que son buenas noticias —convino Nicolas—. Esto hay que celebrarlo. Todavía me queda un excelente vino espumoso en la bodega. Vamos a brindar por un futuro más tranquilo.

Después de que el criado sirviera el vino en unas copas altas y delgadas y de que se retirase, Nicolas preguntó con cautela:

—¿Cómo opina usted que van a ir las cosas?

—Eso no se puede saber —respondió Millet encogiéndose de hombros—. Por lo visto, todo el mundo quiere hacerse con el poder. Ya veremos… cuando el reinado del Terror por fin se haya acabado.

Vació el contenido de su vaso como para infundirse valor y cambió luego de tema.

—Para volver al asunto de su encantadora hija mayor, querido amigo. Tengo a un joven protegido con unas buenas perspectivas en el ejército...

—Disculpe mis palabras, ciudadano —lo interrumpió Nicolas—. Puede que todos sus protegidos tengan unas perspectivas estupendas, pero, en la época tan tempestuosa en que estamos viviendo, la fortuna suele cambiar de un día para otro. El abogado que me recomendó hace un año porque era un buen partido para mi hija acabó en la guillotina tras la caída de Brissot. Y el...

—Sí, sí, ya sé —admitió Millet, extendiendo los brazos—. Es cierto que no he tenido hasta ahora ningún acierto, pero, como usted mismo dice, las circunstancias deshacen en un abrir y cerrar de ojos el plan más minucioso. Pero le prometo que esta vez es distinto.

—En periodos de guerra, un oficial del ejército tampoco es precisamente un yerno que genere confianza —señaló Nicolas Ponsardin—. La próxima batalla ya dejaría viuda a mi pobre Barbe-Nicole. Con todos mis respetos por su oferta, ciudadano Millet, deseo esperar algo más hasta decidir con quién se casará mi hija.

—Está bien, como usted quiera —dijo decepcionado Millet, al tiempo que se levantaba—. Esperemos que no tenga que arrepentirse un día de sus vacilaciones.

El matrimonio Ponsardin suspiró aliviado cuando Millet se despidió.

—Me han llegado otras peticiones para Barbe-Nicole —informó el fabricante de telas—. Debo confesar que ninguna adecuada, pero poco a poco me pregunto quién entra en consideración para nuestra hija mayor.

—Usted siempre deseó para ella un marido con título nobiliario —le recordó Jeanne-Clémentine.

—Eso podría ser un suicidio, ahora ya lo sabe, madame —contestó con sequedad Nicolas.

—Sí, lo sé, pero si la monarquía vuelve a instaurarse...

—Eso puede tardar años. ¿Quiere que Barbe-Nicole acabe siendo una solterona? —preguntó burlón—. Tal vez debería indagar en círculos más próximos. Por fortuna, no tenemos prisa. Esperemos que entre tanto nuestra hija no se enamore de nadie que todavía sea menos apropiado para ella que el oficial del ejército propuesto por Millet.

El foco de luz de la pequeña lámpara bañó las paredes de yeso blanco con un cálido brillo dorado, dando realce a las palabras grabadas en la blanda piedra. Barbe-Nicole se acercó fascinada y leyó las que estaban allí escritas:

—«El día de mi boda, casi no puedo esperar a tener a mi novia entre mis brazos.»

La muchacha sonrió a su acompañante.

—¿Has leído todas estas frases?

Marcel se ruborizó levemente y bajó la mirada entristecido. Entonces Barbe-Nicole comprendió que no sabía leer.

—Enséñame más —le pidió ella.

Cuando el chico volvió a levantar la lámpara e iluminó un breve poema que un poeta en ciernes había grabado en la cal, deslizó el dedo bajo las letras y pronunció con cuidado cada uno de los sonidos. Marcel la observaba con atención y le dirigió una sonrisa algo irónica que a un mismo tiempo la irritó y le pareció irresistible.

Al principio había dudado en reunirse con el hijo del viticultor, pues sabía que su padre no aprobaría que tratara con un joven desconocido. Pero se aburría. La clase con el ciudadano Poncelet, su profesor particular, no la fascinaba. El joven instructor ya no le aportaba nada en las asignaturas que a ella le interesaban, las matemáticas y la retórica; y las obras literarias que le daba a leer eran más del gusto de su coqueta hermana Clémentine que del suyo. Así que, después de la clase, solía dejar el bastidor para bordar, labor que su madre la obligaba a hacer, y salía con su hermano a callejear por Reims. Pero Jean-Baptiste no se ocupaba de su hermana y a veces la dejaba esperando en cualquier lugar, como había ocurrido durante su visita a los sótanos del palacio de los cardenales de Lorena, y se reunía con otros chicos del vecindario.

Barbe-Nicole sospechaba que iba a cortejar a chicas y que la compañía de su hermana no era bien recibida. Pero ella no se lo tomaba a mal. Marcel Jacquin era un acompañante mucho más divertido que Jean-Baptiste, conocía los rincones más escondidos de la antigua ciudad de las coronaciones y compartía de buen grado su saber con la hija de un burgués.

Nunca era maleducado o despreciativo, y no la trataba como a una niña a la que había que cuidar entre algodones. Con él se sentía adulta y considerada como una igual. Solo una persona le tenía el mismo respeto y consideración: su padre.

Marcel la conducía por los extensos pasillos de las grutas de yeso, en las afueras de la ciudad. A Barbe-Nicole le parecían monumentales. Las paredes que se estrechaban por arriba habían sido labradas con picos y cinceles. Parecía como si un gato monstruoso hubiese deslizado sus garras por la piedra. La luz de la lámpara que llevaba Marcel no bastaba para iluminar el techo, pues era muy elevado. Barbe-Nicole se sentía como en la gran catedral. Reinaba allí el mismo silencio inefable. La joven casi esperaba ver aparecer en las paredes laterales estatuas de la Virgen y de los santos. Al menos, eso no la habría sorprendido.

Marcel siempre le enseñaba nuevas frases escritas en las paredes que él había descubierto en las cuervas durante sus exploraciones previas. Una vez, haciéndose el misterioso, la llevó por un pasillo al que se llegaba a través de un auténtico laberinto de ramificaciones sinuosas y estrechas. Al final se abría un espacio más parecido a una iglesia que ningún otro de todos los que había visto Barbe-Nicole hasta entonces. En las paredes estaban grabadas oraciones en latín y cruces. Incluso descubrió una representación muy sencilla pero artística de la santa madre de Dios.

—Aquí se celebran periódicamente misas secretas —le desveló Marcel

Barbe-Nicole intentó leer en la expresión de su rostro si aprobaba o condenaba ese oficio prohibido de la religión cristiana.

—No te preocupes, no le hablaré a nadie de este lugar —le aseguró Marcel cuando se percató de su mirada escrutadora.

—¿Por qué iba a preocuparme? —preguntó ella.

—Se te nota —contestó él, encogiéndose de hombros—. En nuestra familia seguimos creyendo en Dios y los santos que nos protegen a nosotros y nuestro hogar desde hace cientos de años. Esos hombres de París que se hacen llamar revolucionarios ya se darán cuenta de que no es tan fácil arrancar la fe del corazón de las personas. —La mirada de sus ojos oscuros se sumergió en la suya—. Tú y tu familia pensáis del mismo modo. Lo sé.

—¿Cómo puedes estar tan seguro? —preguntó Barbe-Nicole.

—Conozco con facilidad lo que sienten las personas. Y he visto la cara que ponías cuando hemos entrado aquí. Puedes confiar en mí.

Ella asintió, pero no respondió nada. Las misas ocultas que se celebraban en las galerías subterráneas del Hôtel Ponsardin no eran su secreto, sino el secreto de sus padres. Se había enterado por azar de su existencia, cuando en una ocasión había visto al abate Godard con la casulla. Ella no tenía derecho a hablar de este tema con alguien de fuera. Marcel respetó su silencio. Esa era una de las cualidades que ella apreciaba en él.

—¿Qué vamos a hacer mañana? —preguntó ella a continuación.

Él reflexionó unos segundos e inconscientemente se pasó la mano por el espeso y rizado cabello.

—¿Tienes ganas de ver Reims desde arriba? Subamos a una de las torres de Notre-Dame —propuso.

—Pero lleva días lloviendo —objetó Barbe-Nicole—. No podremos ver nada.

—Mañana saldrá el sol —profetizó el joven con una sonrisa pícara.

Y Marcel estaba en lo cierto: a la tarde siguiente, cuando Barbe-Nicole salió a escondidas del Hôtel Ponsardin, ya no se veía ni una sola nubecilla en el cielo. Como hijo de un viticultor de la región, Marcel tenía un sentido innato para anticipar los caprichos del tiempo que tanta influencia ejercían sobre la agricultura.

Barbe-Nicole ya había admirado con frecuencia la magnífica fachada de la catedral, en especial cuando la iluminaba la luz de un dorado rojizo de la puesta de sol que hacía destacar la delicada tracería de las ventanas y de los rosetones, así como los adornos de los portones. Pero el interior de la iglesia ya no olía a cera de abeja e incienso como antes de la Revolución, sino a polvo y a los cuerpos sin lavar de los mendigos que buscaban allí cobijo.

Marcel condujo a su acompañante a la torre del norte. Con expresión de complicidad abrió una pequeña puerta de madera tras la cual ascendía una escalera de caracol encajada en la piedra. Barbe-Nicole lo siguió dubitativa escaleras arriba. El silencio en el viejo e imponente edificio de piedra era espectral. Reinaba una atmósfera de solemnidad en la que pronunciar cualquier palabra en voz alta parecería un sacrilegio. La muchacha y el joven fueron subiendo en silencio la angosta escalera cuyos escalones de piedra estaban gastados a causa de los numerosos pies que habían subido y bajado por ellos. Marcel se detuvo y explicó a su interlocutora que se hallaban a la altura de la galería de los reyes. Tiempo atrás, cuando todavía estudiaba con las monjas de Saint-Pierre-les-Dames, Barbe-Nicole se sabía los nombres de los soberanos de memoria. Ahora, los revolucionarios habían borrado del recuerdo de la nación a quienes antes habían sido monarcas, abandonados ahí arriba, bien lejos de las miradas de la gente, condenados a llevar una existencia miserable.

Siempre en silencio, Barbe-Nicole y Marcel continuaron subiendo. El viento aumentaba, soplaba a través de la tracería de la ventana arqueada, en torno a los adornos de las torres, como los florones, las gárgolas y los cangrejos a lo largo de los pináculos. Cuando llegaron a la armadura de la cubierta, dejaron la escalera y entraron con precaución en la bóveda. Barbe-Nicole acarició con la mano las antiquísimas vigas, riostras y cabrios de madera de roble que aguantaban la cubierta. Era casi inimaginable que los árboles de los que procedían hubiesen sido talados cientos de años atrás. Marcel le enseñó los signos que los carpinteros que habían tallado la madera habían grabado para no caer en el olvido jamás. Después de explorar el transepto y el coro, la muchacha y el joven volvieron a la escalera de caracol y siguieron subiendo por la torre hasta llegar a la enorme campana. A través de la alta ventana vieron la torreta sobre la cumbrera y los imponentes contrafuertes en los que se apoyaban las paredes. A sus pies se alineaban, unos tras otros hasta llegar a la muralla de la ciudad, los tejados rojos de las casas de Reims, de entre los que sobresalían los campanarios. Al oeste se veían las elevadas torres gemelas de Saint-Pierre-les-Dames.

Cuando Barbe-Nicole vio los familiares chapiteles en forma de cúpula sintió de repente cómo desaparecía la alegría que le habían causado las nuevas impresiones. Volvió a recordar la huida, cinco años atrás.

Marcel, que se había colocado a su lado, siguió su mirada.

—Ahí detrás está el convento en cuya escuela estudié cuando estallaron los desórdenes —dijo en voz baja—. ¿Sabes lo que ocurrió con las monjas que vivían allí?

Marcel vio su expresión de miedo y bajó la vista para evitar que leyera en sus ojos la confirmación de sus temores.

—No —respondió.

La contención de su voz reveló a la muchacha que estaba mintiendo. Ahora ya lo conocía lo suficiente para saber que no le resultaba fácil mentir. Pero, en ese caso, le agradeció que él la protegiera evitándole la información.

El viento soplaba con más fuerza a través de la ventana sin acristalar, y ella tiritaba de frío. Para protegerla, Marcel pasó el brazo alrededor de sus hombros y la estrechó contra sí. Ella se lo permitió, apoyó la cabeza en su pecho y lloró.

Permanecieron un rato estrechamente apretados el uno contra el otro, resguardados por las paredes de piedra. Cuando Barbe-Nicole consiguió frenar sus lágrimas y se separó de él para secarse el rostro, se sintió extrañamente liberada de un fardo que había estado cargando durante demasiado tiempo. Había dejado atrás los horrores y miedos de la infancia y se había hecho mujer. Marcel también lo notó. La expresión de sus ojos cambió, dejaron de golpe al descubierto una inquietante solemnidad y un sincero deseo.

El corazón de Barbe-Nicole latía más deprisa. Sintió una mezcla de miedo y de alegre expectación. Una parte de ella quería alejarse de él; pero otra, más osada, no hacía caso de ningún tipo de reflexión. Sus ojos grises lo miraron directamente y en sus labios rosados asomó una sonrisa provocadora. Entonces él volvió a abrazarla y la besó suavemente. Barbe-Nicole se tensó un poco ante ese contacto inusual, pero su cuerpo enseguida se relajó y respondió al beso, primero vacilante, luego cada vez con mayor pasión. Era como si una bandada de pájaros diminutos aleteara en su vientre. Cuando Marcel la soltó y la miró sonriente, ella musitó:

—Bésame otra vez.

Él no se lo hizo rogar dos veces. Mientras su lengua tocaba la suya y la invitaba a jugar con ella, Marcel le acarició tiernamente el cuello, la nuca y enterró sus dedos en el cabello que llevaba recogido en lo alto. Barbe-Nicole se entregó a las nuevas sensaciones que afloraban desde los rincones más recónditos de su cuerpo, zonas cuya existencia no había conocido hasta ese momento. Nunca antes la habían tocado de ese modo, ni sus padres ni su niñera, cuyo contacto había sido escaso y rápido.

—Eres bonita —susurró Marcel mirándola con admiración.

Barbe-Nicole, que tenía una imagen simple de sí misma, sabía que no era cierto. Tenía el rostro alargado y mofletudo, la nariz demasiado grande y los ojos algo prominentes. Era baja y gordita, con un cuerpo carente de la gracia que era de desear en una muchacha joven. Solo podía calificarse de atractivos, sin hacerle con ello ningún cumplido, su inmaculada tez blanca y el cabello de un rubio rojizo cuyos bucles naturales caían hasta la cintura brillando como oro solar. Pero vio en el rostro de Marcel que él no intentaba engañarla, sino que la encontraba bonita de verdad.

Colocó con timidez la mano sobre la mejilla del joven y acarició su piel bronceada. El rostro de Marcel había perdido la suavidad infantil y anunciaba los primeros brotes de la barba. Parecía un muchacho, pero en su interior ya era un hombre. Y ella estaba enamorándose de él. Un resto de razón le advirtió de que no se quedara a solas con él. La recorrió un escalofrío de deseo y de miedo. Marcel notó que se estremecía y malinterpretó la causa.

—Estás muerta de frío. Bajemos —dijo.

Lo miró escrutadora. Temía haberlo decepcionado. Pero, como siempre, él le leyó el pensamiento y sonrió.

—No debería haberte besado, Barbe. Si tu padre lo supiera, me molería a palos.

Ante la idea de verlo maltratado, la muchacha sintió un profundo dolor y sus ojos se abrieron horrorizados.

—Por mi parte, no sabrá nada —prometió.

Camino del Hôtel Ponsardin, cuando Barbe-Nicole y Marcel atravesaron la antigua Place Royale, ahora llamada Place Nationale, alguien gritó de repente el nombre de la muchacha. Barbe-Nicole se volvió sorprendida y descubrió la carroza de su padre. Rápidamente colocó suplicante la mano sobre el brazo del joven que tenía al lado.

—¡Vete! —le pidió—. ¡Deprisa!

Cuando el carruaje de Nicolas Ponsardin se detuvo junto a su hija, Marcel ya estaba en la Rue de la Perriere.

—¡Suba, mademoiselle! —ordenó con severidad el comerciante textil—. ¿Quién era ese joven?

—Un amigo, papá —respondió Barbe-Nicole, bajando la vista.

—Así que es con él con quien pasas todo el día vagabundeando por ahí, en lugar de dedicarte a tus clases. —Suspiró—. Sé que en parte es culpa mía. Paso demasiado tiempo con mis negocios. También a tu hermano le he dado durante mucho tiempo rienda suelta. Te ha llevado con él en sus escapadas y ahora le has encontrado demasiado gusto a la libertad. Pero esto va a cambiar. Te voy a encontrar un profesor mejor, que no se limite a tener el mismo nivel que tú en matemáticas (pues ya sé que monsieur Poncelet no puede enseñarte más), sino que también te introduzca en los escritos de Voltaire, Rousseau y los demás filósofos de la Ilustración. Y luego te buscaré un esposo, que disfrute de una educación igual de buena y con el que seguro que no te aburrirás. —Nicolas Ponsardin miró amenazador a su hija—. Y si vuelvo a verte en compañía de ese chico, ya me encargaré de que vuelva al lugar que le toca: al ejército, para defender las fronteras de nuestro país de los enemigos de Francia. ¿Me ha entendido, mademoiselle?

La mirada conmocionada de la muchacha le reveló que había dado en el blanco. Su hija ya no era una niña pequeña y se había enamorado completamente del primer granuja con el que se tropezó. Por mucho que la quisiera, reconoció que a partir de ese momento tenía que tratarla con más severidad, por su propio bien. Puede que su sueño de verla casada algún día con un aristócrata hubiera estallado como una pompa de jabón, pero no quería que fuera la esposa de un campesino. Examinó el rostro de su hija. ¿Estaría de acuerdo en no volver a ver nunca más a su amiguito? Por su expresión dedujo que sentía tristeza, pero también comprensión y algo parecido al miedo. Sus peores temores se vieron justificados. Ella obedecería, no porque estuviese de acuerdo con su padre en que ese muchacho no era el esposo adecuado para ella, sino porque quería protegerlo.

9

Reims, febrero de 1858

Tras la visita a la bodega bajo el que había sido el palacio cardenalicio, Jeanne invitó a la viuda Clicquot al salón y pidió que les sirvieran un café.

—Le había prometido que seguiría contándole mi vida, madame —dijo Barbe-Nicole—. Como usted ya sabe, mi padre era comerciante textil. En su origen, mi familia no tenía nada que ver con el comercio del champán. Mientras me buscaba un marido apropiado, mi difunto padre puso la mirada en la familia Clicquot, que vivía a tan solo un par de casas del Hôtel Ponsardin. Ya de niña conocía, aunque solo superficialmente, al joven François, mi futuro esposo. De joven se fue a Suiza para aprender comercio y finanzas, y regresó a Reims un año y medio antes de que se celebrara nuestro enlace matrimonial. Él era quien quería seguir ampliando el negocio del vino de su padre, aunque este no estaba de acuerdo. Por desgracia, Philippe Clicquot tenía la costumbre de frenar los afanes de su hijo y de desanimarlo en todo. Yo, por el contrario, encontraba el entusiasmo de François apasionante. Tiene que entenderlo, madame Pommery, los dos éramos todavía muy jóvenes. Queríamos dejar nuestro sello en la vida, empezar algo nuevo y no nos amedrentaba correr riesgos con ello. François soñaba con nuevos mercados en Inglaterra y Rusia, pero nunca hacía nada por llevarlos a la realidad. Mi padre tenía razón al opinar que François Clicquot era un buen partido y que por carácter nos avendríamos. Y así fue. —Barbe-Nicole alzó la mirada, soñadora—. Ah, todavía me acuerdo muy bien de los primeros encuentros con François, después de que regresara de Suiza. Él y su padre presentaron sus respetos a mis progenitores. Eso fue en el año 1797. Nueve meses más tarde, nos casábamos. Pasamos nuestra luna de miel en los viñedos de la abuela de François, en Bouzy. Allí empezamos a urdir los planes para ampliar el negocio del vino...

10

Reims, abril 1797

—Haga el favor de quedarse quieta, mademoiselle —requirió Madeleine Jourdain—, la muselina es finísima y se rasga con mucha facilidad.

Clémentine se esforzó por hacerle caso, pero siguió intentando mirar de reojo en el espejo si el corte de su nuevo vestido también le realzaba el pecho.

El vestido de muselina blanca, confeccionado según la antigua moda, dejaba ver más de lo que escondía. Respondía al último grito de la moda de París. Cualquier mujer que se preciase emulaba los figurines de la amante de Barras, el líder del Directorio, madame Tallien, quien hizo del nuevo estilo una extravagancia. Se la llamaba Nuestra Señora de Termidor. Las mujeres habían abandonado el corsé y las enaguas de antaño y solo llevaban una fina camisa de seda y encima un vestido que ya no denominaban *robe*, «vestido», sino *chemise*, «camisa».

—¿Te gusta, Barbe? —le preguntó Clémentine a su hermana, que estaba presente en las pruebas; pero solo las examinaba a medias.

La mirada de Barbe-Nicole siempre regresaba al libro que tenía sobre las rodillas. Estaba ocupada con *La religiosa*, de Diderot, y no le gustaba interrumpir la lectura.

—Vas a morirte de frío con ese vestido —observó sarcástica Barbe-Nicole.

—No tiene ni idea de lo que actualmente se lleva en París —contestó Clémentine mordaz—. Madame Tallien describe un nuevo juego de mesa, según el cual se pesan las prendas de vestir de una dama. Si todas juntas pesan más de doscientos gramos, ya no va vestida a la moda.

—O bien desvestida —replicó irónica Barbe-Nicole.

La modista chasqueó la lengua con desaprobación.

—Bueno, bueno, mademoiselle Clémentine, si crea escuela, pronto me quedaré sin trabajo y tendré que salir a mendigar.

Con mano diestra encajó con unos finos alfileres una manga que llegaba hasta el codo.

—Mueva un poco el brazo para que pueda ver si tira la tela —le pidió Madeleine a la joven.

Al mismo tiempo lanzó una mirada escrutadora a Barbe-Nicole. Cuando vio que volvía a sumergirse en la lectura, en lugar de mirarlas a ellas, suspiró. La falta de interés de la joven por todo lo que tuviera que ver con la moda daba muestra de su modestia, lo que era grato a Dios; pero haría difícil a su padre casarla. Barbe-Nicole ya había cumplido diecinueve años y Nicolas Ponsardin todavía no le había encontrado ningún marido que satisficiera sus altas expectativas.

Seguía soñando con un marqués o al menos un conde, pensaba la modista. Sin embargo, debería explorar un entorno más cercano.

En la puerta del cuarto en que se estaban haciendo las pruebas de la modista se oyó un ruido. Alguien rascaba la madera. Inmediatamente después, entró una de las asistentas, se disculpó por causar una molestia y se dirigió a Barbe-Nicole.

—Monsieur Ponsardin le comunica que tiene invitados —dijo—. Desea que se reúna con ellos en el salón, mademoiselle.

Barbe-Nicole dejó el libro a un lado y se levantó. Para ella, los deseos de su padre eran órdenes, pero también se alegraba de no tener que estar presente en esas pruebas inacabables. Pese a que los nuevos vestidos de corte sencillo caían mejor que las antiguas *robes*, con sus ceñidos corsés, frunces en el pecho y faldas con incontables pliegues, estar tanto rato de pie acababa con la paciencia de la joven. La inactividad mental no era santo de su devoción.

Cuando Barbe-Nicole se dispuso a seguir a la doncella, se olvidó, como siempre, de levantar la cola del vestido de muselina, de modo que el dobladillo se quedó colgado del reposacabezas del sillón tapizado con seda.

Madeleine se dio cuenta y advirtió con urgencia:

—Cuidado, mademoiselle, la cola...

Barbe-Nicole se volvió enervada y se esforzó por dominarse y no tirar impaciente de la fina tela. La modista acudió en su ayuda, drapeó la cola alrededor del cuerpo de la muchacha y le puso al final el extremo en la mano.

—Gracias, madame —dijo sinceramente Barbe-Nicole—. ¿Qué haría yo sin usted?

—Tiene que practicar más —le aconsejó Madeleine—. Llevar la cola con gracia es un arte que hay que aprender.

Barbe-Nicole hizo una mueca.

—No querrá volcar las sillas y mesas auxiliares delante de los invitados cuando entre en el salón, ¿verdad? —le advirtió la modista.

La joven se ruborizó.

—No, claro que no. Tiene usted razón, madame Jourdain. Voy a esforzarme por ser más cuidadosa.

Antes de entrar en el salón en el que su padre había recibido a las visitas, Barbe-Nicole se aseguró de que ninguna parte de la cola se arrastrase por el suelo. Esforzándose por actuar con la mayor elegancia posible, se inclinó brevemente ante Philippe Clicquot y su hijo François, de veintitrés años, quien hablaba con un entusiasmo notorio sobre el negocio de su familia. En realidad, los Clicquot eran comerciantes de telas como Nicolas Ponsardin, pero el negocio del vino, desde que se había fundado hacía treinta años, se había convertido en el segundo pilar de su economía.

—Ah, mi hija Barbe-Nicole —dijo Ponsardin cuando se percató de su llegada.

Con curiosidad, Barbe-Nicole repasó de la cabeza a los pies al joven François. Al igual que su padre, llevaba un frac de paño negro con el talle alto, cuello duro y anchas solapas sobre un chaleco corto cruzado de color verde con dos hileras de botones, además de unos pantalones de tres cuartos y botas. Lucía un largo fular blanco al que había dado varias vueltas alrededor del cuello, y bajo el brazo sostenía un bicornio con la ineludible escarapela tricolor cosida. El cabello corto y sin empolvar de François era negro y rizado, y a Barbe-Nicole le trajo automáticamente el recuerdo del rostro de Marcel Jacquin.

Por un momento, sus pensamientos la condujeron a él, el amigo por el que se sentía comprendida y amada. Era tan importante para ella que había cedido a las exigencias de su padre y, por mucho que eso le había costado, no había vuelto a ver a Marcel. Pero garantizar la integridad física del joven era más importante que su propia felicidad. En una ocasión había enviado a la calle a Marie, la asistenta de cámara, para que se informase sobre Marcel. Se había enterado así de que trabajaba en la viña de su padre. Con ello, Barbe-Nicole se había dado por satisfecha. Pero seguía pensando en él con frecuencia. En clase, cuando escribía una redacción sobre un escrito filosófico, recordaba cómo había enseñado a Marcel a leer y escribir en las cuevas de yeso, grabando las letras en la blanda roca. Y la consolaba un poco el hecho de que las huellas de sus clases perdurarían en el tiempo y posiblemente serían descubiertas un día por otras personas. A lo mejor se preguntarían quién, en la soledad de las cuevas, había aprendido a escribir y qué había sido de él.

Barbe-Nicole abandonó sus pensamientos cuando se percató de repente de que François Clicquot se dirigía a ella. Ruborizada, concentró su atención en él y desterró de su mente los recuerdos del hijo del viticultor.

—¿Tiene preferencia por el vino espumoso, madame? —preguntó el joven.

Barbe-Nicole se percató de que los ojos de un castaño oscuro de François se iluminaban al cambiar de tema y adivinó incluso que se refería a una de sus aficiones.

—Por así decirlo, monsieur, llevo el vino espumoso en la sangre —respondió ella para agradarle—. Como usted tal vez ya sabe, mi abuela era Marie-Barbe-Nicole Huart-Le Tertre, cuyo nombre yo he heredado, de soltera Ruinart. Ella también elaboraba vino espumoso.

Philippe Clicquot asintió.

—Tenemos constancia de ello, mademoiselle. El tío de Nicolas Ruinart era el monje benedictino Dom Thierry Ruinart, hermano de la Orden de Dom Pierre Pérignon. Mi hijo desearía ampliar mi modesto comercio del vino. Se interesa especialmente por el vino de perla.

Mientras el padre hablaba, Barbe-Nicole no podía apartar la mirada de los rasgos del hijo. Cuando este volvió a tomar la palabra, ya no resplandecían solo sus ojos de entusiasmo, sino que todo su rostro empezó a brillar desde el interior. Expresaba tal entusiasmo que Barbe-Nicole lo observaba fascinada. Su pasión era contagiosa. Y de golpe sintió que una extraña calidez se extendía en su pecho. Cautivada y con una sonrisa radiante en los labios, reflejo de la del joven, escuchó las palabras de este con atención.

—Vender vino como actividad secundaria del comercio textil es algo bueno y bonito, pero con el espumoso se podrían alcanzar otros mercados totalmente distintos. La elaboración es cara, pero una oferta limitada permitirá exigir un precio mucho más elevado. Por supuesto, el comercio no puede reservarse solo para el interior del país. Puesto que es de suponer que la aristocracia no regrese tan pronto a Francia y los ciudadanos ricos todavía no se atreven a adoptar sus costumbres, habría que buscar nuevos clientes. También en los estados alemanes, Inglaterra y Rusia se bebe vino. Los rusos en especial aman la opulencia. Seguro que también disfrutarían con nuestro vino espumoso.

—Un buen plan —coincidió Philippe Clicquot, dándole la razón a su hijo—. Si media Europa no se encontrase en guerra.

Por lo visto, se veía en la obligación de sofocar un poco el entusiasmo de François. Barbe-Nicole tuvo la impresión de que era algo que el comerciante textil acostumbraba a hacer.

—En algún momento terminará la guerra, padre —replicó François—. Y entonces saldrá victorioso el primero que tenga el valor de conquistar nuevos mercados. ¿Acaso no ve la oportunidad que se nos ofrece? ¿No opina que tarde o temprano se les ocurrirá la misma idea a otros comerciantes de vino? A fin de cuentas, antes de los altercados, usted mismo vendía vino por todo el mundo, y no un vino de mesa sencillo que pudiera repartirse en barriles, sino excelente vino embotellado por el que se pedía un alto precio.

—Ya me conozco todos los argumentos, hijo querido —dijo Philippe Clicquot con un deje de fastidio—. Ya me los ha expuesto unas cuantas veces. Pero seguro que no querrá aburrir a nuestros anfitriones.

Una llama de indignación ardió en los oscuros ojos de François y sus mejillas enrojecieron. Pero cuando vio la mirada de Barbe-Nicole, expresando auténtico interés, su rostro se iluminó.

—A mademoiselle Ponsardin no parecen aburrirle mis proyectos —observó satisfecho—. ¿Podría tal vez exponérselos con todo detalle?

—Sería un placer escucharle, monsieur —contestó Barbe-Nicole, quien tenía realmente ganas de saber más sobre el comercio del vino de los Clicquot.

Opinaba que lo sabía todo sobre el comercio de telas de su padre y estaba ansiosa por encontrar nuevos campos de interés que pudieran atraer su mente. Por mucho que le gustaran las obras de filosofía, sabía que no podía pasar toda su vida leyendo y bordando como habían hecho su madre y muchas otras muchachas que se casaban y se contentaban con complacer a su marido y darle hijos.

—¿Me permite que venga a visitarla en los próximos días, mademoiselle? —preguntó François Clicquot.

La perspectiva de tener a alguien con quien hablar de sus nuevas ideas lo alegró visiblemente y llegó incluso a olvidar comportarse debidamente, pues lanzó a Barbe-Nicole la pregunta en lugar de a su padre.

La joven dirigió a Nicolas una mirada inquisitiva y observó una sonrisa de satisfacción en sus labios. Por lo visto, su padre no se escandalizaba ante el celo de François Clicquot. También la madre, quien como siempre se mantenía en un segundo término, dibujaba una sonrisa de conformidad.

En las semanas que siguieron, o bien los Clicquot acudieron con más frecuencia a la casa como invitados y aumentaron las ocasiones en que François se presentaba sin su padre, o bien invitaron a los Ponsardin a alguna velada. Barbe-Nicole se percató de que su familia solía ser la única convidada en el Hôtel Clicquot. Además, permitían de buen grado que ella y François conversaran por su cuenta o incluso que salieran a pasear por el jardín sin vigilancia cuando en primavera el tiempo mejoró.

—Me gustaría ver su bodega algún día —confesó Barbe-Nicole una tarde de mediados de mayo—. Todavía no he pisado ninguna. Solo los sótanos abandonados de la ciudad…

Calló de golpe cuando tomó conciencia de lo que estaba a punto de hacer. Hasta entonces nunca le había contado a nadie sus salidas secretas con Marcel. Pero, por lo visto, François, quien como siempre estaba pensando en el comercio del vino, ni siquiera encontró rara su observación.

—Esto se puede organizar, seguro —dijo complacido—. ¿Qué tal el sábado que viene? Siempre que su padre tenga tiempo.

A la luz de las pocas farolas que alumbraban el jardín del Hôtel Clicquot, miró a su alrededor como si temiera que lo estuvieran espiando.

—Con toda confianza, estimada, encuentro su interés en mis ideas muy edificante. Seguro que sospecha que nuestros padres tienen planes para nuestro futuro y yo ya me temía que usted, como la mayoría de las jóvenes, solo disfrutara con los trabajos manuales y las recepciones. Pero a estas alturas tengo claro (y lo digo como un elogio) que posee usted la mente de un hombre, y me siento como si estuviera hablando con su señor padre.

Barbe-Nicole se lo quedó mirando, sorprendida por su franqueza. Durante el poco tiempo que había pasado desde que se conocían, ya se había dado cuenta de que François comunicaba de inmediato esas ideas que saltaban en su interior como chispas, sin preocuparse de qué efecto obraban en los demás. Vacilar y darle vueltas a un asunto le resultaba ajeno. Siempre era espontáneo y directo. Su rostro reluciente y ese resplandor de niño fascinado en sus ojos compensaban lo que podían tener de ofensivo o sorprendente sus palabras. Como siempre que Barbe-Nicole hablaba con él, se sintió arrastrada por sus aspiraciones. Por eso no era contraria a un casamiento con él. Su convivencia sería como emprender un viaje de aventuras que ignoraba adónde iba a llevarla. Tal vez no estaba exento de cierto riesgo. Pero eso no la asustaba. Al contrario, haría su vida interesante. Era posible que con el tiempo aprendiera a amar a François como había amado a Marcel.

Unos días más tarde y tal como había dicho, el joven François condujo a su futura esposa por vez primera a las oscuras bodegas de la Rue de la Haute-Croupe, en las que se guardaba la preciada mercancía. Toneles y estanterías y cajas llenas de botellas se alineaban en la penumbra. En el aire fresco del sótano flotaba un aroma a vino que produjo en Barbe-Nicole una sensación de ligereza. Con gran interés, dejó que François le mostrara los toneles de vino en reposo y las botellas en las que se estimulaba para que formara burbujas. Nadie sabía exactamente cómo o por qué sucedía eso.

—Naturalmente, solo compramos la uva más exquisita —explicó François—. Luego se mezclan los vinos para que adquieran un sabor excelente. Al final se pasa al embotellamiento.

Barbe-Nicole miraba fascinada las grandes cantidades de botellas apiladas cuyos tapones de corcho estaban atados al cuello con un cordón.

—A continuación, ocurre algo en las botellas (nadie sabe exactamente el qué) que lleva a que se formen las burbujas.

—Qué misterioso. ¿Se logrará averiguar un día? —observó Barbe-Nicole.

Sabía que en la actualidad se estaban haciendo unos nuevos y sorprendentes descubrimientos en el terreno de las ciencias naturales, pero, como no entendía nada de esa materia, se sintió de repente ignorante e inculta pese a su buena formación. Cuando tendió la mano para tocar las botellas apiladas, que estaban almacenadas en listones de madera, François, horrorizado, hizo un gesto con la mano para detenerla.

—Por favor, mademoiselle, no toque nada —advirtió—. Estas pilas no son estables. Pueden desmoronarse con el más leve roce.

—Entiendo —contestó Barbe-Nicole con una sonrisa forzada.

Automáticamente retrocedió un paso esforzándose por no tocar nada sin querer y provocar con ello una catástrofe.

Moviéndose con cautela, François la condujo un poco más al interior de la bodega. Con la linterna que llevaba en la mano, iluminó otras pilas de botellas y toneles.

—Estas botellas llevan más de un año aquí —explicó el joven Clicquot—. Pero antes de entregarlas hay que liberarlas de los residuos que se han depositado en ellas. Este proceso recibe el nombre de *transvasage*. Es similar al del trasiego del vino. Para realizarlo, el espumoso se pasa de un contenedor a otro. Pero en el proceso se pierden algunas burbujas. El otro método que utilizan nuestros trabajadores es el *dégorgement*, muy laborioso también. Con esta operación se elimina la cabezuela del vino poniendo la botella boca abajo hasta que el sedimento se deposita en el cuello. Luego se quita brevemente el corcho y se desechan las impurezas. Pero, como usted ya puede imaginar, mademoiselle, se derrama una buena parte del líquido.

François había dejado la linterna sobre el suelo, haciendo un gesto amplio con la mano.

—Y aun así soy de la opinión de que el comercio del espumoso puede ser muy lucrativo sobre todo si se realiza en el extranjero. Ardo en deseos de intentar…

Un leve crujido lo hizo enmudecer de golpe. Un instante después oyeron un fuerte estallido y luego otro más. François cogió de forma instintiva a Barbe-Nicole por los hombros y la estrechó contra él como para protegerla de un peligro. El fuerte olor a vino derramado penetró en la nariz de la muchacha y cubrió el perfume del agua de colonia que emanaba de la ropa de François.

—¿Qué ha pasado? —susurró Barbe-Nicole.

El corazón le latía con fuerza, aunque no sabría decir si era de miedo o de excitación. Era la primera vez, desde que Marcel la había besado muchos años atrás en la torre de la catedral, que se sentía ceñida por los brazos de un hombre. En lo más profundo de su ser despertó algo que ella identificó como deseo. Ansió inconscientemente que François no volviera a soltarla.

—Han estallado dos botellas por la presión de la fermentación —explicó el joven tras un breve titubeo—. Eso sucede cuando el cristal tiene una zona vulnerable. Pero que se rompan botellas aisladas no es algo malo. Que ninguna estallara significaría que la fermentación es débil, y al final no tendríamos ningún vino de perla.

François se hallaba tan en su elemento que ni se percató de que tenía entre sus brazos a la muchacha. Cuando la soltó, Barbe-Nicole bajó la vista decepcionada.

—Qué calor hace hoy —dijo el joven—. Incluso aquí abajo. Esto favorece la fermentación. Vale más que subamos, no vaya a ser que todavía estallen más botellas.

Barbe-Nicole se preguntó automáticamente qué pasaría si se produjera una ola de calor. François debió de leerle el pensamiento.

—Hace unos cincuenta años hubo un verano mucho más caluroso de lo normal. Se cuenta que una mañana, cuando Allart de Maisonneuve entró en su bodega, solo se encontró con un apestoso caldo en el suelo. Las botellas habían estallado por culpa de las altas temperaturas. Dos de sus trabajadores se desmayaron al entrar en el sótano. El vapor del vino los había intoxicado, literalmente.

Cuando se percató de la mirada horrorizada de Barbe-Nicole, hizo un gesto restando importancia a sus palabras.

—Eso fue un verano muy especial, que es probable que nunca más vuelva a repetirse —dijo despreocupadamente—. Las posibilidades de ser alcanzado por un rayo son mucho más altas. No hay razones para tener miedo.

Barbe-Nicole consideró que los riesgos no lo detendrían a la hora de hacer realidad sus sueños. Sintió la necesidad de compartirlos con él, pues admiraba su valor y determinación.

Por la noche, antes de la cena, cuando Philippe Clicquot se sentó en el salón con su esposa, Catherine-Françoise percibió que estaba satisfecho.

—¿Cómo ha transcurrido la visita de la pequeña Ponsardin a la bodega, monsieur? —preguntó—. Espero que no se haya aburrido.

—En absoluto —contestó Philippe sonriendo—. Al contrario. He tenido la impresión de que mademoiselle Ponsardin la ha encontrado muy interesante. Mientras estaba con nuestro hijo en la bodega, estallaron algunas botellas de vino...

—Oh, Dios —exclamó Catherine-Françoise—. Espero que no se hayan hecho daño.

—No, diría que la joven damisela hasta lo encontró divertido —respondió Philippe, todavía con la sonrisa en los labios—. Debo decir que realmente tiene agallas. Una buena elección.

—¿Opina que será una buena esposa para François?

—Estoy convencido de ello. Tiene carácter y, lo que todavía es más importante, se interesa por el negocio. Ya sabe cómo le gusta a nuestro hijo hablar de sus proyectos. Ella lo distraerá. Mientras pueda hablar de sus chifladuras, no necesitará hacerlas realidad.

—¿Así que tiene usted la impresión de que los dos se gustan?

—Totalmente. Tras el incidente de las botellas, François la sacó de la mano, como todo un caballero, de la zona de peligro. Y a juzgar por su mirada, ella también bebe los vientos por él.

Catherine-Françoise podría haberse alegrado del desarrollo de los hechos de no ser por la crítica vocecilla de su conciencia.

—¿No cree que debemos una explicación a los Ponsardin...?

—¿Cómo? —preguntó Philippe Clicquot cuando su esposa se interrumpió.

—En fin, por ahora François está, gracias a Dios, muy equilibrado, pero...

—¿Pero? ¿Acaso quiere importunar a monsieur Ponsardin con menudencias irrelevantes? ¿Quiere decirle que de vez en cuando François tiende a la melancolía y crearle de este modo incertidumbre? Barbe-Nicole es una mujer fuerte y con los pies bien fijos en la tierra, y encajará con ecuanimidad y comprensión los cambios de humor de nuestro hijo. Ella le levantará la moral, estoy seguro.

Todavía vacilante, Catherine-Françoise se miró las manos y jugueteó con su alianza.

—Si solo se tratase de una melancolía eventual, estaría de acuerdo con usted, monsieur. Lo que me preocupa es la falta de prudencia que a veces muestra..., su inquietud, que no le deja dormir ni comer. Lo agota..., y esa cólera que parece surgir de la nada cuando algo no responde a sus deseos. Es fácil de herir, de desanimar. Sobre todo por usted, a quien tanto desea agradar. ¿Vamos a pedir a una muchacha joven que soporte estos cambios de humor sin prepararla antes al menos?

Philippe negó enérgicamente con la cabeza.

—Sería totalmente erróneo e innecesario provocar el espanto. La vida marital ejercerá una influencia sosegadora y benéfica sobre el carácter de François. Mademoiselle Ponsardin pondrá freno a su ansiedad y acabará con los cambios de su estado anímico. No se preocupe por la joven. Estará a la altura de ese desafío.

—Ojalá tenga usted razón, querido esposo —dijo Catherine-Françoise sin mirarle.

11

Reims, junio de 1798

Un dulce olor a rosas y flores de azahar llenaba el sótano del Hôtel Ponsardin. A esas horas tan tempranas soplaba a través de los amplios pasillos una fresca corriente de aire que acariciaba la nuca y el escote de Barbe-Nicole haciéndola estremecer. Para distraerse de la lúgubre atmósfera del sombrío sótano abovedado, bajó la vista al reluciente ramo de novia en blanco y rosa, y contó las flores de azahar tan translúcidas como de fina porcelana.

La voz ahogada del sacerdote leyendo las palabras prohibidas de la santa misa todavía aumentaba más la atmósfera irreal de la ceremonia, que se celebrara a escondidas. Prudentemente, Nicolas Ponsardin había colocado vigilantes en la puerta del sótano y a cierta distancia de las galerías que transcurrían debajo de la catedral. Si alguien se aproximaba, avisarían con tiempo a los invitados al casamiento. Por nada del mundo quería arriesgarse el comerciante de telas a que lo pillaran violando las leyes imperantes. Si bien la Convención había abolido la celebración de la misa, esta ya no implicaba la pena de muerte, pero todos los asistentes se jugaban la libertad y una reputación intachable. Pese al peligro que conllevaba una boda cristiana, ni Nicolas Ponsardin ni Philippe Clicquot habían querido renunciar a ella. Los recién casados ya celebrarían más tarde el matrimonio seglar que solicitaba el Estado. En resumen: los padres de la pareja de novios estaban satisfechos con el enlace que se había cerrado ese 10 de junio de 1798, o, según el nuevo calendario, el 22 pradial del año 6. Aparte de eso, la joven pareja parecía sumamente feliz. Nicolas estaba seguro de haber hecho lo correcto por su hija.

Cuando resonaron las palabras del sacerdote, un silencio emocionado se extendió entre los presentes. Barbe-Nicole levantó la vista hacia su marido, que la miró desde sus ojos oscuros. Una sonrisa que casi parecía un poco transfigurada apareció en sus bien contorneados labios. Y, sin embargo, la joven novia se planteó involuntariamente la pregunta de si él era realmente tan feliz como ella. Juntos iniciaban una nueva vida y compartían el mismo espíritu emprendedor. François tenía grandes proyectos que le había confiado con todo detalle a ella. Ahora tenía que convencer a su padre de que lo apoyara en su ejecución.

Después de la ceremonia, los recién casados subieron a un carruaje que estaba esperándolos y que los llevó a la finca de la abuela de François, Muiron, en los viñedos de Bouzy. La noche de junio era cálida y Barbe-Nicole agradecía que los ligeros vestidos de muselina estuviesen de moda. Incluso el delgado chal que llevaba sobre los hombros le parecía tan pesado y sofocante como una colcha de lana. A François, que estaba sentado junto a ella y que no dejaba de toquetearse con los dedos el fular que llevaba sujeto al cuello con dos vueltas, parecía ocurrirle lo mismo. Solo a Marie, quien en adelante iba a asumir las tareas de doncella de Barbe-Nicole, no parecía afectarle ese calor húmedo. Estaba tan delgada que siempre llevaba metido en los huesos el frío del invierno.

La dueña de la pequeña propiedad, la abuela Muiron, y el personal de servicio los estaban esperando cuando la carroza se detuvo delante de la puerta de entrada. François cogió la mano de su esposa y la ayudó a bajar del vehículo. Su asistente de cámara, Alphonse, siguió a la pareja y metió prisa a Marie, que miraba curiosa a su alrededor. Como su señora, nunca había salido de Reims. Los extensos viñedos, los campos y bosques de la Montagne de Reims, que bajo el cielo azul como el acero se perdían en el horizonte, constituían una imagen inusual que la dejaba sin palabras.

La anciana sonrió mostrando aprobación cuando los recién casados se inclinaron ante ella y François presentó oficialmente a su joven esposa.

—Sed bienvenidos, hijos míos —los saludó madame Muiron—. Haremos todo lo posible para que vuestra estancia aquí sea feliz.

—Me alegro de conocerla, madame —dijo Barbe-Nicole educadamente.

Se sintió un poco agobiada cuando la mirada de la servidumbre se posó en ella. Sobre todo el anciano sirviente que estaba junto a madame Muiron y que hizo una reverencia, como había visto en tiempos pasados, la observó fugazmente, pero con interés, como si quisiera evaluar si era digna del joven señor. Y por una vez se avergonzó de su baja estatura e insignificancia apagada por el resplandor de su apuesto marido, que estaba a su lado y rebosaba vitalidad. De forma mecánica se estiró, recordando la severa educación de las monjas que habían intentado inculcarle la actitud orgullosa y grácil, propia de cualquier dama de la nobleza.

—Supongo que usted y su esposa querrán refrescarse un poco y cambiarse de ropa —observó la abuela, comprensiva—. Luego nos reuniremos para cenar. Si les parece bien, la cena se servirá dentro de una hora.

Sin soltar la mano de su esposa, François se volvió hacia el ama de llaves que estaba al lado del anciano sirviente.

—Llévenos agua caliente a la habitación para asearnos —le pidió.

—Como desee, monsieur.

—Espero que esté usted conforme con este acuerdo, querida —dijo François a Barbe-Nicole—. ¿O acaso está demasiado cansada para bajar a cenar al comedor?

—No, me siento bien —contestó ella.

Pese a que había sido un día duro, no se sentía agotada. Y tenía hambre, lo que atribuía al aire fresco del campo. De ese modo podría aplazar un poco la noche de bodas. Aunque confiaba totalmente en François, la incertidumbre que tenía ante sí la hacía sentirse insegura. Su madre nunca le había explicado lo que implicaba el matrimonio, y solo tenía una idea aproximada de cómo se engendraban los niños. Y eso gracias a lo que había deducido de los comentarios de los hombres y mujeres de la calle. Recordó sin querer el beso con Marcel y la extraña sensación que se había desplegado en su interior. Tal vez pasaría lo mismo con François y el resto seguiría de forma natural.

Su marido no parecía ser consciente de su inseguridad. Durante la cena habló de sus planes para los próximos días, que quería aprovechar visitando los viñedos de los alrededores. Barbe-Nicole no solo había aportado al matrimonio como dote una considerable suma de dinero, sino también una gran finca y dos molinos de viento. Además, Philippe Clicquot había transferido a la pareja propiedades en Quatre-Champs, en Tours-sur-Marne y en la pequeña ciudad de Bisseuil. Asimismo, François deseaba tener una visión general de los viñedos de su familia en Bouzy y en Villers-Allerand y Sermiers, en la pendiente septentrional de la Montagne. A fin de cuentas, ardía en deseos de buscar viticultores de los alrededores y consultarles sobre los componentes de un buen vino. Pues, tal como confió a Barbe-Nicole, él no era más que un mero principiante en lo relacionado con la elaboración del vino.

Transportada por sus explicaciones, la joven novia se olvidó de sus temores hasta que llegó la hora de retirarse a sus aposentos. Al cruzar el umbral de la habitación de matrimonio, también François tomó conciencia de que había llegado el momento. Intimidado, entró en el vestidor contiguo, donde lo esperaba su ayuda de cámara, mientras Marie despertaba asustada del sueño ligero que la había postrado en un sillón. Reprimiendo un bostezo, ayudó a Barbe-Nicole a desnudarse y le puso el camisón de batista ligero. A continuación, soltó el cabello que su señora llevaba recogido en lo alto y lo extendió como una capa brillante y de un dorado solar sobre los hombros blancos como la leche.

—¿Desea algo más, madame? —preguntó Marie.

—No, puedes acostarte —respondió Barbe-Nicole.

La sirvienta percibió la angustia en la voz de la joven novia y le dirigió una sonrisa animosa. Marie la conocía desde hacía muchos años y empatizaba con ella. Al mismo tiempo envidiaba a Barbe-Nicole, también por su apuesto marido de ojos brillantes y alegre sonrisa. Ya podía estar contenta de que no fuera un viejo y feo hombre de negocios.

Barbe-Nicole esperó a su marido con el corazón desbocado. Cuando la puerta del vestidor por fin se abrió y François apareció en el umbral con el camisón y el gorro de dormir, del que colgaba una gruesa borla, encontró su imagen tan cómica que estalló en una carcajada nerviosa. Él miró sorprendido cómo escondía su rostro risueño en la almohada y no pudo evitar echarse a reír también.

—Es evidente que mis temores acerca de su inseguridad ante los deberes maritales eran injustificados —dijo divertido—. Estoy encantado de encontrarla tan relajada, madame.

Barbe-Nicole se mordió el labio para contener la risa.

—Es el gorro —contestó risueña—. Es demasiado ridículo, simplemente.

Él hizo una mueca.

—Mi madre siempre me recuerda que me resfrío con mucha facilidad —señaló.

La alegría había conferido al rostro más bien anodino de la novia un rubor que daba vida a su tez pálida y brillo a sus ojos grises. La única vela junto a la cama le daba a su cabello rubio el resplandor del fuego, de un tono rojizo. De repente, François notó una sensación de calor. El sudor cubrió su frente. Por primera vez desde que la conocía vio en su esposa no solo a una oyente interesada, sino a una mujer digna de despertar deseo. Tragó saliva antes de reunir fuerzas y meterse con ella en la cama. La mirada de la muchacha seguía todos sus movimientos y sus mejillas todavía se sonrojaron más.

—¿He de apagar la vela? —preguntó él en voz baja.

Barbe-Nicole asintió cuando la timidez volvió a apoderarse de ella, aunque deseaba mirarlo. Pero ya habría tiempo más tarde. Todavía tenían por delante muchos años de una vida marital que se esperaba que fuera satisfactoria.

François se esforzó por ser cuidadoso con su esposa. No le faltaba experiencia, pero nunca había tenido relaciones con una mujer virgen, que posiblemente era frágil e inexperta. Además, antes de su partida a Bouzy, su suegro le había echado un sermón y le había advertido que no diera ningún motivo de queja a su querida hija. Y pese a que a François le resultaba difícil reprimirse, se obligó a mimar a Barbe-Nicole con caricias y muchos besos hasta que notó que ella estaba preparada. Aun así, no pudo evitar hacerle daño. Notó que ella reprimía un grito de dolor y que se tensaba, pero respetaba tanto su amistad y admiración que puso toda su fuerza de voluntad en controlarse y concluir el acto de la forma más prudente posible. Luego le dirigió una mirada de disculpa y en medio de la penumbra del dormitorio sospechó para su alivio que ella sonreía.

—Discúlpeme, madame —dijo con dulzura—. Le prometo que la próxima vez no será tan doloroso.

Barbe-Nicole le agradeció su consideración. Fuera lo que fuese lo que había imaginado acerca de la unión con un hombre, se había asustado por cómo había invadido su cuerpo. Resultaba difícil imaginar a su remilgada madre en un acto así, pero tenía que haberlo hecho varias veces, pues había dado a luz a tres hijos.

La mano cálida de François acariciándole tiernamente el cabello, la espalda y los brazos acabó reconciliando a Barbe-Nicole con la desconcertante experiencia a la que, le gustara o no, tendría que acabar acostumbrándose. Y estaba contenta de haberla compartido con él y no con un hombre que le repeliera. No le molestaba tener al lado su cuerpo acalorado. Cuando el cansancio se apoderó de ella, se estrechó contra él e inhaló el olor de su pelo, de su piel. Su mano descansaba pesadamente sobre el brazo de la muchacha y ella se alegraba de que no la retirase. Olvidándose del dolor, se durmió.

Algo que se había movido junto a ella la despertó. Un resplandor rosado entraba por las rendijas del postigo de la ventana. Debía de faltar poco para que amaneciera. Cuando Barbe-Nicole abrió los ojos, vio una figura en la penumbra, al lado de la cama.

—¿François? —preguntó extrañada—. ¿Adónde va?

—Lo siento, cariño —susurró él—. No era mi intención despertarla. Ya no puedo dormir más. Voy al salón a planificar el día hasta que llegue la hora de desayunar.

—Quiero estar con usted —protestó Barbe-Nicole.

—Es muy pronto. Duerma un poco más.

—Ya no estoy cansada.

Le dirigió una sonrisa como muestra de su buen humor. Contento, él acabó cediendo. Sus padres siempre se habían preocupado por su falta de sueño, pero su esposa no parecía encontrar nada raro en ello.

Como no querían despertar a Marie, que dormía en la habitación contigua en una cama baja, se lavaron con agua fría. François ayudó a su joven esposa a ponerse el ligero vestido de muselina que la doncella había dejado preparado. Eso era posible gracias a la nueva moda, que prescindía del corsé. La misma Barbe-Nicole se recogió en lo alto su cabello rubio rojizo y lo escondió bajo una cofia blanca, sin la cual ahora, siendo una mujer casada, no podía mostrarse en público.

Sigilosos como ladrones se deslizaron a través de la casa durmiente hasta llegar al salón y allí encendieron algunas velas porque aún no había clareado lo suficiente. François llevaba consigo un mapa de la región y lo desplegó sobre la mesa. En las esquinas puso unas figurillas de Sèvres que cogió de la chimenea.

—Este es el lugar que quiero visitar a toda costa —dijo François, señalando un punto del mapa con el dedo—. Ahí en Chigny están los viñedos de Allart de Maisonneuve, quien sirvió como oficial bajo el mando de Luis XV. Son famosos porque su suelo es excepcional y por dar unas uvas excelentes.

—Recuerdo el nombre —contestó Barbe-Nicole—. ¿No fue monsieur de Maisonneuve el viticultor a quien le estallaron todas las botellas un tórrido verano?

—Justo ese. Fue uno de los primeros en la Montagne que produjo vino espumoso. Podemos aprender mucho de él.

Barbe-Nicole se alegró de que la incluyera en sus planes. No tenía que convencerlo de que quería hacer más cosas con su vida que quedarse en casa y recibir la visita de otras damas de la alta sociedad de Reims.

—Si se quiere vender un vino excelente, hay que contar con entablar una buena relación con los viticultores —declaró François—. A fin de cuentas, no somos nosotros mismos quienes elaboramos el vino que queremos vender, aunque dispongamos de distintos viñedos. Nosotros no somos tampoco quienes trabajamos con nuestras uvas. Por eso es importante que podamos confiar en nuestros proveedores para conseguir siempre el mejor vino. Esta es la razón por la que he pensado en visitar en los próximos días a los más importantes. Sería un placer que usted me acompañara, madame.

Barbe-Nicole sonrió coqueta.

—¿Cuándo nos vamos? —preguntó.

ϒ

Cuando apareció la sirvienta y abrió la ventana para que entrara el aire fresco de la mañana, contempló atónita a la joven pareja sentada a la mesa de juego en medio del salón.

—Buenos días, madame, monsieur —dijo haciendo una reverencia—. Enseguida se servirá el desayuno. Madame Muiron todavía se está vistiendo.

—Buenos días —saludó Barbe-Nicole a la muchacha—. ¿Cómo te llamas?

—Camille, madame.

—Entonces te dejamos que hagas tranquilamente tu trabajo —intervino François, enrolló el mapa y se lo colocó bajo el brazo.

Durante el desayuno, que en el campo era más sustancioso que en la ciudad y que constaba de café y un pan que olía de maravilla, la anfitriona se informó acerca de lo que la joven pareja tenía planeado hacer.

—Primero iremos a pasear para enseñarle a mi esposa la propiedad —explicó François—. Luego haremos una pequeña excursión para ver los alrededores. En los próximos días me gustaría visitar a nuestros vecinos y, por supuesto, a los viticultores a quienes compramos el vino.

La anciana señora frunció el ceño con extrañeza.

—¿Piensa que es justo dejar todo el día sola a su joven esposa, querido? —preguntó, y en su voz quebrada resonaba un tono lleno de reproches—. Su padre no se opondrá a que no se sumerja de inmediato en el trabajo y pase un par de semanas tranquilo con ella.

En el rostro de François apareció una expresión pícara.

—Nada más lejos de mis intenciones, *mémé*. Barbe-Nicole me acompañará, por supuesto, a todas mis visitas. Ahora somos inseparables —añadió tiernamente, y depositó la mano sobre la de la joven, que descansaba encima de la mesa.

—Pero, François —exclamó perpleja madame Muiron—, no querrá exigir a su esposa que se exponga al calor y al polvo de los caminos rurales. Echará a perder su tez y arruinará su frágil salud.

A Barbe-Nicole la indignó que la anciana hablase de ella como si no estuviese presente en la misma habitación, aunque en su condición de mujer joven estaba acostumbrada a tal cosa. Iba a replicar, pero François se le adelantó con su celo habitual.

Dirigiéndole un guiño, el joven protestó.

—Pero Barbe-Nicole no tiene nada de frágil y quebradizo. Será para mí una maravillosa compañera. Hágame caso, *mémé*, nunca me atrevería a dejarla de lado. No dudaría en ponerme los puntos sobre las íes.

Ante la cara de horror de la abuela al oír las palabras de François acerca de una conducta tan poco femenina, la joven pareja prefirió marcharse cuanto antes. Al salir de la casa, madame Muiron los acompañó hasta el patio de la propiedad y tendió a la joven una sombrilla de un lino fino.

—La necesitará, madame. En los viñedos el calor puede ser terrible. —Con una sonrisa añadió—: Estoy contenta de que François haya encontrado a una esposa que comparte sus intereses. Su admiración y proximidad le harán mucho bien.

Aliviada por la indulgencia de la anciana, Barbe-Nicole le respondió con una sonrisa. Podía estar bien contenta de haber ido a parar a una familia tan comprensiva.

El resollar de los caballos se mezclaba con el sonido de las voces de los trabajadores, sus pasos sobre el pavimento del patio y el ruido de los toneles rodando por el suelo. En los caballetes de la cubierta de la casa y del cobertizo, los gorriones gorjeaban como contagiados por la alegría de los seres humanos que cantaban como los pájaros durante el trabajo.

—¡Barbe-Nicole! —gritó François, impaciente.

—Ya voy —respondió la joven, y asomó por la puerta un instante después con una sombrilla blanca en la mano.

Tras el paseo por las tierras de la propiedad y una ligera comida de mediodía, los recién casados estaban ansiosos por visitar los viñedos de los alrededores. Con su espíritu emprendedor, Barbe-Nicole contempló la carriola, un carro de dos asientos cuya capota se podía retirar hacia atrás y que iba tirado por un poni. El vehículo no disponía de pescante. El mismo François llevaba las riendas. El rostro de Barbe-Nicole se iluminó. Cuando compartió con ella sus planes de ir a visitar a los viticultores del entorno, temía pasar todo el día bajo la mirada vigilante de un criado. Pero el tipo de carruaje que François había elegido le confirmó que él sentía lo mismo y que no había nada que desease más que quedarse a solas con ella.

Con una cariñosa sonrisa se inclinó y le abrió la pequeña puerta del carruaje.

—Suba, por favor, madame. Espero que el vehículo satisfaga sus exigencias. Lamentablemente no es ninguna carroza, pero los caminos a través de las viñas son realmente estrechos.

Sonriendo, Barbe-Nicole posó la mano sobre la que le había tendido su esposo y se apoyó en ella para subir al vehículo. Cuando François se hubo sentado a su lado en el banco tapizado, cogió las riendas y golpeó ligeramente con ellas el lomo del caballo. El animal, bien adiestrado, enseguida se puso en marcha. François salió con destreza del patio y llegó al polvoriento camino.

—El poni no es que sea una belleza —opinó él disculpándose—. Pero el ejército requería casi todos los buenos caballos. —Su rostro se endureció de repente—. Esa condenada guerra. ¿Adónde va a llevarnos? ¿Por qué luchamos con una potencia como Gran Bretaña tan superior en el mar, en lugar de comerciar con ella? La batalla de Abukir nos ha costado toda nuestra flota. ¿Qué quería conseguir Bonaparte en Egipto? Qué vergüenza. ¡Ojalá el país estuviera gobernado por comerciantes y tenderos!

Cuando François vio la mirada inquisitiva de su esposa, hizo una mueca.

—Ya sé, al principio me dejé llevar por mi fascinación por la guerra, dispuesto a ser un auténtico héroe. A fin de cuentas, todo hombre está obligado a defender su patria —confesó compungido—, pero la destrucción que lleva consigo una contienda, la miseria y la decadencia del comercio, todo eso me deprime. Los negocios florecientes traen el bienestar y la felicidad, también a los pobres, que se ganan el pan con el trabajo. Por eso quiero hacer algo nuevo, explorar mercados lejanos y dejar a los seres humanos algo de lo que puedan disfrutar en sus mejores momentos: un vino noble.

Barbe-Nicole amaba que él se dejara llevar por el entusiasmo. Entonces todo parecía sencillísimo, los obstáculos o dificultades palidecían ante su indestructible optimismo. Pero también sabía que Philippe Clicquot y su padre pensaban de otro modo. Estaban acostumbrados a sopesar riesgos y ganancias, y a decidir después si valía la pena un negocio o no. Ambas partes lidiaban en Barbe-Nicole por la hegemonía: el cálculo sereno de los Ponsardin y la pasión y el espíritu emprendedor que despertaban en ella las ideas de François. Pero como él era su esposo y había jurado ante Dios permanecer a su lado frente a la adversidad, se encomendó a él.

El caballo trotaba bajo un cielo despejado. El suelo estaba seco porque hacía días que no había llovido. Bajo los deslumbrantes rayos del sol, las viñas se extendían hasta el infinito. En la distancia, la torre de la iglesia de Bouzy se alzaba entre las casas. Había pocos árboles, de vez en cuando unos tilos aislados flanqueaban el camino. Barbe-Nicole se fijó en que las cepas, que llamaban la atención por el esplendor del verde de sus hojas, no eran del mismo tamaño. En algunos campos crecían esquejes frescos; en otros, cepas que apenas debían de tener un año.

—¿Falta mucho todavía? —preguntó cuando ya llevaban un rato de viaje.

—No, cariño —respondió François—. ¿Ve el molino de piedra de allí abajo? Ahí está Chigny. Ahí es donde los Cattier tienen su viñedo desde hace más de cuarenta años. Hace mucho que mi padre les compra vino.

Cuando la carriola llegó al patio de la pequeña propiedad, los saludó madame Cattier, que los había visto venir. François presentó a su esposa y preguntó a la rolliza mujer que iba modestamente vestida por el paradero de su marido.

—Está en la viña junto al molino —respondió madame Cattier—. Supervisando los brotes jóvenes.

Los visitantes le dieron las gracias por la información y François puso en marcha el pequeño carruaje. En efecto, encontraron al viticultor en el lugar indicado. Estaba en mangas de camisa, con la cabeza cubierta por un ancho sombrero de paja para protegerse del sol y en medio de un campo, conversando con dos de sus trabajadores. Cuando se percató de que había llegado la joven pareja, los miró sorprendido, dio un par de indicaciones a sus empleados y se acercó a la carriola que François había detenido al borde del camino. Los ojos de Cattier todavía se abrieron más cuando el joven ayudó a su esposa a bajar del vehículo y se la presentó.

—Es un placer, madame —dijo el viticultor quitándose el sombrero.

Barbe-Nicole observó que solo le dedicó una mirada fugaz, carente casi de cortesía, y que luego se volvió hacia François. La ignoró totalmente mientras hablaba con su marido.

—Ha llegado a mis oídos que ahora es socio de la compañía de su padre, monsieur Clicquot —dijo Cattier.

—Es cierto —respondió François, que no se percató de la actitud de rechazo del viticultor hacia su esposa—. Mi interés se centra sobre todo en el comercio del vino. Por eso, madame Clicquot y yo visitaremos en las próximas semanas a los viticultores de la región y nos familiarizaremos con sus vinos. A fin de cuentas, hay que conocer lo que se va a recomendar a la clientela. Además, también queremos aprender algo sobre el cultivo de la vid y los riesgos que conlleva.

Al oír las palabras de François, los ojos castaño oscuro de Cattier se fueron abriendo más y más, pero reprimió un comentario. Al fin y al cabo, no quería echar a perder sus negociaciones con el joven Clicquot. Mientras conducía a la pareja entre las viñas no se dignó mirar ni una sola vez a Barbe-Nicole. Por lo visto, desaprobaba su presencia en un dominio masculino como era el comercio de vino. Barbe-Nicole apretó los labios indignada. Pero estaba decidida a no permitir que la colocaran en un segundo plano.

Las cepas se hallaban a distintas distancias las unas de las otras y formaban en parte grupos apilonados. Como consecuencia, los trabajadores solo podían moverse a pie entre ellas. No había sitio suficiente para los caballos.

—Como puede ver, monsieur Clicquot, hemos plantado aquí esquejes o acodos procedentes de la cepa madre —explicó Cattier—. Crecen en estacas o rodrigones. El trabajo más importante es la poda, de la que depende la capacidad de carga de la madera. En primavera, cuando la savia fluye a la vara, de modo que de cada corte salen gotas (se dice que la viña llora), hay que eliminar los brotes no fértiles para aumentar su productividad. Esto se hace preferentemente en otoño.

François y su esposa observaron a los trabajadores que ataban a los rodrigones las varas de las plantas que se habían soltado.

—¿Qué utilizan los hombres para atar? —preguntó curiosa Barbe-Nicole.

Puesto que Cattier no respondió, sus mejillas enrojecieron de cólera y vergüenza. En esta ocasión, François también percibió la afrenta. Se volvió hacia el viticultor fulminándolo con la mirada.

—Mi esposa le ha hecho una pregunta, monsieur. ¿Acaso no quiere contestar?

El rapapolvo dejó a Cattier tan perplejo que se quedó con la boca abierta. Abochornado, carraspeó.

—Los trabajadores —explicó— ablandan en agua tallos de paja, para darles más flexibilidad, y atan con ellos las varas a los tutores.

Señaló un haz de paja que uno de los hombres llevaba en el cinturón envuelto en un paño húmedo.

—Gracias, monsieur —dijo François cortésmente, sin sonreír—. No vamos a interferir más en su trabajo. Me pondré en contacto con usted. Buenos días.

Levantó rápidamente el sombrero, ofreció el brazo a su esposa y regresaron a la carriola. Cuando hubieron subido y el caballo se puso en marcha, Barber-Nicole se mordió el labio, enfadada.

—Qué hombre más arrogante —protestó—. Le disgusta que desee compartir con usted su vida profesional. Solo porque soy una mujer.

—Monsieur Cattier sabe perfectamente que el comercio del vino no es desde hace tiempo solo privilegio de los hombres —respondió François, despectivo—. También debe de conocer a la viuda Germon, quien en la década de los setenta y los ochenta vendía miles de botellas de vino al año. O a la viuda Blanc y la dame Geoffrey de Épernay, que, como muchas otras viticultoras de la región, suministran a Moët, el comerciante de vino.

—¿En serio? —preguntó Barbe-Nicole, permitiéndose una sonrisa.

—Pues sí, querida. La única diferencia es que esas mujeres son viudas y pueden negociar de forma autónoma. Y..., bueno, son un poco mayores que usted, por lo que pertenecen a otra generación.

—Hay otra diferencia —añadió Barbe-Nicole, objetiva—. No procedían de familias burguesas y no debían preocuparse por su reputación.

Puesto que no podía contradecirla, François se quedó callado. Al final se encogió de hombros.

—Pero ¿qué importa? Yo disfruto teniéndola a mi lado y hablando con usted del negocio.

Tiró de las riendas y las dejó resbalar de sus manos cuando el caballo se hubo detenido. Con la resplandeciente sonrisa que le era propia y que tanto aceleraba los latidos del corazón de Barbe-Nicole, la miró y la estrechó entre sus brazos.

—La amo. ¡No puedo ni decir hasta qué punto! —Sus labios se apretaron contra los de su esposa y la besó apasionadamente—. Aprenderemos juntos todo lo que hay que aprender sobre el comercio del vino y luego convenceremos a mi padre de que tiene con él un futuro más brillante que con el comercio textil —susurró junto al cabello de la muchacha.

A ella le habría gustado disfrutar más tiempo del abrazo, pero enseguida notó que él temblaba de emoción y dinamismo. Y supo que el momento de ternura ya había pasado.

—¿Adónde nos dirigimos ahora? —preguntó, esforzándose para que no se le notara la decepción.

—A los viñedos de monsieur Allart de Maisonneuve —respondió François separándose de su esposa y poniendo el poni al trote.

12

Bouzy, junio de 1798

Al día siguiente, la joven pareja volvió a ponerse en camino temprano. François dormía poco. Por las mañanas se despertaba antes del amanecer y empezaba a trazar planes. Su razonamiento era como una máquina que no podía pararse ni cansarse jamás. Barbe-Nicole se dio cuenta de que ni siquiera se tomaba un descanso para comer como es debido, exceptuando la hora de la cena, cuando la abuela Muiron esperaba la presencia de ambos. Pero a ella no le importaba levantarse temprano y después de un desayuno apresurado subir a la carriola y recorrer los viñedos. El cocinero les preparaba una deliciosa cesta, que solían consumir en un prado, cuando el poni necesitaba un descanso. Pero Barbe-Nicole también se percató de que la llama que ardía en François se alimentaba de sus fuerzas. Un espíritu inquieto necesitaba, pese a todo, alimento, así que lo animaba, cuando estaban de viaje, a ir comiendo de vez en cuando un bocado y a beber el vino que llevaban consigo.

—¿Adónde vamos hoy? —preguntó alegre Barbe-Nicole mientras el poni trotaba con brío por el camino polvoriento.

—A ver a un viticultor que solo tiene una pequeña viña. No obstante, dispone de un *terroir* especialmente bueno —contestó François entusiasmado—. Mi padre no le ha comprado nada hasta ahora, pero espero poder convencerle de que en el futuro nos suministre a Clicquot-Muiron. Cruce los dedos, madame, para que las negociaciones marchen bien.

Poco después, François alargó el cuello para señalar a su esposa una pequeña casa de piedra rodeada de abundantes viñas verdes.

—¿Cómo se llama el vinatero? —quiso saber Barbe-Nicole, curiosa.

—Jacquin —contestó François—. Olivier Jacquin.

Puesto que tenía que concentrarse en que el poni describiera una curva cerrada, no se percató de que su esposa palidecía. Por un momento, Barbe-Nicole se mareó, tuvo que respirar profundamente para retirar el velo oscuro que había caído sobre sus ojos. Solo cuando se detuvieron en el pequeño patio de la casa y las dependencias que lo rodeaban, François se percató de su estado.

—¿Se encuentra bien, madame? —preguntó preocupado—. ¿Ha estado demasiado expuesta al sol? Esta mañana realmente es muy fuerte.

La ayudó a bajar del coche cuando la mujer del vinatero salió de la casa y fue a su encuentro.

—¿Puedo ayudarlo, monsieur? —se ofreció.

—Estoy bien —respondió inquieta Barbe-Nicole.

François cruzó la mirada con madame Jacquin y ambos coincidieron en que a la joven le sentaría bien un buen trago de vino.

—Entre en la casa, madame, y siéntese un momento —pidió la anfitriona a Barbe-Nicole—. Se está más fresco.

La muchacha cedió. Miró a su alrededor disimuladamente, pero salvo a un hombre anciano que barría el patio no vio a nadie más. Su mirada se posó en madame Jacquin, quien debía de tener entre cuarenta y cincuenta años. Sus rasgos eran muy parecidos a los de Marcel. No cabía duda de que era su madre.

En la sala, amueblada con sencillez, madame Jacquin ofreció a la recién llegada una silla y un vaso del vino de la casa. Barbe-Nicole bebió vacilante. Se reprendía a sí misma por esos sentimientos infantiles. ¿Por qué se había puesto tan nerviosa por volver a encontrarse con un amigo de la infancia al que no veía desde hacía casi cuatro años? Ahora era una mujer casada, su marido la quería y ella era feliz con él.

Cuando Barbe-Nicole hubo bebido un sorbo del vino blanco, en su lengua se desplegaron los más variados sabores. Retuvo un momento el líquido en la boca antes de tragarlo. François tenía razón, ese vino guardaba el aroma especial del suelo en el que había crecido y su fragancia era maravillosa. Pero la alegría que sintió al disfrutarlo quedó enturbiada en cuanto comprendió lo que eso significaba: François no descansaría hasta convencer al viticultor de que le suministrara vino y, posiblemente, volverían a visitarlo con más frecuencia.

François, a quien la anfitriona también había ofrecido un vaso de vino, lo probó y, como Barbe-Nicole había temido, quedó fascinado.

—¿Dónde está su marido, madame? —preguntó—. Me gustaría hablar con él sobre un negocio rentable.

—Está en las viñas —contestó madame Jacquin—. Si sigue este camino, los verá a lo lejos a él y a sus ayudantes.

Impaciente, François se volvió a su esposa.

—¿Le molesta que la deje sola un momento, querida? Descanse un poco más hasta que yo vuelva.

Barbe-Nicole asintió conforme. Pero en cuanto él hubo salido de la casa, no entendió por qué lo había dejado marchar. Se sentía bien. La señora de la casa le ofreció otro vaso de vino, pero ella lo rechazó. Quería conservar la mente clara. Para romper el silencio, Barbe-Nicole se esforzó por entablar una conversación.

—¿Desde cuándo cultiva su familia estas viñas, madame? —preguntó interesada.

—Uy, desde hace muchas generaciones, y la propiedad siempre se ha traspasado por línea directa —informó madame Jacquin—. Cuando mi marido se jubile, mi hijo Marcel se encargará de todo. —Hizo un chasquido de desaprobación con la lengua—. Pero a saber cómo seguirá todo esto. Por el momento, todavía no ha encontrado a ninguna mujer que sea de su agrado, es un soñador.

—¿Su hijo no está casado? —preguntó Barbe-Nicole sorprendida.

—No. Y eso que no dejo de presentarle a las más hermosas muchachas, pero ninguna es suficiente para él. No sé qué se imagina. Es un chico trabajador. Quién hubiera dicho que nos iba a preocupar tanto.

Era evidente que a madame Jacquin le sentaba bien compartir sus aflicciones con una oyente comprensiva.

—No se preocupe —la animó Barbe-Nicole—. En algún momento encontrará a la mujer adecuada. Dele tiempo.

La anfitriona intentó dominarse y asintió poco convencida.

La visita se levantó.

—Y ahora ya he abusado suficientemente de su hospitalidad. Le doy las gracias por este exquisito vino, pero tengo que reunirme con mi marido.

—Pero el señor Clicquot se ha llevado el carro. ¿Por qué no espera a que vuelva?

—¿Están muy lejos las viñas en que trabaja ahora su marido?

—En realidad, no. Mire, están ahí detrás. —Con la mano extendida, madame Jacquin apuntó hacia el sur—. Pero no debe ir usted sola hacia allí. Podría tropezar y caerse. Vale más que se quede aquí.

—Se dice que las inglesas recorren medio mundo a campo traviesa —contestó Barbe-Nicole obstinada—. Seguro que consigo recorrer ese camino de tierra sin hacerme ningún daño.

Madame Jacquin observó dubitativa a la mujer bajita con el delgado vestido de muselina. Entonces se le iluminó el rostro.

—Oh, ¡ahí viene mi hijo! Él la acompañará a las viñas.

Barbe-Nicole se quedó petrificada. Su mirada siguió a la de su anfitriona en dirección al portón a través del cual había llegado con el carro. Un joven delgado y con un sombrero de paja en la cabeza que proyectaba sombra sobre su cara se acercaba a ellas silbando. Cuando vio a las dos mujeres, dudó, y de repente se detuvo como alcanzado por un rayo. Barbe-Nicole estaba segura de que la había reconocido. Automáticamente se reprendió y levantó la barbilla para serenarse y disimular su inseguridad.

Cuando Marcel Jacquin se hubo recuperado, volvió a ponerse en movimiento y se acercó directamente a ellas. Barbe-Nicole se percató de que él evitaba con timidez su mirada y también la de su madre, sorprendida por su extraño comportamiento.

—Tenemos invitados, Marcel —anunció innecesariamente—. Madame Clicquot y su marido han venido para hablar de negocios con tu padre. Monsieur Clicquot ya se ha adelantado a las viñas, mientras madame y yo conversábamos. ¿Podrías acompañarla ahora hasta allí?

Marcel levantó el sombrero de paja y se inclinó delante de Barbe-Nicole. Después de que su amistad terminara de forma tan brusca, sin que ella le diera ninguna explicación, esperaba más bien un saludo gélido. Pero cuando él se dignó mirarla, en los ojos del joven volvió a relucir esa expresión burlona que ella ya conocía, y la dulce sonrisa que la había seducido se dibujó en sus labios. Era como si se hubiesen separado el día anterior. Con miedo a sucumbir a sus encantos, Barbe-Nicole no se atrevió a mostrar su alegría por el insospechado encuentro.

—Le estaría muy agradecida si me mostrara el camino

para llegar a donde está su padre, monsieur —dijo ella con el tono más impersonal posible.

—Por supuesto, madame —contestó él.

Había en su voz un deje burlón que no pasó inadvertido a la madre, que frunció el ceño.

Un poco nerviosa por la familiaridad de su trato, Barbe-Nicole abrió la sombrilla y salió. Sin darse demasiada prisa, Marcel la siguió. Como él no hizo ningún gesto por alcanzarla, la muchacha se vio obligada a caminar más despacio. Al final, se detuvo y se dio media vuelta. Volvió a toparse con esa mirada irónica de ojos oscuros que tanto había echado de menos. Se le escapó una sonrisa y bajó los párpados en cuanto se dio cuenta.

Cuando él la alcanzó, la miró en silencio, sin saber qué decirle. Sin querer, ella lo observó, estudió su rostro, tan cercano y al mismo tiempo tan extraño, pues ya no pertenecía al adolescente, sino a un hombre hecho y derecho. Era atractivo, pero su belleza era de un tipo más sanguíneo que la de su esposo, cuyos rasgos tenían algo de transparencia, de fragilidad. El cuerpo de Marcel estaba fortalecido por su trabajo en la viña y en la granja de sus padres, pero, a pesar de su musculatura, sus movimientos eran elásticos y controlados. Era justo lo contrario del enfermizo hijo de la burguesía con quien Barbe-Nicole había contraído matrimonio.

—Ha pasado mucho tiempo —dijo en voz baja.

Su mirada le llegó hasta la médula.

—Cuatro años —respondió ella sin pensarlo.

—Tu padre nos vio juntos, ¿verdad?

—Sí, nos vio. Pero ahora ya no debes tutearme. Soy una mujer casada.

Él se estremeció, como si le hubiese propinado un golpe. Fue como si le costase un gran esfuerzo apartar los ojos del rostro de Barbe-Nicole.

—Lo oí decir. François Clicquot. ¿Lo amas?

—Sí, lo amo, es tierno y atento. Me hace partícipe de lo que piensa y lo que siente, y además comparte conmigo sus ideas sobre el negocio.

—Es un soñador —dijo Marcel, despectivo—. Se cuentan cosas extrañas sobre él...

—¿Qué?

—Que tiende a la melancolía.

—Al contrario —protestó ella, enfadada—. Rebosa vitalidad.

Cuando él vio lo ofendida que estaba, se encogió de hombros.

—Solo he repetido lo que dice la gente.

—¿Y la gente qué sabe? ¿Y a ti qué te importa lo que digan de mi marido? Este no es asunto tuyo.

Iracunda, Barbe-Nicole se dio media vuelta y siguió el camino en dirección a las viñas que madame Jacquin le había indicado. Los pasos apresurados a sus espaldas le confirmaron que, esta vez, Marcel sí intentaba alcanzarla. Ella lo ignoró, mientras él caminaba a su lado. Cuando llegaron a la altura de los tres hombres que estaban en medio de las vides y que conversaban animadamente, estos se volvieron y miraron a los recién llegados.

Los ojos de François se iluminaron.

—Ah, ya ha llegado, madame. ¿Se encuentra mejor? Y este es su hijo, monsieur Jacquin —dijo al hombre de cabello gris que estaba junto a él.

—Sí, monsieur, es Marcel —confirmó el viticultor mirando a su hijo con amor y orgullo.

Marcel se había quitado el sombrero y se inclinó cortésmente ante el visitante. Pero su rostro permaneció serio y sus ojos oscuros miraron al joven Clicquot con frialdad. Barbe-Nicole se había colocado al lado de su marido y le puso la mano sobre el brazo, como queriendo confirmar que le pertenecía a él.

—Bien, creo que ya lo hemos hablado todo —concluyó Olivier Jacquin, disponiéndose a marcharse con sus trabajadores, que aguardaban en silencio a su izquierda.

—En realidad, yo esperaba que me contara algo más sobre la elaboración del vino —replicó François, decepcionado.

—Pregúntele a mi hijo —propuso Jacquin—. A él se le da mejor la palabra que a mí y podrá explicarle todo lo que usted desea saber.

—Estupendo —respondió François sonriendo y mirando al hijo del vinatero sin malicia. Dio las gracias a Marcel por dedicarle su tiempo y lo bombardeó a preguntas. Todo le interesaba: cómo cuidaban de las vides, qué enemigos tenía la cepa...

A Marcel le gustó compartir sus conocimientos con alguien que lo escuchaba con tanta atención.

—Lamentablemente, son muchos los animales que tienen como objetivo la vid, sobre todo la uva, no solo los corzos, zorros y tejones, sino también algunas aves como los estorninos, gorriones y, por supuesto, las avispas, al igual que el escarabajo cigarrero o la oruga de la piral, la esfinge morada y la polilla típica.

—No sabía que hubiese tantas criaturas a las que les atrajesen la vid —intervino Barbe-Nicole.

—Toda planta de cultivo tiene enemigos dispuestos a aniquilarla —contestó con una sonrisa Marcel—. Es voluntad divina recordarnos que debemos afrontar con humildad su creación.

—¿Qué sucede con las enfermedades que puede sufrir el vino? —preguntó François.

—Son también muchas —explicó Marcel—. La más peligrosa es la provocada por los hongos. Pero están también la clorosis, la llamada podredumbre gris, la diplodia, el decaimiento de la vid, el exceso de agua, la viruela de las hojas, los tumores y la antracnosis o las quemaduras de sol. La vid es una de las plantas más propensas a padecer enfermedades. Su salud también depende mucho del tiempo. Una helada temprana, vientos demasiado fríos o demasiado cálidos, exceso de sequedad o lluvias permanentes... Todo eso destroza la vid. Por eso no son muchos los años de buenas cosechas.

—Entiendo —dijo pensativo François, y por primera vez Barbe-Nicole se percató de que dudaba al mirar las cepas—. Al menos ahora entiendo por qué mi padre nunca ha querido dedicarse totalmente al comercio de vino. No solo los mercados son inciertos, sino también la mercancía que ha de venderse. No es así en el mercado textil. Las personas siempre necesitarán ropa con que vestirse, y las ovejas no son tan enfermizas y además sobreviven a las heladas.

François dirigió al joven Jacquin una sonrisa, a cuyo encanto Marcel a duras penas pudo escapar, y le tendió la mano.

—Le agradezco su clase magistral, monsieur. Sus palabras me han dado materia para la reflexión. A lo mejor en el futuro tiene de vez en cuando tiempo para introducir a un principiante en los misterios de la viticultura.

Marcel respondió con una sonrisa sincera.

—Será un placer, cuando usted guste, monsieur Clicquot.

Su mirada se volvió hacia Barbe-Nicole, quien bajó la vista, molesta.

En el camino de regreso a Bouzy, el silencio poco frecuente de su esposa sorprendió a François.

—Qué tipo más amable e inteligente es el joven Jacquin —dijo él, relajado—. Tengo ganas de visitar con más frecuencia sus viñedos y de beneficiarme de sus conocimientos. Tiene una forma paciente y comprensible de describir los detalles que otros vinateros consideran por debajo de su nivel explicar. —Miró de reojo a Barbe-Nicole para confirmar que estaba escuchándolo—. Además, no es tan arrogante como para no contestar las preguntas de una mujer. Me ha sorprendido que no se haya aprovechado usted más de estas felices circunstancias, querida.

—No tenía ganas —respondió Barbe-Nicole, reservada.

—Realmente, hoy no parece estar del todo bien —observó François con cierta preocupación.

—Estoy estupendamente —replicó ella, algo irritada.

—¿Qué sucede, entonces? Se diría que el joven Jacquin no es de su agrado. ¿La ha ofendido de algún modo?

—No, en absoluto —se apresuró a asegurar, pero volvió el rostro para que él no se percatara de sus sentimientos encontrados.

—Bueno, no es necesario que me acompañe en mi próxima visita, madame. Ya lo sabe usted. Nunca la obligaría a hacer algo que usted no quiera.

Lo miró intranquila.

—Lo sé. Y me disculpo por esta actitud mía tan caprichosa. Es privilegio de una dama verse a veces invadida por los *vapeurs* y que luego se comporte como una idiota.

François soltó una carcajada.

—Es realmente maravillosa. Con usted es imposible aburrirse. ¡No la cambiaría por ninguna otra mujer!

Esa noche, cuando se fueron a dormir, Barbe-Nicole cedió al deseo de que los brazos de François la estrecharan y de animarlo con sus tiernas caricias a acostarse con ella. Él estaba encantado con su disponibilidad y no encontró escandaloso que a su mujer le complaciera tener relaciones sexuales. Si hubiese sabido de la conducta licenciosa de su hija, su madre seguramente la habría regañado para que fuese más comedida; pero François, quien siempre se dejaba llevar por la pasión, tampoco esperaba que los demás fuesen moderados.

Barbe-Nicole sentía que tenía que entregarse totalmente a su marido para apartar de su mente la imagen de Marcel. Puesto que François tenía la intención de visitar regularmente a los Jacquin y ella no quería que viajara solo, en el futuro tendría que reunirse más a menudo con su antiguo amor. Pero ella no quería pensar en los sentimientos que Marcel había despertado antes en ella. Eso solo enturbiaría su felicidad marital y la serenidad de su espíritu. Amaba a François. Ante ellos se abría un futuro maravilloso. Crearían una familia y compartirían las penas y alegrías del negocio. Marcel Jacquin formaba parte del pasado.

13

Reims, febrero de 1858

—Después de pasar casi tres semanas en Bouzy, volvimos a Reims y ocupamos nuestro nuevo hogar en la Rue de l'Hôpital —evocó sonriendo Barbe-Nicole—. La vivienda estaba unida a través de dependencias con el almacén de vino de los Clicquot en la Rue de la Haute-Croupe, cerca de la muralla de la ciudad. Desde esas bodegas se llegaba a las que había debajo del Hôtel Ponsardin.

»François y yo pasamos muchas horas amueblando y decorando de nuevo las habitaciones. En otoño volvimos a Bouzy para presenciar la vendimia. El hijo del viticultor Jacquin pasó horas explicando a François todo el proceso. Estaba contenta de que hubiese encontrado a alguien a quien no le importase que lo acribillaran a preguntas. Y monsieur Jacquin tampoco tenía nada en contra de satisfacer la curiosidad de una mujer que participaba de las ideas empresariales de su marido.

—Tuvo la suerte de haber encontrado a alguien que le explicaba todo lo que debe saberse sobre la elaboración del vino —comentó de pasada Jeanne.

—Sí, tuve mucha suerte. Ya le conté lo difícil que era en mi época que los hombres tomaran en serio a una mujer. De ello es un buen ejemplo mi experiencia con el vinatero Cattier. Si François no hubiese estado tan ansioso por tenerme a su lado, después, siendo viuda, habría sabido menos sobre el comercio del vino que usted, madame. Y para usted todavía será más complicado ganarse el respeto y la atención de la gente de negocios que para mí entonces.

Jeanne tiró del cordón de la campanilla para que les llevasen café recién hecho.

—He amado mucho a mi marido, madame —dijo con timidez—. Pero cuando la oigo, casi envidio su íntima relación con monsieur Clicquot, la buena disposición de este por incluirla en sus proyectos y por su capacidad de entusiasmarse y su amplitud de miras. Debe de haber sido muy feliz con él.

En el rostro de Barbe-Nicole asomó una sombra de tristeza, y su mirada se oscureció.

—Sí, lo fui…

Mentalmente vio ante ella al François siempre alegre, con los ojos brillantes y el rostro ardiente de pasión, pero que también podía estar abatido y mortecino como el de un anciano cuando la melancolía se apoderaba de él. Barbe-Nicole no había hablado de esta faceta de su marido ni con su más cercana familia, y ahora tampoco la mencionaría ante madame Pommery. Con un escalofrío recordó el invierno de 1798, cuando se percató por vez primera de que había algo en François que no iba bien. Ocurrió en el mes de diciembre. Su hermano Jean-Baptiste acababa de prometerse con Thérèse Pinchard y visitaba a Barbe-Nicole con mayor frecuencia de lo que era habitual. Naturalmente, se había sorprendido de que François no saliera a saludarlo y Barbe-Nicole había puesto como pretexto que su marido sufría un fuerte resfriado.

No le había resultado fácil mentir a su familia. François no estaba enfermo, al menos no físicamente. A lo mejor era la sombría estación del año lo que había influido en su estado de ánimo, o tal vez la discusión con su padre, hacía un par de semanas, a propósito de la dirección de la empresa. Pero, pensándolo bien, ya antes había percibido algo raro. Había empezado poco después de la vendimia, como si, de repente, su espíritu vivaz hubiese sufrido un desgarro. A partir de entonces, su ímpetu habitual había ido agotándose poco a poco. La inquietud permaneció, seguía sin apenas conciliar el sueño, pero ya no encontraba ningún alivio en las pocas horas que podía dormir. Comía menos que antes y se quejaba de falta de apetito. Pero lo peor para Barbe-Nicole era que esa luz que emanaban sus ojos y que ella tanto amaba se había apagado. Se volvió parco en palabras y a veces áspero, luego quejumbroso.

No había sabido cómo actuar ante tal transformación. Era como si estuviera unida a otro hombre, como si una lóbrega fuerza se hubiese apoderado de su querido François. Al principio se esforzaba por disimular su nuevo comportamiento y que no se notaran los mensajes de que algo no iba bien. Por las mañanas, François carecía del estímulo para levantarse, aunque pasaba media noche despierto. Parecía extenuado y sin ganas, y no había nada que despertara su interés.

Cuando Barbe-Nicole le hablaba de los proyectos del comercio del vino con el fin de animarlo, él reaccionaba con reservas y se preguntaba si su padre no tenía razón al decir que era una actividad demasiado arriesgada. Cada vez lo atenazaba con más frecuencia un miedo indeterminado a arruinar el negocio familiar por su inexperiencia, y ese desasosiego se convirtió casi en una obsesión.

Una mañana, cuando Barbe-Nicole le dijo a Philippe Clicquot que su hijo estaba enfermo y que no podía ir a la oficina, su suegro fue a visitarla en el acto. Por su expresión, supo que no lo empujaba la preocupación por François, sino que conocía lo que le estaba ocurriendo.

—¿Cómo se encuentra? —preguntó intranquilo.

—Mal. Si al menos supiera qué le pasa a François… —contestó ella—. Al principio pensé que era una fiebre, como la que provoca la tisis, ya que no tenía fuerzas para nada. También se queja de una presión en el pecho. A lo mejor es el corazón.

—¿Puedo verlo? —inquirió Philippe.

—Por supuesto, padre. Aunque descansa, la mayor parte del tiempo está despierto.

Barbe-Nicole siguió inquieta a Philippe al segundo piso, donde estaba el dormitorio. El hombre dio unos suaves golpecitos a la puerta y entró sin esperar respuesta. En camisón y con un batín, François descansaba en un diván. Tenía los ojos cerrados, pero los rasgos de la cara en tensión, como petrificados, los párpados parecían de cera, casi translúcidos.

—Querido hijo mío —lo saludó Philippe.

En un principio no hubo reacción. Solo cuando su padre volvió a hablarle, François abrió lentamente los ojos y parpadeó confuso. Incluso la débil luz del día que entraba por la ventana parecía deslumbrarlo.

—Lo siento mucho, padre —se disculpó débilmente.

—Pero ¿a qué se refiere? —preguntó asombrado Philippe.

—A darle tan pocas alegrías —murmuró François—. El negocio va tan mal por mi culpa. ¿Qué será de madre si la situación no mejora? ¿Y de Barbe, mi amada Barbe? Tiene que conservar la salud por la niña.

—Pero, François, el negocio funciona bien —le contradijo Philippe pacientemente—. El ejército siempre necesita tela para nuevos uniformes. Y muchas familias de la burguesía ya se están preparando para la primavera que se aproxima.

Sin embargo, esas palabras animosas no produjeron ningún efecto en el joven.

—Pero las deudas, papá. Se nos comerán los beneficios —insistió. Tenía el rostro contraído por la desesperación.

Philippe intercambió una mirada preocupada con su nuera y le hizo una señal para que saliera con él de la habitación. Cuando la puerta se cerró tras ellos, emitió un profundo suspiro.

—Hace semanas que sabía que no está bien, pero nunca lo había visto tan mal —confesó. Luego reflexionó e intentó disimular su consternación—. Tiene que creerme, las deudas de las que habla no existen —le aseguró a Barbe-Nicole, que lo miraba inquisitiva—. El negocio va sobre ruedas.

—Lo sé —respondió ella con sequedad—. A veces cree que nuestra hija está muerta, y tengo dificultades para convencerlo de lo contrario. Padece melancolía. Pero usted ya está al corriente, ¿verdad?

Philippe la miró consciente de que no podía engañarla.

—Sí, no es la primera vez que lo abate una melancolía poco natural. Pero no hablemos de esto aquí.

Barbe-Nicole inclinó brevemente la cabeza y se dio media vuelta precediendo a su suegro. Cuando estaban de nuevo en el salón, el hombre cerró la puerta con cuidado.

—François siempre fue un joven muy sensible y de extremos, un día no cabía en sí de alegría y al otro se moría de tristeza. Por eso me encargué de que en el ejército solo tuviera que prestar un servicio liviano. Hasta ahora podía llevar una vida casi normal, pese a sus cambios de estado anímico.

—Pero ¿qué podemos hacer? —preguntó Barbe-Nicole angustiada.

—Me temo que no podemos hacer nada. Solo esperar a que se le pase y que coma lo suficiente y se mueva.

—He intentado que se levante, pero no soporta que insista.

—Aun así, no debería dejar de animarlo —le pidió Philippe a su nuera—. Cuando haya superado la crisis, le dará las gracias.

—Debería haberme preparado por si sucedía algo así —le reprochó Barbe-Nicole.

—¿De qué hubiese servido? —respondió su suegro—. También habría podido ser que algo así no hubiese ocurrido. En tal caso, solo la habría preocupado para nada. ¿O acaso habría renunciado a casarse con mi hijo?

Ella dudó un instante antes de responder, pero en su voz no asomaba ninguna duda.

—No, me habría casado con él a pesar de todo. Lo amo. Pero me siento sumamente desamparada.

—Nosotros, su madre y yo, nos sentimos igual —contestó con dulzura Philippe—. Es un hombre inteligente y generoso. Tal vez este sea el precio que ha de pagar por sus virtudes.

A pesar de que habían transcurrido muchos años, Barbe-Nicole recordaba cada una de las palabras de la conversación que había mantenido con su suegro. La verdad, que durante mucho tiempo él le había escondido, iba a cambiarlo todo. Saber de la melancolía de su esposo la hizo madurar como mujer, de una forma abrupta y brutal, más que el nacimiento de su hija.

Desde que se enteró de su dolencia, amó todavía más a François. Para protegerlo, encubrió sus preocupaciones y se juró apoyarlo incondicionalmente en los tiempos difíciles. Pero la carga que sostenía sobre su espalda, la debilidad de su marido, la responsabilidad que debía asumir por su hija y por el negocio, del que no solo dependía su bienestar, sino también el de sus suegros, la iba aplastando. Había tenido que ser fuerte por François y su familia.

—Perdone, madame —se disculpó Barbe-Nicole al volver al presente y toparse con la mirada inquisitiva de Jeanne Pommery—. Cuando miro hacia atrás, acuden a mi memoria unos recuerdos que creía enterrados hacía mucho tiempo. Entonces dejo que me transporten sobre sus alas. Pero todavía quería contarle cómo me introduje en el comercio del vino al lado de monsieur Clicquot. No obstante, en marzo de 1799, tuve que hacer una pequeña pausa porque vino al mundo mi hija. Mi alegre hermana Clémentine acababa de prometerse con el viudo Jean-Nicolas Barrachin. Era un hombre jovial, equilibrado y con la salud de un toro… —No caprichoso y vulnerable como François, añadió para sus adentros Barbe-Nicole—. Clémentine no cesaba de contarme con todo detalle los bailes y recepciones a los que asistía y me regañaba señalándome que era imprescindible que François y yo hiciéramos más vida social. «La gente habla de vosotros —afirmaba—. Es decir, no habla en un sentido positivo sobre vosotros.» Pero yo no tenía ningún interés por las recepciones. Me repugnaba el cotilleo. Es algo que mi querida hermana nunca entendió.

—Le aseguro que comprendo perfectamente sus sentimientos —afirmó Jeanne—. En la vida hay cosas más importantes que el chismorreo.

—Por supuesto —convino Barbe-Nicole. Se había puesto seria—. A fin de cuentas, nos encontrábamos en un periodo tumultuoso. El Imperio otomano acababa de declarar la guerra a Francia. Bonaparte se dirigía con su ejército a Palestina. Pero en París abundaba la opinión de que habría sido mejor que hubiese intentado romper el bloqueo marítimo británico y regresado a casa. En la capital se le necesitaba urgentemente. La mala gestión del Directorio estaba arruinando el país. No era un buen momento para emprender el comercio del valioso champán. En 1801, cuando por fin se firmó la paz con Austria, todos respiramos aliviados, en especial François. Quería partir de inmediato y buscar nuevos clientes, incluso en contra de la voluntad de su padre. Como quedó demostrado, su viaje nos trajo un gran beneficio, no a través de sus buenos acuerdos comerciales, para eso todavía era demasiado pronto, sino gracias a su encuentro con el que sería nuestro futuro representante comercial y compañero, Louis Bohne, quien toda su vida fue para mí un fiel amigo. He guardado todas las cartas que me escribió durante años…

14

Reims, febrero de 1801

La risa regocijante de la pequeña Clémentine llenó todo el salón. A su padre le encantaba columpiarla sobre sus rodillas y verla resplandecer de alegría. Barbe-Nicole los contemplaba a los dos con indulgencia. Cuando la melancolía no se apropiaba de su ánimo, el mismo François era como un niño que se dejaba contagiar por la alegría vital de su hija, ya casi de un año, y jugaba con ella al pillapilla o la llevaba a caballito. Junto a ellos dos, Barbe-Nicole se veía como una matrona que sentía la obligación de advertirles que se moderasen cuando se pasaban de la raya. Al menos uno de los tres tenía que permanecer con los pies en el suelo.

Cuando *maître* Raymond anunció la visita de su padre, cogió a Mentine del brazo y la dejó al cuidado de la niñera.

Por la expresión de Nicolas, Barbe-Nicole supo que venía con buenas noticias.

—¿Trae novedades de París, papá? —preguntó Barbe-Nicole impaciente, olvidándose, llevada por la curiosidad, de saludarlo.

—Por fin ha llegado la paz —informó él con una amplia sonrisa—. Hace cuatro días que se firmó en Lunéville el tratado de paz con Austria. Y todo el mundo está de acuerdo en que dentro de poco se firmará la paz con Rusia. Entonces solo quedará como enemigo Gran Bretaña. Y estoy seguro de que también los británicos están cansados de combatir y que están abiertos a negociar.

Barbe-Nicole juntó las manos como para rezar.

—Después de tantos años de guerra. Apenas puedo creerlo del todo.

—Yo tampoco —convino François—. Brindemos por ello, por un nuevo futuro bajo el gobierno de nuestro excelente primer cónsul Napoleón Bonaparte. ¿Se quedará a cenar con nosotros, querido suegro?

—Será un placer —respondió el comerciante textil.

Mientras comían hablaron emocionados de las oportunidades que se abrían para el comercio con el fin de la contienda.

—Estoy convencido de que Francia avanza hacia una época dorada —declaró François esperanzado—. El mismo Bonaparte lo ha expresado de viva voz: la Revolución ha terminado. Aunque ya no tengamos rey, nos ha traído algunos cambios positivos, como la abolición de los privilegios de la aristocracia. Es una ventaja para nosotros. A partir de ahora, todos tienen que pagar por lo que compran y no pueden escudarse en que ellos deciden cuándo se salda una cuenta, como ha hecho la nobleza hasta ahora.

Nicolas Ponsardin sonrió ante el razonamiento de su yerno. En el fondo estaba de acuerdo con él. Pero tales ventajas no lo consolaban, como partidario de la realeza, por la pérdida de la monarquía.

—¿Todavía sueña con dedicarse a lo grande al comercio del vino, François? —preguntó Nicolas—. Mi hija no hace más que hablar del arte de producir un vino exquisito. Tengo la impresión de que ha perdido todo su interés por el comercio de telas.

François miró resplandeciente a su esposa.

—De eso soy yo el culpable, me temo. Sí, sigo pensando

en cómo empezar a desarrollar el comercio del vino. Y ahora, si reina la paz, no voy a perder el tiempo y trazaré planes para recuperar a los antiguos clientes de mi padre en Italia, en los estados alemanes y en Suiza, y, al mismo tiempo, para entablar nuevas relaciones.

—Creí entender que monsieur Clicquot era algo reticente en cuanto al comercio del vino —señaló Nicolas.

—Mientras estábamos en guerra con nuestros vecinos, sí —admitió François—. Pero ahora exportar vino ya no representa un gran riesgo. Imagine por un momento las posibilidades. Y cuando Gran Bretaña levante el bloqueo, se añadirá un nuevo mercado.

—Veo que lo tiene todo bien pensado, estimado François —admitió el comerciante textil—. Y, naturalmente, le deseo mucha suerte en sus empresas.

La mirada de Nicolas Ponsardin se fijó en el rostro de su hija. Distinguió la expresión entusiasmada de sus ojos y frunció el ceño. Ese soñador había conseguido fascinar a su sensata Barbe-Nicole con sus castillos en el aire. Si bien le alegraba ver que era feliz con su marido, le preocupaba que apoyara esos proyectos de altos vuelos de forma tan poco crítica. Le rompería el corazón que su querida hija tuviera que sufrir una amarga decepción.

Los ojos oscuros de François brillaban de determinación cuando se enfrentó a su padre. Philippe Clicquot se percató de que el cuerpo de su hijo se tensaba como el de un soldado al inicio de la batalla. Comprendió que haría caso omiso de cualquier argumento en contra.

—Entonces, ¿desea realmente salir de viaje por su cuenta? ¿Pese a todas las molestias y peligros que ello conlleva?

—¿Quién iba a recomendar mejor nuestros vinos? Sabe que tengo talento para convencer a la gente —aseguró François—. Y a estas alturas sé lo suficiente sobre la producción del vino como para no hacer el ridículo ante clientes experimentados. Además, terminé mis estudios en Suiza. Me desenvuelvo bien allí y hablo la lengua nacional. No se preocupe, padre. Volveré sano y salvo.

—Pero si le ocurriera algo… —insistió Philippe—. Ahora tiene una familia por la que debe velar. Barbe-Nicole y Clémentine dependen de usted.

Y también nosotros, añadió el comerciante para sí. ¿Qué ocurriría con el negocio si su querido hijo no volvía? ¿Quién se ocuparía de su madre y de él cuando fuera viejo y no pudiera dirigir el negocio si su hijo no estaba allí para hacerse cargo?

15

Camino de Basilea, agosto de 1801

François se frotaba las manos mentalmente y sonreía para sí. El hombre que estaba sentado frente a él en el interior de la diligencia alzó extrañado una ceja.

—Está usted de un buen humor sorprendente, considerando que ahí fuera está lloviendo a cántaros, el camino parece una pista de barro y es probable que no lleguemos al próximo albergue hasta medianoche —declaró incisivo. Su francés estaba matizado por un fuerte acento frisón.

—Una contrariedad que carece de importancia —contestó François con un gesto de rechazo—. No va a enturbiar mi felicidad por una provechosa transacción.

—Ah, es usted un viajante de comercio —contestó el frisón—. Si me permite que me presente, mi nombre es Hermann Franzen.

—François Clicquot, un placer conocerle. Sí, viajo como representante de mi compañía Clicquot-Muiron & Fils, con objeto de dar a conocer nuestros excelentes vinos.

—Ya veo. Aprovecha al igual que yo la ansiada paz que ahora por fin nos facilita emprender viajes —dijo Franzen—. Y como no se sabe cuánto durará, yo me he puesto en marcha de inmediato.

—¿No es usted un poco pesimista, monsieur? —contestó

François—. Yo estoy seguro de que también Inglaterra firmará enseguida la paz. Y entonces la guerra por fin habrá concluido.

—Que Dios le oiga, monsieur —replicó Franzen—. Con su permiso, yo pienso que el general Napoleón Bonaparte todavía no se ha hartado de sus conquistas. Y sus tropas aún ocupan Suiza.

—Ahora es cónsul primero y ya tiene suficiente con los asuntos de Estado —declaró convencido François.

—Ojalá. —Franzen suspiró—. Esperemos que así sea.

Durante un rato, los pasajeros se sometieron al traqueteo del carruaje en silencio. Además de François y Franzen, viajaba con ellos un hombre anciano, que había cruzado los brazos serenamente sobre el pecho y con una sonrisa en el rostro dormía en un rincón. La lluvia repicaba sin cesar en la capota e impedía que François hiciera lo mismo. Nunca había podido dormir bien cuando salía de viaje. Las camas extrañas, que a menudo debían compartirse con otros huéspedes en los albergues saturados, solían hacer inviable un sueño reparador. Durante el trayecto pasaba horas reflexionando sobre cómo presentar sus vinos a la persona en cuestión, solo para, llegado el momento de encararse con el cliente, arrojar por la borda su estrategia y negociar dejándose guiar por su instinto. Pese a que notaba que los burgueses con los que hablaba, sobre todo las anfitrionas, se dejaban seducir por sus encantos y el vino que les ofrecía para que lo probasen tenía éxito, los pedidos se mantenían en un marco más bien modesto. La guerra que tantos años se había prolongado había dejado sus huellas. Incluso las personas acomodadas, exceptuando los que suministraban bienes al ejército de su país, habían sufrido grandes pérdidas y todavía no se inclinaban por comprar artículos de lujo. François comprendió que sería difícil llegar a las cifras de venta de su padre de antes de la guerra, y aún menos ampliar el negocio.

Un repentino movimiento lateral del carruaje arrancó a François de sus pensamientos. Se oyó un chirrido que no presagiaba nada bueno, después un crujido y al final un estallido. Los tres viajeros saltaron de sus asientos y se encontraron encajonados en el suelo del vehículo. El primer pensamiento de François fue para las botellas de vino que estaban en su maleta con el resto del equipaje, detrás de la caja del coche de caballos. Si se habían roto, debería interrumpir el viaje y regresar a casa con las manos vacías. Reprimió el deseo de librarse de Franzen, que estaba encima de él, y permaneció lo más quieto posible. Solo cuando la puerta se abrió y el cochero lo ayudó, Franzen consiguió levantarse.

—¿Están bien, messieurs? —preguntó el conductor. Su nerviosismo casi hacía incomprensible su suizo alemán.

—¿Qué ha ocurrido? —inquirió el frisio en su dialecto.

—Se ha roto una rueda —musitó el suizo—. Con este tiempo de perros, se me ha pasado por alto un bache enorme.

Tendió la mano a François para ayudarle a salir del carro. El hombre mayor hizo alarde de una agilidad sorprendente y salió sin ayuda de nadie. Dado que estaban expuestos a una lluvia torrencial, cogieron uno tras otro el sombrero de la caja del carruaje y se abrocharon con los dedos húmedos los redingotes.

—¿Y ahora? —preguntó Franzen.

—Tengo que enviar a la próxima posta al postillón con uno de los caballos para que traiga a un ruedero —explicó el cochero, encogiéndose de hombros impotente.

—Pero esto durará horas —señaló Franzen.

—No vendrá antes de mañana por la mañana —profetizó el anciano.

—Pueden ustedes seguir a pie, messieurs —les propuso el suizo.

Los tres viajeros se miraron consternados.

—¿Qué distancia hay hasta la siguiente posta? —preguntó Franzen, vacilante.

—Unos seis kilómetros solo —contestó el cochero—. Todo recto.

—¿Seis kilómetros? Una nadería —comentó despreocupado el anciano.

Bajo la mirada incrédula de los otros dos hombres, pidió al mozo que le diera su bolsa de viaje, que estaba atada en el techo con el equipaje ligero, y emprendió el camino con determinación.

—¡Monsieur! —gritó Franzen tras un breve titubeo—. Espéreme.

El frisio cogió a toda prisa su bolsa y lo siguió.

—¿Y usted, monsieur? —preguntó el cochero a François—. ¿No quiere ir con ellos?

Pero François negó con la cabeza. No podía abandonar los libros de pedidos y las botellas para la cata, pues sin ellos su largo viaje no tendría sentido. El suizo, quien por lo visto estaba acostumbrado a ese tipo de percances, llenó con toda tranquilidad su pipa, aunque con la lluvia no podía encenderla. Mientras tanto, el postillón, que los había acompañado en uno de los caballos delanteros, desató su yegua y la montó a pelo. Tras despedirse del cochero alzando la barbilla, azuzó al alazán y desapareció entre el velo gris de la lluvia.

François se ciñó más el pañuelo de lino suave al cuello y cruzó los brazos delante del pecho. Aunque las alas anchas de su sombrero lo protegían bastante de la lluvia, enseguida empezó a tiritar. El frío se extendía desde sus pies y ascendía lentamente por sus piernas. No tardó en sentir un desagradable picor en el cuello. Sus padres estarían horrorizados si pudieran verlo en ese momento, bajo una lluvia torrencial, mojado y muerto de frío.

Suspirando, François empezó a golpear con los pies el suelo para que la sangre siguiera circulando por sus piernas. Cuando la lluvia amainó, ya era entrada la noche. François echó un vistazo al reloj de bolsillo, pero, como había olvidado darle cuerda, hacía horas que se había parado. Se sentó en la caja del coche, sobre el banco inclinado, para protegerse al menos del viento, que era fresco, pero estaba incómodo. En cuanto relajaba los músculos, resbalaba del borde de aquellos asientos forrados de piel.

Ahora que el sonido de la lluvia había enmudecido, un silencio sepulcral envolvía el desafortunado carruaje y solo se veía interrumpido por la tos del conductor o el resoplido de los caballos. François estaba a punto de echar una cabezada cuando lo sobresaltó el golpeteo de unos cascos. Aguzó el oído, esperanzado. Al ruido de los cascos se sumó el de unas ruedas al rodar.

¡Un coche de caballos!, pensó François. Por fin llegaba ayuda.

Loco de alegría, salió de un salto por la puerta abierta y casi se cayó porque le fallaban las piernas, entumecidas. En el último momento consiguió agarrarse a la puerta y conservar el equilibrio. A lo lejos se divisaban dos débiles luces que se acercaban velozmente. El suizo se colocó a su lado y siguió su mirada.

—Por lo visto, tiene usted suerte. A lo mejor pueden llevarlo —dijo con un tono jovial.

Poco después, apareció en la oscuridad del camino sin alumbrar un pesado carruaje de alquiler tirado por cuatro caballos. El cochero detuvo los caballos junto al vehículo averiado.

—¿Necesitan ayuda, messieurs? —preguntó.

—¿Podría llevarme hasta la próxima posta? —preguntó François. No tenía más que un hilillo de voz.

—Por supuesto —respondió el hombre—. Llevo solo a un pasajero. Suba.

La puerta se abrió y el ocupante, al que François no pudo distinguir en la oscuridad, le tendió la mano.

—Venga —dijo el hombre en alemán.

—Mi equipaje —contestó François—. Soy un viajante de comercio y no puedo desprenderme de mis libros.

Con ayuda del suizo, desató la maleta con las botellas de

vino del portaequipajes trasero y la cargó en el otro vehículo. El pasajero había bajado y los ayudó a atar la maleta. François se lo agradeció sinceramente.

—No hay de qué —contestó el hombre—. Los hermanos de gremio debemos ayudarnos.

—¿También es usted un representante comercial? —preguntó François.

—Me llamo Ludwig Bohne. A su servicio, monsieur.

François le estrechó la mano sonriendo.

—François Clicquot, encantado de conocerle.

—Si los caballeros ya han concluido con las formalidades, ¿podemos seguir el viaje? —preguntó el cochero, malhumorado.

—Por supuesto, monsieur, disculpe —dijo François, y se subió a toda prisa al coche.

—Es usted francés —confirmó el compañero de viaje, escrutando con la mirada al joven Clicquot.

—Mi familia reside en Reims y, en realidad, se dedica al comercio textil —explicó de buen grado François—. Aparte de eso, mi padre vende desde hace tiempo vino. Por desgracia, la guerra ha dado a esa rama del negocio un final precipitado y ahora estoy de viaje para reanimar el negocio.

—¿Su padre lo ha enviado de viaje? ¿No tienen ustedes ningún empleado que pueda realizar esta tarea tan desagradable y peligrosa? —La voz de Ludwig Bohne desvelaba su sorpresa.

Y más por cuanto no me parece que sea usted de naturaleza robusta, añadió mentalmente Ludwig, aunque no expresó en voz alta lo que pensaba para no ofender a su interlocutor.

Pero la sonrisa contenida de François Clicquot revelaba que ya sospechaba lo que el otro pensaba.

—En realidad, a mi padre le habría gustado enviar a otra persona —aclaró el joven Clicquot—. Pero entre nuestros trabajadores no hay ninguno que crea con la misma pasión que yo en el futuro del comercio del vino. Por eso, yo mismo quería hablar con nuestros futuros clientes y convencerlos de la calidad de nuestro vino. ¿Ha probado usted alguna vez uno de nuestros nobles vinos, monsieur?

—No, pero siempre estoy abierto a nuevas experiencias —contestó sonriendo Ludwig Bohne—. Cuénteme más.

Cuando el carruaje llegó a la posta, ambos hombres seguían inmersos en una animada conversación. El dueño del albergue, que salió a su encuentro pese a lo avanzado de la noche, les comunicó que solo le quedaba una habitación libre y les preguntó si les importaba compartir la cama. François, a quien le había caído simpático desde el primer momento su nuevo conocido, no puso objeciones, y Bohne también estuvo francamente de acuerdo.

Después de que el patrón les hubiese servido en la taberna una comida recalentada a toda prisa, los dos compañeros de viaje se retiraron a su habitación, que contaba con una cama, una mesa y dos sillas. Mientras Ludwig Bohne se desnudaba y se lavaba con agua caliente en el cuenco de estaño, François sacó de su bolsa de viaje un pliego de papeles, una pluma y tinta, y empezó a escribir a la luz de la única vela de sebo con que contaban. Cuando Bohne se hubo puesto el camisón, se lo quedó mirando, interesado.

—¿Cómo puede usted reunir fuerzas para escribir una carta después de esta etapa de viaje tan agotadora, monsieur? —preguntó sorprendido.

—No puedo decepcionar a mi querida esposa, que espera impaciente en casa noticias mías —respondió François sin levantar la vista de la hoja de papel.

—Naturalmente, esto es otra cosa —admitió divertido Ludwig Bohne—. Disculpe si yo ya me voy a dormir. Soy incapaz de mantener los ojos abiertos.

—Adelante, amigo mío. Espero que no le moleste la luz. Escribo este párrafo hasta el final y la apago —prometió François.

Pero a Ludwig Bohne no le molestaba en absoluto el resplandor de la vela. Ese brillo dorado le recordaba la luz que por las noches su madre dejaba junto a su cama cuando era un niño pequeño, para que no tuviera miedo a la oscuridad.

A la mañana siguiente, cuando Ludwig Bohne se despertó, no supo en un primer momento dónde se hallaba. No comprendía por qué había soñado con su hogar, con su madre y su ciudad natal. Desde que había cumplido su sueño dorado y viajaba por el mundo como agente comercial, apenas se acordaba de la casita de Mannheim en la que se había criado. ¿Qué es lo que le había recordado a ella esa noche?

Estuvo dándole vueltas a qué había ocurrido la noche anterior. Había perdido la diligencia y había aceptado el ofrecimiento de un coche de alquiler que procedía de Basilea y buscaba pasajeros para no hacer el viaje de vuelta vacío. Por eso le había sugerido a Ludwig un buen precio que él no había podido rechazar. A medio camino habían tropezado con la diligencia averiada y habían recogido a un pasajero, francés, que estaba allí retenido.

Ludwig se sentó en la cama y miró a su alrededor. El joven François Clicquot dormía junto a él bajo una manta. Ahora que el crepúsculo matinal iba iluminando la habitación, pudo distinguir los rasgos de su rostro mejor que al resplandor de la vela por la noche. Aunque dormía, su rostro reflejaba tensión y se movía inquieto. De forma automática, Ludwig colocó la mano sobre la frente del otro hombre, como siempre había hecho su madre cuando de pequeño se ponía enfermo. Su compañero de habitación tenía algo de fiebre. Ludwig recordó que el francés estaba totalmente empapado y muerto de frío cuando lo habían recogido por el camino. Era posible que hubiese pillado un buen resfriado.

Esforzándose por no despertarle, se levantó, cogió la jarra que estaba junto a la jofaina y salió de la habitación. Abajo, en la cocina del albergue, se encontró con una sirvienta. Aunque todavía era muy temprano y ella acababa de encender el fuego del hornillo, le suministró amablemente agua caliente.

Después de que Ludwig se hubiese lavado y vestido, se aproximó a la cama y observó preocupado a su compañero. El joven Clicquot respiraba con dificultad y tenía las mejillas enrojecidas. Esperaba que no estuviera gravemente enfermo.

Ludwig miró por la ventana. El cielo se había despejado. El día prometía ser soleado. Cuando se dio la vuelta, sus ojos se posaron sobre la hoja de papel en la pequeña mesa. Por lo visto, François Clicquot no había concluido la carta a su esposa, sino que se había metido agotado en la cama.

Si bien la educación de Ludwig le hacía dudar sobre el derecho a penetrar en la esfera privada de otras personas, sintió el irresistible deseo de inclinarse sobre el escrito y leer las primeras líneas: «Mi querida Barbe, no puedo decirle cuánto la añoro a usted y a nuestra hija…».

Avergonzado, Ludwig apartó la vista, pero no pudo evitar volver a la mesa y seguir leyendo la carta que el francés había escrito a su esposa.

«Para mi desgracia, durante el viaje se rompió una rueda, así que tuve que esperar en el borde de la carretera a que otro coche me recogiera. Por el camino he estado conversando con un viajante de comercio alemán llamado Louis Bohne, un hombrecillo simpático y pelirrojo. A usted le gustaría, pues su conversación es entretenida y sus ocurrencias ingeniosas. Esta noche compartimos habitación. Espero tener mañana la oportunidad de hablar con él…»

La carta se interrumpía en medio de la frase. Era evidente que en ese punto el sueño había vencido a François Clicquot. Ludwig no pudo evitar sonreír al leer las últimas frases. No había imaginado causar una impresión tan fuerte en el francés.

Mientras intentaba dar forma a su rebelde cabello rojo con un peine, volvió a pensar en el contenido de la carta. En su inquieta existencia había acumulado bastantes experiencias, pero nunca había visto que un hombre hablase con tanto detalle sobre sus negocios con su esposa. François Clicquot había especificado con toda exactitud cuántos pedidos había registrado y en qué lugares, e incluso había comentado si la cantidad satisfacía o no sus expectativas. Ludwig se sorprendió pensando que le gustaría conocer un día a esa notable mujer.

Ya había abandonado el deseo de domar su testarudo cabello cuando alguien llamó a la puerta de la habitación. La sirvienta le traía más agua caliente y le comunicaba que en breve se serviría el desayuno. Como su compañero de habitación seguía sin moverse, Ludwig se acercó a la cama y lo sacudió ligeramente. François despertó, asustado.

—¿Qué ocurre? —preguntó desconcertado.

—El desayuno ya está listo —respondió Ludwig.

—¿Qué hora es?

—Las siete pasadas.

—¿Ya? Me he dormido. —François dirigió una mirada de disculpa al otro hombre, que lo miraba preocupado—. Usted es el viajante que tan amablemente me recogió. Su nombre es Louis Bohne, ¿cierto?

El hombre del Palatinado no corrigió al francés. Supuso que no podía pronunciar ese «Ludwig». Asintió.

—¿Cómo se encuentra? Parece que tiene un poco de fiebre.

François se pasó la mano por la frente y las mejillas y comprobó que su compañero de viaje tenía razón. Le molestaba la garganta y tenía la nariz algo tapada. Un sordo dolor le palpitaba en la cabeza.

—Esa condenada lluvia —murmuró malhumorado—. Justo lo que me faltaba.

Se sentó y se dispuso a levantarse. Pero cuando se puso en pie, todo daba vueltas a su alrededor y empezó a tiritar.

—Debería quedarse en cama, monsieur —le aconsejó Ludwig.

—¿Cómo voy a hacerlo? Tengo que seguir el viaje a Basilea —protestó François sin demasiado entusiasmo.

—De todos modos, en el estado en que se encuentra tampoco podría mantener una conversación profesional —le señaló el palatino—. Los negocios se cierran mucho mejor cuando se tiene un aspecto lozano que cuando se está hecho polvo. —Ludwig tomó una decisión espontánea—. Quédese en la cama, señor, y mejórese. Ahora le traigo algo de comer.

Mientras iba al comedor, reflexionó sobre su planificación del viaje. No iba a perder nada si se quedaba un día más en el albergue. Al mismo tiempo y solo fugazmente, consideró que tal vez lo beneficiaría profesionalmente prestar un servicio a un socio menor de una empresa ya establecida de una de las ciudades comerciales más importantes de Francia, como era Reims. En lugar de ello, lo que pesó fue la imagen de una amorosa mujer en su casa y con una hija pequeña, preocupada por su marido, que viajaba solo por el mundo. Ludwig se negaba rotundamente a imaginar qué sentiría si ese hombre no regresaba a su hogar. Para quedarse él mismo más tranquilo, decidió no abandonar a su suerte a François Clicquot.

16

Reims, agosto de 1801

Barbe-Nicole estaba inmersa en la lectura de un libro en la sala de la casa de sus padres, en la Rue Dauphine, mientras oía como sonido de fondo el parloteo de la pequeña Mentine, que jugaba con su niñera. Desde que Catherine había llevado a la pequeña para que diera los buenos días a su madre, Barbe-Nicole había permitido que su hija se quedara un poco con ella.

Cuando el conserje anunció la visita de su hermana, abandonó el libro y sonrió a Clémentine.

—Me encanta ver lo mucho que te alegras cada vez que vengo a visitarte —dijo la hermana menor—. Incluso si sé que la causa de ello es lo aburrida que estás desde que tu marido se fue de viaje.

Con cierto sentimiento de culpabilidad, Barbe-Nicole bajó la vista.

—Sigo opinando que es una vergüenza que François te deje sola en casa y se pase meses viajando por Europa —comentó Clémentine indignada.

—En eso te doy toda la razón —contestó Barbe-Nicole—. Debería haberme llevado con él.

—No es lo que yo quería decir —objetó horrorizada su hermana.

—Lo sé —dijo Barbe-Nicole sonriendo—. Pero, cuando leo sus cartas, es lo que me hubiera gustado. Siempre me atrajo la aventura.

—Eres imposible —protestó Clémentine—. ¿No te ha dicho François que a veces ha de compartir la cama con extraños?

—Solo cuando los albergues están saturados.

—Es lo mismo…, para un hombre puede pasar…, pero para una dama… —Clémentine chasqueó la lengua, con fastidio.

—No te acalores, querida hermana. Si realmente hubiese tenido la intención de acompañar a François, lo habría hecho. Pero hasta yo comprendo que dadas las circunstancias no habría sido aconsejable.

—Dadas las circunstancias —repitió Clémentine arqueando las cejas—. ¿Te refieres al hecho de que ha emprendido un camino que lo lleva por paisajes devastados por la guerra y que todavía no se han recuperado de sus secuelas pese a la paz? ¿Significa esto que si los tiempos en que vivimos no hubiesen sido tan convulsos le habrías pedido que te llevara con él?

—¿Por qué no? —preguntó Barbe-Nicole, encogiéndose de hombros—. Las inglesas incluso viajan a países lejanos del Imperio otomano; no permiten que algunas incomodidades se lo impidan.

—Deja estar a tus inglesas —exclamó Clémentine desdeñosa—. Esos isleños son tan bárbaros como los pueblos que visitan. No puedes seguir su ejemplo.

Al ver la cara indignada de su hermana, Barbe-Nicole se echó a reír.

—De todos modos, esos bárbaros se han endurecido tanto que llevan años haciendo la vida difícil a nuestro buen Bonaparte porque son los mejores navegantes del mundo. Nuestra flota les tiene tanto miedo que no se atreve a abandonar los protectores puertos y habérselas con ellos.

—¿Y eso lo encuentras cómico? —preguntó Clémentine malhumorada.

—¿Tú no? En cualquier caso, eso conduciría a firmar la paz con Gran Bretaña. —Los ojos de Barbe-Nicole empezaron a brillar—. Y entonces podremos volver a establecer relaciones comerciales con los ingleses.

—Hablas igual que François. Solo piensas en el negocio.

—Lo encuentro mucho más interesante que hablar de la última moda o de andar cotilleando sobre los demás.

—Tú no eres normal. La pobre madame Jourdain se quejó ayer de que apenas le haces encargos.

—Cierto, de hecho quería pedirle que me cortara unos vestidos nuevos para tener algo bonito que ponerme cuando François regrese a casa —admitió Barbe-Nicole.

Clémentine se retorció las manos.

—Por favor, prométeme que vendrás a la pequeña recepción que celebro el sábado. No puedes pasarte todo el tiempo enterrada en este silencioso cuartito.

—Me lo pensaré.

Alguien llamó a la puerta y entró *maître* Raymond con el correo, que tendió a Barbe-Nicole en una bandeja de plata. Ella echó un rápido vistazo a las cartas, apartó despreocupadamente las invitaciones y epístolas de diversas damas y buscó un sobre con distintos timbres extranjeros.

—Por fin, una carta de François —exclamó alegre, rompiendo el sello.

Durante los siguientes diez minutos no estuvo para nada más. Clémentine se resignó ante lo inevitable y se quedó mirando por la ventana, aunque fuera no había nada que ver salvo el cielo azul y un sol ardiente. Ni un soplo de aire movía las hojas de los árboles.

Clémentine oyó un par de veces a su hermana inhalado aire profundamente. Preocupada, se volvió hacia ella.

—¿Ha pasado algo?

—La diligencia en la que François viajaba a Basilea ha sufrido un percance, pero a él no le ha ocurrido nada —le aseguró Barbe-Nicole—. Tuvo que esperar durante horas bajo la lluvia y se ha resfriado. Ha estado una semana en cama. Una persona que viajaba con él ha tenido la amabilidad de cuidarlo, un palatino llamado Louis Bohne. Es un viajante que procede de una familia de comerciantes de vino de Mannheim.

—Un buen samaritano, por lo visto —comentó Clémentine.

—Doy gracias a Dios de que el señor Bohne estuviera allí cuando François necesitaba un amigo —dijo Barbe-Nicole con fervor—. De lo contrario no habría guardado cama y habría seguido viajando. Y al final habría acabado con una neumonía.

—Si ese hombre es representante comercial, deben de tener mucho de que hablar —supuso Clémentine.

Barbe-Nicole no hizo caso del tono recriminatorio de su hermana y siguió leyendo.

—Por supuesto —murmuró sonriendo—. Las explicaciones de monsieur Bohne han impresionado tanto a François que lo ha contratado en el acto para que trabaje para Clicquot-Muiron & Fils. —Entrelazó las manos—. Gracias a Dios. Qué buena suerte. Esto significa que François no tendrá que salir él mismo de viaje. Ay, no puedo esperar a conocer a monsieur Bohne. Espero que venga pronto a visitarnos a Reims.

Clémentine, que quería contarle a su hermana cómo iba a ser el baile que planeaba celebrar el próximo octubre, comprendió que podía ahorrarse la molestia. Barbe-Nicole apenas le prestaría atención y enseguida olvidaría todo lo que le contase.

—El correo acaba de llegar —anunció François cuando una mañana del abril siguiente irrumpió en el salón en que Barbe-Nicole estaba hablando con su madre—. Disculpe, madame, no quería interrumpir su conversación, pero estábamos impacientes por recibir esta carta —añadió volviéndose a Jeanne-Clémentine.

Pero antes de que ella pudiese hacer alguna observación, Barbe-Nicole ya se había girado hacia su marido.

—¿Ha escrito monsieur Bohne? —preguntó.

—Sí, por suerte mi padre está de viaje, de lo contrario me habría quitado la carta delante de las narices —bromeó François con cara de pillo y adoptando la actitud de un niño a punto de cometer una travesura—. Si hubiese sabido que mi padre iba a entenderse tan bien con monsieur Bohne, no le habría dejado venir, sino que lo habría enviado a Inglaterra después de que se firmase la paz el mes pasado.

Barbe-Nicole movió la cabeza indulgente, aunque sabía que estaba bromeando. Louis Bohne había visitado la empresa Clicquot en septiembre para conocer al padre de François. Después de una larga conversación, este había quedado convencido de la habilidad para los negocios del palatino y había confirmado su contratación. Después de que François familiarizase a Bohne con los artículos que tenía que vender, este se marchó a las islas británicas.

Aunque la carta iba dirigida a Philippe Clicquot, François se permitió abrirla. Barbe-Nicole, que lo estaba mirando, enseguida vio que las noticias no eran buenas.

—¿Qué dice? —preguntó inquieta.

Hacía dos meses había conocido a Louis Bohne durante la estancia de este en Reims. El robusto hombrecillo de pelo rojizo le había resultado simpático ya a primera vista, y esa impresión se había visto confirmada cuando habló de sus viajes. Bohne sabía adornar sus crónicas con anécdotas divertidas e ingeniosas observaciones, de modo que uno podía quedarse horas escuchándolo sin aburrirse. Además, Barbe-Nicole le estaba agradecida por haberse ocupado tan bien de su marido en el albergue de Basilea, cuando François cayó enfermo.

—Monsieur Bohne dice que escasean los artículos de lujo franceses que durante la guerra solo llegaban a la isla como objetos de contrabando —resumió François—. Pero, por lo visto, eso no se puede aplicar a nuestro vino espumoso —siguió, decepcionado—. Monsieur Bohne opina que la nobleza tampoco está preparada en Londres para volver a gastar mucho dinero por artículos caros. Además, es difícil introducirse en un mercado que ya está dominado desde hace tiempo por nuestra competencia.

Barbe-Nicole se levantó y se acercó a su marido. Ya se había olvidado de la presencia de su madre. Suavemente le puso la mano sobre el hombro.

—No te dejes desanimar, amor mío. Hay otros mercados que conquistar. A lo mejor sería preferible que monsieur Bohne viajara de nuevo a los estados alemanes y a Austria, donde seguro que se desenvuelve mejor.

—Estoy convencido de que mi padre lo ve del mismo modo —convino François—. Pero, en mi opinión, es poco ambicioso. Quiere un círculo de clientes al que suministrar sin correr riesgos, es decir, quiere limitarse a Prusia, Polonia, Sajonia, Austria, Venecia y Trieste. Sigue sin querer saber nada de mi idea de vender nuestros vinos también en Rusia.

—Ya llegará el momento —dijo Barbe-Nicole convencida—. Hemos de tener paciencia.

Él dibujó una sonrisa forzada.

—Ya sabe que la paciencia no es mi fuerte. Pero me esforzaré.

17

En un camino de la región de la Champaña, julio de 1802

Por enésima vez, Ludwig Bohne se pasó un gran pañuelo de bolsillo por la frente sudorosa. El calor que desde mayo hacía centellear el aire era como el aliento del infierno. Nunca había experimentado los efectos de un tiempo tan caluroso y seco. Ese sol deslumbrante y el cielo de un azul diáfano, al que no alteraba ni una nube, casi le resultaban fastidiosos. Su deseo de desprenderse de la chaqueta y el chaleco crecía, así como el de viajar en mangas de camisa, pero por desgracia la decencia no lo permitía.

Después de haber visitado Hamburgo y de haber viajado por media Europa Central desde el comienzo del año, estaba contento de poder presentar ahora unas respetables cantidades de pedidos. Si bien la idea del joven François Clicquot acerca de desarrollar el comercio de vinos nobles y sobre todo del vino espumoso lo había fascinado, tras haber fracasado en Inglaterra le habían asaltado algunas dudas sobre si el éxito de la empresa más bien sería modesto. Tal vez por ello había puesto un esfuerzo especial en vender la mercancía. Para su satisfacción, había conocido a mucha gente en Núremberg que sabía apreciar el vino francés. En Stuttgart confirmó que el príncipe que residía allí servía preferentemente vinos de la Casa Clicquot en sus fiestas, aunque él no era un gran amante de esa bebida.

Ludwig apuntaba sus nuevos hallazgos en sus cuadernos de viaje para poder recurrir a ellos en cualquier momento. Con cada día que pasaba, sus apuntes se iban volviendo más amplios, pues no solo registraba los gustos de la gente, sino también las costumbres y rarezas que había de tener en cuenta en sus próximas visitas. Philippe Clicquot lo elogiaba por ello en sus cartas, y lo animaba a que siguiera escribiendo con tanta aplicación todo lo que le pareciera importante.

Cuando los primeros viñedos de la Champaña aparecieron a la vista, Ludwig miró por la ventana con curiosidad. Si bien hacía un año que trabajaba para los Clicquot, se sentía como si estuviera regresando a casa. Se alegraba de volver a ver a François y a su encantadora esposa, quien realmente estaba tan interesada por el negocio como le había hecho sospechar aquella carta. Por muy áridas que fueran las listas de las que hablaba con su marido, ella nunca parecía aburrirse. A veces incluso corregía a este último si se había equivocado a causa de su celo, pues ella tenía una notable memoria para los números. Y cuando Ludwig contaba sus aventuras de viaje, hablaba de las chinches que había tenido que sacudir de las sábanas de una habitación en Hamburgo y de los ratones que habían roído su bastón de paseo al que él cariñosamente llamaba su «muleta», madame Clicquot no se veía en lo más mínimo molesta por la forma algo exagerada en que se expresaba. Se reía despreocupada de sus chistes y escuchaba fascinada la descripción de la gente con la que se había cruzado. Sí, daba gracias a Dios por haber encontrado a unos patrones tan maravillosos, con los que siempre se entendía y que confiaban en él. Ludwig Bohne sentía que este era un empleo para toda la vida.

Mientras el carruaje avanzaba entre viñedos, las alegres expectativas del palatino fueron transformándose poco a poco en preocupación. Aunque entendía algo del comercio del vino, no conocía demasiado sobre el cultivo de esa noble bebida, solo lo que François Clicquot le había enseñado en su primera visita a Reims. Sin embargo, sabía que gran parte de los pedidos que había registrado en sus viajes todavía maduraban en forma de racimos en las cepas. E incluso a un ojo inexperto no le pasaba por alto que las plantas sufrían por culpa del calor y la sequía. Si bien la mayoría de las hojas estaban verdes, se veían también colgar tristemente unas ramas marchitas y resecas. Las uvas se le antojaron demasiado pequeñas. Si no había agua en el suelo, ¿cómo iban a producir el zumo del que se hacía el vino?

Se reclinó pensativo contra el respaldo del asiento del carruaje y se mordisqueó el labio inferior. Ya no estaba tan animado. Comerciar con vino no era tarea fácil.

Desde la posta, con la bolsa de viaje y el bastón en la mano, emprendió el camino hacia la Rue de l'Hôpital. Como ya al mediodía hacía un calor insoportable, el patio flanqueado por la residencia y las dependencias del servicio estaba desierto. Solo el piar de unos gorriones en el abrevadero rompía el silencio. Posiblemente se habían dejado todas las tareas imprescindibles para las primeras horas de la mañana o para la tarde, cuando ya refrescaba. Las viñas no aguantaban el calor. Del establo salió el relincho de un caballo y el continuo sonido de las colas espantando moscas. Ludwig Bohne observó sonriente un gorrión que saltaba alrededor de un montón de bosta de caballo en busca de briznas que picotear.

Un criado con librea advirtió la presencia del visitante y se acercó a él. Pese a su juventud, sus movimientos eran comedidos, como si el calor lo aplastara.

—Buenos días, monsieur, si hace usted el favor de seguirme —dijo el joven, conduciendo al palatino al fresco vestíbulo de la casa—. Ahora mismo anuncio su visita a los señores.

Pero eso ya no era necesario. El azar quiso que en ese momento Barbe-Nicole apareciera en lo alto de la escalera. Cuando vio al recién llegado, se inclinó sobre la barandilla para atraer su atención.

—Monsieur Bohne, qué alegría volver a verle —le saludó alegremente—. Ya lo echábamos de menos.

Incapaz de dominarse, se apresuró a descender los escalones que faltaban. Ludwig se inclinó ante ella.

—Madame, tiene usted un aspecto estupendo.

—Qué zalamero —dijo ella restando importancia al cumplido, pues sabía que no era ninguna belleza y que en los últimos años también había ganado algo de peso—. Espero que nos traiga todavía mejores números.

—Muy buenos, incluso —confirmó Ludwig.

—Perdone esta pregunta a bocajarro —se disculpó Barbe-Nicole—. Seguro que quiere descansar tras un viaje tan agotador. ¿Todavía tiene equipaje en la posta? ¿Sí? Entonces voy a pedir que lo vayan a buscar sin mayor dilación. Robert le enseñará su habitación. Y ahora márchese corriendo antes de que lo comprometa en una larga conversación en lugar de dejarlo descansar.

Solo haciendo un esfuerzo consiguió frenar la verborrea incitada por su curiosidad. Mientras el criado acompañaba al visitante escaleras arriba, envió a un segundo sirviente a la oficina para que comunicara a su marido y su suegro que monsieur Bohne había llegado.

La comida se postergó a últimas horas de la tarde para que el huésped tuviera tiempo de reponerse. Cuando se sirvió el primer plato, compuesto de distintos guisos, Ludwig expresó su preocupación por ese tiempo tan caluroso y seco.

—Su observación es correcta, monsieur —admitió Philippe Clicquot—. Si perdura esta sequía, tendremos que contar con la pérdida de un tercio de la cosecha, cuanto no de la mitad. Si la cantidad de pedidos sigue siendo tan alta en los próximos años, esto nos va a crear dificultades. Entonces el vino no madurará en las bodegas y tendremos que defraudar a nuestros clientes. Una calamidad. —Por el rostro de Philippe se deslizó una sombra, y su voz adquirió un deje cansado—. Es desmoralizador… —murmuró pensativo. A continuación, levantó la cabeza y contempló a los presentes con una sonrisa forzada—. Soy demasiado viejo para soportar esa preocupación constante por el negocio.

Su mirada se dirigió al invitado que había dejado sobre la mesa el tenedor y escuchaba con atención, pues percibía que se avecinaba una noticia importante.

—Creo que este momento es tan bueno como cualquier otro —prosiguió el comerciante—. Y puesto que también usted se ve afectado, monsieur Bohne, puedo perfectamente dar a conocer mi resolución. He decidido retirarme y dejar la dirección de la empresa en manos de mi hijo.

El rostro de François no desveló la menor sorpresa: se lo esperaba. Ludwig leyó sentimientos contradictorios en la cara de Barbe-Nicole: por una parte, alegría, pues su marido podría hacer realidad sus planes sin que nadie lo obstaculizase; por otra parte, cierta preocupación ante la posibilidad de que en las tareas que lo esperaban se viera superado. Ludwig comprendió sus sentimientos. Él sintió lo mismo cuando tuvo que decidir si debía aplazar su partida y ocuparse de François en el albergue, cuando el francés estaba enfermo. François era de ese tipo de personas por las que había que preocuparse continuamente, dada su fragilidad.

—Felicidades, monsieur —le dijo Ludwig, pese a todo.

François no logró reprimir una alegre sonrisa.

Para el postre, el joven mandó traer de la bodega una botella del vino espumoso a cuya venta quería dedicarse completamente en el futuro.

—Este vino procede de un viticultor llamado Jacquin, a quien me gusta mucho visitar porque su hijo me ha enseñado muchísimo sobre la elaboración del vino —explicó François—. Marcel Jacquin es excelente a la hora de explicar plásticamente estos asuntos y lo hace mucho mejor que nuestro maestro bodeguero de Bouzy.

—Ahí ha tenido suerte —opinó Ludwig.

Observó extrañado que madame Clicquot bajaba recatadamente la vista hacia su plato vacío, como si algo le resultase embarazoso. Como el criado acababa de regresar con la botella de vino espumoso, a Ludwig se le ocurrió de qué modo podía levantar la moral de la señora de la casa. Pidió que le entregaran la botella y atrajo la atención de los presentes.

—Desearía mostrarles lo que más les gusta a nuestros clientes del vino de perla...

Con gran elegancia agitó un poco la botella; François, asustado, levantó las manos y le advirtió:

—¡No siga! El vidrio podría estallar.

Pero Ludwig Bohne no perdió la calma. Había realizado tantas veces esa maniobra que había desarrollado una sensibilidad especial para saber cuánta presión aguantaban las frágiles botellas. En el momento justo, cortó con un cuchillo bien afilado el cordel que ligaba el corcho al cuello de la botella y lo hizo saltar con un estallido. Barbe-Nicole soltó un gritito y se colocó la mano sobre el pecho.

—Monsieur, suena igual que el disparo de una pistola.

—Así es —convino Ludwig—. A los prusianos les encanta. Pero también les gusta a los polacos.

—Da un toque festivo a la apertura de la botella —admitió François—. Hay que dar a la gente lo que pide.

—¿Ha aprendido usted más cosas en sus viajes, monsieur Bohne? —preguntó Barbe-Nicole cuando sintió que el ritmo de su corazón bajaba.

—Un montón que he apuntado religiosamente, madame —respondió solícito el representante comercial—. En las ciudades hanseáticas, por ejemplo, los comerciantes se afanan por mostrar un tipo de hospitalidad parecida a la que nos imaginamos cuando nos referimos a la Edad Media. Uno se ve prácticamente forzado a comer, beber y reír toda la tarde con ellos sin ni siquiera mencionar la razón de la visita. Solo después se puede hablar de negocios con ellos. Fingir que te da igual si vas a cerrar un trato o no es toda una ventaja. A veces me veo como un actor interpretando un papel en el escenario.

—Qué bien que tenga usted tanto talento en este campo —señaló Barbe-Nicole.

—Otra cosa que es importante para ganarse una buena reputación entre la clientela consiste en conquistar su confianza —dijo Ludwig—. Hay que procurar que los clientes estén satisfechos; de lo contrario, se marchan. Parte de esto consiste en resarcirlos de forma voluntaria en caso de que haya pérdidas en el transporte o una entrega de mala calidad.

—¿En qué consistiría un resarcimiento? —preguntó Barbe-Nicole.

—Veamos, o bien se puede rechazar un pago, o bien entregar lo antes posible algo que sustituya la mercancía dañada o de calidad inferior —contestó Ludwig—. También es habitual regalar algunas botellas cuando se ha retrasado el suministro.

—El comercio del vino no es nada fácil —observó Barbe-Nicole, aunque sus ojos brillaban de entusiasmo.

Una vez recogida la mesa, los presentes dejaron el comedor para ocupar el salón. Ludwig había visto en Londres que, llegados a ese punto, las damas se retiraban para que los hombres pudiesen hablar de política y negocios mientras bebían sherry y fumaban cigarros. Se alegró de que los Clicquot se comportasen de otro modo. Barbe-Nicole y su suegra indicaron a los sirvientes que llevaran café y coñac, pero se quedaron con los hombres, que siguieron hablando del negocio del vino.

François se había metido unos minutos en su estudio y salió de él con un librito que mostró lleno de orgullo a su invitado.

—Este tratado de nuestro ministro del Interior, Jean-Antoine Chaptal, *El arte de elaborar, dominar y perfeccionar el vino*, representa un gran avance —opinó, tendiendo el libro encuadernado en piel a Ludwig Bohne—. Tiene que leerlo sin falta. Es fascinante.

—¿De dónde lo ha sacado? —preguntó interesado el palatino, mientras hojeaba el delgado volumen.

—Nuestro primer cónsul no solo tiene predilección por el vino de perla, sino que también quiere revitalizar el comercio francés —respondió François—. Parte de su plan consiste en dar acceso a vendedores y comerciantes a aquellos conocimientos científicos que mejoren la calidad de los productos. Siguiendo las indicaciones de Bonaparte, los prefectos de los departamentos han suministrado un ejemplar del tratado de monsieur Chaptal a todos los comerciantes de vino.

François se sentó junto a su socio y abrió el librito en una página determinada que ya mostraba huellas de repetida lectura.

—Por primera vez se explica aquí qué función desempeñan la levadura y el azúcar en la elaboración del vino y sobre todo del vino espumoso —señaló François—. Pero no solo eso, monsieur Chaptal analiza todos los detalles que se deben tener en cuenta en el proceso, incluso cómo hay que limpiar las botellas y colocar los tapones de corcho.

—Algo muy conveniente para usted —opinó Ludwig.

—Ah, sí. Hasta ahora eran los viticultores los que reunían todo el saber y los conocimientos. Como monsieur Jacquin, ellos cultivan la vid y a menudo también llenan las botellas. Pero en el futuro quiero hacerlo yo mismo. Frente al vino de barril en reposo, el margen de beneficio con la venta del vino espumoso embotellado se eleva de forma considerable… ¡Se duplica, cuando no se triplica o incluso se cuatriplica!

—Pero los viticultores llevan muchas generaciones haciéndolo —observó Ludwig—. Y poseen una experiencia que no es tan fácil de adquirir.

—Soy consciente de ello —admitió François con una leve sonrisa—. Pero tengo el propósito de intentar elaborar yo mismo el vino espumoso que esperamos que usted venda obteniendo beneficios —añadió, y dio unos animosos golpecitos a su amigo en la espalda.

—Ya sabe que recomiendo sus vinos con la misma pasión con la que usted los compra, monsieur, pero lamentablemente han ido apareciendo otros comerciantes de vino que han descubierto las ventajas que conlleva su distribución en el extranjero a través de viajantes comerciales. En Danzig, por ejemplo, monsieur Ruinart ya ha obtenido un gran reconocimiento de este modo. Algo parecido me había sucedido antes solo en Inglaterra, donde los productores que van a la cabeza (sobre todo la familia Moët, pero también otros) se reparten el mercado.

—Tenemos que ser mejores y más astutos —replicó François, imperturbable—. Por eso, a partir de ahora, quiero mezclar yo mismo la uva y embotellar el vino. El objetivo es que el espumoso de Clicquot Fils se valore por su particular y exquisito sabor y sea objeto de deseo de todo el mundo.

—Un proyecto muy audaz, monsieur —reconoció Ludwig, pensativo—. De ese modo, podrá competir con las firmas más arraigadas. Cuenta usted con todo mi apoyo.

18

Reims, febrero de 1858

—La gente cotilleará —advirtió con severidad Lafortune.

Jeanne Pommery sonrió testaruda.

—Que lo hagan, querida. Yo no tengo nada que reprocharme. No hago más que visitar a una compañera de penas cuya integridad no puede poner en duda ni la peor de las víboras.

—Pero, madame, aún no han transcurrido dos semanas desde que enterraron a su esposo —insistió su asistenta personal—. A nadie le pasa desapercibido que no hace más que viajar, y eso sorprende a todo el mundo.

—¿Solo porque me he reunido un par de veces con madame Clicquot? Qué ridiculez...

—Creerán que se entrega usted a placeres improcedentes, madame.

Jeanne miró enfadada a su doncella.

—Dentro de poco tendré que tomar una decisión que influirá en toda mi vida y la de mis hijos. No lo puedo hacer de forma temeraria. Tengo que saber todo lo que sea posible sobre el comercio del vino de mi marido. Madame Clicquot se ha ofrecido amablemente a compartir conmigo sus experiencias. ¿Preferiría usted que estuviera paseándome entre los viñedos con monsieur Greno?

Lafortune negó horrorizada con la cabeza.

—No, madame.

—¿Lo ve? Y ahora ayúdeme a vestir o llegaré tarde. Madame Clicquot me espera a las once.

Durante el viaje a Boursault, Lafortune permaneció con expresión sombría junto a su señora y sin pronunciar palabra.

No le gusta la idea de que pueda decidirme por seguir gestionando el comercio del vino de Alexandre. Una mujer de buena familia dirigiendo un negocio, ¡qué escándalo! Y, sin embargo, madame Clicquot lo hizo antes, y monsieur Greno cree que saldré adelante. Y debe saberlo, a fin de cuentas tendrá ganas de recuperar pronto la tranquilidad. Debe de estar convencido de que la empresa estará bien en mis manos, se dijo Jeanne.

Barbe-Nicole recibió a su invitada en el pequeño gabinete. Cuando se quedaron a solas, le tendió un libro encuadernado en piel.

—Había prometido prestarle el tratado sobre el arte de elaborar vino de Jean-Antoine Chaptal, del que hablamos la vez pasada —dijo.

—Muchas gracias, madame —contestó Jeanne, contenta y tomando el ejemplar—. Lo trataré con sumo cuidado.

—En caso de que decida conservar la participación de su marido y seguir administrando la empresa, tendrá que pensar acerca de qué tipo de vino desea vender —indicó Barbe-Nicole—. Hasta ahora, Pommery & Greno solo ha vendido un vino de crianza noble. Pero a lo mejor también desea intentar producir champán. O tal vez no.

Jeanne observó el rostro de la anciana y vio un brillo travieso en sus ojos grises.

—¿Para hacerle la competencia a su firma, madame? ¿Está segura de que le interesa algo así?

Barbe-Nicole dibujó una sonrisa burlona en sus labios.

—¿Lo pregunta en serio? A fin de cuentas, se dice que la competencia da vida a los negocios.

—¿Qué diría de eso su socio monsieur Werlé?

—Admito que no se alegraría. —La viuda Clicquot suspiró—. Pero dirige nuestra empresa desde hace muchos años y con tanto vigor que una nueva tarea lo estimularía. Al principio tuve que luchar con tantas dificultades que esta compañía de ahora, que tan bien funciona, casi me resulta aburrida. Para la mente de una persona inteligente no puede ser beneficioso perseverar en la inactividad y la falta de exigencias. Por eso he llevado las riendas durante todo el tiempo que he podido. A estas alturas, monsieur Werlé asume gran parte de la responsabilidad, pero tampoco a él le sentaría mal de vez en cuando un pequeño desafío. Pero me estoy yendo por las ramas. —Barbe-Nicole tomó un sorbo del café negro que tanto le gustaba—. Puesto que hay que pensar bien una decisión como la que va a tomar, madame, voy a hablarle de los problemas de la viticultura con los que tuvimos que luchar mi marido y yo por aquel entonces. Tales contratiempos supusieron para él un gran lastre. La vid es una planta sensible, y si el tiempo es inmisericorde, las pérdidas pueden ser espantosas. Están en juego las existencias. No es un buen momento para desarrollar el comercio con el champán y crear una marca propia, como François tenía intención de hacer. Pero aprendimos mucho sobre la elaboración del vino, el prensado de la uva, la influencia del suelo en el sabor del producto y, al final, sobre el arte del ensamblaje de vinos bien distintos para conseguir un *bouquet* singular que sedujese a los clientes. Esta es la mejor manera de imponerse ante una competencia que es tan fuerte.

19

Reims, agosto de 1802

La tierra estaba tan seca que el suelo se agrietaba por todas partes. Además, al ponerse el sol un viento constante se llevaba toda la humedad de los viñedos. Los cascos del caballo de tiro levantaban nubes de polvo amarillo, mientras François guiaba la carriola por los angostos caminos.

Barbe-Nicole, sentada junto a él, agitaba sin parar el abanico de madera de sándalo no solo para refrescarse, sino también para alejar del rostro el polvo. En vano. Los finos granos se posaban por todas partes, sobre la frente, los labios e incluso los dientes.

François estaba tan embobado estudiando las cepas con las hojas secas y amarillentas que no notaba las incomodidades del viaje. Pero Barbe-Nicole no se quejaba. Había insistido en acompañarlo y estaba contenta de que él no se preocupase por su comodidad, como hubiesen hecho su madre o Clémentine, sino que la tratase como a un igual, un compañero con el que compartir sus desvelos.

Ese año, la vendimia había empezado en agosto a causa de la sequía. Las uvas habían madurado demasiado pronto y eran pequeñas, pues no habían podido absorber la suficiente humedad del suelo. Desde hacía unos días, el matrimonio desfilaba entre las vides para observar los daños. Pese a que salían a primera hora, no notaban la habitual neblina húmeda de la mañana, sino un aire seco que parecía proceder del Sáhara. Después de visitar las propiedades de la familia en Bouzy y Verzenay, François y Barbe-Nicole emprendían viajes más largos para visitar a los viticultores a quienes Clicquot Fils compraba vino ya preparado o mosto, cuya primera fermentación ya habían efectuado los mismos vinateros. Una y otra vez, François se detenía y bajaba del vehículo para contemplar los racimos en las ramas que colgaban flácidas. Una y otra vez probaba un grano o se lo tendía a Barbe-Nicole. Eran muy dulces, pues el sol provocaba que la planta almacenase mucho azúcar, como siempre hacía. Pero la piel que cubría la pulpa del fruto solía estar arrugada y algunos granos de uva más bien semejaban pasas.

—Vamos a ver cómo les va a los Jacquin, madame —sugirió François cuando se acercaron a la finca del viticultor.

Sin esperar la respuesta de Barbe-Nicole, chasqueó la lengua y dirigió el poni hacia el sur.

Por el camino vieron a los vendimiadores, llamados *hordons,* trabajando. Con la espalda encorvada cortaban los racimos y los arrojaban en pequeñas cestas de mimbre. En cuanto estaban llenas, las llevaban de dos en dos colgando de un palo apoyado en los hombros al camino de tierra, donde las mujeres encargadas de seleccionar los granos los vertían en un amplio colador de mimbre. Con manos hábiles y ojo experto separaban los frutos verdes y los podridos. Justo después depositaban las uvas en unos cestos grandes que los hombres cargaban con un palo largo sobre la espalda; uniendo fuerzas los depositaban en la superficie de carga de los carros de tiro. Pese a la escasa cosecha de ese año, el trabajo que se requería era enorme, pues no podía pasar inadvertido ningún grano de uva en mal estado.

François desvió el poni hacia el borde del camino para dejar sitio a un carro de caballos. Pasaron despacio junto a las mujeres que no desviaron la atención de su labor. Eran conscientes de su responsabilidad. De su esmero dependía la calidad del vino que iba a obtenerse al final de esos granos. Muchas de ellas realizaban esta tarea desde hacía muchos años. Barbe-Nicole se extrañó de que entre ellas hubiera también mujeres de edad muy avanzada que movían sus dedos con más destreza que las más jóvenes. Por vez primera tomó conciencia de lo importantes que eran ellas y los vendimiadores, la mayoría de los cuales solo iban a la región de la Champaña para la vendimia y para ganarse un dinerillo extra durante unas pocas semanas. Sin ellos y los trabajadores de las casas donde se prensaba el vino, y, por supuesto, sin los viticultores y sus operarios, François no podría comprar vino. Eran una parte fundamental.

Mientras circulaban entre los carros de caballos cargados de cestos llenos, Barbe-Nicole contemplaba los rostros enrojecidos por el calor y el esfuerzo de los hombres que realizaban ese duro trabajo. Y sintió que el corazón se le hinchaba en el pecho al darse cuenta de que formaba parte de ellos. Uno no podía consagrarse al comercio del vino y mirar por encima del hombro a esas personas que cosechaban la uva, la seleccionaban y luego en la prensa le extraían el zumo que el bodeguero transformaría en un exquisito vino. Barbe-Nicole sintió el mismo entusiasmo por contribuir en la elaboración de esa noble bebida que el que veía en los rasgos de la gente de la viña. Cuando François la miró y observó el brillo en sus ojos, sonrió satisfecho. A él le ocurría lo mismo, quería participar en el milagro, pero deseaba cada vez más ejercer su propia autoridad en su ejecución.

François azuzó al poni y siguió a uno de los carros que llevaban los racimos de uva al patio de los Jacquin. En el centro, el viticultor dirigió a los recién llegados a la puerta del lagar. Automáticamente, Barbe-Nicole miró a su alrededor en busca de Marcel, pero no lo vio.

—Oh, monsieur Clicquot —exclamó Olivier Jacquin con su habitual cordialidad que ni siquiera una mala cosecha lograba enturbiar—. ¿Ha venido a ver si aquí nos va mejor que en Bouzy?

François detuvo el caballito y ayudó a Barbe-Nicole a bajar del vehículo.

—Desolador, ¿no es cierto? Tenemos un tercio menos de cosecha —contestó.

—Aquí pasa lo mismo —respondió Olivier Jacquin.

Sus ojos negros se dirigieron a Barbe-Nicole con una expresión que ella no supo interpretar.

—Pero tenemos una buena noticia —continuó tras un breve titubeo—. Mi hijo por fin ha sentado cabeza y ha accedido a casarse con la hija de nuestro vecino que no tiene más descendencia. Así que sus viñas se unirán a las nuestras, lo que esperamos que asegure a Marcel unos buenos ingresos cuando se encargue de la bodega.

Barbe-Nicole notó que se le encogía el corazón. Por un momento miró sorprendida al viticultor, luego se apresuró a bajar la vista y empezó a dar vueltas a su sombrilla entre los dedos.

—Me alegro por su hijo —dijo François—. ¿Dónde está? Me gustaría felicitarle por esta buena noticia.

—Está en el lagar —respondió Olivier sin dejar de mirar a Barbe-Nicole.

Con una ancha sonrisa, François cogió la mano de su esposa y tiró de ella hacia la puerta abierta.

—Venga, querida, vamos a ofrecerle nuestros mejores deseos a nuestro amigo.

Barbe-Nicole se dejó arrastrar con desgana. En ese momento se alegró de que su marido no tuviera dotes de observación, de lo contrario se habría extrañado de que se hubiese quedado petrificada.

El olor de la uva dulce imperaba en el interior del local donde se prensaba la uva y se mezclaba con el del sudor de los trabajadores. Marcel Jacquin supervisaba a los hombres que disponían en la base de la prensa los granos recién cogidos y los distribuían cuidadosamente. Como si hubiese percibido su cercanía, el joven viticultor se volvió hacia los visitantes y los miró en silencio. François le estrechó la mano con cariño. Nunca le había importado la diferencia de estatus social.

—Mi querido amigo, nos acaban de dar la feliz noticia. Espero que sea usted tan feliz en su matrimonio como yo lo soy en el mío. Casarse con la hija de un viticultor es sin duda lo mejor que podía pasarle. Podrá compartir con ella sus penas y alegrías, y entenderá que a veces preste más atención a las cepas que a ella misma.

Se rio de su propio chiste y no se dio cuenta de que Marcel lo miraba con expresión seria. Desde hacía unas semanas, François estaba pasando por una de sus fases maniacas en las que no podía pensar en otra cosa que en sus grandes planes y estaba tan ocupado consigo mismo que ya no percibía los sentimientos de quienes lo rodeaban. La preocupación por la mala cosecha solo encontró acceso en su mente unos segundos y poco después fue desterrada por sus fantasías. Como en ese momento, hablaba sin ton ni son, y al final no sabía cómo había logrado saltar de un tema al otro.

—En lo que respecta a sus vides, debo decir que parecen más sanas que las nuestras en Bouzy y Verzenay —prosiguió—. ¿Y qué tiene que contarme de su rendimiento, monsieur?

Antes de que Marcel llegara a contestarle, François ya se había acercado a la prensa y había sacado unas uvas que examinó interesado. Barbe-Nicole lanzó al joven viticultor una mirada de excusa.

—Discúlpele, se deja llevar por su emoción, y entonces es como un niño pequeño.

Pero Marcel ya no prestaba atención a François. Miraba a la mujer con una sonrisa melancólica.

—Vivir con él debe de exigirle mucha paciencia. Pero parece que la hace feliz.

—Su prometida también le hará a usted feliz —respondió ella en voz baja.

—Qué duda cabe —contestó él con un tono cínico difícil de pasar por alto.

—Estoy convencida de que esa señorita lo ama —dijo Barbe-Nicole.

Sus ojos grises lo miraban desafiantes. ¿Cómo no iba a amarlo?, pensó.

Un leve temblor se apoderó de sus labios cuando imaginó cómo abrazaría a su futura esposa y la besaría, del mismo modo en que la había besado a ella en la torre de la catedral. Qué tonta: ¡sentir celos por una muchacha a quien no conocía y por un hombre por el que no sentía nada más que amistad! Se percató de que él estudiaba sus facciones, como si buscase en ellas la respuesta a una pregunta no pronunciada.

—Me casaré con Aurélie —musitó él al final— para poder conservar la bodega de mis padres.

Ella lo miró con simpatía a los ojos, donde vio el mismo afecto que siempre.

—Debe olvidarme, amigo mío —insistió—. Pronto también usted estará casado y cada uno de nosotros deberá ser leal a otro.

La mirada de los ojos negros de Marcel se cubrió con un velo, como si de repente hubiese perdido toda esperanza. Sin decir palabra, se dio media vuelta para dar unas indicaciones a los trabajadores, que, en realidad, como eran tan experimentados, no necesitaban en absoluto.

Camino de vuelta a Bouzy, Barbe-Nicole permanecía sentada junto a François, mientras él se entregaba a sus sueños en torno al vino que él mismo mezclaría. Solo al cabo de un rato se percató de que los planes de su marido parecían ese día más desmesurados que de costumbre. Ya antes se había dado cuenta de que su entusiasmo lo volvía insensato y se imaginaba cosas que eran irrealizables; pero hasta ahora siempre había recuperado la cordura poco después. En esta ocasión, sin embargo, sus ensoñaciones resultaban especialmente ajenas a la realidad. Hablaba de abandonar de hoy para mañana el comercio textil y de dedicarse por entero al vino espumoso. Barbe-Nicole consideró recomendable devolver a su marido a la realidad.

—Pero, François, todavía no podemos renunciar a los ingresos que obtenemos de la venta de las telas —le recordó—. Sobre todo cuando la cosecha ha ido tan mal y no sabemos cómo irá el año que viene.

Había hablado con dulzura y tolerancia, pues sabía que en su arrebato emprendedor era muy susceptible ante los obstáculos que se cruzaban en su camino o a que le advirtieran de que sus planes eran irrealizables. Así que cuando ella le puso objeciones, la eufórica descripción de sus intenciones se convirtió en irritación.

—Creía que estaba usted de mi parte, madame —contestó enfadado—. Siempre ha dado muestras de entenderme y de estar de acuerdo con el hecho de que con el comercio del vino se puede llegar muy lejos. ¿Y ahora ha perdido la fe en ello? ¡Me decepciona, madame!

Había detenido la carriola y se había vuelto hacia ella. Tenía las mejillas enrojecidas, lo que Barbe-Nicole no atribuyó solo al sol, y sus ojos brillaban como enfebrecidos.

A lo mejor se pone enfermo, pensó inquieta. Y, sin embargo, tenía claro que su comportamiento no tenía que ver con una dolencia física, sino con una alteración mental. No sabía qué contestarle, aunque, de todos modos, él tampoco la dejó hablar todavía.

—¿Ha sido su padre quien la ha puesto en mi contra? —preguntó François. Sus saltos de una idea a otra dejaban claro que decía lo primero que se le pasaba por la cabeza sin filtro alguno—. Siempre estuvo en contra de mis proyectos porque él mismo es comerciante textil y quería que usted se casara con alguien de su gremio.

—Es usted injusto, François —le replicó mecánicamente ella, aun sabiendo que era en vano.

Fue como si él no escuchara sus palabras.

—Al menos, Louis Bohne está de acuerdo en que mi idea tiene futuro. ¿Acaso no van por el mismo camino los Ruinart y los Moët? Tenemos que adelantarnos a ellos. Al menos disponemos de más capital que ellos gracias al comercio de telas. En esta época van a tener dificultades para hacer acopio de vino.

—En eso le doy toda la razón —contestó sonriendo Barbe-Nicole.

No se tomó la molestia de recordarle que hacía unos minutos había expresado sus intenciones de abandonar el comercio textil cuyos beneficios ahora celebraba.

—Igual de importante es ahora recuperar el comercio con Rusia —prosiguió François poniéndose en marcha—. Monsieur Bohne me confirma que allí aprecian nuestros vinos y que en Rusia todavía no tenemos la misma competencia que en Inglaterra. Ya le he contado que hace veinte años mi padre enviaba periódicamente una cesta con botellas al comerciante de vinos francés Renaud a casa del boticario Kalkow en Moscú. Además de otra cesta a Innocent Bertolitti a San Petersburgo. Allí podemos ampliar el negocio. Rusia es un país enorme. Las posibilidades son infinitas.

Barbe-Nicole sintió que, a su lado, el delgado cuerpo de su marido temblaba de emoción. Poco después, ya no podía aguantar más y saltó del coche para caminar arriba y abajo como un soldado en un campo de maniobras. La joven bajó preocupada del carruaje y se lo quedó mirando. Cuando se encontraba en ese estado, su energía parecía inagotable. No entendía cómo durmiendo y comiendo tan poco conseguía salir adelante sin sufrir un colapso. En esos momentos, incluso a ella le resultaba difícil seguir su ritmo. Dejó en silencio que le expusiera sus planes, hasta que en un momento dado su esposo se dio cuenta de que perdía el hilo y su entusiasmo se convirtió en consternación. Al final se calló, se acercó a su esposa y le acarició la mejilla.

—Pobrecita mía, ¿cómo puedes aguantarme en este estado? —preguntó.

—Lo hago encantada porque te quiero —respondió ella con lágrimas en los ojos.

En su interior, lidiaban la emoción y la inquietud. Frente a la naturaleza imprevisible de François se sentía desamparada. Por su expresión, él dedujo lo que experimentaba y la estrechó entre sus brazos.

—Cuando me pongo así, cuando me acelero, tienes que pararme, Barbe —dijo—. Sin ti estoy perdido.

Sin embargo, la razón no perduró. Al día siguiente, François ardía en deseos de presenciar el prensado de las uvas. Quería seguir cada paso de la elaboración del vino para dilucidar el misterio de cómo mezclar uvas para obtener un excelente vino. En Bouzy bombardeó con sus preguntas al maestro Noël, el bodeguero, y pidió que le explicara con todo detalle el proceder de los trabajadores de la bodega. Barbe-Nicole, a su lado, observaba cómo iban depositando con sumo cuidado las uvas en el lagar para no dañar la piel de los granos. La prensa de la finca de la abuela Muiron apenas tenía veinte años y era de las más modernas de la región. Cuando uno de los trabajadores giró la rueda sujeta a la pared y las pesadas barras descendieron sobre la fruta, Barbe-Nicole inhaló con placer el aroma del zumo dulce que fluía del canalón. Su nariz se llenó de fragancias diversas que ascendían a su cabeza.

Escuchaba con los ojos cerrados las palabras que su marido dirigía al maestro Noël.

—En este punto, la piel del fruto está arrugada, pero ilesa, ¿he entendido bien?

—En efecto —confirmó el bodeguero—. La *cuvée*, es decir, el producto del primer prensado, es el mejor mosto de la uva. Sale impaciente de la piel, por decirlo de algún modo, sin que haya que insistir demasiado. Es delicioso, pero tiene poco cuerpo. Con él no se puede elaborar ningún vino resistente. Si alguien quiere obtener un producto que envejezca bien y se pueda transportar, hay que mezclarlo.

—Entiendo —dijo satisfecho François.

Siguiendo las indicaciones del bodeguero, el hombre, que no había soltado la rueda de hierro forjado, la giró un poco más para aumentar así la presión sobre la uva.

—Ahora sigue el primer prensado —anunció monsieur Noël—. Se rompe la piel de la uva. Esto produce un mosto que tiene mucho aroma y que, a pesar de todo, envejece bien. Después hay un segundo y tercer prensado. Pero este primero se utiliza solo para vinos de excelente calidad. El zumo obtenido con más prensados tiene un sabor amargo y con él no se obtiene un buen vino.

François no dejó que le impidieran probar el mosto de cada una de las etapas de prensado e incluso lo dejó probar a su esposa. Encontró excelentes los caldos de la *cuvée*, así como de la primera y segunda *taille*, pero, en su opinión, los prensados posteriores ya dejaban que desear en cuanto a la calidad.

—Una vez que el mosto se ha vertido en cubas, empieza a formarse lentamente el alcohol —dijo el maestro Noël—. Para limpiar las impurezas se realiza el trasiego. Pasados tres meses, ya cuenta usted con un vino joven ligero.

En un principio, la curiosidad de François se vio satisfecha. Cuando la pareja regresaba a casa, Barbe-Nicole todavía percibía la tensión que dominaba el cuerpo y la mente de su marido.

Tras una cena sencilla, el matrimonio se retiró a su habitación. Cuando François se encontraba en ese estado, daba rienda suelta a sus sentimientos hacia Barbe-Nicole. Ella disfrutaba de las largas noches en que se amaban. Puesto que al ponerse el sol el calor no disminuía y se hacía insoportable cualquier contacto de la piel con una tela, los dos yacían desnudos como los campesinos sobre la colcha de encaje de la cama y descubrían a la pálida luz de la luna el cuerpo del otro, se acariciaban, se perdían en apasionados besos, hasta que François ya no podía dominar más su excitación. Cuando amanecía, ambos se sumían en un profundo sueño.

Barbe-Nicole suspiró decepcionada al contemplar las blancas tiras de lino en las que brillaba una gota oscura de sangre. Había esperado tanto que esta vez fuera distinto, que se hubiese quedado embarazada tras las apasionadas noches del mes pasado... Sin embargo, los dolorosos tirones que había sentido esa mañana en el vientre habían puesto un rotundo final a esa esperanza. Tal vez había sido el momento equivocado, como tantas veces en los últimos años. Por lo visto, Dios había decidido que Clémentine siguiera siendo hija única.

—¿Madame? —dijo en voz baja Marie cuando percibió la expresión pensativa en el rostro de su señora.

Vio la sangre en la tira de lino que sostenía la joven y apretó los labios, comprensiva. En silencio, se metió en el vestidor y sacó de la cómoda una pila de compresas limpias.

Aunque ella y su esposo todavía eran jóvenes, Barbe-Nicole tenía la sensación de que no disponían de demasiado tiempo para aumentar la familia. La vida era incierta. A lo mejor pronto estallaba otra guerra. Todos lo advertían. Nadie sabía qué iba a suceder dentro de un día, de una semana, de un año. De niña, Barbe-Nicole había vivido la Revolución y había aprendido muy pronto que nada perduraba, que todo podía cambiar de la noche a la mañana. Por eso, apreciaba tanto a la gente que la quería: su marido, su padre, su madre, sus hermanos…, su hijita. Cuánto le habría gustado tener muchos hijos a su alrededor, a los que ver crecer, que un día, cuando sus padres tal vez ya no vivieran, velaran por ella como ella quería velar por ellos. Pero, por lo visto, tendría que conformarse con que Clémentine fuera la única que estuviera allí…, y los hijos de sus hermanos, siempre que fueran bendecidos con descendencia.

Suspiró: ya no quería darle más vueltas a aquel asunto.

20

Reims, marzo de 1803

En la Champaña, los viticultores creían que el vino solo creaba las burbujas deseadas cuando se embotellaba después de la primera luna llena de marzo, pues nadie sabía a ciencia cierta de dónde procedía la espuma que hacía de su vino algo tan especial.

Cuando por fin se hizo de día, François despertó a su esposa con un beso en la frente. Como era habitual, no había dormido más que media noche, pero no sentía el menor cansancio. Barbe-Nicole llamó a Marie para que la ayudara a vestirse. Insistió en que François y ella desayunaran juntos, aunque él estaba impaciente por empezar el embotellado.

—Algo tiene que comer, querido —lo reprendió cuando él protestó al dirigirse al comedor—. Por favor, sea razonable y no me cause esta preocupación.

Él se inclinó y la besó en la mejilla.

—Eso sí que no lo haría jamás.

Durante los meses de invierno había estado más sereno. Trabajaba mucho, analizaba los libros de contabilidad, estudiaba las cartas en las que Ludwig Bohne le informaba sobre sus negociaciones con los clientes y seguía con mucho interés las noticias procedentes de París. Sus tareas le ocupaban todo el tiempo. Había dejado descansar su proyecto poco realista de abandonar el comercio textil. Tras consultarlo exhaustivamente con su padre, había decidido mezclar solo una cuarta parte de sus existencias de vino. Ahora había llegado el momento de confirmar si bastaba con sus conocimientos para elaborar un vino propio que fuera del gusto de clientes adinerados.

En los últimos meses había visitado a los viticultores a quienes compraba vino de barril y había conversado con ellos sobre las particularidades de su suelo. Para su frustración, la mayoría de ellos había mantenido en secreto la naturaleza de su *terroir*. Solo Marcel Jacquin se había compadecido de él y le había explicado el efecto que obraba el suelo con greda y arcilla en el aroma de las uvas y cómo se ocupaba de mantener un equilibrio hídrico constante almacenando la humedad hasta los meses de verano. Marcel indicó a su apasionado oyente lo importante que era hallar la medida correcta de sol para la uva, a la que el exceso de insolación endulzaba demasiado, tal como había ocurrido el año anterior.

Barbe-Nicole, quien como siempre acompañaba a su marido a las bodegas de los viticultores, se había sentido un poco incómoda durante la estancia en casa de los Jacquin. El padre de Marcel había anunciado que el enlace de su hijo y Aurélie Mouton se celebraría esa primavera, pero el joven Jacquin no dedicó ni una sola palabra a ese tema durante su conversación con François.

—¿Es igual todo el suelo de la Champaña? —preguntó con curiosidad Barbe-Nicole.

—No, puede ser muy distinto —respondió Marcel—. La Montagne de Reims se compone de greda casi pura y de tierra arcillosa, mientras que el suelo de la Petite Montagne, al oeste, es muy arenoso. La uva que crece en él es totalmente diferente de las otras. Se nota perfectamente que el sabor es distinto.

Barbe-Nicole pensó en la explicación de Marcel cuando entró en la bodega para catar el vino por primera vez. El maestro Jacob había seleccionado algunos barriles que quería mezclar. Se notaba que la intromisión de sus jefes no era del agrado de ese buen hombre, pues iba a costarle mucho tiempo explicarles a él y su esposa cómo era el proceso. Pero hacía mucho que conocía a monsieur Clicquot y sabía que no tenía ningún sentido protestar. El joven siempre obtenía lo que quería y su esposa seguía inalterable su estela. Estaban cortados por el mismo patrón.

Un empleado sirvió el vino para la degustación en unas copas ya preparadas y se las tendió al matrimonio que iba a catar con cuidado los distintos caldos. Barbe-Nicole cerró los ojos mientras aspiraba el aroma y conservaba unos minutos el vino en la boca para que el sabor se extendiera por la lengua y el paladar. Como siempre que bebía vino, admiró los diversos matices que se desplegaban en su nariz y en su boca.

—Está claro que sabe a greda —señaló fascinada—, pero también a sal y frutas algo ácidas.

El bodeguero Jacob arqueó las cejas, sorprendido.

—Tiene usted un paladar muy fino, madame. Este vino crece en un suelo gredoso que contiene un poco de sal.

—Bravo, querida mía —exclamó sonriendo François—. Ahora el humor del maestro Jacob mejorará, pues ya no tendrá la impresión de estar perdiendo el tiempo con nosotros.

Otro de los vinos que probaron tenía un ligero aroma a frutos secos; otro, un sabor especiado; un cuarto poseía un claro matiz herbáceo. En un momento dado, Barbe-Nicole hasta creyó saborear una pizca de pimienta blanca. La experiencia la fascinó. Bajo la mirada sorprendida de los hombres, la de reconocimiento del maestro bodeguero Jacob y la de envidia de François, ella describía sus hallazgos con un lenguaje florido. Podría haber estado horas nada más que probando vinos y dando su opinión.

—Cuenta usted con un talento extraordinario para distinguir los distintos matices del sabor, madame —reconoció el bodeguero—. Puede considerarse una persona afortunada, monsieur Clicquot, pues cuenta con el apoyo de alguien con tanto talento.

François, para quien no resultaba tan fácil descubrir los misterios del aroma, se lo tomó con humor.

—Tiene razón, monsieur. Es un regalo de Dios. Y así tengo una razón para seguir trabajando y dedicándome a la parte aburrida del negocio, la contabilidad y la lista de pedidos mientras mi esposa se entrega a la degustación de la exquisitez.

Sonriendo, Barbe-Nicole le dio una palmadita en el brazo. Sabía que no le guardaría rencor por tener un don especial.

Barbe-Nicole estiró su dolorido cuerpo, luego levantó los brazos para facilitar que Marie le pusiera el camisón. Había soportado un día agotador.

—¿Qué piensa usted de él, madame? —preguntó François desde el vestidor.

—¿De Napoleón Bonaparte? No sé.

Se sentó delante del tocador para que Marie le cepillase el cabello antes de irse a dormir.

—A mí me gusta que no sea tan arrogante conmigo como otros hombres. Y fue muy cortés. Elogió nuestro espumoso, pese a que siempre ha preferido el Moët por encima de cualquier otro. A lo mejor es una buena señal, aunque quizá lo haya dicho solo por educación.

Con el camisón y la gorra de dormir, François entró en la habitación en la que el matrimonio seguía compartiendo la misma cama. Eso no era algo corriente. Muchas parejas burguesas tenían habitaciones separadas y se veían por las mañanas durante el desayuno. Pero François y Barbe-Nicole nunca se habían planteado algo así.

—En cualquier caso, el cónsul no puede quejarse de la recepción que su padre le ha preparado a él y su esposa —observó François encogiéndose de hombros—. Era digna de un rey.

—En eso tiene razón.

Barbe-Nicole indicó a Marie que se marchara y se metió en la cama. Soltó una risita.

—¿Qué es tan divertido, amor mío? —preguntó François.

—He sorprendido a mi padre escribiendo versos de alabanza a los logros de Bonaparte: «Con mil fuegos a Italia dominó» y «al mundo entero extasió» y cosas similares —explicó la muchacha—. Quiere hacerlos grabar y colocarlos bajo un retrato del primer cónsul. Con tanta adulación hasta el mismo Bonaparte se ruborizará al leerlos.

—Es posible que su padre quiera conservar un recuerdo de su visita.

—Es comprensible. Creo que está cansado. Sabe que no presenciará una restauración de la monarquía..., si es que eso ocurre algún día.

—¿Cree que quiere dejar el negocio? —preguntó pensativo François.

—Tarde o temprano. Pero me daría pena —respondió Barbe-Nicole—. La empresa es su vida. ¿Qué hará cuando no se dedique a ella?

En junio quedó demostrado que ese verano amenazaba con ser tan seco y sofocante como el anterior. La cosecha se inició en agosto, pero fue escasa. François, acompañado de su esposa, volvió a recorrer las viñas y a supervisar los pequeños y arrugados granos de uva, cuya imagen revivía el fantasma del año anterior.

Por los rostros de los vendimiadores y viticultores, estos pensaban lo mismo. Sabían que ese condenado verano les causaría graves problemas.

—Si no tuviésemos los ingresos del comercio de la tela no

sé cómo íbamos a pagar a nuestros empleados, amor mío —dijo François cuando más tarde, al anochecer, Barbe-Nicole entró en el despacho y le puso la mano en el hombro.

—Ya vendrán veranos mejores —intentó consolarle.

Se inclinó y lo besó dulcemente en la cabeza. El olor de su cabello ascendió por la nariz de Barbe-Nicole; con un súbito sentimiento de ternura, frotó su mejilla en la sien de su marido.

—Sí, ya vendrán —suspiró él—. Tienen que hacerlo. O no podremos seguir así. Y si vuelve a estallar la guerra. ¿Cómo acabará esto? Aunque para nosotros Inglaterra no sea un mercado interesante, es posible que entre nosotros y los ingleses no perduren las hostilidades. Pero si la chispa salta a Prusia y Austria, retrocederemos al mismo punto donde estábamos hace dos años.

—Podríamos vender uno de los viñedos —propuso dubitativa Barbe-Nicole.

—En estos tiempos solo malvenderíamos. Y a la larga yo mismo querré comprar más tierras para independizarme de los viticultores.

—Pero mi padre podría...

François alzó una mano.

—No, amor. A su padre quiero pedirle tan poco como al mío. Hemos recibido lo que nos corresponde. Ahora ha llegado el momento de hacer con ello lo que nosotros deseemos.

Una ola de cariño inundó a la joven. Cada día daba gracias a Dios por haberle concedido un destino tan bueno, pues no era nada habitual casarse con un hombre que se preocupase tanto por el bienestar de su esposa, que fuera tan comprensivo y apasionado en todo lo que hacía. Barbe-Nicole sintió que su corazón latía más deprisa. Muy apasionado, en efecto, así era él. Deslizó su mano sobre su pecho y se estrechó contra su espalda. Pero François se volvió hacia ella y negó con la cabeza.

—Ahora no tengo tiempo, cariño mío. Tengo mucho que hacer.

Había pesar en su mirada; no, era algo más que pesar. Afligida, Barbe-Nicole reconoció que la sombra que siempre lo perseguía a hurtadillas volvía a proyectarse sobre él y tornaba a oscurecer su ánimo. En sus ojos había algo que la hizo estremecer. En ellos asomaba una lóbrega nostalgia; a Barbe-Nicole un escalofrío le recorrió la espalda.

—Naturalmente —susurró con voz apagada—. No quiero molestarle. Pero llámeme si…

—¿Si…?

—Si me necesita. Estaré aquí cerca, amado mío.

Afortunadamente, una carta de Ludwig Bohne, en la que hablaba de unas muy prometedoras negociaciones con príncipes y nobles prusianos y austriacos, le levantó los ánimos de nuevo. Barbe-Nicole pensó agradecida en el hombrecillo pelirrojo por quien tanto cariño había ido acumulando en los últimos años. Siempre encontraba las palabras correctas para entusiasmar a François y apartarlo de su melancolía. Los pedidos que Bohne iba recibiendo superaban los del año anterior. Tras un largo viaje que lo había llevado a través de Posen, Berlín, Silesia y Austria, el representante comercial volvió a Reims en mayo de 1804 con el libro de pedidos lleno. Gracias a los exitosos viajes de Ludwig Bohne, las cifras de venta habían subido de dieciocho mil botellas en el año 1801 a sesenta mil en la actualidad, como había comunicado François emocionado a su esposa después de una larga tarde haciendo cuentas en el despacho. En Francia, sin embargo, solo habían vendido unas dos mil botellas. La competencia era demasiado fuerte para poder conquistar una parte mayor del mercado. Como consecuencia del éxito de Bohne, François decidió contratar a dos representantes comerciales más. Estarían bajo las órdenes del palatino, que ahora era socio de la empresa. Uno viajaría por Europa Central y el otro por Italia.

Mientras Ludwig Bohne se hospedaba en la casa como invitado, él y François trazaban por las noches más planes en el salón, en presencia de Barbe-Nicole. Había llegado el momento. François quería empezar a vender en Rusia.

—Creo que haré una visita relámpago a nuestros mejores clientes de Hamburgo, Lübeck y Königsberg —anunció Ludwig—. A nadie le hará daño un recordatorio. Luego seguiré el viaje hasta Riga y al final llegaré a San Petersburgo. Estoy impaciente por saber cómo se hacen los negocios en Rusia.

—Ya sabe que nuestros pensamientos lo acompañarán todo el tiempo, monsieur —dijo con toda sinceridad Barbe-Nicole—. Y también nuestras oraciones, por supuesto.

—Lo sé, madame —contestó Ludwig sonriendo—. Prometo escribir lo antes posible y hacerles saber mis expectativas.

Levantó la copa para beber el vino que la misma Casa Clicquot había mezclado y que le había gustado mucho. En ese momento entró el *maître* Raymond, que susurró algo al oído de François.

—¿Un trabajador de la bodega? —repitió alarmado—. ¿A estas horas? Esto no augura nada bueno.

Barbe-Nicole se levantó casi al mismo tiempo que su marido. Ese día había sido especialmente caluroso: algo muy perjudicial para el vino, que, en realidad, debería guardarse en lugar fresco. Inquieto, François dejó el salón. Su esposa y Ludwig lo siguieron. En el recibidor había un trabajador estrujando nervioso la gorra entre los dedos.

—Monsieur…, el calor… —balbuceó.

François empalideció.

—¿Cuántas botellas han estallado?

—Todavía no lo sabemos…, muchas… —fue la vaga respuesta.

—Tengo que ir a verlo.

Acompañado de Barbe-Nicole y de Ludwig, François salió de la casa, atravesó el patio y corrió al portón del edificio que daba a la Rue de la Haute-Croupe y en el que se encontraba el almacén del vino. En la escalera que conducía a la bodega, se toparon con el maestro Jacob, que salió a su encuentro con la tensión dibujada en el rostro.

—¿Cuál es la dimensión de las pérdidas? —preguntó François, impaciente.

—Calibrarlo es difícil...

Un estampido procedente del sótano interrumpió al bodeguero.

—Están estallando más. ¡Este condenado calor!

Sin pronunciar más palabra, François se precipitó escaleras abajo.

—No, monsieur, quédese arriba. Es demasiado peligroso.

Puesto que su patrono no le hacía caso, Jacob corrió tras él. Cuando Barbe-Nicole se disponía a seguirlos, Ludwig la retuvo cogiéndola del brazo.

—Ya ha oído lo que ha dicho el bodeguero. Puede lastimarse.

—Mi marido está allí abajo —protestó ella—. Tengo que evitar que cometa una insensatez. Se cree invulnerable.

—Y es evidente que usted también —replicó Ludwig—. Debe de estar todo lleno de esquirlas de vidrio.

Sin embargo, Barbe-Nicole estaba decidida a imponer su voluntad. Sus ojos grises lo fulminaron exigiéndole que la soltara del brazo. Cuando se dio media vuelta y bajó por las escaleras, él la siguió con un gesto de impotencia.

Es tan cabezota como su esposo, pensó.

En el sótano abovedado que se abría ante ellos, las velas llameaban inquietas en las lámparas colgadas, como si estuvieran buscando desesperadas aire en esa sofocante atmósfera. Barbe-Nicole se detuvo asustada cuando el extraño y dulzón olor a alcohol ascendió por su nariz. No veía por ninguna parte a François y al maestro Jacob, pero oyó resonar sus voces al fondo de la bodega. Sin dudarlo ni un segundo siguió avanzando. Las llamas de las lámparas se habían reducido tanto que apenas emitían luz. Cuando entró en una bóveda contigua, en la que oyó hablar a su marido y al maestro bodeguero, tropezó con una irregularidad del suelo y se asustó. Un sonoro crujido le reveló que, efectivamente, el terreno estaba cubierto de fragmentos de vidrio.

—Espere, madame —advirtió Ludwig, que la había seguido—. Voy a alumbrarle el camino.

Barbe-Nicole comprobó que había cogido una lámpara de la pared y que ahora la sostenía ante ella para iluminar el terreno. Se abrieron paso con prudencia por encima de los pedazos de vidrio y sobre los charcos de vino.

En la habitación contigua encontraron a François, que estaba ahí de pie, mirando la catástrofe desplegada ante sus ojos. Unas botellas llenas de espumoso, que se habían apilado cuidadosamente y estabilizado con tablas de madera, habían resbalado al explotar algunas botellas de vidrio y se habían roto. No se había salvado ni una.

—¿Cuántas había en esta pila? —preguntó François, conmocionado.

—Unas doscientas —respondió el maestro Jacob—. Pero creo que más al fondo la situación no es tan mala, el sótano es más profundo y está más fresco.

—Quiero verlo con mis propios ojos —anunció François, que se internó en las bóvedas.

—Es mejor que se quede aquí, monsieur —advirtió Jacob—. Los vapores…

Pero el temor ante más pérdidas empujaba al joven Clicquot. Desgarrado entre el miedo a los vapores tóxicos y su deber para con su patrono, el bodeguero dudó en si seguirlo o no.

—¡François! —gritó Barbe-Nicole preocupada.

El maestro Jacob se volvió enfadado hacia la joven y su acompañante.

—¡Sáquela de aquí, monsieur! —ordenó severamente antes de darse media vuelta y apresurarse a seguir a François.

Ludwig iba a decir algo, pero Barbe-Nicole siguió a los dos hombres. El viajante soltó un suspiro e intentó alcanzarla.

—¡Espere! —gritó—. No ve qué está pisando.

La siguiente sala abovedada todavía estaba más oscura, pues algunas lámparas se habían apagado por falta de oxígeno. Los sótanos estaban unidos a los almacenes de debajo del Hôtel Ponsardin, en la Rue Dauphine, pues Nicolas se había mostrado generosamente dispuesto a ponerlos al servicio de los vinos de su yerno. Barbe-Nicole se esforzaba por alcanzar a su marido; pero su instinto le advertía que no se precipitara por los pasillos. Cualquier trozo afilado de vidrio podía atravesar la fina suela de sus zapatos y herirla gravemente. En ese momento habría dado una fortuna por calzar los zuecos de madera con los que había corrido tiempo atrás con madame Jourdain por las calles de Reims.

De repente oyó un ruido... Un suave silbido, como el estertor de una persona que agonizara, y luego un fuerte estallido golpeó el tímpano de Barbe-Nicole. Algo voló impetuoso contra su brazo izquierdo, desprotegido, y la mujer notó un dolor punzante. Gritó horrorizada.

Ludwig la empujó con fuerza hacia delante, por lo que ella casi cayó al suelo. Sin embargo, él consiguió sostenerla. A sus espaldas sonó un segundo chasquido y luego se oyó un chirrido y un crujido, seguido por un leve tintineo. Acto seguido, en las paredes del sótano se produjo un tintineo ensordecedor, como si la bóveda misma fuese a caer sobre sus cabezas. De repente, se extendió una ola asfixiante de aire cargado de alcohol que penetraba por la boca y la nariz en la garganta e impedía respirar.

—¿Se encuentra bien, madame? —preguntó Ludwig, preocupado.

Volvió consternado la vista hacia el lugar donde habían estado. Otra pila de botellas se había desmoronado formando un montón de vidrios rotos. La escasa luz de la lámpara cayó sobre el brazo izquierdo de Barbe-Nicole e iluminó la sangre que fluía de un profundo corte.

—Está herida —señaló Ludwig alarmado.

Sacó a toda prisa un pañuelo de bolsillo y se lo tendió. Barbe-Nicole, que no sentía ningún dolor, lo colocó mecánicamente sobre la herida.

—¿Dónde está François? —preguntó mirando a su alrededor.

Las voces de la sala contigua habían enmudecido. Temiéndose lo peor, Barbe-Nicole siguió adelante. Se percató de que respiraba más deprisa, pero, a pesar de ello, tenía la sensación de que el aire no le llegaba a los pulmones. Al mismo tiempo sentía una ligereza mental, como de embriaguez. De repente, empezó a sudar; la sangre le retumbaba en los oídos.

Oyó el grito aterrado del maestro Jacob como entre brumas.

—¡Monsieur!

El corazón de Barbe-Nicole empezó a golpear salvajemente su pecho, movido por un súbito brote de miedo. Se abrió camino con determinación, apoyándose en Ludwig Bohne, que la sostenía por el brazo. Vio aterrada que el maestro bodeguero se inclinaba sobre una figura desplomada. François se había desmayado. En un abrir y cerrar de ojos, se plantó a su lado, le golpeó la espalda y lo sacudió.

—¡François, levántate! —gritó.

Jacob puso boca arriba al joven, le levantó el torso y colocó el brazo sobre sus hombros.

—¡Ayúdeme! —le gritó a Ludwig.

Ese acudió a la llamada, le tendió la lámpara a Barbe-Nicole y cogió al hombre inconsciente del otro brazo. Ambos lo arrastraron, respirando con dificultad, a la bóveda principal, donde dos trabajadores acudieron en su ayuda. Ludwig notó que se le encogía la garganta y que un oscuro velo descendía ante sus ojos. Entendió que estaba a punto de caer inconsciente. Preocupado, buscó con la mirada a madame Clicquot, cuyo rostro estaba blanco como la cal incluso a la luz dorada de la llama de la vela. Tras dudar un instante, uno de los trabajadores la cogió del brazo y la ayudó a subir por la escalera. Los otros querían llevar a François al despacho, pero Jacob les indicó que tenían que sacarlo al aire libre.

A falta de otra solución, lo dejaron tendido en el suelo del patio. El maestro bodeguero cogió su pañuelo, lo empapó de agua de la tina de los caballos y lo aplicó al rostro de su patrón. Pero fue cuando Barbe-Nicole frotó con fuerza las palmas de las manos de su marido cuando este volvió lentamente en sí. En el portalón del sótano, Ludwig se apoyó en la pared de la casa y vomitó.

Philippe Clicquot, a quien habían informado de la desgracia, insistió en mandar a un médico y llamar a un barbero cirujano. Este examinó la herida de Barbe-Nicole en el brazo y la cosió con unas finas puntadas antes de aplicarle un ungüento y vendarla. Como incluso después de media hora François todavía se sentía aturdido, el médico indicó al cirujano que le hiciera una sangría. A continuación, el joven volvió a desmayarse y tuvieron que darle sales de olor para que recuperase la conciencia.

—Que beba un trago de coñac —aconsejó el doctor Gallois—. Eso lo reanimará.

Aunque Barbe-Nicole opinaba que François ya había ingerido suficiente alcohol esa tarde, no puso ninguna objeción; el médico debía de saber lo que se hacía.

El mismo Philippe sirvió el coñac a su hijo, puesto que este no podía ni siquiera enderezarse sin que todo empezase a girar a su alrededor. Luego preparó otro vaso para Ludwig Bohne.

El mayordomo llamó al ayuda de cámara de François y a Marie, la doncella. Philippe les indicó que acostasen a sus señores de inmediato. Esa noche, también François durmió profundamente; no se despertó hasta ya bien entrada la mañana.

Al día siguiente, los Clicquot hicieron el inventario de las existencias. Philippe prohibió a su hijo que volviera a bajar al sótano. En su lugar, serían dos trabajadores los que recorrerían las bóvedas con una lámpara cuya llama mostraría, como en las galerías de las minas, cuánto aire les quedaba todavía para respirar. Si las velas se apagaban, tenían que dejar las bodegas en el acto. Al cabo de un rato, otros dos hombres los suplirían en la inspección, de modo que ninguno de ellos inhalara los vapores tóxicos demasiado tiempo.

Al final, resultó que los daños habían sido menores de lo que se temía. La mayoría de las botellas colocadas en los sótanos más profundos habían sobrevivido. Pero una cuarta parte de las existencias se había perdido.

—¿Por qué se rompen tantas botellas por el calor del verano? —preguntó Ludwig Bohne cuando se reunieron todos para cenar.

—No se sabe exactamente —respondió François, que ya se había planteado la misma pregunta—. En un escrito del 1778, el autor Jean-Claude Navier califica el vino espumoso como un remedio contra el tifus y enfermedades similares. Atribuye esta propiedad a un «principio» inherente al vino de la Champaña, algo que los químicos denominan gas o aire sólido. Con ello se refiere a lo que origina las burbujas. Es posible que este gas reaccione al calor y empiece a hervir. Todos sabemos que el agua hirviendo logra levantar la tapa del borde de la olla. Esa misma fuerza podría hacer estallar el vidrio.

—Una teoría convincente —convino Ludwig.

—El problema está en las botellas que utilizamos —prosiguió François—. Las paredes no son regulares. Las partes más delgadas ceden cuando el gas empieza a hervir en el interior. Además, las botellas suelen ser irregulares y no se pueden apilar de forma segura. Pero, como usted sabe, esto es imprescindible en la elaboración del vino espumoso. En cuanto una botella se rompe, toda la pila resbala, tal como sucedió ayer.

—Le advertí desde un principio que el comercio del vino espumoso es un negocio poco agradecido, François —intervino Philippe—. En cualquier caso, sirve como una tarea secundaria, como un juego, pero no como un proyecto que deba tomarse en serio y en el que invertir la fortuna de la familia. La forma de las botellas no solo dificulta su almacenamiento. Cuando la boca de la botella no es perfectamente redonda, el corcho no se mantiene, o el cordón con el que se lo ata al cuello no se puede ajustar de forma correcta. Los trabajadores de la bodega ponen mucho tiempo y esfuerzo en atar con firmeza esos condenados corchos.

Las dudas que se desprendían de las palabras de Philippe afectaron profundamente a François. Ludwig reconoció la conmoción que habían producido en el rostro de su amigo y se apresuró a recordar a su padre las buenas cifras de venta.

—Ya verá, en Rusia tendremos tanto éxito como en Prusia y Austria —pronosticó.

Sin embargo, en la primera carta que envió desde San Petersburgo, Ludwig Bohne tuvo que admitir que sus expectativas en Rusia habían sido demasiado optimistas. La dificultad no residía en que los rusos no quisieran comprar vino espumoso, pues les encantaba. El negocio más bien se veía perjudicado por la codicia y falta de honestidad de los intermediarios, que consideraban a los extranjeros «como cabras que ordeñar sin pagar nada a cambio». Las empresas que hacían los pedidos podían declararse en bancarrota seis meses más tarde, lo que no se castigaba en Rusia y era una estrategia que los comerciantes solían utilizar para no cumplir con sus obligaciones.

Cuando Barbe-Nicole entró en la habitación del desayuno, vio a François sentado en el sillón junto a la ventana. Dirigía una mirada ausente al jardín, que se había vestido con su traje de colores otoñales. En la mano derecha sostenía la carta de Ludwig Bohne. Cuando su esposa se acercó, François volvió la cabeza y el papel resbaló de sus dedos.

—*Maître* Raymond me ha comunicado que ha llegado una carta de Rusia —dijo Barbe-Nicole.

Como François no contestaba, ella recogió la hoja de papel, se sentó junto a su marido y leyó el desalentador informe. Cuando hubo acabado, dejó reposar la misiva y suspiró.

—Nadie creía que iba a ser fácil —señaló colocando la mano dulcemente sobre la de su marido—. Pero monsieur Bohne tampoco dice que sea imposible.

—Las cifras de ventas que ha traído monsieur Krüthoffer son también decepcionantes —dijo abatido François sin mirarla—. No tiene el talento de Louis Bohne.

—Entonces, escríbale y dígale que deje Rusia y que se dé una vuelta por Berlín y Hamburgo. Tal vez los países del norte, como Dinamarca y Suecia, sean un mercado apropiado. Sus habitantes deben de ser gente con dinero.

François dibujó una sonrisa forzada.

—Mi querida Barbe. Usted nunca se rinde, ¿no es cierto? ¿Por qué no escribe usted misma a monsieur Bohne esta vez? Hoy ya no me quedan fuerzas para hacerlo yo mismo.

Vuelve a empezar, pensó Barbe-Nicole.

Sintió unas tenazas oprimiéndole el pecho. Con un gesto de protección, rodeó con el brazo la cintura demasiado fina de François y lo estrechó contra ella. Él no opuso resistencia, pero Barbe-Nicole tuvo la sensación de que ya se había olvidado de su presencia. Su mirada se dirigía hacia la ventana, tras la cual los árboles se desprendían de sus hojas amarillas y rojas, y se preparaban para esa larga hibernación tan parecida a la muerte. Las nubes pendían, grises y pesadas, del cielo, oscureciendo el sol. De repente, tampoco Barbe-Nicole pudo escapar de la languidez de la mañana. Tal vez François tenía razón al ser tan pesimista. Habían emprendido un juego peligroso. Aunque no lo habían perdido, tenía que vencer nuevos obstáculos y superar muchos contratiempos. En efecto, se diría que todo se había conjurado contra ellos: primero, esos veranos catastróficos que provocaban una mala cosecha tras otra y destruían gran parte de las existencias almacenadas en las bodegas; ahora el decepcionante mercado ruso, en el que habían puesto tantas esperanzas; y por último esa condenada guerra que había vuelto a estallar el año pasado e involucraba a más y más países, y con ellos a mercados donde exportar sus vinos. ¿Cómo iban a seguir con el negocio, si Europa se hundía en un espantoso torbellino de batallas sangrientas?

21

Boursault, febrero de 1858

—Tu explicación sobre los riesgos que conlleva la producción de vino no animará precisamente a madame Pommery a mantener en pie el comercio de su marido.

Barbe-Nicole se volvió hacia el anciano que había entrado en el pequeño gabinete por la puerta de la terraza, cuando la joven viuda acababa de marcharse.

—No le habría hecho ningún favor ocultándole las dificultades y peligros que existen —respondió Barbe-Nicole—. Tú estuviste presente, Marcel. Tú también viviste esos horribles años. Y si ella se asusta ante los percances que la esperan es que no ha nacido para un negocio tan duro como el del vino y más le vale no dedicarse a ello.

Se acercó a él y se enderezó el chal que llevaba suelto sobre los hombros.

—Ya sabes que no me gusta que estés demasiado tiempo ahí fuera expuesto al frío. Podrías coger una pulmonía.

Él sonrió y en sus ojos negros apareció un brillo burlón.

—En ese caso, ¿dónde crees que iba a disfrutar tranquilamente fumando mi pipa sin que el humo te moleste, querida mía?

Ella hizo una mueca.

—Si al menos te abrigaras bien. Pero no, nuestro querido

caballero todavía se cree joven e invulnerable. No te olvides de que los dos ya pasamos de los ochenta.

—¿Cómo podría olvidarme? Mis huesos me lo recuerdan cada mañana —replicó él, irónico, frotándose sus rígidos dedos—. Y sin embargo no hay día que no disfrute —añadió con cariño.

Azorada como una niña, la viuda Clicquot bajó la vista.

—¿Quieres que pida un café?

—Sí, por favor. Tengo que entrar un poco en calor. Sopla un viento realmente frío —respondió él, complacido ante la mirada preocupada de la mujer.

—Es usted un pillo, monsieur Jacquin —le reprochó—. Cada día que paso contigo me cuesta un año de vida.

Él se echó a reír.

—Ahora exageras. Si fuera así, ya hace tiempo que deberías estar muerta.

Se callaron cuando Pierre entró y recogió el pedido de los señores. Aunque el servicio estaba al corriente de la relación entre madame Clicquot y su huésped invitado, ambos se comportaban por costumbre tan discretamente como el primer día. Después de que sirvieran el café y el criado se fuera, Marcel volvió a tomar la palabra.

—¿Le has contado también lo nuestro a madame Pommery? —preguntó él con tono pícaro.

—Claro que no —contestó indignada Barbe-Nicole—. Ya sabes que los tiempos han cambiado. Ahora la gente se rige por una moral más severa que la que había en nuestro tiempo. Solo he mencionado que nos apoyaste a François y a mí con tus consejos.

—Ella misma se imaginará la verdad. Me ha visto y me da la impresión de que no es ninguna ingenua.

—Que lo haga. Que piense lo que quiera. Estoy segura de que no comentará nada.

—¿Le hablarás de la muerte de François?

Barbe-Nicole negó con la cabeza.

—Solo le contaré la versión oficial. De los que saben la verdad, solo tú y yo seguimos con vida. Mi marido murió de tifus. Los rumores que propagaron ciertos sirvientes indiscretos hace tiempo que han caído en el olvido.

—Está bien. Yo respeté mucho a tu marido. Nadie debería sentirse con derecho a juzgarlo.

—Todavía hoy me pregunto qué le sucedió, qué tortura sufría —musitó Barbe-Nicole—. Mi pobre François... Me hubiera gustado tanto ayudarle...

22

Reims, abril de 1805

—El mensajero acaba de llegar, madame —anunció Marie, que había lanzado una mirada fugaz al exterior por la ventana del vestidor.

—¿Dónde? Déjame ver —dijo con impaciencia Barbe-Nicole.

Antes de que la doncella pudiese protestar, su patrona se había levantado de un salto del taburete en el que estaba sentada frente al tocador. Con ello, arrancó de la mano de Marie la fina redecilla con la que se disponía a sujetar el cabello de Barbe-Nicole. Los bucles rubios se derramaron liberados sobre su espalda.

—Madame —exclamó la doncella.

Barbe-Nicole no le hizo caso. Pese a su juventud, Marie se había convertido en una vieja matrona en los últimos años y solo se preocupaba por el decoro. A su lado, su patrona se sentía joven y despreocupada, y no se avergonzaba de ello.

—En efecto —dijo Barbe-Nicole tras echar un vistazo por la ventana—. Lástima, va directo a la oficina. A lo mejor hay una carta de monsieur Bohne. Los pedidos de primavera vienen con retraso.

—Madame, no puede ir a la oficina sin cubrirse el cabello —advirtió Marie al verla salir hacia la puerta.

—¡En mi propia casa puedo hacer lo que me apetezca!

—Pero, madame…

—Por todos los santos, eres agotadora —se lamentó Barbe-Nicole, pero dudó a la hora de marcharse—. Está bien, pero date prisa.

Volvió a sentarse de mala gana frente al tocador e intentó contener su impaciencia mientras Marie le cubría el cabello con la red tejida con hilo de oro y luego le colocaba una cofia de lino fino en la cabeza.

Barbe-Nicole hizo una mueca. Odiaba las amplias cofias que debía llevar como mujer casada. Tenía la impresión de que cada año eran más grandes y que cada vez estaban más adornadas con encajes y frunces.

—Listo —declaró Marie por fin.

Barbe-Nicole se puso en pie a toda prisa y dobló con un movimiento inconsciente, asimilado gracias a las instrucciones de madame Jourdain, la cola del vestido que, siguiendo los dictados de la moda de París, también se iba haciendo cada vez más larga. En un abrir y cerrar de ojos, había franqueado la puerta y corría a la oficina.

François estaba sentado y se inclinaba sobre su pupitre, inmerso en la lectura de una carta. Barbe-Nicole había tenido razón, habían entrado los pedidos del extranjero. Se acercó vacilante. Su marido no la oía. Parecía como si pudiese ver a través del papel que sostenía en sus delgadas manos.

—¿Buenas noticias? —preguntó Barbe-Nicole, llevada por su inquebrantable optimismo.

—Los pedidos de Rusia —respondió François, inexpresivo.

A la joven se le encogió el corazón.

—¿Tan malas son?

—Decepcionantes. Esto ya no tiene ningún sentido, Barbe —murmuró—. No sé cómo seguir adelante.

Asustada, Barbe-Nicole le cogió la carta de las manos. Estaba escrita en la inconfundible caligrafía de Louis Bohne. Después de echar un primer vistazo, y luego una segunda lectura de las cifras, levantó sorprendida la cabeza y miró a François a la cara, cuya piel se veía flácida y exangüe.

—Pero si los pedidos son buenos —afirmó—. Podremos suministrar setenta y cinco mil botellas en tres meses. Y un tercio de ellas a Rusia.

—He dicho que las cifras son decepcionantes —repitió François, imperturbable.

—Es más de lo que vendimos en todo el año pasado —le recordó Barbe-Nicole.

François negó sin fuerzas con la cabeza.

—No, debe de haber calculado mal, madame.

Ella dobló la carta suspirando. Luego rodeó a su marido con los brazos y lo meció como a un niño.

—Todo irá bien, ya verás —le susurró tiernamente en el oído—. Solo has de tener un poco de paciencia.

Él cerró los ojos y se dejó arrullar.

Barbe-Nicole esperaba el verano con la esperanza de que la luz del sol y el calor acabaran con la melancolía de François. Llegaron junio, julio y agosto, pero no el verano. En cambio, el cielo permaneció gris y cubierto de gruesas nubes que continuamente se abrían y dejaban caer auténticos diluvios sobre la tierra. Hacía tanto frío que Barbe-Nicole tuvo que dar indicaciones para que se encendieran las chimeneas y estufas, y para que la humedad no penetrara en las habitaciones de la gran casa. En primavera, las noches habían sido tan frías que los polluelos se congelaban en los nidos. En una ocasión, durante uno de sus escasos paseos por el jardín, Barbe-Nicole encontró bajo un árbol una criatura cubierta de un fino y mojado plumón. El polluelo estaba tan escuálido que ni siquiera el gato había mostrado interés por un botín tan liviano.

François oscilaba entre fases de desesperanza y de agotamiento, de un miedo incierto y de un desasosiego casi obsesivo. Barbe-Nicole no habría podido decir qué estado de ánimo la preocupaba más. Pero prefería que él le pidiera que lo acompañase a los viñedos para supervisar la cosecha que verlo tendido en el diván, afligido y con la mirada fija en la pared de delante.

No era nada agradable transitar en la carriola, que solo disponía de media capota de piel, por caminos llenos de charcos y baches, y acabar empapado a causa de la llovizna. François tiró una vez más de las riendas del poni y bajó del coche para comprobar el estado de la uva. Casi toda estaba cubierta de una capa blanca o marrón y caía bajo la presión de sus dedos. Los racimos que tenían un aspecto normal dejaban un regusto extraño, seguramente del hongo que los había invadido. François escupió asqueado los granos echados a perder y tiró el resto entre las cepas con un movimiento iracundo. Luego se dio media vuelta y sin pronunciar una palabra más se puso en marcha por el enfangado camino.

Barbe-Nicole lo siguió consternada con la mirada. Comprendía su desesperación, pero pensaba que debía aprender a dominarse. Con esa lluvia continua era muy fácil que se resfriase. Preocupada y enfadada cogió las riendas y, chasqueando levemente la lengua, puso en movimiento al poni.

—Suba, querido mío —le pidió una vez que lo hubo alcanzado—. ¡Se lo pido por favor!

Él se dio media vuelta sobresaltado y la miró como si no supiera quién era.

—¿Qué quieres de mí? Déjame en paz.

—François, soy yo.

La observó con desconfianza y luego su mirada se aclaró y una frágil sonrisa apareció en sus pálidos labios.

—No deberías ir dando vueltas por aquí con esta lluvia, Barbe. Estás cavando tu propia tumba. Qué expresión más rara, ¿verdad? Para hablar de nuestros errores. ¿Han llegado ya las cajas con las botellas vacías? Tenemos que llenarlas sin falta, no podemos entregarlas sin nada. De todos modos, se ha de replantear el horario de servicio de los hombres que se encargan del reparto. Tal como está ahora no funciona. Tú también deberías andar más, Barbe, te sienta bien. Eres tan buena conmigo, Barbe, la mejor esposa que podría desear. ¿Qué te gustaría para el aniversario de boda?, ¿ya lo has pensado? Pero pensar es difícil, demasiadas ideas apelotonándose en la mente pueden provocar un incendio…

—¡François! —gritó Barbe-Nicole—. Para ya. —Unas lágrimas de estupor anegaron sus ojos.

—¿Que pare? ¿Parar? ¿De qué tengo que parar? ¿La lluvia que se ha llevado por delante todos nuestros sueños? Vamos a ahogarnos miserablemente en un mar de barro y de uva podrida…

Temblando de miedo y horror, Barbe-Nicole bajó de un salto de la carriola, cogió a François por el brazo y lo sacudió con ímpetu.

—¿Qué te ocurre? ¿Te has vuelto loco? Lo que dices no tiene ningún sentido…

Pero él no reaccionó a sus palabras, más bien parecía mirar a través de ella. Luego, de repente, se vio poseído por el pánico, se separó de su esposa y empezó a correr como alma que lleva el diablo por el camino lleno de fango. Barbe-Nicole intentó seguirlo, pero resbalaba con sus zapatos, que tenían la suela muy fina. El caballito bonachón se sobresaltó cuando ella dejó caer las riendas sobre su lomo y dio un salto hacia delante. Barbe-Nicole vio que su marido desaparecía tras las capas de lluvia, cada vez más densa. Temerosa de atropellarlo con el carro, puso el poni a un trote ligero. Cuando Barbe-Nicole volvió a distinguir su silueta, no permitió que se le perdiera de vista. ¿Qué le había ocurrido? ¿Le había afectado tanto la desesperación por la cosecha perdida que había enloquecido? Nunca lo había visto así. ¿Cómo había de actuar ahora si él no le hacía caso? No deberían haberse acercado los dos solos a las viñas.

De repente, François tropezó y cayó al suelo. No hizo ningún intento por levantarse, se irguió a medias y alzó las manos, como si quisiera rogar al cielo que cerrara su esclusa. Barbe-Nicole tiró de las riendas del caballo y bajó del carruaje. Cuando se inclinó sobre él, François no la miró, como si ella no estuviera presente.

—Virgen santa, apiádate de la pobre tierra y de las criaturas que en ella viven —rogó él con voz apagada—. No las ahogues con tus lágrimas…

François empezó a cantar, una canción infantil, como si quisiera apaciguar una fuerza maligna. Barbe-Nicole lo agarró con determinación del brazo y trató de levantarlo, pero él se resistió.

—Tengo que ayudar a la humanidad —protestó—. Se morirán todos de hambre.

—Ven conmigo —le urgió Barbe-Nicole—. Estás completamente empapado. Tenemos que ir a casa.

Empleando todas sus fuerzas, lo levantó, lo llevó a la carriola y le obligó a subir a la fuerza. Rápidamente, se sentó a su lado y tomó las riendas. Pero luego dudó. Tardaría media hora en llegar a Bouzy, de donde habían salido esa mañana, y los dos acabarían congelados por el gélido viento. Además, François parecía decidido a bajar de nuevo del coche. Ella sola no podría con él. Necesitaba ayuda.

La propiedad más cercana era la de los Jacquin. El pánico que se había apoderado de ella decreció un poco. Marcel la ayudaría. Su calma y seguridad en sí mismo eran inquebrantables. Además, ella podía confiar en su silencio. No divulgaría nada de lo que viera. Nadie debía saber lo mal que se encontraba François Clicquot.

Azuzó con vigor al poni y dejó que corriera hacia el sur tan deprisa como lo permitía el suelo fangoso. Tenía que coger las riendas con la mano izquierda, mientras que con la derecha a duras penas conseguía impedir que François saltara del vehículo. Volvía a estar inquieto y desasosegado, incapaz de serenarse.

Mientras se deslizaban veloces entre los viñedos, él no dejaba de hablar sobre que tenía que ayudar a los trabajadores y a sus familias a salir de la miseria porque de lo contrario no podría soportar su pena. Hablaba sin parar, pero Barbe-Nicole ya no lo escuchaba. Tenía que concentrarse en controlar al caballo. Le dolían los dedos con los que sujetaba a François por la muñeca y los tenía entumecidos por el frío. Pese a ello lo agarraba con mano de hierro y lo retenía cada vez que él hacía un gesto de querer bajar. Ella apretaba los dientes y el corazón le latía salvaje en el pecho.

En el límite de sus fuerzas, condujo al poni hacia el patio de la propiedad de los Jacquin. Marcel los vio llegar desde la puerta de la bodega y corrió hacia ellos, haciendo caso omiso de la lluvia. Barbe-Nicole nunca se había alegrado tanto de verlo. Cuando el viticultor observó el lamentable estado en el que se encontraba François Clicquot, no hizo ninguna pregunta, sino que sacó al joven del carruaje.

—Has de ser comprensivo, san Pedro, y detener esta maldita lluvia —le dijo François al viticultor, al que era evidente que no reconocía—. Este diluvio nos arrastrará a todos antes de que podamos construir una nueva arca…

Marcel miró inquisitivo primero a François y después a Barbe-Nicole. Cuando percibió en sus ojos el miedo y la desesperación, reprimió cualquier comentario. Cogió de un brazo al joven comerciante y lo metió con determinación en la vivienda. François empezó de nuevo a cantar. Barbe-Nicole notaba que se estaba mareando.

En la casa se encontraron con el padre de Marcel, que corrió a ayudar a su hijo sin preguntar nada. Barbe-Nicole se alegraba de no tener que dar explicaciones.

—Llevémosle a la habitación de invitados —decidió Marcel.

Con ayuda de Olivier consiguió empujar a François, que trataba de liberarse de ellos, subir una pequeña escalera y meterlo en una habitacioncita con una cama y una chimenea.

—Tengo que irme —protestaba François—. Debo construir el arca antes de que sea demasiado tarde. ¡Dejadme! Apartad vuestras manos de mí, demonios, no vais a detenerme, tengo mucho que hacer, marchaos, dejadme…

Marcel tenía que emplearse a fondo para detenerlo y que no saltara de la banqueta en la que lo habían sentado. Ahora, Barbe-Nicole también intentaba retenerlo, pero él era huidizo como una anguila y escapaba de ellos una y otra vez. Atraída por el alboroto, apareció una joven en la puerta y miró con expresión horrorizada la escena. Cuando Marcel la vio, le dijo:

—Ve a buscar el láudano de mamá. ¡Rápido!

La muchacha obedeció sin rechistar. Poco después regresó con un frasco y un vaso de vino. Barbe-Nicole se lo cogió, echó algo de medicina en el vino y agitó el vaso para que ambos líquidos se mezclaran bien. Luego se inclinó sobre François.

—Bébete esto, cariño —dijo—, te lo ruego.

De golpe dejó de alborotar y la miró sorprendido. En sus ojos se encendió una llama de reconocimiento y las comisuras de sus labios se levantaron en una triste sonrisa.

—Mi buena Barbe, como siempre preocupada por mi bienestar —musitó.

Como no hacía ningún gesto de coger el vaso, ella le puso la mano en la nuca y se lo acercó a los labios. Tragó obediente el vino mezclado con el láudano. Mientras Olivier se quedaba junto a él, por si François volvía a intentar levantarse, Marcel indicó a una sirvienta que encendiera el fuego. A continuación, padre e hijo quitaron al comerciante de vino la ropa empapada y manchada de barro. Cuando la mirada de Marcel se detuvo en la joven que había llevado el láudano y que miraba estupefacta lo que acontecía, le dijo:

—Aurélie, ve a ver a mamá. No tiene que quedarse tanto tiempo sola.

Barbe-Nicole comprendió al instante que se trataba de su esposa. En un principio había pensado que era una criada, por el tono áspero con que le hablaba. Era evidente que no amaba a Aurélie. Y era consciente de ser la culpable de ello.

El opiáceo tardó un rato en surtir efecto. En varias ocasiones, Marcel y Olivier tuvieron que impedir a François que se levantara. El comerciante de vino no dejaba de hablar, pero lo que decía infatigablemente solo tenía sentido para él y no para quienes lo oían. Barbe-Nicole trató de ignorar las miradas compasivas que le dirigían los Jacquin. Cuando la excitación de François por fin decayó y cesó su verbosidad, Marcel le puso el camisón que había llevado una sirvienta y lo acostó. Poco después se durmió.

—Está usted totalmente empapada —dijo Olivier a Barbe-Nicole—. Thérèse la ayudará a desvestirse y a secar su vestido.

Sin pronunciar ninguna palabra más, los dos hombres se volvieron y cerraron la puerta.

Por la noche, Marcel llevó a la joven una comida ligera. François dormía profundamente y nadie creyó aconsejable despertarlo. Una vez que hubo depositado pan, queso y algo de pollo en una mesita junto a la chimenea, preguntó:

—¿Ya le ha pasado esto alguna otra vez?

Una expresión atormentada se deslizó por el rostro de Barbe-Nicole.

—Tan fuerte como hoy nunca —contestó enseguida—. Es como si hubiese perdido la razón —añadió llorando.

Marcel cerró silenciosamente la puerta y se acercó a ella.

—Lo siento mucho, Barbe, lo digo de verdad.

Sus palabras le sentaban bien. No protestó porque la tuteara. En ese momento necesitaba su amistad para no caer en la desesperación.

—Es este condenado verano sin sol, sin calor —explicó ella—. Tras tres años de sequía que ha destruido las cosechas y convertido nuestras existencias en un montón de pedazos de vidrio, las uvas se pudren en las cepas.

Levantó los ojos anegados de lágrimas hacia Marcel y se avergonzó de estar tan abatida. Como viticultor, él había padecido la catástrofe del clima como ellos, o aún más, pues amenazaba su subsistencia.

—Perdón —dijo, y se cubrió el rostro con las manos—. No tengo ningún derecho a quejarme. Siempre he participado en las decisiones de François. Y nosotros no pasaremos hambre. Para vosotros todo esto tiene que ser mucho peor.

Él no respondió y Barbe-Nicole creyó que lo había ofendido al hablar así. Pero Marcel la rodeó con sus brazos y ella se sintió como dentro de un capullo protector. Sin ningún tipo de remordimiento, apoyó la cabeza en su cálido pecho y lloró. La cercanía de Marcel le ofrecía el sostén que François no podía darle. Estaba cansada de apoyar a su marido, de ocuparse de él, de ser siempre la fuerte. Ahora necesitaba consuelo y aliento. Tras pasar unos minutos muy juntos delante del fuego crepitante de la chimenea, Barbe-Nicole volvió a tomar conciencia de dónde se hallaba. Con un sentimiento de culpabilidad, miró a su esposo, que yacía en la cama tapado hasta la barbilla y no se movía. Se desprendió con suavidad de Marcel y se sentó al borde de la cama. Tras vacilar un instante, el viticultor se sentó en un taburete.

—Te doy las gracias por tu ayuda —susurró—. No habría podido llegar sola a Bouzy.

Como Marcel callaba, ella buscó su mirada y vio que sus ojos se dirigían a ella cargados de amor. Volvió la cabeza rápidamente y añadió con un murmullo:

—Por favor, no hables con nadie sobre lo ocurrido.

—Claro que no —respondió él. Un deje de enojo resonó en su voz ante el hecho de que ella creyera necesario pedirle algo así—. Nadie en esta casa hablará de ello.

—La muchacha que ha traído el láudano ¿es tu esposa? —preguntó Barbe-Nicole.

Presintió que él asentía, pero no lo vio porque no apartó la vista de François.

—Es muy guapa —observó.

—No tanto como tú.

Ella sonrió con amargura.

—Necesitas ponerte gafas, querido. Nunca he sido hermosa.

—Para mí sí lo eres.

Ella volvió el rostro hacia él y dijo tiernamente:

—Lo sé. Y por eso siempre te he amado.

Ni ella misma sabía por qué de repente hacía esa atrevida confesión. Tal vez porque la preocupación por François y el negocio le había destrozado los nervios y ya no podía ser tan fría y contenida como antes.

—¿Por qué no acudiste a nuestra cita aquel día? —preguntó Marcel, y ella percibió el dolor en su voz.

—Mi padre nos vio y te reconoció. Me prohibió que volviera a reunirme contigo.

—¿Y tú lo obedeciste de buen grado? —contestó—. Una dócil niña de casa bien que no osa hacer enfadar a su padre. Yo había esperado que al menos tuvieras el valor de decirme tú misma que no podíamos volver a encontrarnos. Lo habría dado todo por verte una vez más.

—¡No podía correr ese riesgo! —replicó ella, enfadada—. Me amenazó…

—¿Con qué? ¿Con darte unos cachetes en el trasero? ¿Con no volver a comprarte un vestido nuevo? —la interrumpió él con aspereza.

Barbe-Nicole enrojeció de cólera.

—¿Es eso lo que crees? ¿Tan superficial me consideras?

Los reproches que salían de la boca del joven la herían más profundamente de lo que hubiera creído posible.

—Entonces, ¿qué fue? ¿Con qué te amenazó tu padre? —preguntó él, despectivo.

Ella, iracunda, lo fulminó con la mirada.

—Iba a ocuparse de que te llamaran a filas. No podía soportar la idea de que en el campo de batalla, tú, como tantos otros hombres jóvenes…

No podía pronunciar la palabra y apartó de nuevo la vista. François estaba inquieto y se movía de un lado a otra bajo la manta.

—Ahora márchate, te lo pido —le dijo.

Él se levantó en silencio y salió de la habitación.

Un pánico repentino arrancó a Barbe-Nicole del sueño. Al principio no sabía dónde estaba. Un resplandor rojizo se entretejía en la oscuridad que la rodeaba e intensificaba la sensación de irrealidad. Un escalofrío le recorrió el cuerpo. Cuando palpó a su alrededor, comprobó que estaba tendida en una cama y vestida solo con un camisón. La manta había resbalado al suelo y sus pies, sin cubrir, estaban fríos y entumecidos. Miró a su alrededor completamente desorientada. El brillo rojizo procedía de las ascuas de la chimenea, que casi estaban apagadas. No se encontraba en su dormitorio de la Rue de l'Hôpital, sino en una habitación que le resultaba desconocida. Súbitamente lo recordó todo: el recorrido a través de las viñas, la lluvia torrencial, el arrebato de François… Como la lluvia no había remitido por la noche, había accedido a la propuesta de Marcel y había aceptado su hospitalidad. Él había enviado a uno de sus empleados a Bouzy con un mensaje para que el administrador de la propiedad no se preocupase. Una doncella había facilitado un camisón a Barbe-Nicole y la había ayudado a desnudarse. A continuación, se había dormido enseguida al lado de François.

¡François!, pensó con un estremecimiento. Rápidamente, deslizó la mano por el colchón, a su lado. ¡No estaba allí!

—¿François? Amor mío, ¿dónde estás? —gritó.

El tono angustiado de su propia voz la sobresaltó. ¡Necesitaba luz!

Con manos temblorosas buscó el yesquero sobre el taburete de al lado de la cama. Cuando lo hubo encontrado, lo abrió y tanteó en busca de los palitos con azufre que se guardaban en él. Estaba tan nerviosa que la bolsa casi se le cayó de las manos. Apretó los dientes enojada y se obligó a calmarse. Bajó de la cama con una de las cerillas, se sentó delante de la chimenea y aproximó a las ascuas el palito de madera. Cuando se encendió, volvió al taburete y lo acercó a la vela de junco que estaba sujeta a un soporte de hierro. El desagradable olor al quemarse la grasa que cubría la vela de junco se extendió por la habitación. Como espectros reticentes, las sombras se retiraron a los rincones dejando ver el mobiliario espartano y la puerta. Estaba abierta. François había salido.

¿Adónde podía haber ido en plena noche?, cavilaba preocupada. No le quedaba más remedio que salir a buscarlo. Aunque la ropa de su marido estaba junto a la de ella sobre un arcón, tras vacilar unos segundos decidió vestirse. Una de las sirvientas le había traído por la noche la ropa, ya lavada, que se había secado junto al fuego. Barbe-Nicole se vistió rápidamente con sus enaguas de algodón y la falda de percal indio. Cuando se hubo puesto las medias y los zapatos, se cubrió los hombros con un chal de cachemira.

Con la vela en la mano, salió de la habitación y bajó la escalera hasta la planta baja. Pronunció el nombre de su marido en voz baja. Pero cuando llegó a la puerta de la casa, enmudeció. Estaba entreabierta. François había salido en camisón y descalzo. Seguramente todavía no había recobrado la razón.

Barbe-Nicole se precipitó al exterior y miró a su alrededor. Había dejado de llover. Una inesperada ráfaga de viento le apagó la llama.

—¡François! —gritó.

Esperando que su marido no se hubiese alejado todavía, se dirigió con premura al patio interior. Era una noche sin luna y todo se hallaba envuelto en una negrura impenetrable. Sacudió la puerta que llevaba a la bodega para comprobar si estaba abierta, pero estaba cerrada. Así que François no podía estar ahí dentro. La desesperación se apoderó de ella. ¿Cómo iba a encontrarlo en medio de tanta oscuridad? Necesitaba ayuda.

Volvió indecisa a la casa y pensó en si debía despertar a sus anfitriones cuando una silueta se dibujó en la puerta. Era Marcel.

—Te he oído gritar —dijo mientras se echaba por encima una chaqueta—. ¿Qué ha pasado?

—François. Se ha ido —respondió Barbe-Nicole sin aliento—. Debe de estar vagando por algún sitio. Y no lleva nada más que el camisón.

—No lo encontraremos solos. Voy a despertar a mi padre y a un par de hombres.

—No, no quiero que tus hombres lo vean así. Ve a buscar solo a tu padre. Me fío de él.

Poco después, Marcel regresaba con Olivier. Ambos llevaban linternas.

—Vosotros vais a las viñas por la derecha. Yo lo busco por el camino —propuso Olivier, poniéndose en marcha sin mayor tardanza.

—Siento haber tenido que despertar a tu padre —se disculpó Barbe-Nicole.

—No pasa nada —dijo Marcel—. François Clicquot siempre fue un socio de confianza. Podría habernos pasado a cualquiera de nosotros.

—Espero que tu madre no se lo tome a mal —añadió Barbe-Nicole.

Le inquietaban las molestias que estaba ocasionando a los Jacquin. Se acordaba de las palabras de Marcel cuando había enviado a su esposa a buscar el láudano.

—Dijiste que tu madre no debía quedarse demasiado tiempo sola. ¿No se encuentra bien?

Marcel apretó los labios antes de contestar.

—Está enferma.

—Lo siento mucho —dijo Barbe-Nicole, apenada—. ¿Ha de tomar el láudano porque los dolores son muy intensos?

Él se detuvo al borde de una parcela de cepas.

—Tiene un tumor en el pecho —dijo sin mirar a su interlocutora—. El médico dice que no vivirá mucho tiempo.

Como sostenía la linterna a la altura de la cintura, Barbe-Nicole no pudo verle la cara, pero imaginó su rostro atormentado. Puso la mano sobre su brazo para consolarlo. No necesitaba expresarle sus condolencias, Marcel ya sabía que lo sentía. Apretó con sus dedos los de la mujer buscando apoyo. Pero ese momento de debilidad duró poco. Inspiró hondo un par de veces y le soltó la mano.

—Vamos, tenemos que encontrar a tu marido —dijo con firmeza.

Caminaron un rato en silencio entre las cepas. Marcel iba bajando la linterna tratando de ver huellas que desvelaran si alguien había pasado por allí. Pese al chal de cachemira, Barbe-Nicole tiritaba, pues el aire de la noche era muy frío.

—Tal vez sería mejor que regresaras a casa —opinó Marcel—. Yo seguiré buscándolo.

—No, si se encuentra en el mismo estado que ayer, no podrás tú solo con él.

Marcel no objetó nada, sino que aceptó su decisión. Era algo que ella siempre había apreciado en él. De repente, Marcel se detuvo y al mismo momento le cogió la muñeca.

—¿Oyes? Alguien está cantando.

Prestaron atención hasta asegurarse de dónde procedía la voz. Barbe-Nicole se adelantó. Cuando descubrió una silueta blanca dando vueltas, se detuvo asustada. Con el camisón ondeando a su alrededor, François parecía un fantasma. En medio, entre las cepas, cantaba a los santos mientras ejecutaba una danza ritual. Barbe-Nicole lo llamó, pero él no la oía. Marcel se acercó al joven Clicquot y sin mayor dilación se lo echó encima del hombro. Como François no opuso resistencia, no le costó demasiado esfuerzo llevarlo de vuelta a casa. Durante todo el camino, François hablaba de sus planes de construir un gran depósito de agua de lluvia con la que regar las vides y gracias al cual lograr una buena cosecha.

Consiguieron entrar en el dormitorio sin ser vistos. Allí, Marcel sentó a François en la cama.

—Voy a buscar un poco más de láudano para que pueda dormir hasta mañana por la mañana —dijo—. Y también agua caliente.

François tenía los pies maltrechos por las piedras del camino. Cuando Marcel trajo el agua caliente a Barbe-Nicole, su padre volvió de su búsqueda infructuosa y se tranquilizó al encontrar en buen estado al desaparecido.

—Les estoy sumamente agradecida —dijo Barbe-Nicole.

Al contemplar la mirada comprensiva de Olivier, la joven sintió tal ternura que casi se puso a llorar.

—No hay razón para ello, madame —contestó Olivier—. Olvidémonos de lo sucedido.

Se volvió hacia la puerta, pero dirigió una mirada de alerta a su hijo. Barbe-Nicole observó la expresión de advertencia en los ojos del padre y comprendió que estaba al corriente de los sentimientos de Marcel hacia ella. Aquello hizo que todavía valorara más su buena predisposición.

Después de administrar a François una segunda dosis de láudano, Barbe-Nicole intentó lavarle los pies, pero su marido se negaba a quedarse sentado y quieto. Marcel tuvo que ayudarla para evitar que se levantara. Al parecer, no sentía ni frío ni dolor. Había pasado de la descripción del depósito de agua de lluvia que quería construir al proyecto de una máquina de viento que alejaría la humedad de las viñas. Era evidente que ese periodo de lluvias lo inquietaba y que sus pensamientos, que normalmente saltaban de un tema a otro, en esta ocasión giraban sin cesar en torno a un mismo problema. Salvar la cosecha se había convertido para él en una idea fija.

Cuando por fin el láudano surtió efecto, Barbe-Nicole y Marcel consiguieron limpiarle los pies de sangre y fango, y volver a acostarlo. Algo más tarde se sumió en un sueño intranquilo. Ella, agotada, se sentó al borde de la cama.

—¿Qué pasará si la cosecha es tan mala como en estos últimos años? —murmuró abatida.

—No nos queda otro remedio que rezar para que no ocurra —dijo Marcel.

François durmió toda la noche hasta la mañana, sin interrupción. Barbe-Nicole se había despertado temprano, pese a que todavía estaba cansada, y pudo percibir su respiración regular. Pensó en las palabras de Marcel y comprendió que tenía razón. No debía dejarse llevar por la desesperación, tenía que creer que esa situación tan apurada acabaría un día y que todo mejoraría, como entonces..., cuando se perdió en el laberinto de los sótanos y él llegó en su ayuda. Sin esperanza, el ser humano estaba perdido.

Cuando François se despertó, no sabía dónde se encontraba; para sorpresa de Barbe-Nicole, tampoco recordaba nada de lo que había sucedido el día anterior. Ella le explicó que durante el trayecto por las viñas había caído una fuerte lluvia y habían buscado refugio en la granja de los Jacquin. La mención del tiempo volvió a angustiar a François, pero permaneció calmado y dejó que Barbe-Nicole distrajera su atención con otros temas.

Desayunaron con la familia Jacquin en la gran cocina comedor. François no era consciente de su mal aspecto, pero como sus anfitriones no se lo hicieron notar, incluso disfrutó de la conversación y elogió lo bien que sabía el café que había preparado Aurélie. Cuando llegó la hora de marcharse, Marcel insistió en acompañarlos a caballo hasta Bouzy. Nadie se opuso, solo Aurélie los miró a todos con extrañeza. Sospechó que había un secreto del que se la excluía.

François se alegró de que el joven Jacquin se ofreciera a compartir con ellos el trayecto y aprovechó la oportunidad para hablar con él de su tema favorito: el vino y su producción. Barbe-Nicole, que sostenía las riendas, se concentraba en guiar al poni por los caminos fangosos. Cuando Bouzy apareció, Marcel detuvo su caballo y se despidió de ellos.

—Muchas gracias por todo, monsieur —le gritó Barbe-Nicole.

Durante unos minutos, el joven viticultor se quedó mirando la carriola, luego dio media vuelta al caballo y emprendió el camino de regreso.

23

Reims, octubre de 1805

Tal como Marcel había previsto, el tiempo mejoró y la gente de la Champaña pudo disfrutar de un soleado y cálido veranillo. En ese momento, la mayor parte de la uva, aunque estaba verde y sin madurar, pendía en mal estado de las cepas. Barbe-Nicole no volvió a presenciar otro episodio como el ocurrido durante su salida a las viñas con François. Este, en cambio, cada vez se hundía más en un estado de aflicción, como si hubiese perdido todas sus esperanzas. Estaba convencido de que él era el culpable de la catástrofe que asolaba la región, que él habría podido evitarla si se hubiese esforzado lo suficiente. Pero la tarea le resultaba demasiado grande, y responsabilizarse del negocio y la familia suponía toda una carga para él. Los problemas de los demás se convertían en un peso insoportable en el pecho, en una pesadilla que le absorbía el aire de los pulmones y le presionaba el corazón. Barbe-Nicole mandó llamar al doctor Gallois porque temía que François tuviera una dolencia cardiaca, pero el médico no pudo confirmar ninguna irregularidad o debilidad en los latidos. Atribuyó el sentimiento de angustia que sentía su paciente a un estado de miedo patológico.

Barbe-Nicole tenía la impresión de que François sufría una profunda aflicción, pero cuando le preguntaba la causa, él contestaba que no estaba triste, sino que era incapaz de sentir nada. Sus sentimientos parecían petrificados. No percibía ni el azul brillante del cielo ni el esplendor de los colores de los follajes en otoño. Para él todo era gris y estaba muerto. Hasta el vino le sabía a ceniza.

En el rostro de François se había posado una sombra que a Barbe-Nicole le infundía miedo. A veces veía en ella temor, otros días sus facciones parecían esculpidas en piedra. Lo que más la asustaba eran los sollozos que a veces emitía, sin lágrimas y que parecían tan torturados. François parecía sufrir infinitamente, pero ni siquiera encontraba alivio en el llanto.

Ya no conseguía responder a las cartas de Ludwig Bohne. Barbe-Nicole presenció más de una vez que se sentaba al escritorio, metía la pluma en el tintero y necesitaba media hora para escribir una sola palabra en el papel. Por regla general, las cartas quedaban inconclusas, por lo que ella se veía forzada a completarlas.

Algunos días se sentía cercana a la desesperación. Todo en ella se contraía cuando observaba a François arrastrándose como un frágil anciano por la habitación, como si de sus brazos y piernas colgaran unos pesos de plomo. Una mañana no consiguió sacarlo de la cama. Yacía allí con los ojos abiertos y no reaccionaba a lo que ella le decía. Cuando le llevó el desayuno, ni tocó la comida, y al final su ayuda de cámara lo recogió sin que hubiese probado bocado. Barbe-Nicole sabía que su esposo estaba gravemente enfermo, pero no tenía ni idea de cómo ayudarle. Algo sucedía en la mente de François que ella no podía entender y a lo que ella tampoco tenía acceso. Al final montó en cólera y le gritó, pero él ni siquiera se estremeció. Se diría que estaba paralizado. Tenía el rostro gris y flácido, y los párpados formaban una arruga inclinada de tanto dolor silencioso.

—Habla conmigo —le suplicó—. Por favor, habla conmigo.

Luego, rompió a llorar.

Y

François despertó como de un largo aturdimiento. Al principio solo sintió los horribles dolores que bramaban en su cabeza. La punzada palpitante caía sobre su frente como martillazos resonando en la distancia. Abrió los ojos con esfuerzo. La habitación en la que se encontraba le resultó angosta y pequeña, como la celda de un calabozo, las paredes grises parecían deformadas. Fuera, delante de la ventana, centelleaba una luz inquieta, amarilla al principio y luego de un color rojo sangre. El martilleo regular seguía percutiendo en su oído. Estuvo escuchando sin interés un rato. Otro sonido se mezcló con el anterior: el sollozo de una mujer.

Barbe-Nicole, pensó. Sufre. Lo ha perdido todo.

La idea arraigó en su cabeza. Un insoportable sentimiento de culpa se extendió en su interior como una marea, ahogándolo. Había echado a perder el negocio con sus locas ideas. Estaban en bancarrota, pensó profundamente abatido. Su querida Barbe-Nicole estaba en prisión por deudas y todo eso era por culpa suya. La oía sollozar, la oía quejarse de él, hacerle responsable de su mísera situación. Una voz desconocida se impuso por encima del llanto de la mujer, el juez lo condenaba a muerte por un terrible delito, no sabía exactamente cuál. Entendió también de dónde procedía el martilleo que lo había arrancado del sueño. Estaban construyendo el patíbulo en el que iba a ser ejecutado. Pero François no tenía miedo. ¡Eso estaba bien! Se lo merecía. Había hecho muy infelices a las personas a quienes amaba. Tenía que pagar por ello. Aún mejor, les ahorraría a los otros la molestia de castigarlo. Barbe-Nicole no debía verle así.

En su cerebro fue germinando una idea. Sus pensamientos se movían lenta y débilmente, pero poco a poco esa idea fue despertando un deseo irresistible que le dio fuerzas para salir de la cama. Primero, sus piernas entumecidas y doloridas no le obedecieron. Pero después de varios intentos consiguió colocarse en el borde de la cama y tocar con los pies el frío suelo. Se levantó dándose impulso y, tambaleándose, avanzó hasta el tocador. Sin saber exactamente lo que andaba buscando, hurgó con los dedos entre los objetos de maquillaje, volcó el agua de colonia, palpó un recipiente lleno de horquillas. Sacó una y se la quedó mirando.

De repente, alguien llamó a la puerta, luego entró una criada con un cesto lleno de leña.

—Monsieur —exclamó sorprendida al verlo en camisón de pie junto al tocador—. Disculpe la molestia. Solo quería avivar el fuego.

Como él no respondió, cerró la puerta y se arrodilló delante de la chimenea. Mientras ella apilaba la leña y atizaba las llamas con un fuelle, François pensó en qué quería hacer. Se le había olvidado. Pero entonces volvió a oír los martilleos de los carpinteros y el chirrido de la hoja de la guillotina al elevarse.

—Ve a buscar la navaja de afeitar al vestidor —ordenó François.

La asistenta lo miró insegura, pero no se atrevió a preguntar nada. Se levantó vacilante, entró en la habitación contigua y vio sobre la cómoda los utensilios para el afeitado que el ayuda de cámara del señor de la casa había colocado ordenadamente. Cogió una toalla, el jabón del afeitado y luego una navaja cerrada, y se lo llevó todo a monsieur Clicquot. Como él no hizo ningún gesto para cogerlos, los dejó sobre la mesa del tocador.

—Voy a buscar agua caliente —dijo, antes de recoger el cesto de la leña y salir apresurada del aposento.

Barbe-Nicole estaba buscando un nuevo libro en la biblioteca con el que entretenerse mientras hacía compañía a François cuando el mayordomo anunció la llegada de una visita.

—Monsieur Jacquin desea verla, madame.

—Gracias, Raymond, acompáñelo al salón —respondió Barbe-Nicole.

¿Qué estaría haciendo Marcel en Reims?, se preguntó extrañada. Movida por la curiosidad no hizo esperar a su amigo. Se precipitó al recibidor cuando *maître* Raymond estaba a punto de conducir al huésped al salón.

—Buenos días, madame —dijo Marcel con una sonrisa que la reconfortó automáticamente—. Se ha dado la casualidad de que he venido a la ciudad y quería saber cómo se encuentra su marido.

El rostro de Barbe-Nicole se ensombreció; por un momento, se hizo un incómodo silencio. De repente, la voz del mayordomo quebró como un trueno el silencio.

—Bernadette, ¿se puede saber qué estás haciendo por aquí? Utiliza la escalera de servicio.

—Disculpe, *maître* Raymond, pero monsieur Clicquot necesita agua caliente y al ir a la cocina me he desorientado.

Interrumpidos por aquel intercambio de palabras, Barbe-Nicole y Marcel alzaron la vista a la amplia escalinata y tropezaron con la mirada del mayordomo, que se había vuelto hacia ellos con expresión de disculpa.

—Bernadette es la chica nueva, madame —se justificó—. Todavía no se desenvuelve bien en la casa.

Pero Barbe-Nicole no estaba interesada en ese detalle.

—¿Mi marido ha pedido agua caliente? —preguntó frunciendo el ceño—. ¿Es que se ha levantado?

—Sí, madame —contestó la asistente de cámara—. Cuando he ido a llevar leña, estaba junto al tocador. Lo siento, madame, no sabía que se había levantado de la cama, de lo contrario no habría entrado en la habitación. Pero monsieur Alphonse dijo que tenía que llevar leña para que el fuego no se apagara. Esta mañana hacía mucho frío. Quería retirarme enseguida, pero me mandó que le llevara sus útiles de afeitado del vestidor.

—Sus útiles de afeitado… —repitió Barbe-Nicole con un hilillo de voz.

Marcel, que la estaba observando, comprobó que se ponía pálida al instante: comprendió lo que estaba pensando. Cuando salió corriendo escaleras arriba, la siguió. Pasaron junto a los sorprendidos sirvientes y llegaron al segundo piso, donde estaban los dormitorios. Arriba, el viticultor adelantó a Barbe-Nicole gracias a sus largas piernas.

—¿Qué puerta es? —preguntó.

—La segunda a la derecha —respondió ella sin aliento.

Un segundo después, Marcel había llegado a la puerta de la habitación y la abrió. Lo que vio lo dejó paralizado, pero un segundo después se precipitó hacia François, quien, con un gesto certero, deslizó la hoja de la navaja de afeitar a través de su garganta.

Barbe-Nicole chilló. Marcel cogió a François del brazo y le apartó la mano. La navaja cayó con un tintineo al suelo. Cuando François se desvaneció, el viticultor lo agarró. La sangre manaba de la herida del cuello, empapando el camisón del joven comerciante. Marcel desgarró a toda prisa la toalla de lino que se encontraba encima del tocador y vendó con ella el cuello de François. Le colocó la cabeza sobre su rodilla para que la herida estuviera a un nivel más alto que el corazón.

Cuando *maître* Raymond apareció en la puerta alarmado por el chillido de la señora, ella le gritó:

—¡Vaya a buscar a un médico... y a un cirujano barbero!

Con lágrimas en los ojos se agachó junto a François y cogió entre las suyas la mano de su esposo, fría como el hielo.

—¿Por qué, por qué lo has hecho? —Los sollozos no le permitieron seguir hablando.

—Llevémosle a la cama para que no se enfríe —dijo Marcel—. Cógelo por los pies.

Ella obedeció. Tenía la vista tan velada que apenas distinguía lo que hacía. François había perdido la conciencia, pero todavía respiraba. La toalla que llevaba al cuello no tardó en empaparse de sangre.

No dijeron nada más hasta que el doctor Gallois entró; poco después llegó el cirujano, que retiró la venda y examinó la herida.

—No ha alcanzado la yugular —dijo—. Queda la esperanza de que sobreviva a la pérdida de sangre. Pero tengo que coser la herida.

—Madame —dijo el doctor Gallois—, salga mientras tanto, por favor.

—No —protestó Barbe-Nicole—. Yo me quedo con él.

Después de cruzar la mirada con el médico, Marcel cogió con resolución a Barbe-Nicole del brazo.

—Venga, madame. No es una escena para usted.

En el salón, el viticultor sirvió coñac para los dos. Barbe-Nicole no dejaba de pasear hasta la chimenea y luego volver atrás mientras se frotaba las manos de preocupación.

—¿Por qué...? ¿Por qué ahora? —repetía sin cesar—. ¿Por qué quería morir?

—Está enfermo —contestó el viticultor—. No sabe lo que hace. No es culpa suya.

En esa situación, en que quería consolarla, le costaba hablarle de usted, pero la puerta estaba abierta y los sirvientes no dejaban de pasar.

—Si ahora muere... —dijo ella con voz temblorosa—. ¿Qué haré sin él?

—¿Tanto lo ama? —preguntó Marcel, al que aquello le dolió.

—Claro que lo amo —exclamó ella—. ¡Es mi esposo!

En ese momento, la voz de Philippe Clicquot resonó en la puerta de entrada.

—¿Dónde está madame Clicquot? —le preguntó al criado que había abierto.

—En el salón, monsieur.

Entró dando unas zancadas.

—¿Qué ha sucedido? Ha llegado a mis oídos que ha llamado usted al doctor Gallois. ¿Ha empeorado François?

Cuando vio el rostro de su nuera, empapado por las lágrimas, se detuvo amedrentado.

—¿Le ha ocurrido algo malo?

—François ha intentado suicidarse —consiguió decir a duras penas Barbe-Nicole.

Por unos segundos, Philippe quedó paralizado por el horror. Luego lanzó a su nuera una mirada cargada de reproche y cerró la puerta a toda prisa.

—¿Cómo puede decir algo así? Y aquí, donde todo el mundo puede oírla.

—¿A quién se refiere? ¿Al servicio? Ellos ya hace tiempo que lo saben. ¡Fue imposible evitarlo después de que mi marido se cortara el cuello ante nuestros ojos! —gritó ella, trastornada por completo.

Philippe la habría abofeteado, pero la presencia de la visita lo contuvo. Ahora, desconfiado, lo miró de arriba abajo.

—¡¿Y quién es usted, monsieur?!

—Marcel Jacquin, suministro vino a la empresa Clicquot —contestó el joven viticultor.

—Supongo que está usted al corriente de lo ocurrido aquí —planteó molesto.

—Él ha intentado evitarlo —terció Barbe-Nicole—. Sin su intervención, François ya estaría muerto. —Había vuelto a dominarse y se secó con las manos las lágrimas de las mejillas—. No hace falta que se preocupe, padre, monsieur Jacquin no dirá nada de lo ocurrido. —Volviéndose a Marcel, le dijo con voz firme—: Le doy las gracias por su ayuda. Mi marido y yo nunca lo olvidaremos.

—No ha sido nada —respondió el viticultor.

Se inclinó y se retiró tras lanzar una última mirada de preocupación a Barbe-Nicole.

ϒ

Después de que el cirujano se hubiese ocupado de la herida, el doctor Gallois permitió que Barbe-Nicole y Philippe entraran en el dormitorio. François estaba tendido en la cama con una venda alrededor del cuello. Tenía el rostro blanco como la cal y exangüe, los párpados cerrados parecían de cera y translúcidos, de modo que podían verse las venillas bajo la epidermis.

—¿Cómo está mi hijo? —preguntó Philippe.

—Ha perdido mucha sangre, pero he cosido la herida; con ello he contenido la hemorragia —explicó el cirujano.

El doctor Gallois lanzó una mirada severa al cirujano porque este se había tomado la libertad de hablar antes que él. Como médico reconocido, era su deber juzgar cuál era el estado del paciente.

—Muchas gracias, monsieur Boudin —dijo el doctor Gallois en tono cortante—. Ahora ya no lo necesitamos más.

Encogiéndose de hombros, el cirujano se inclinó.

—Con mis respetos, madame, messieurs —se despidió.

Barbe-Nicole y Philippe dirigieron una mirada llena de expectación al doctor Gallois.

—Pese a la pérdida de sangre, el pulso de monsieur Clicquot sigue siendo fuerte —explicó el médico—. Si la herida se cura bien, es posible que mejore. Enciendan por él una vela y recen para que se recupere. Por el momento no puedo decirles nada más. Llámenme si se produce algún cambio. En cualquier caso, volveré esta tarde.

Barbe-Nicole se sentó en silencio al borde de la cama y cogió la mano de François, que abrió los ojos y la vio. Su mirada se quedó fija unos minutos, pero luego pareció reconocerla.

—Barbe… —susurró.

Su padre se acercó y se sentó en una silla al otro lado de la cama.

—Lo siento mucho —musitó François—. Te he dado muchas preocupaciones.

—No, amor mío —contestó ella. Las lágrimas apagaban su voz—. Siempre me has hecho muy feliz. Duerme ahora. Estás agotado.

Los párpados del joven se cerraron y poco después respiraba tranquilamente. Barbe-Nicole y Philippe se miraron preocupados. Sin embargo, albergaban la esperanza, prudente pero tenaz, de que François se recuperaría.

Durante el día, el estado de François no cambió. Barbe-Nicole consiguió darle un poco de leche caliente con miel, y al anochecer un caldo de carne. Sus mejillas se sonrojaron, pero, durante la noche, Barbe-Nicole, que estaba velándolo en la habitación, tuvo la impresión de que se le hinchaba la cara. Por la mañana, François parecía inquieto. Cuando inhalaba, se oía un leve zumbido. Le costaba beber o hablar. Barbe-Nicole temía que la venda estuviera demasiado ceñida e intentó soltarla un poco. Al hacerlo, vio que una vena del cuello estaba tan hinchada como un cordón grueso.

Corrió a despertar a Philippe, que había dormido un poco en el vestidor, y le pidió que llamara al doctor Gallois. Después de que el médico examinara al paciente, su rostro desveló que no sabía qué hacer.

—Esto es cosa del barbero cirujano —dijo de mal grado—. Llamen a monsieur Boudin.

Mientras esperaban al cirujano, todos los presentes escuchaban alarmados el sonido de la respiración del enfermo, cuyo volumen había subido considerablemente. Cuando llegó Boudin, todos se separaron de la cama para dejar espacio libre al cirujano. Este sacó la venda e inspiró espantado. El cuello de François estaba hinchado y las venas se dibujaban nítidamente. El médico palpó la hinchazón y notó un zumbido latente. Entendió lo que estaba pasando, pero no sabía qué hacer para ayudar al paciente.

—¿Qué tiene mi hijo? —preguntó Philippe Clicquot.

El maestro Boudin se estremeció y levantó la cabeza, trastornado. No conseguía mirar a los ojos de ese padre lleno de preocupación.

—Se está filtrando sangre de los vasos dañados por debajo de la piel y comprime las venas y la tráquea —contestó con un murmullo.

—¡Pues haga algo para resolverlo!

Buscando apoyo, el cirujano miró al médico. Pero este volvió la cara.

—No hay nada que yo pueda hacer. Lo siento —dijo Boudin.

Barbe-Nicole observó que los labios de François se habían puesto azulados. El enfermo se enarcó buscando aire y se cogió el cuello, ahora desprotegido. De la herida surgió sangre fresca y se oyó un ruido de absorción. De golpe, el cuerpo de François se contrajo, su rostro se volvió de un violeta azulado. Un segundo después echó la cabeza hacia atrás y sus miembros se distendieron.

Se hizo un silencio espectral, como si todos los allí presentes contuvieran el aliento tratando de escuchar con desesperación una señal que indicara que François seguía vivo. Sin embargo, no se oyó nada más.

24

Reims, octubre de 1805

Barbe-Nicole se frotó los ojos, irritados. Ya no le quedaban lágrimas. Había llorado todo el día mientras asistía a la misa de difuntos por su amado François en la catedral de Notre-Dame y recibía las condolencias de los burgueses de Reims. Por la noche estaba exhausta y paralizada de pena por la pérdida que había sufrido. A ello se añadía su preocupación por el alma de François, pues él mismo con su propia mano se había dado muerte, sin confesión y sin extremaunción. Pero Dios sabía que últimamente su esposo no era dueño de sus actos y Barbe-Nicole esperaba que lo perdonara.

Se había retirado a su dormitorio, el cuarto en el que François había muerto. Tanto su madre como su doncella habían intentado convencerla de que se instalara temporalmente en otro aposento, pero ella se había negado. Quería estar cerca de él y solo podía estarlo allí, en la cama en la que habían estado el uno entre los brazos del otro, en la habitación en la que por las mañanas temprano o por la noche, tras la oración de antes de acostarse, cuando ninguno de los dos lograba dormirse, pasaban horas hablando de sus planes para la empresa y el comercio del vino de perla.

Y aunque ahora la cama estaba vacía y fría, y la voz de François había enmudecido, ella seguía notando su presencia y percibía que en su corazón latía el sueño de su esposo de comerciar con Rusia.

Marie había querido ayudar a su señora a desvestirse, pero Barbe-Nicole la había despedido. Ahora, después de que hubiera derramado todas las lágrimas del mundo, el silencio de la casa retumbaba en sus oídos de un modo insoportable. Las calles estaban desiertas. La ciudad dormía. No se oía ni el grito de un ave nocturna.

Con las piernas entumecidas, Barbe-Nicole se levantó de la silla en la que estaba sentada y empezó a desvestirse. Como los ligeros vestidos de muselina todavía estaban de moda, no le costó conseguirlo sin ayuda de la doncella. Cuando ya se había puesto el camisón y se había soltado el cabello, dudó en si meterse en la cama. Los rituales familiares la habían vuelto a estimular. De todos modos, no podría conciliar el sueño mientras el tiovivo de sus pensamientos no cesara de girar. El fuego de la chimenea ardía ahora sin llama, así que se puso la bata y se sentó delante del tocador. Una cara empalidecida y con los ojos rojos la miró desde el espejo. Los mofletes que había heredado de su padre y que a Marcel tanto le gustaban le daban un aire muy juvenil. Acababa de cumplir veintisiete años, era demasiado joven para pasar el resto de su vida como una viuda, aislada y con un bordado en la mano. ¿Qué debía hacer?

Mientras se pasaba los dedos ensimismada por sus rubios cabellos, oyó un ruido. Era como un suspiro de tristeza que atravesaba las paredes de la casa y que le puso los pelos de punta. En ese gemido atormentado había tanta tristeza y dolor que un escalofrío le recorrió la espalda. ¿Procedía ese lamento del espíritu de François que se empeñaba en estar ahí y no quería descansar en paz?

Temblorosa, miró a su alrededor, como si esperase verle entrar a través de la pared de un momento al otro. Enseguida se reprendió por esa locura. No creía en los espíritus, no realmente, y aunque encajara con el carácter de François negarse a abandonarla, ella no temía que fuera a visitarla. Seguro que ya iba camino del paraíso llevado por su curiosidad.

El extraño gemido volvió a oírse. Barbe-Nicole se levantó inquieta, se ciñó la bata alrededor de la cintura y cogió la única vela del tocador. Dejó la habitación sin hacer ruido, se deslizó rápidamente a la escalera y bajó los escalones hacia la planta baja. Se detuvo protegiendo con la mano la llama de la corriente de aire del vestíbulo e intentó averiguar de dónde procedían los quejidos. Cuando confirmó que llegaban del estudio de François, se le erizó el vello de los brazos. Tuvo que hacer un gran esfuerzo para llegar hasta la puerta, sujetar la manilla y empujarla hacia abajo. En el interior del estudio había una figura inclinada en el elegante escritorio. Al principio, Barbe-Nicole no supo de quién se trataba, pero luego reconoció a su suegro. En su mano temblorosa había una pluma. Cuando la joven viuda se acercó algo más, distinguió el pliego de papel sobre el tablero de la mesa. Dio una rápida lectura a las pocas líneas. Estaban dirigidas a Ludwig Bohne y le comunicaban la horrible pérdida que había sufrido la casa Clicquot Fils.

«¡Todo está perdido! Vuelva a Reims de inmediato. Ya no tiene sentido registrar pedidos que no vamos a poder suministrar», concluía la carta.

En algunos lugares, las lágrimas de Philippe habían emborronado la tinta.

—Padre —dijo en voz baja Barbe-Nicole.

El hombre se sobresaltó.

—Ah, ¡es usted, querida mía! —dijo con esfuerzo—. No podía dormir.

—Necesita descansar. Ha sido un día muy duro —le advirtió ella.

—¿Y usted? —preguntó él con una sonrisa entristecida—. ¿No está usted cansada?

—La cama está tan fría…

Él asintió comprensivo. Permanecieron un rato en silencio, pensando en François. Cuando Barbe-Nicole vio que el cuerpo de su suegro temblaba, se acercó a él por detrás y le pasó los brazos alrededor de los hombros.

—Mi único hijo —sollozó el anciano—. Acababa de cumplir treinta años. Lo era todo para mí... ¿Cómo pudiste llamarlo tan pronto a tu lado, Dios misericordioso?

25

San Petersburgo, octubre de 1805

Pese al aire fresco que circulaba, Ludwig Bohne abrió la ventanilla del carruaje para poder ver mejor. El vehículo lo conducía del puerto a su albergue. Aunque San Petersburgo ya le resultaba familiar gracias a sus anteriores visitas, nunca se cansaba de contemplar sus pintorescas calles. Unos lujosos palacetes se alternaban con las sencillas casas de madera que todavía predominaban por toda la ciudad; solo lentamente iban surgiendo edificios de piedra y ladrillo. Las amplias calles que aquí se denominaban prospectos o perspectivas eran impresionantes. El pavimento sobre el que el carromato rodaba de forma uniforme se componía de piedras o bloques de madera que habían cubierto con arena y brea. Era un placer avanzar sobre él.

Ludwig había pedido al conductor que diera un pequeño rodeo por la perspectiva Nevski, la avenida de la gente distinguida en cuyos lados se habían plantado unos imponentes árboles. Palacios, iglesias y casas de burgueses con porches y columnas grecorromanas flanqueaban la calle. Unos elegantes carruajes tirados por caballos y con lacayos sobre el estribo desfilaban a lo largo de la avenida, pero de vez en cuando tenían que sortear un *droshky* o un carro de carga obligado a entregar un pedido.

El gentío, que se apretujaba por doquier en las calles, era de una diversidad como en ninguna otra de las ciudades que Ludwig Bohne había visitado. Se veían muchos soldados y oficiales en abigarrados uniformes. El palatino distinguió cosacos, rusos y circasianos, y otros más que no conocía. En su última visita, Ludwig había aprendido a diferenciar por su vestimenta a los distintos representantes de los pueblos que vivían en San Petersburgo. Procedían de todos los países. Había entre ellos polacos, letones, estonios, judíos y portugueses que mercadeaban o habían encontrado allí un nuevo hogar. Ludwig hasta descubrió a algunos cingaleses y chinos. Junto a los soldados, también podía distinguir a los incontables funcionarios, criados y pupilos de escuelas públicas por sus libreas, que a veces estaban adornadas en abundancia con galones y ribetes, un sueño para cualquier comerciante de tejidos y de artículos de mercería. Mujeres, sin embargo, solo se veían unas pocas.

En el otro extremo de la perspectiva Nevski las condiciones de vida eran más modestas. Ahí prácticamente solo había casas de madera bajas que parecían estar en ruinas. Delante de las tabernas había campesinos vestidos con sencillez tomando bebidas alcohólicas. El entorno se iba empobreciendo. Al borde de la calle se vendían cachivaches y alimentos. Esa visión afligió a Ludwig. Qué diferencia de la zona más elegante de la calle. Apartó la vista y dejó de mirar hasta que el carruaje llegó a la perspectiva Bolshói.

Ahí se metió en el albergue que había descubierto en su última visita. Era sencillo pero limpio y lo dirigía un frisón. Ludwig había anunciado su llegada para pedir una buena habitación, pues el establecimiento era muy apreciado por la gente del país. Al entrar, el patrón le saludó con simpatía y le ofreció que se sentara en una de las butacas de respaldo alto delante de la estufa de azulejos. Aunque la travesía desde Reval hasta San Petersburgo había sido agradable y había disfrutado del corto trayecto en *droshky*, en ese momento se dio cuenta de lo cansado que estaba. Una sirvienta le trajo café en una gran taza de gres. Mientras Ludwig sorbía la bebida caliente, casi se le cerraban los ojos. Cuando el patrón apareció a su lado, se sobresaltó.

—Disculpe, señor —dijo el hombre con un fuerte acento frisón—. Su habitación ya está preparada. ¿Lleva más equipaje?

—En el puerto hay un par de cajas de vino más —contestó Ludwig.

—Ah, sí. Trabaja usted para el comerciante de vino francés —señaló el patrón—. Enviaré a los mozos a que vayan a recogerlas. ¿Necesita algo más? Ayer llegó una carta para usted. La enviaron por correo urgente. Espero que no se trate de una mala noticia.

Asombrado, Ludwig cogió la carta y la miró. Venía de Francia y llevaba el sello de los Clicquot, en cera negra. Temiéndose lo peor, Ludwig la abrió y echó un vistazo a la firma. Era de Philippe Clicquot.

El patrón, que no se había movido del sitio por curiosidad, vio que su huésped palidecía.

—¡No! —exclamó Ludwig, mientras se levantaba de un salto horrorizado—. No, no puede ser.

El patrón lo miró con los ojos abiertos como platos, pero no se atrevió a preguntar cuál había sido la tan horrible noticia.

Sin poder respirar, Ludwig siguió leyendo y negó con la cabeza.

—¡Pero no puede hacer algo así! Debo detenerlo... —Levantó la mirada y se topó con el rostro perplejo del dueño del albergue—. ¿Cuándo sale la siguiente diligencia? Debo volver inmediatamente a Francia —dijo.

Agotado y sin fuerzas, Ludwig Bohne miraba por la ventana del carruaje. Su cuerpo se adaptaba automáticamente a las curvas del vehículo sin que él se percatase. Ni siquiera percibía el dolor de sus músculos, que se rebelaban contra el enorme esfuerzo que habían hecho. Cuando las colinas espolvoreadas de nieve surgieron ante él, volvió a pensar en François Clicquot, que había sido mucho más que un compañero y un jefe. En pocos años, el francés se había convertido en un apreciado amigo con quien había compartido la pasión por el comercio del vino. Desde aquel día en el albergue suizo, cuando había decidido interrumpir su viaje y hacer compañía al enfermo François, se había sentido responsable del joven. La noticia de su repentina muerte le había roto el corazón. Pero ¿cómo debía sentirse su esposa, que tanto lo había amado? A madame Clicquot, el mundo debía de habérsele caído encima.

Las nubes oscuras que se habían amontonado en el cielo se abrieron y dejaron caer una pared blanca de gruesos copos de nieve. Poco después, la diligencia solo podía avanzar al paso. El postillón tenía que bajar con frecuencia y liberar los cascos de los caballos de la pegajosa nieve en polvo.

Cuando por fin llegaron a Reims, ya era entrada la tarde. Con la bolsa de viaje en la mano —había confiado las cajas de vino al patrón del albergue de la perspectiva Bolshói—, Ludwig Bohne se abrió paso por la nieve hacia la Rue de l'Hôpital. Allí descansaba silenciosa y oscura la casa de los Clicquot. Solo a través de los postigos de unas pocas ventanas se filtraba luz. Ludwig subió los escalones que llevaban a la puerta principal y golpeó la madera con su bastón. Durante unos segundos no ocurrió nada, hasta que un sirviente con librea abrió la puerta con indecisión.

—Anúncieme a madame Clicquot, por favor —dijo el palatino. Como el sirviente no lo conocía, añadió—: Mi nombre es Louis Bohne.

El sirviente asintió y le permitió entrar. En el brazo llevaba un brazalete negro. Durante el viaje, también Ludwig había adquirido uno igual, y llevaba otro para el sombrero, para presentarse de forma adecuada ante la familia.

En el salón lo esperaba una mujer vestida de luto. A Ludwig le costó reconocer en aquella viuda rígidamente sentada y con los ojos apagados a la vivaz madame Clicquot.

—Oh, madame, lo siento muchísimo —dijo Ludwig con la voz entrecortada.

Los ojos grises de la mujer se iluminaron de repente.

—Pero ¿cómo es posible que esté usted aquí, monsieur? —preguntó asombrada—. Mi suegro le escribió a San Petersburgo hace apenas un mes. —Su mirada cayó sobre el brazalete negro de la manga de la levita—. Y es evidente que recibió la carta, de lo contrario no sabría que François ha muerto.

Con un gesto, Barbe-Nicole le invitó a sentarse.

—Cuando recibí la carta, regresé de inmediato —contestó el palatino—. He viajado sin descanso, en diligencia, en barco, por los canales cuando no había carruaje. Incluso recorrí una parte del camino en un caballo de alquiler.

Ante tal entrega, la admiración asomó en el rostro de Barbe-Nicole y sus mejillas enflaquecidas se sonrojaron un poco.

—Pero no era necesario que volviera usted con tanta urgencia, monsieur.

—Pensé que en esta época tan difícil necesitaría tener a un amigo a su lado, madame. —Ludwig tragó saliva, azorado—. ¿Cómo ha ocurrido? —preguntó tras un breve silencio.

—Una fiebre maligna —mintió Barbe-Nicole—. Mi amor luchó dos semanas con la muerte antes de que el Señor se lo llevara.

—Qué horror —exclamó afectado Ludwig—. Pero ¿usted y su hija están bien de salud?

—Sí, nosotras estamos bien. Mentine echa mucho de menos a su padre. No entiende que esta vez no va a volver.

Bajó la vista para ocultar las lágrimas.

—¿Y cómo se lo está tomando su suegro? —preguntó Ludwig.

Barbe-Nicole emitió un suspiro que procedía de lo más profundo de su pecho.

—Muy mal. Él, como mi pobre François, también tiende a la melancolía. Siente un dolor indescriptible por la pérdida de su hijo, más que la madre. Es como si ya no tuviese ganas de vivir. Estoy muy preocupada por él.

—Monsieur Clicquot mencionaba en su carta que piensa cerrar el negocio —apuntó con cautela Ludwig, pues no sabía si ese era el momento apropiado para abordar el tema.

—Sí —confirmó Barbe-Nicole—. Le duele recordar el negocio al que François se había entregado con tanta pasión.

—¿Y usted? —se atrevió a preguntar Ludwig después de dudar un poco—. ¿Qué piensa usted al respecto?

Había esperado que se encogiera de hombros o que protestase, pero la chispa que relució en sus ojos lo llenó de esperanza.

—Creo que sería una gran pérdida cerrar una casa comercial tan exitosa —respondió ella—. Pero ¿quién va a dirigirla? Mi suegro es mayor y está cansado. Ya hace años que se ha retirado de la empresa.

Ludwig la miró directamente a los ojos.

—¿Y por qué no usted misma, madame?

Al observarla, supo que ella había presentido que se lo iba a proponer y consideró que era una buena señal que no descartara enseguida la idea. Pero su rostro era reflexivo.

—¿Cree que estoy en condiciones de poder hacerlo, monsieur Bohne?

—Esta pregunta solo la puede responder usted —contestó Ludwig—. Yo nunca la presionaría para hacer algo que usted no quisiera. Si está convencida de que no puede asumir la responsabilidad y el trabajo que precisa que el negocio se conserve, lo respetaré. Pero siempre estuve convencido de que usted no estaría satisfecha en el papel de madre y de dama dedicada a la vida de sociedad.

—¿Cree que tengo los atributos necesarios para este oficio?

—No me cabe la menor duda. Proviene usted de una familia trabajadora y dispone de un buen sentido comercial. Sabe cómo negociar y llevar la contabilidad. Ha aprendido con su marido a elaborar un excelente espumoso. Posee (según me han dicho) un paladar muy fino y sabe mezclar vinos. No hay nadie con mejores condiciones para convertir la Casa Clicquot en una de las más importantes de Reims.

—Mi padre querrá pactar un nuevo matrimonio de conveniencia —objetó Barbe-Nicole.

—¿Es lo que usted desea? —preguntó Ludwig sonriendo.

—No. Yo he amado a François. No podría imaginarme viviendo con otro hombre que a lo mejor no me gusta.

También pensaba para sus adentros en Marcel. Ojalá hubiera podido casarse con él, pero la idea de compartir lecho con otro la llenaba de espanto.

—Mantener vivo el negocio no sería fácil —dijo Barbe-Nicole—. Aunque en el pasado hubo viudas que se encargaron de la empresa de su difunto esposo, hoy en día ya no es tan natural hacer algo así. Puede que responda a que las empresas son más grandes y a que ya no pertenecen a una sola familia, sino que están gestionadas por varios socios.

—Pero dirigir un negocio sigue siendo posible para una dama respetable —objetó Ludwig Bohne, aunque comprendía sus reparos—. Aparte de esto, considero que su padre también compartirá esta opinión. ¿No fue él quien le enseñó contabilidad cuando todavía era una niña?

—Sí, lo hizo —confirmó Barbe-Nicole—, aunque tenía claro que Jean-Baptiste asumiría el comercio textil.

—Piénseselo —le aconsejó Ludwig—. Y cuando se haya decidido, hable con su suegro. Puede usted contar con mi apoyo.

—¡No lo dirá en serio, madame! —exclamó perplejo Philippe Clicquot—. ¿Quién le ha metido esta idea en la cabeza?

Barbe-Nicole, que esperaba una respuesta de ese tipo, se esforzó por conservar la calma. Le temblaba ligeramente la mano cuando levantó el vaso y bebió un sorbo de vino. Después de la Navidad, que las familias Clicquot y Ponsardin celebraron con los ánimos bajos, y de salir al campo el día de Reyes, había decidido aprovechar una cena relajada con sus padres y sus suegros para hablar del futuro de la empresa Clicquot.

Barbe-Nicole deslizó la mirada por el grupo de presentes y estudió sus rostros; los habían vuelto hacia ella. En los rasgos de Ludwig Bohne, que también estaba invitado, leyó aprobación; en los de su madre, auténtico horror. Su padre había bajado la vista, pensativo, mientras Philippe Clicquot miraba patidifuso a su nuera.

—Si está preocupada por su futuro sustento, madame —dijo este—, le aseguro que no tendrá que cambiar su estilo de vida en absoluto. La pequeña Clémentine es nuestra única heredera y, ya que es usted su madre, siempre será una hija para nosotros.

—No dudo de ello, padre —confirmó Barbe-Nicole.

—Entonces..., no entiendo... —empezó a decir Philippe, confuso.

—Yo sí —intervino el padre de Barbe-Nicole. Con una sonrisa que desvelaba su orgullo, se volvió hacia su hija—. Sé que no está hecha como su hermana para quedarse en casa, criar hijos y presidir elegantes salones. Me siento algo culpable de eso. Siempre la he animado a utilizar la cabeza. Todavía recuerdo exactamente cuando hace años introdujo a madame Jourdain en los misterios de la contabilidad. Pero ¿es usted consciente, hija mía, de los peligros que conlleva el comercio del vino? ¿Sobre todo si se exporta al extranjero como Clicquot Fils? En especial en estos tiempos, pues nuestro emperador está en guerra, o a punto de estarlo, con casi todos los países de Europa. Un negocio de este tipo exige la inversión de unas sumas considerables de dinero y el resultado es incierto.

Philippe miró asombrado a Nicolas Ponsardin, que estaba sentado frente a él.

—¿Quiere realmente apoyar el capricho de su hija? —preguntó.

—Yo soy de la misma opinión de Barbe-Nicole y de monsieur Bohne, creo que sería una pena cerrar un negocio tan exitoso —contestó el comerciante textil—. Sé que se ha alejado usted del negocio y que no tiene intención de volver a incorporarse, estimado. Pero ¿quiere realmente disolver la compañía que fundó sin hacer ningún intento por salvarla?

—Pero Barbe-Nicole no cuenta con ninguna experiencia en el terreno del comercio del vino —protestó Philippe.

—Eso no es del todo cierto —señaló Nicolas—. Siempre estuvo al lado de su marido cuando él adquiría los conocimientos que eran necesarios para dirigir el negocio. He visto que viajaba con él por los viñedos y presenciaba el prensado. Ha demostrado un talento extraordinario para mezclar el vino. Conozco a mi hija y sé que puede lograrlo.

Cuando Nicolas Ponsardin hubo concluido, la mesa se sumió en el silencio. Barbe-Nicole, cuyo corazón latía fuertemente, volvió a tomar la palabra. Había en su voz tanto afecto y cariño que Philippe notó que se le hacía un nudo en la garganta.

—Monsieur, sé cuánto le ha afectado la muerte de nuestro querido François. Ha dejado un vacío tal en la vida de todos nosotros que nos resulta difícil pensar en el futuro. Pero François amaba el comercio del vino espumoso y puso en él todas sus energías. Si abandona el negocio, todos los esfuerzos de su hijo no habrán servido para nada. Quiero seguir dirigiendo la compañía para honrar la memoria de François. Trabajó tantísimo por ella... Ayúdeme a llevar a la práctica sus ideas. De este modo permanecerá siempre entre nosotros.

Philippe se dominó y guardó la compostura, pero la madre de François rompió a llorar. Ludwig Bohne estaba tan emocionado que tuvo ganas de levantarse y aplaudir a la joven viuda, pero se contuvo y se limitó a mover la cabeza en un gesto de aprobación.

Cuando Philippe consiguió volver a hablar, sonrió a su nuera y dijo apenas conteniendo su emoción:

—Voy a pensármelo, madame.

26

Boursault, febrero de 1858

—Pero ¿cómo consiguió convencer a su suegro, madame? —preguntó Jeanne Pommery, cuando un par de días más tarde volvió a reunirse con la viuda Clicquot en el pequeño gabinete.

—No fue necesario —respondió Barbe-Nicole—. Monsieur Clicquot me confió sin más la dirección de la empresa. Solo tenía que acostumbrarse a la idea de cargar con ese gran peso. Después de retirarse algunos días y de reflexionar sobre mi propuesta, consultó a mi padre, quien le dio un consejo decisivo. Aconsejó a Philippe que me diera una suerte de periodo de aprendizaje que me preparara para cumplir con mis obligaciones. Si conseguía convencerle de que podía dirigir el negocio y de que realmente quería hacerlo, tendría las manos libres. Papá también propuso a monsieur Clicquot un socio adecuado para mí. Se trataba de un comerciante textil llamado Alexandre Jérôme Fourneaux, al que conocíamos desde hacía tiempo y que también tenía experiencia en el comercio del vino. Él mismo cultivaba viñas y embotellaba su vino. Lo distribuía entre otros a nuestra compañía. Así pues, era un viejo conocido de la familia. Cuando papá le mencionó con cautela una posible asociación, Fourneaux no se mostró indiferente. Pero fue monsieur Clicquot quien tuvo que hacer una propuesta concreta al comerciante de vino.

»El primer encuentro fue positivo. En una cena saqué la conclusión de que Alexandre Fourneaux, al que hasta ese momento solo conocía superficialmente, era simpático. Tampoco estaba sorprendido de que yo, como mujer, quisiera asumir la gestión del negocio de mi difunto esposo, sino que más bien parecía aprobar mi valor y determinación. No tardamos en empezar a hablar sobre los distintos mercados para el vino espumoso y nos olvidamos totalmente de todos los demás.

»Tras dos semanas de extensas negociaciones, llegamos a un acuerdo. Un soleado día de febrero del año 1806, Philippe Clicquot, Alexandre Jérôme Fourneaux y yo nos reunimos en el estudio de François para cerrar un contrato que iba a cambiar mi vida para siempre. Fundamos la firma Veuve Clicquot–Fourneaux & Cie para un plazo de cuatro años. Alexandre Fourneaux y yo invertimos ochenta mil francos de capital en ella, y mi suegro añadió viñedos por el valor de treinta mil francos. Louis Bohne obtuvo una participación en los beneficios. Yo era totalmente consciente de la responsabilidad que pesaba sobre mí. Todos apostábamos una fortuna en una empresa que, aunque ya era exitosa, también dependía mucho de circunstancias externas. Las condiciones imprevisibles del tiempo y sobre todo la guerra en la que el emperador envolvía a toda Europa emponzoñaban el negocio.

»Pero yo había vivido junto a François las alegrías y las penas del comercio del vino, y los contratiempos no me amedrentaban. A fin de cuentas, nada sería peor que los años en que los granos de uva se secaban primero en la cepa y luego se pudrían en el húmedo verano de 1805. También la guerra tendría que acabar un día. Eso parecía entonces. Mientras nuestra familia debía superar la pérdida de mi esposo, en el mundo, como usted ya sabe, habían sucedido muchas cosas. Dos días antes de la muerte de François, Gran Bretaña había librado una gran batalla naval ante el cabo de Trafalgar y había vencido a nuestra flota, dominando desde entonces los mares. Pese a ello,

Napoleón seguía su marcha triunfal por Europa, conquistó Múnich y Viena, y venció en la batalla de Austerlitz a los ejércitos aliados de Austria y de Rusia. También Italia cayó bajo su autoridad. Pero lo más importante fue que al fin se estableció la paz. O al menos eso pensábamos nosotros. —Barbe-Nicole dibujó una sonrisa amarga—. Cuando se firmó mi sociedad con monsieur Fourneaux, éramos optimistas respecto a las perspectivas de éxito de la compañía. Todo el mundo estaba aliviado porque la guerra había terminado. En París se puso la primera piedra del Arco del Triunfo en la Place de l'Étoile en honor de la Grande Armée. Napoleón asestó el golpe de gracia al sacro Imperio romano. Primero, el emperador había animado a los caudillos de los estados alemanes del sur a formar una confederación y emanciparse del imperio. —De repente, Barbe-Nicole se echó a reír—. Todavía conservo las cartas de Louis Bohne, en las que se queja del caos que provocó ese nuevo orden. Los electorados se convirtieron en grandes ducados o en reinos, de un día para otro cambiaron las fronteras, no se sabía si se estaba en Prusia o en Baviera, en Austria o en Italia. Continuamente se precisaban mapas nuevos para viajar. —La viuda Clicquot volvió a ponerse seria—. Pero la paz no duró mucho. En otoño estábamos en guerra con Prusia.

—Aunque no duró demasiado —intervino Jeanne—. Al cabo de pocas semanas, nuestro emperador entró en Berlín.

—Cierto. Fue un conflicto breve —confirmó Barbe-Nicole—. Pero tuvo efectos desastrosos para el comercio. La manzana de la discordia fue el reino de Hannover, que estaba vinculado con Gran Bretaña, que había reclamado Prusia para sí. Cuando nuestro ejército ocupó Hannover, se avivó el conflicto con los ingleses. Ya antes había sido difícil embarcar nuestro champán porque la flota inglesa bloqueaba los ríos y puertos entre Ostende y el Sena. Pero monsieur Fourneaux y yo estábamos interesados en ampliar el comercio con Rusia y no queríamos esperar a que se sellara esa paz que nunca acababa de llegar. Así pues, trazamos un plan para eludir el problema. Surgió la opción de buscar, en la vecina Holanda, un puerto que los comerciantes franceses utilizaban poco y alquilar allí un barco que llevara nuestra mercancía a Memel, un pequeño puerto prusiano. La empresa iba bien. En la primavera del año 1806, monsieur Fourneaux cruzó la frontera hacia Ámsterdam con el champán y, según me comunicó en una de sus cartas, consiguió encontrar rápidamente un barco apropiado. Pero habíamos cantado victoria demasiado pronto. Las cajas estaban a punto de descargarse cuando llegó la noticia de que el Gobierno británico había dispuesto por acuerdo del consejo de ministros que todos los puertos entre Brest y el Elba fuesen bloqueados. Todos los comerciantes que iban a utilizar el puerto de Ámsterdam supieron al instante lo que esto significaba: ya no tenía ningún sentido hacerse a la mar. Los ingleses no permitirían que pasase ningún barco más. Por unas pocas horas, habíamos perdido la oportunidad de alcanzar nuestro objetivo.

Jeanne, que escuchaba con atención las palabras de la anciana dama, podía compartir la rabia y la decepción que Barbe-Nicole y su socio debían de haber sentido cuando les llegó aquella terrible noticia. Entendió de golpe por qué la viuda se había dedicado a esa vida tan poco femenina pero emocionante. Y supo en su interior que tampoco a ella la asustaba un desafío de ese tipo, que una existencia así cada vez la seducía más.

—Pero ¿qué ocurrió entonces con el champán que su socio había conseguido llevar a Ámsterdam? —preguntó Jeanne.

Barbe-Nicole sonrió ante el interés de la joven.

—No nos quedó otro remedio que almacenarlo y esperar que el bloqueo no durase demasiado tiempo —contestó la viuda Clicquot—. Monsieur Fourneaux me escribió para decirme que el comercio marítimo había quedado paralizado en Europa. Eso significaba que nosotros no éramos los únicos comerciantes que necesitaban almacenar sus artículos. Ya puede imaginarse, querida mía, que los alquileres subieron y los cobertizos en un estado ruinoso del puerto de Ámsterdam valían su peso en oro.

—¿De cuántas botellas de champán estamos hablando? —preguntó Jeanne.

—Cincuenta mil, una tercera parte de nuestras existencias —contestó Barbe-Nicole con un gesto dramático—. El verano del año 1806 fue magnífico, cálido y seco, hecho para una buena cosecha, pero malo para el vino que se echaba a perder en un almacén sofocante. Se me rompía el corazón al pensar en el noble y diáfano champán que se iba transformando lentamente por culpa del calor de los meses estivales en un caldo viscoso y repugnante, y en las botellas que estallaban. Fue un periodo horrible que me afligió profundamente.

—¿Sucedió lo que usted había temido?

—Por desgracia, sí. —Barbe-Nicole suspiró—. En agosto enviamos a Ámsterdam a uno de nuestros viajantes de comercio, Charles Hartmann, para que controlara si todo estaba en orden y para que, si todo andaba bien y era posible, enviase el vino a Copenhague y lo embarcara rumbo a Prusia o lo vendiera allí mismo. Resultó que gran parte del champán se había echado a perder por culpa del mal almacenamiento. Hartmann vendió el resto en Ámsterdam a un precio irrisorio. En efecto, fue una mala época —prosiguió Barbe-Nicole—. El comercio local no era mucho mejor. En tiempos de guerra, ¿quién quiere comprar un champán caro cuando hasta los ricos temen por su fortuna e incluso por su vida? Ya no había clientes dispuestos a hacer ese gasto. En sus cartas, Louis Bohne me hacía partícipe de sus pesares. «La guerra está por todas partes —escribía—. Guerra, guerra y nada más que guerra.» Yo sabía que era una persona pacífica que odiaba toda forma de violencia. Para él, la guerra era un horror.

—Monsieur Bohne parece haber sido una persona interesante —observó fascinada Jeanne—. Su apoyo debe de haberla ayudado mucho.

—Mucho, fue un buen amigo —contestó conmovida la viuda Clicquot—. Tuvimos suerte de que él estuviera ahí. Tenía olfato para los mercados propicios y se equivocaba muy pocas veces. Me encantaba leer sus cartas, en las que describía de una forma entretenida las peculiaridades de sus compañeros de viaje (tenía que pasar a la fuerza muchas horas en diligencias, gabarras y albergues), a veces ponía apodos a la gente y deducía por su aspecto y acento de dónde procedían y qué tipo de vida llevaban. Creo que monsieur Bohne habría sido un buen policía, si su inquietud no le hubiera empujado siempre a cambiar de sitio. —Barbe-Nicole miró a su interlocutora con intensidad—. Teníamos otros representantes comerciales: Henry Krüthoffer en Silesia, Charles Bahnmayer en los países del norte y François Majeur en Italia. Pero ninguno de ellos poseía la capacidad negociadora, la tenacidad y la riqueza de ideas de Louis Bohne. Si decide mantener el negocio de su marido, tiene que contratar a buenos viajantes, madame Pommery. Son la esencia del comercio del champán. Por muy bueno que sea su vino de perla, si no se consigue venderlo, hasta la bebida más exquisita no servirá de nada.

—Lo tendré en cuenta, madame —respondió sonriendo Jeanne.

—Por otra parte, encariñarse demasiado con los comerciales también tiene sus desventajas —prosiguió Barbe-Nicole. Entrelazó las manos—. Viajar no solo era más peligroso en tiempos de guerra que ahora, cuando el ferrocarril ofrece una comodidad nunca antes conocida, también las travesías en barco se han vuelto más seguras. Todavía hoy me horrorizo al pensar en la carta de monsieur Bahnmayer, en la cual nos describía la travesía de Kristiansund, en Noruega, a Bergen en el otoño de 1806. Después de que el viento en contra empujase continuamente el velero al puerto de salida y que al cabo de una semana todavía estuvieran dando bordadas en el mismo sitio, fueron a parar a un banco de arena. La embarcación amenazaba con romperse. Para colmo estalló una tormenta. Monsieur Bahnmayer escribió que había pasado la peor noche de su vida. Por la mañana, los pasajeros dejaron por fin el carguero en los botes salvavidas y llegaron a una pequeña isla. Por fortuna, los habitantes de la costa se habían dado cuenta de lo que sucedía y acudieron en su ayuda en distintos botes. Incluso consiguieron salvar una parte de la carga del velero varado. El pobre Bahnmayer necesitó varios días para recuperarse de esa tremenda experiencia. —Barbe-Nicole apretó los labios al evocar aquel episodio—. Cuando alguien dirige un comercio y sus empleados arriesgan la vida en el sentido más auténtico, como en este caso, asume una gran responsabilidad. No es una carga sin importancia, tiene usted que tenerlo claro, madame. Como a sus empleados les suceda algo, se verá profundamente afectada. Tenga en cuenta su corazón y pregúntese si es usted lo suficientemente fuerte para convivir con todo ello.

La viuda Clicquot calló y por un rato las dos mujeres permanecieron en silencio y absortas en sus pensamientos. Jeanne sabía lo que tenía que hacer. Ya tras su última conversación había decidido correr el riesgo y asumir la dirección de la compañía de su marido. Pero también sabía que todavía debía aprender mucho. Se sentía agradecida por haber encontrado a tan buena maestra.

—Apenas me atrevo a preguntar cómo fue el negocio después de tantos reveses —dijo Jeanne.

—Espero que disponga usted de mucho tiempo, querida —contestó riendo Barbe-Nicole—. Pues lo que le he contado hasta ahora no es ni mucho menos lo peor. En los siguientes cinco años, monsieur Fourneaux y yo estuvimos varias veces a punto de arruinarnos. Y también Louis Bohne tuvo que encajar, pese a su optimismo, varios golpes duros. Sin embargo, todo empezó con mucha confianza: en junio de 1806 me escribió acerca de un rumor que se había originado en Rusia. Corría la voz de que la zarina Elizaveta Alekséievna se hallaba en estado de buena esperanza. ¿Qué mejor ocasión para brindar con un champán que el nacimiento de un sucesor al trono? Tras trece años de matrimonio, la zarina solo había dado a luz a una hijita; se le había muerto un hijo. Monsieur Bohne soñaba con los montones de pedidos que le haría la corte rusa cuando celebraran el feliz acontecimiento. Sin embargo, como la distribución en el este solo podía hacerse por tierra debido al bloqueo marítimo de los británicos, lo que era más complicado y exigía más tiempo, él quería ser el primero en hallarse sobre el terreno con nuestro champán. En su carta me advertía que no hablara con nadie sobre el tema para que la competencia se enterase lo más tarde posible. Debo confesar que no me sentía cómoda con este asunto —reconoció Barbe-Nicole—. Estaba muy preocupada por él. Aunque después de la batalla de Austerlitz se había firmado una tregua con Rusia, sabía que era algo frágil. Es comprensible que los rusos no estuvieran muy contentos de haber perdido la contienda. No cabía duda de que mi querido amigo ponía su vida en peligro cuando en octubre se fue a San Petersburgo, pues en esos tiempos los franceses eran considerados casi en todas partes personas no gratas. Monsieur Bohne nos indicó más de una vez que nuestro intercambio epistolar pasaba por las manos de la censura y que en ningún caso debíamos referirnos a la situación política. En esa misión que duró tres años, nuestro viajante tuvo que proceder con la astucia y la malicia de un estraperlista, sin duda.

27

San Petersburgo, marzo de 1807

Esa tarde, al bajar del trineo delante de su alojamiento en la perspectiva Bolshói, Ludwig Bohne estaba de buen humor. Pese a la derrota en la batalla de Eylau, donde los rusos habían luchado bien y ocasionado grandes pérdidas entre los franceses, no se percibía desaliento en San Petersburgo. Se veía más bien como el último baluarte contra Napoleón, después de que este hubiese vencido a los prusianos y entrado en Berlín. El emperador de los franceses tenía bajo su yugo una gran parte de Europa. Sin embargo, los rusos todavía no daban su brazo a torcer. De hecho, no era fácil en esos tiempos vender artículos franceses. Ludwig tampoco lo hubiese intentado de no tener buenos contactos. Cuando en el otoño pasado había viajado a San Petersburgo —con la esperanza de que se produjera el feliz acontecimiento en la corte de los zares—, había tomado conciencia del riesgo que corría. No obstante, había infravalorado la situación. Había tenido la suerte de ser palatino y no francés, aunque algunos nobles franceses todavía vivían en Rusia después de haber huido de los revolucionarios. Ofrecer el espumoso francés en el mercado público era algo inconcebible. En lugar de ello suministraba a sus posibles clientes vino de sus propias bodegas de Lübeck, que, naturalmente, solo existían en su fantasía. Se le había ocurrido esta idea cuando había averiguado que algunos comerciantes seguían logrando embarcar sus productos a Prusia y Rusia. Se enfrentaban al peligro de que los apresaran barcos británicos y los registraran, si bien esperaban engañar a los ingleses con documentos falsos. Pero la flota británica no interceptaba a todos los cargueros y algunos barcos rápidos escapaban de ella. De ahí que Ludwig fuese de la opinión de que valía la pena arriesgarse. Tenía que informar lo antes posible a monsieur Fourneaux de la idea que se le había ocurrido. El problema residía en que la censura rusa abría y leía todas las cartas. De ese modo era imposible enviar información confidencial. De mala gana, Ludwig tuvo que cargarse de paciencia. El duro invierno del norte, que en San Petersburgo no parecía llegar a su fin, le pesaba. El frío y la oscuridad lo estaban afectando. Pero ahora había cambiado el rumbo. Un compatriota de su ciudad natal, Mannheim, al que conocía desde hacía años y que consideraba digno de confianza, se había declarado dispuesto a llevar una carta en su nombre. De ese modo, por fin le sería posible comunicar a la viuda Clicquot y a monsieur Fourneaux cómo estaba y mostrarles el plan que había urdido. Además, esa mañana había conseguido registrar un gran pedido. Charlotte von Lieven, la primera dama de la corte de la zarina viuda, Maria, antes institutriz de los hijos de la familia Romanov, era desde hacía años una clienta satisfecha de la Casa Clicquot. Su hijo, el general y conde Christoph von Lieven, pertenecía a la plana mayor del zar y era muy apreciado por el monarca. Su hermano menor, Johann, había sido herido en la batalla de Eylau, pero el hecho de que hubiese sobrevivido ya fue razón suficiente para que la madre abriese unas botellas del caro vino espumoso y celebrara con una copa la misericordia de Dios.

De ahí que Ludwig Bohne volviera de buen humor al albergue. Si bien la primavera ya flotaba en el aire, todavía había nieve, pero no hacía tantísimo frío como en los meses pasados. Para entrar en calor buscó un sitio en la taberna cerca de la gran estufa de azulejos. Tenía tiempo suficiente para comer un plato de sopa caliente antes de reunirse con su compatriota.

Cuando apareció su amigo Johann Apfelthaler y se sentó con él, Ludwig pidió dos jarras de vino caliente con especias. El compatriota se calentó agradecido las manos congeladas, pese a llevar guantes, con la jarra de estaño caliente.

—¿Cuándo se marcha? —preguntó con cierta envidia Ludwig.

Le habría encantado acompañar a Apfelthaler para huir del frío. Su sentido del deber, sin embargo, lo retenía en Rusia. Los otros representantes comerciales de la firma Clicquot se encargarían de hacer su antiguo recorrido por los países de lengua alemana. No obstante, no había podido contenerse; al escribir a Fourneaux le había dicho que era importante ocuparse incluso de los mercados más pequeños y «rastrear todos y cada uno de los pueblos». Además, recordaba a los nuevos involucrados en su antigua tarea que una buena fama era más importante que una venta rápida, por lo que era mejor garantizar la buena calidad del producto que vender vinos baratos o estropeados.

—¿Tiene la carta que debo llevarme? —preguntó Apfelthaler.

Ludwig asintió. Después de lanzar una mirada escrutadora a su alrededor, se sacó la carta sellada del abrigo y la tendió a su compatriota. En ese momento se abrió la puerta y entró un hombre. Con una mirada más atenta, Ludwig reconoció a un ruso al que había visto varias veces en la bodega, pero que no vivía en el albergue. A veces permanecía horas en un rincón de la sala bebiendo un café tras otro. Nunca se sacaba la gorra de piel; la llevaba tan encasquetada que apenas se le distinguían los ojos ya de por sí hundidos. A Ludwig ese hombre extraño le pareció un tipo inquietante. Puesto que a la sombra de la gorra no se podía ver hacia dónde miraba, se sentía constantemente observado por él. También en esta ocasión ignoraba Ludwig si el ruso había presenciado la entrega de la carta. Para que su expresión intranquila no lo traicionase, levantó la jarra y bebió el vino especiado. Acto seguido, Ludwig se enfadó consigo mismo por precipitarse, pues con tantas prisas se había quemado la lengua.

Poco después del ruso, entró otro parroquiano en la taberna y se reunió con un hombre que estaba sentado solo, no lejos de los dos palatinos. Era el barón de Saint-Amand, un refugiado huido de la Revolución hacía dieciocho años que se había jurado regresar a su patria, Francia, cuando volviera a sentarse un rey en el trono, como había confesado a Ludwig en una de sus conversaciones. Saint-Amand saludó al otro huésped, que pidió para él un vino especiado. Pronto entraron más parroquianos y la taberna se llenó con las voces de los presentes y el tintineo de los vasos.

Todavía con la duda de si el ruso había visto que le entregaba la carta a Apfelthaler, Ludwig observó en silencio la actividad del local. Su compatriota brindó una vez más con él antes de despedirse. Ludwig empezó a sudar bajo su ropa de abrigo. Esperaba que en cualquier momento el ruso se levantara de un salto y los arrestara a los dos. Pero no lo hizo, sino que se quedó tranquilamente en su sitio sin interesarse por ninguno de los parroquianos. Tampoco Ludwig se movía. Tenía la sensación de que las piernas no le sostendrían si se levantaba en ese momento.

Cuando el patrón del albergue se acercó a él con una garrafa de vino especiado y le preguntó si le volvía a llenar la jarra, Ludwig negó con la cabeza. No podía arriesgarse a que el alcohol se le subiese a la cabeza, aunque le apetecía beber. También tenía miedo de que su rostro delatase ese miedo que hacía meses que anidaba en él. La guerra era un asunto sucio, pero lo que había entre bastidores, en el mundo oscuro de los espías y traidores, le resultaba angustioso. Desde su llegada, el otoño pasado, lo habían mirado con la desconfianza con que solían mirar a todo extraño y le habían preguntado por qué estaba en Rusia. Cuando se había presentado como palatino, desaparecieron casi todos los recelos, pues entre la nobleza, en la corte del zar e incluso en el ejército había alemanes del Báltico. Pero la guerra cambiaba la forma en que la gente trataba a los extranjeros. Durante los oscuros meses de invierno, Ludwig se había visto en sus pesadillas más de una vez arrestado y camino de una mina en Siberia.

Mientras estaba absorto en sus pensamientos, Ludwig escuchaba algún que otro retazo de las conversaciones de las otras mesas. Al principio no hizo caso. Pero de repente prestó atención. A sus espaldas había sonado la palabra «cañones». Automáticamente, aguzó el oído.

—Se funden en la fábrica de Alexander, de Petrozavodsk, en Olónets, al sureste de aquí. En el arsenal, aquí en San Petersburgo, la producción de nueva artillería de campaña va sobre ruedas. Está excelentemente equipado con tornos y maquinaria de todo tipo. Dicen que incluso se quiere construir una máquina de vapor según planos ingleses y que ahorrará mano de obra —susurró el hombre.

—Bueno es saberlo —contestó el segundo—. ¿Hay también buenas noticias?

—Solo en lo que respecta a sus obuses —contestó el primer interlocutor—. No pueden llegar tan alto como los nuestros y por eso tienen menos alcance. Pero los rusos se esfuerzan en mejorarlos.

—¿Algo más?

—Su caballería es fuerte, no solo los tristemente famosos cosacos, sino también los regimientos de húsares y cazadores tienen unos caballos resistentes, de las estepas, que necesitan comer menos que otras caballerías que se crían en Europa.

—Bah, a cambio los rusos no solo necesitan importar el plomo para sus proyectiles, sino la lana para los uniformes de sus soldados. Mientras que la riqueza de Francia, los estados alemanes e Italia está a disposición de nuestro emperador. Nos volveremos a ver el mes que viene.

Pese a que conversaron en el dialecto de Alsacia, Ludwig había podido seguirla sin esfuerzo. Sin volverse, supo quiénes eran los dos hombres que tan inesperadamente habían desvelado ser espías franceses. El barón de Saint-Amand y su amigo estaban sentados detrás de él y ya los había visto antes. Al parecer se creían en lugar seguro porque pensaban que nadie en Rusia iba a entender su habla alemánica, pero no tenían en cuenta que justo en la perspectiva Bolshói había muchos alemanes fieles a Rusia. Ludwig sintió que montaba en cólera porque esos aventureros traían sus sucias maquinaciones al albergue que, en esos tiempos difíciles, servía de refugio a muchos comerciantes sin tacha. Y eso acababa desacreditándolos a todos.

A sus espaldas se oyó el ruido de unas sillas al correrse cuando el amigo del barón se levantó. Después de haber pagado la consumición, se dirigió a la puerta. Ludwig, que se esforzaba por no seguirlo con la mirada, se percató con el rabillo del ojo de que el ruso que estaba sentado solo se levantó de pronto y se cruzó en el camino del hombre.

—Monsieur, queda usted detenido en nombre de su majestad el zar —dijo en francés.

Con fingida sorpresa, el joven preguntó.

—¿Qué significa esto? ¿De qué se me acusa?

—Espionaje, monsieur.

—¡Esto es absurdo!

El francés empujó a un lado al ruso y salió corriendo por la puerta. El hombre con la gorra de piel lo dejó marchar. Poco después se oyeron gritos y órdenes delante del albergue. El espía no había llegado muy lejos.

Entre tanto, el agente ruso había desenfundado una pistola.

—Permanezcan todos en su sitio —advirtió—. Que nadie se mueva.

Ludwig, que se había quedado petrificado de miedo, sintió más que vio que, detrás de él, Saint-Amand se levantaba de un salto y emprendía la huida. El ruso, con expresión gélida, alzó la pistola y disparó al techo. Cuando el revoque cayó sobre los hombros de Ludwig, este casi se desmayó. No se atrevió a respirar hasta que el barón se entregó.

—Que todos los presentes se queden donde están —ordenó el agente, mientras se llevaba a los detenidos—. Vamos a pedirles su documentación. Quien intente escapar será considerado espía y lo fusilaremos.

Con rostros lívidos, los otros huéspedes del albergue se quedaron sentados y aguardando a que pasara lo que tuviera que pasar. Ludwig se quedó mirando al barón, que estaba pálido como un muerto. ¿Qué era lo que había empujado al realista a inmiscuirse en favor de las guerras de Napoleón? ¿Acaso después de tantos años ya no soportaba más la añoranza de su patria? ¿Le había prometido el regente francés que le devolvería sus bienes si espiaba para él? En cualquier caso, Saint-Amand había perdido la esperanza de que los Borbones volvieran al trono. Tal vez se había dicho que un emperador también era, a fin de cuentas, una cabeza coronada, algo mejor que una república. Pero ahora sí que nunca volvería a ver Francia.

28

Reims, febrero de 1858

Unas placas de nieve resbalaban hacia el suelo desde las cubiertas. Los que antes habían sido copos blancos se habían convertido en una papilla sucia, ennegrecida por el hollín de las incontables chimeneas de la ciudad. Carrozas y carros surcaban el barrizal como barcos en un río fangoso.

Cuando tras visitar a madame Clicquot, Jeanne regresó a su casa en la Rue Vauthier-le-Noir, encargó a Lafortune que convocase a Narcisse Greno. La doncella arqueó ligeramente las cejas, el único signo que desvelaba su desaprobación. Pero Jeanne no le hizo caso. Cuando Sophie, la asistenta, anunció la visita del hombre de negocios acompañado de monsieur Vasnier, la viuda ordenó que condujeran a los dos caballeros al salón.

Lafortune, que no se había movido de su lado después de ayudarla a cambiarse de ropa, se sentó con toda naturalidad en un rincón junto a la ventana y se puso a trabajar en una labor. Con una sonrisa indulgente, Jeanne no se lo impidió. Tendría que informar con cuidado a su fiel doncella sobre las nuevas circunstancias. En un principio se sorprendería, pero con el tiempo seguro que se acostumbraría, aunque le costase.

Cuando Sophie hubo acompañado a las visitas al salón, Jeanne le pidió que sirviera té antes de despedirse. Mientras los caballeros tomaban asiento, los observó. Ambos eran altos y delgados, pero eso era todo lo que tenían en común. El inquieto Narcisse Greno, quien pese a su edad avanzada hacía pensar en un fogoso caballo de carreras rebelándose contra las riendas de su jinete, y a su lado el reservado e inalterable Henry Vasnier, un hombre de unos veinticinco años que disfrutaba de la vida sin reparos y apreciaba el arte y a las mujeres hermosas, pero al que también le seducían los números y los balances finales positivos. El marido de Jeanne había conocido al joven durante un viaje a Londres y lo había convencido para que trabajase para la Casa Pommery & Greno, como había hecho en su día François Clicquot con Louis Bohne. Henry Vasnier llevaba su espeso cabello moreno con raya al lado, con rizos en las sienes, a la moda. Las tupidas patillas le llegaban hasta debajo de la barbilla, enmarcando su rostro fino y alargado de un modo que le favorecía. Narcisse, por el contrario, iba totalmente afeitado. Ya hacía años que ambos habían abandonado la levita cortada en la cintura en favor de la recién aparecida chaqueta, más holgada, que destacaba más por su comodidad que por su elegancia. Henry era el hermano de una amiga. Jeanne había conocido a Clémence Vasnier mientras estudiaba en la pensión de las hermanas Vienaud, en París. Pero esa no era la única razón por la que sentía simpatía por el hermano de Clémence. Desde el primer momento, reconoció su talento para los negocios. Con su apoyo y el de Narcisse Greno no tardaría en introducirse en el comercio del vino.

—Messieurs —empezó, y notó que el corazón se le aceleraba en el pecho—, he solicitado su presencia para comunicarles que he decidido conservar la participación de mi marido en el negocio y ocupar su puesto.

El rostro de Narcisse resplandeció.

—Pero esto es estupendo. Había deseado tanto que se decidiese a hacerlo, madame. —Con los ojos brillantes, se volvió a Vasnier—: ¿Qué opina usted, Henry? Ahora por fin se ha terminado la incertidumbre y puedo volver a viajar. —Se interrumpió al ver que la expresión de la viuda se ensombrecía—. ¿Está usted de acuerdo en que siga con las tareas de viajante comercial, madame?

—Por supuesto —respondió Jeanne—. Solo estaba pensando en algo que me ha contado madame Clicquot. Durante la guerra de Napoleón I, uno de sus representantes comerciales, monsieur Bohne, pasó tres años sin poder moverse de San Petersburgo y estuvo a punto de ser encarcelado como espía. Esta historia me ha hecho consciente de la responsabilidad que asumo si lo envío a viajar por el mundo para dar a conocer nuestros vinos, querido amigo.

—Sé de la reputación de monsieur Bohne —dijo Narcisse—. También sé que arriesgó su vida con frecuencia por la Casa Clicquot. También nosotros necesitaríamos a gente como él.

—Quería proponérselo —convino Jeanne—. Al igual que madame Clicquot, soy de la opinión de que el futuro del comercio del vino se basa en la conquista de nuevos mercados. En Rusia, nuestros competidores van a la cabeza, pero en Gran Bretaña y América todavía pueden surgir buenas oportunidades. Creo que, en primer lugar, deberíamos contratar a uno o dos viajantes.

Narcisse no pudo reprimir una sonrisa de satisfacción.

—Tiene usted toda la razón, madame. La «tienda» funciona bien. Pese a la fuerte competencia, podemos hacer más.

—Brindemos por el negocio, messieurs —sugirió entusiasmada Jeanne—. Estoy impaciente por empezar a trabajar.

Después de vaciar juntos una botella de champán, los dos caballeros se marcharon. Jeanne se dejó caer en su sillón. Ahora que la tensión física desaparecía, se sentía agotada y un poco mareada. ¿Se habría sentido también así madame Clicquot cuando tomó la decisión de conservar el negocio de su marido? Jeanne esperaba de corazón volver a tener el privilegio de visitar a la anciana dama y de compartir sus recuerdos.

Pese a la debilidad que sentía en las piernas, Jeanne consiguió ponerse en pie. Fue entonces cuando se percató de la mirada llena de reproches que la doncella no intentaba disimular.

—¿Hay algo que desee comunicarme, Lafortune? —preguntó Jeanne.

Más le valía escuchar ahora las esperadas críticas que tener que aguantar todo el día la mala cara de la doncella.

—Pero, madame, ¿de verdad quiere usted dirigir el negocio de su marido? —soltó la sirvienta, por lo general muy contenida—. Sé que no me corresponde expresar mi opinión, pero... —Le urgía pronunciar las palabras que tenía en la punta de la lengua, pero era consciente de que su posición en el servicio doméstico no se lo permitía.

—Pero ¿qué? —la animó Jeanne, pese a que ya sospechaba lo que iba a decir—. Venga, siga hablando.

—¿Qué dirá su familia de eso? —se atrevió por fin a preguntar la doncella—. Qué diría madame Mélin de que su hija, que ha recibido una educación óptima, quiera pasar sus días detrás de un escritorio como una tendera.

Jeanne no pudo evitar echarse a reír. Tal vez debería ser severa y llamar al orden a Lafortune, pero sabía que la doncella solo expresaba lo que la mayoría de sus coetáneos pensarían cuando supieran la decisión que había tomado. No, no podía tomarse a mal sus sinceras palabras. Era privilegio de los sirvientes defender con mayor rigor su rango que sus señores. En ese momento, Jeanne comprendió que su posición social no significaba nada para ella y que también habría sido feliz como propietaria de una tiendecita si el destino así se lo hubiese deparado.

—¿Piensa usted que porque he pasado mi infancia en palacios como Annelles y Vauxelle sería una humillación para mí trabajar en un despacho? —señaló mordaz Jeanne—. Mi querida Lafortune, se olvida de que los tiempos han cambiado. Desde que la Revolución acabó con la aristocracia, tener un título no significa nada siempre que eso no vaya unido al dinero. Los nombres de Mélin y Gobron suenan bien, pero no me van a alimentar. Podría vender mi participación en la compañía Pommery & Greno, y vivir modestamente, pero eso no me satisface. No, he decidido emplear mejor mi tiempo. Cuando mis padres se separaron, mi madre y yo nos relacionamos mucho con su hermana, que, siendo viuda, crio a sus hijos ella sola, y con su tía, Pauline Gobron, que se quedó soltera. Todas esas damas cogieron las riendas de su vida y solventaron sus asuntos sin ayuda ajena. Ya de niña tuve modelos que me prepararon para un futuro como viuda sola y mujer de negocios autónoma. —Jeanne miró intensamente el rostro todavía avinagrado de la doncella—. Mi marido ha muerto. Nadie puede cambiar este hecho. Pero me niego a considerar que mi vida haya terminado. Monsieur Pommery me ha dejado una tarea que yo asumiré. Hágase usted a la idea. Y, Lafortune, ¡a partir de ahora, no quiero oír ni una palabra más sobre este tema!

29

Boursault, septiembre de 1862

Una noche, cuando Barbe-Nicole Clicquot-Ponsardin se acomodaba en el salón tras haber cenado, Pierre, el criado con librea, se presentó y le comunicó que monsieur Jacquin la esperaba en la terraza. Sorprendida, la viuda se disculpó ante su yerno, el conde de Chevigné, que acababa de acercarle una butaca, y salió al jardín por la alta puerta de dos hojas. El aire todavía era agradablemente cálido, pero echaba en falta el pesado perfume de las flores en verano. En cambio, ya se notaba la brisa fresca del otoño que ahuyentaba el sofocante calor del mes de agosto.

Marcel estaba sentado junto a una mesita de exterior. Cuando Barbe-Nicole se aproximó, vio que sobre el delicado mueble había una botella de champán y dos copas.

—Vaya, ¿tenemos algo que celebrar, monsieur Jacquin? —preguntó con coquetería, mientras se sentaba.

Él sonrió y en sus ojos apareció una chispa burlona.

—Nuestro aniversario, bonita mía —respondió él—. Nuestro escandaloso *affaire* cumple treinta y cinco años.

Barbe-Nicole arqueó una ceja.

—Si cuentas desde el momento que te ofrecí hospitalidad en casa, tienes razón. Pero el escandaloso *affaire* al que te refieres comenzó para ser exactos hace más de cincuenta y cinco años.

—¿Has hecho el cálculo? —dijo asombrado Marcel. Luego

esbozó una mueca—. ¿Para qué pregunto? Seguro que puedes hacer una cuenta tan fácil en un abrir y cerrar de ojos.

Ella sonrió, divertida.

—No, en este caso siempre supe cuánto tiempo había pasado desde que por primera vez me entregué a tus brazos, seductor. ¿En qué estaba pensando? Debía de estar majareta…, con un hombre casado…

Barbe-Nicole se interrumpió cuando su mirada se detuvo en la etiqueta de la botella.

—¿Pommery & Greno? ¿Te has vuelto loco? ¿Pretendes celebrar nuestro aniversario con el champán de mi rival?

—¿Lo es? —preguntó Marcel, irónico—. Si es así, es porque tú la has hecho tu rival.

Barbe-Nicole guardó silencio unos minutos, mientras él servía el champán. Luego se encogió de hombros, indiferente.

—Madame Pommery me interesa. Es viuda y, como yo, una principiante en un terreno en el que hay competidores con experiencia y sin escrúpulos.

—Por ahora parece que le va bien —observó Marcel.

—Sí, eso parece. He oído decir que actualmente está en Gran Bretaña. A diferencia de mí en aquel momento, ella tiene buenos contactos.

—Hace mucho que no viene a visitarte. ¿Ya le has contado toda la historia?

—No, no toda.

—A lo mejor deberíais volver a reuniros —sugirió Marcel.

—Debo admitir que me gustaría saber cuáles han sido las experiencias de madame Pommery en Inglaterra. Le escribiré unas líneas cuando regrese.

Barbe-Nicole levantó su copa con expresión desafiante.

—Y ahora vamos a probar cómo sabe su champán. Brindemos por nuestra larga amistad, monsieur Jacquin, y sumerjámonos de nuevo (aunque sea solo mentalmente) en un perfumado lecho de espigas.

30

Bouzy, julio de 1807

—Pero, madame, ¿está usted segura de que sabe conducir este vehículo? —preguntó Marie, mirando dubitativa la carriola abierta.

—Pues claro, me enseñó mi marido —contestó Barbe-Nicole—. Y, ahora, deja de quejarte y sube.

La doncella se acercó desconfiada al carro. El poni que estaba enganchado notó su inseguridad y arañó nervioso con el casco delantero la arena del patio interior. Pero cuando notó la mano tranquila de Barbe-Nicole en las riendas, se relajó y resopló.

—¿No prefiere que conduzca un palafrenero, madame? —insistió Marie.

Barbe-Nicole la miró con severidad.

—Como ves, este vehículo no está pensado para llevar cochero. Son incontables las damas que conducen ellas mismas una carriola o un faetón.

—Serán inglesas, porque francesas... ni una —musitó por lo bajo Marie.

Barbe-Nicole inspiró hondo y decidió ignorar el comentario de la doncella. Si no hubiese circulado tanto con François en la carriola, no se habría atrevido a renunciar a la compañía de un palafrenero. Pero ahora que dirigía una empresa —aunque con un socio varón a su lado—, quería disfrutar de ese sentimiento de independencia y responsabilidad que la embriagaba. Bastante malo era que, por cuestiones de moralidad, tuviera que llevarse con ella a Marie, quien seguro que le llenaría la cabeza con sus quejas.

Mientras rodaban por los cuidados caminos rurales, Barbe-Nicole obtenía una visión general precisa de sus viñas y de su estado. La cosecha prometía ser buena ese año, aunque podría haber sido mejor si hubiese habido más días de sol. Pero ¿de qué servían una buena cosecha y un vino exquisito si nadie podía comprarlo? Al igual que en los años anteriores, volvía a circular el rumor de que pronto se sellaría la paz con Gran Bretaña. Desde que el tratado de paz de Tilsit había puesto final a la guerra entre Francia, Austria, Prusia y Rusia, se esperaba que también se levantase el bloqueo británico. Barbe-Nicole ya había recibido pedidos de Rusia y Prusia. Pero sus rivales no estaban durmiendo: todos los comerciantes de vino espumoso se rompían la cabeza pensando en cómo iban a transportar sus mercancías lo más deprisa posible, en caso de que se firmara la paz con los británicos. Para no quedarse descolgada, Barbe-Nicole tenía que estar en el lugar con su vino de perla al mismo tiempo que ellos o, mejor aún, antes. Así que no le quedaba otro remedio que volver a enviar un cargamento a Ámsterdam y esperar que el vino no tuviera que aguardar allí demasiado tiempo en un almacén.

Sin embargo, la larga espera la ponía de los nervios. Alexandre Fourneaux cada vez le confiaba más responsabilidades. Por lo visto ya no creía en que el negocio saliera a flote y se estaba preparando para retirarse del todo. Pero Barbe-Nicole no lo lamentaba. Siempre había tenido el objetivo de dirigir sola la compañía. Y la responsabilidad no le daba miedo. Parte de esa responsabilidad era supervisar sus viñas y hablar con los viticultores que le suministraban su mercancía. Gracias a sus salidas con François, los caminos le eran tan familiares que habría podido recorrerlos con los ojos cerrados.

Después de que Marie observara durante unos días que su señora conducía la carriola con toda seguridad, dejó de estar tan nerviosa y empezó a disfrutar contemplando el paisaje. Cuando en el camino o en las granjas los mozos se quedaban mirando a las dos mujeres con una sonrisa, Marie rejuvenecía y se alegraba de emprender una nueva excursión tanto como un alumno de un pensionado.

Pese a que Barbe-Nicole deseaba volver a ver a Marcel, visitó la propiedad de los Jacquin después de las otras. El año anterior, madame Jacquin había fallecido y Barbe-Nicole había enviado a Olivier una tarjeta con sus condolencias. Marcel solo la había ido a ver en una ocasión tras la muerte de François para hablar sobre la entrega del vino, pero luego no se había presentado la ocasión de reunirse con él.

Cuando se dirigió con Marie al patio de la propiedad, Barbe-Nicole se preguntó cómo estaría Marcel. ¿Sería feliz con su esposa? ¿La habría olvidado?

El golpeteo de los cascos del poni atrajo la atención de dos hombres que estaban en el lagar. El corazón de Barbe-Nicole se aceleró cuando reconoció a Marcel y a su padre. Los dos llevaban ropa de trabajo que, al igual que su cara y sus manos, mostraba manchas oscuras.

La joven se anticipó al mozo que iba a ayudarla a bajar y saltó ligera de la carriola. Cuando sus miradas se cruzaron, Barbe-Nicole reconoció que los sentimientos de Marcel hacia ella no habían cambiado. Con la emoción, se le hizo un nudo en la garganta que le impidió pronunciar ni que fuera una palabra. Marie se puso al lado de su señora y arrugó la nariz al ver a los dos hombres manchados de aceite.

—Puaj, ¿qué han estado ustedes haciendo, messieurs? —soltó.

Olivier sonrió.

—Estamos arreglando la prensa de la uva. Hay que engrasar bien las piezas, mademoiselle, de lo contrario no se mueve nada —explicó a la doncella. Luego se inclinó delante de Barbe-Nicole—. Para mí es una alegría volver a verla, madame. Espero que, dentro de lo que cabe, esté bien.

—Gracias, monsieur, poco a poco —contestó la joven viuda.

Su mirada se deslizó a Marcel, que estaba callado junto a su padre y la miraba con una sonrisa que provocaba en la mente de Barbe-Nicole una extraña ligereza, similar a la que proporcionaba disfrutar de un vino joven. Había tanto cariño y añoranza en ella que Barbe-Nicole se habría dado media vuelta y emprendido la huida. Decidida, luchó por mantener las formas y mostrar una expresión impasible, pero sospechaba que, al menos a Olivier Jacquin, no iba a engañarle.

—Por lo que veo, ha asumido usted las tareas de su esposo, madame —dijo el viticultor con una sonrisa forzada—. Monsieur Fourneaux no ha podido venir.

—Ha viajado a Ámsterdam con un cargamento de nuestro vino espumoso —explicó Barbe-Nicole—. En cuanto los británicos levanten el bloqueo marítimo, lo enviará a Rusia.

—Entonces le deseamos que tenga mucho éxito, madame —dijo Olivier. Tras vacilar unos segundos, añadió—: Si desea hablar sobre algún tema comercial, iré a cambiarme.

Barbe-Nicole negó con la cabeza.

—No quiero apartarlo de su trabajo, monsieur Jacquin. Ya hablaremos en otra ocasión del negocio. Me quedo dos semanas en Bouzy.

—Entonces le deseo que todos sus proyectos obtengan buenos resultados —respondió Olivier, inclinándose.

Marcel hizo lo mismo.

—Madame —dijo en voz baja.

Antes de dar media vuelta para seguir a su padre, lanzó una mirada intencionada a Barbe-Nicole, que la hizo estremecer.

Incluso Marie, que no era buena observadora, se percató de la tensión que flotaba en el aire. Observó disimuladamente a su señora, que estaba siguiendo con la mirada a los dos hombres.

A la mañana siguiente, cuando Barbe-Nicole y Marie salían a dar una vuelta en la carriola, descubrieron que un jinete iba tras ellas. Antes de reconocerlo, la viuda adivinó que se trataba de Marcel. Tiró de las riendas del poni para que las alcanzara. El viticultor se inclinó galantemente en la silla y la saludó.

—Qué bien volver a verle tan pronto —dijo Barbe-Nicole, sonriéndole.

—¿Me permite que las acompañe un tramo del camino? —preguntó.

—¿Cree que necesitamos protección, monsieur?

—Sin duda. La gente del campo puede ser muy grosera con las damas que viajan solas; además, los animales salvajes acechan desde los matorrales.

Marie lo miró asustada.

—¿De verdad?

—Sí, ¿nunca la ha mordido una ardilla, mademoiselle? —contestó Marcel, sumamente serio—. Con una herida de ese tipo, puede usted guardar cama durante semanas.

La doncella se ruborizó.

—Se está burlando de mí, monsieur.

—Jamás me atrevería —contestó con una mirada traviesa.

Cuando Barbe-Nicole comprendió que Marcel tonteaba con Marie, se puso celosa. Enfadada consigo misma, azuzó al poni. Durante un rato, el joven viticultor cabalgó junto a ellas en silencio. Cuando llegaron a un prado junto a un viñedo, Barbe-Nicole condujo la carriola a la sombra de un árbol y bajó.

—Haremos un descanso aquí para tomar un tentempié —explicó—. ¿Desea acompañarnos, monsieur?

Marie dirigió a su señora una mirada sorprendida. Luego se apresuró a recoger del carro la cesta con la comida y extender el mantel sobre una superficie plana. Mientras Marie sacaba una botella de vino, unos vasos y la comida, Barbe-Nicole trató de entablar una conversación inofensiva. Pero tenía claro que al invitar a Marcel había superado los límites de la decencia. Una mirada a sus ojos negros, que descansaban anhelantes sobre ella, le demostró que él pensaba lo mismo.

—Este año habrá una buena cosecha, ¿no opina usted igual, monsieur Jacquin? —preguntó ella, y la voz le tembló.

—Sí —convino él—. Para ser usted de ciudad ha desarrollado con los años un sentido excelente para estas cosas.

Su reconocimiento la llenó de orgullo. Hablaron del cultivo de la viña y elaboración del vino y se olvidaron con ello del tiempo. Barbe-Nicole observó que Marcel no paraba de servir vino a la doncella, pero no lo detuvo. Marie no tardó en tenderse en la manta y ponerse a roncar suavemente.

—La pequeña no parece aguantar mucho el alcohol —dijo burlón Marcel.

—Ha bebido casi el doble que nosotros —le riñó Barbe-Nicole—. Es usted un pillo, monsieur Jacquin.

Él se encogió de hombros indiferente.

—Quería estar a solas contigo.

—¿Sí? ¿Y por qué? —preguntó ella, provocativa.

Marcel se acercó a ella.

—Porque hace mucho tiempo que no hablamos en privado el uno con el otro.

—¿Acaso tenemos que hablar de algo que nadie deba escuchar?

Marcel se puso serio.

—Pensé que te alegrarías de verme. Pero si no es así, es mejor que me vaya.

Ella notó que lo había herido. Era el sencillo y sincero hijo de un viticultor y no estaba acostumbrado a los coqueteos con que las damas pasaban el tiempo en los salones. Cuando él hizo el gesto de levantarse, ella le puso la mano en el brazo.

—No, quédate —le dijo.

Marcel volvió a sonreír. Con los ojos brillantes, la atrajo contra sí y la besó suavemente. Barbe-Nicole no se lo impidió. Había soñado tanto tiempo con que volviera a besarla una vez más como hacía tantos años, en la torre de la catedral... Ese recuerdo todavía estaba vivo, como si hubiese sucedido el día anterior. Se sintió como la niña de entonces. Cuando se separaron, vio el deseo en sus ojos y, pese a que ese día hacía calor, se le puso la piel de gallina. Él sonrió. Barbe-Nicole sabía que para Marcel su rostro era un libro abierto. Él le cogió la mano y se levantó.

—Ven —dijo.

Tras asegurarse de que Marie seguía durmiendo, lo siguió. Se internaron en un trigal. Las espigas se enredaban en la fina muselina del vestido, pero Barbe-Nicole no hacía caso. El terreno ascendía un poco. Cuando llegaron al punto más elevado de la pequeña colina, Marcel la abrazó y la hizo sentar en el suelo.

—Aquí no nos verá nadie —dijo.

Barbe-Nicole esperaba que la besara de nuevo, pero él se sentó y se la quedó mirando cariñosamente.

—Cuánto deseaba estar a solas contigo. Y ahora que por fin lo estoy...

—¿Sí? —lo animó ella.

Él bajó la mirada a sus manos, que jugueteaban con unas briznas de paja.

—Quería decirte tantas cosas..., pero ahora me faltan las palabras... Deseaba tenerte entre mis brazos y cubrirte de besos, pero... —Enmudeció porque le costaba expresarse.

Barbe-Nicole entendió que ahora que ella estaba con él, Marcel tenía miedo de dejarse llevar por su deseo. Por esta razón, todavía le amó más.

—Bésame otra vez —dijo, tendiéndose entre las espigas de trigo.

Cuando Barbe-Nicole despertó a su doncella, esta miró sorprendida a su alrededor.

—¿Qué pasa? ¿Me he dormido? ¿Dónde está monsieur Jacquin? —preguntó Marie.

—Tenía que volver a la finca de su padre —respondió Barbe-Nicole—. Te he dejado dormir. Al parecer, lo necesitabas.

La doncella reprimió un bostezo.

—¿Podemos volver ahora a Bouzy?

—Sí, tienes razón. Mañana será otro día.

Pero, a la mañana siguiente, Barbe-Nicole no tenía prisa. Pasó un buen rato delante del espejo de su tocador probándose polvos y ungüentos que en los últimos meses había llevado de un lado a otro en su bolsa sin utilizar. Cuando Marie le recogió el cabello, su señora se negó a ponerse la amplia cofia e insistió en llevar otra anticuada y pequeña que había encontrado en un cofre.

Al mediodía, por fin, ambas se pusieron en camino. Marie no se sorprendió en absoluto de que Barbe-Nicole desviara la carriola al lugar en el que el día anterior habían celebrado la comida campestre. Tampoco pestañeó al ver que allí las esperaba monsieur Jacquin. El joven viticultor estaba sentado debajo de un árbol mordisqueando unas briznas de paja.

—Por favor, Marie, prepara la comida mientras voy con monsieur Jacquin a echar un vistazo a las viñas del otro lado de la colina.

—Sí, madame.

—Si tienes hambre, puedes empezar tú tranquilamente.

Cuando Barbe-Nicole y Marcel se hubieron alejado un poco, él preguntó:

—¿Es una persona digna de confianza?

—No te preocupes. No andará cotilleando por ahí —le aseguró Barbe-Nicole—. Pero sin ella no hubiera podido salir de casa.

Dieron un pequeño paseo bajo los árboles. A la sombra hacía fresco y Barbe-Nicole empezó a tiritar. Marcel la abrazó y la estrechó contra él. El calor de su piel templaba la de la joven. De repente, notó que le ardían las mejillas. Marcel le cogió la cara entre las manos y la acarició suavemente.

—Soy feliz —dijo el viticultor.

Sus labios buscaron los de ella. Sin pensarlo, ella respondió a su beso y sintió un cosquilleo en las piernas y en los brazos. Luego se separó de ella, la cogió de la mano y la llevó al trigal. Con el corazón latiendo salvajemente, ella lo siguió por la vereda hasta el lugar donde habían estado el día anterior y se sentó sobre las espigas todavía aplastadas que no habían podido enderezarse por culpa de la sequedad. Ahí, Marcel volvió a estrechar a Barbe-Nicole entre sus brazos y ella se entregó a él.

Se reunían cada día. Barbe-Nicole vivía como en éxtasis, como si no hubiese nada aparte de ellos. Hacía mucho tiempo que su cuerpo se había desacostumbrado a las caricias de un hombre, pues, antes de su muerte, François no había sido capaz, durante sus fases más lóbregas, de darle el amor que ella necesitaba. Entre los brazos de Marcel siempre se había sentido protegida. Durante las horas que pasaba con él, se desprendía de la tensión que las penas y preocupaciones por el negocio le habían causado y volvía a respirar con libertad. Se olvidaba de dónde estaba y de quiénes eran. Hasta el día en que, de repente, cuando yacían en el trigal oyeron el zumbido de la guadaña. Los cosechadores habían llegado para segar el trigo.

Rápidamente, Barbe-Nicole y Marcel se alisaron la ropa y escaparon agachados de allí. Cabía la posibilidad de que los hubiesen visto; solo podían esperar que no los hubiesen reconocido.

Cuando llegaron a la carriola, Barbe-Nicole no disimuló ante la doncella y la exhortó a que recogiera lo más deprisa posible. Marcel la besó en la boca antes de montar en su caballo y marcharse. Ambas mujeres subieron al carruaje y se fueron en el sentido contrario. Sofocada y con manos temblorosas, Barbe-Nicole condujo el poni de vuelta a Bouzy. Tenía miedo de que el frágil castillo de naipes de su felicidad se hubiese desmoronado.

Al día siguiente, Barbe-Nicole no se atrevió a salir. Al mediodía, una de las asistentes de cámara anunció la presencia de Olivier Jacquin. Barbe-Nicole recibió al viticultor en el pequeño jardín posterior que la abuela de François había mandado instalar en la casa. Después de que la sirvienta se hubo marchado, Olivier se quedó parado en la terraza con el sombrero en la mano. Su rostro reflejaba cierto malestar. Barbe-Nicole intentó mantener la calma y le ofreció asiento junto a la mesita. Él le dio las gracias, pero rechazó la invitación. Barbe-Nicole se levantó y le sugirió que dieran un pequeño paseo entre los arriates de flores.

—Seguro que ya se imaginará usted por qué estoy aquí —empezó a decir Olivier, vacilante.

Barbe-Nicole, que se había preparado para un aluvión de reproches, se sorprendió de la dulzura de su voz.

—No puedo afirmar que lo sucedido me haya sorprendido —añadió—. Desde que su esposo nos dejó, estaba esperando que sucediera algo así. Y no la culpo a usted por lo ocurrido. Mi chico la ama desde que eran niños. Solo se casó con Aurélie porque yo le forcé a hacerlo. Nadie habría podido impedirle que…, con usted… —Avergonzado se pasó la mano por su escaso cabello—. Por eso tampoco lo intenté.

Pero ayer los vieron juntos. La gente hablará. ¿Entiende que él ya no deba volver a verla?

Barbe-Nicole apretó los labios y asintió.

—Sí, lo entiendo —musitó.

—Aurélie todavía no sabe nada al respecto; a causa de su estado no sale de casa, pero antes o después…

—¿A causa de su estado? —lo interrumpió Barbe-Nicole.

—Sí. Está esperando un hijo. ¿No se lo ha dicho Marcel? Nacerá dentro de un par de semanas.

Ella lo miró consternada. Olivier se dio cuenta de que se había quedado pálida.

—No le ha contado nada, ¿verdad? Ya ve que tiene que aprender a asumir sus responsabilidades. Su familia lo necesita.

Ella vio que el hombre comprendía su dolor, pero al mismo tiempo había adoptado una expresión severa que no había visto antes en esa persona alegre y de buen corazón.

—Siento haberles causado tantas molestias a usted y a madame Jacquin, monsieur —dijo Barbe-Nicole—. No volverá a ocurrir, se lo prometo.

Barbe-Nicole creyó conveniente acortar su estancia en Bouzy y regresar antes a Reims. Mientras Marie empaquetaba sus cosas, la joven viuda permaneció sentada frente a su tocador, mirando afligida su imagen en el espejo. Ansiaba ver a Marcel y hablar con él, decirle lo mucho que significaba para ella. Al mismo tiempo quería recriminarle que no le hubiese comunicado que su esposa estaba encinta. Pero entendía por qué no había dicho nada. Mientras habían estado juntos, habían vivido como en una burbuja, lejos de todo lo que los unía a su antigua existencia. En esos momentos, Aurélie había dejado de ser real para Marcel, tan poco real como para Barbe-Nicole. Solo existían ellos dos.

Por la ventana abierta se oyó el sonido de unos cascos. Marie miró hacia fuera.

—Madame, ha venido monsieur Jacquin.

—¿Otra vez? —preguntó ausente Barbe-Nicole.

—¡Madame! —repitió con vehemencia Marie. Entonces comprendió que no se trataba de Olivier, sino de Marcel.

Se levantó de un salto y corrió hacia la ventana. Los trabajadores de la bodega observaban con curiosidad al joven viticultor, que descendía del caballo y llamaba a la puerta. Barbe-Nicole no esperó a que anunciaran su visita. Corrió escaleras abajo hacia el vestíbulo y despidió a la criada que lo había dejado entrar.

—Ven al salón —dijo precediéndolo.

Después de cerrar la puerta tras de sí, él se quedó un momento en silencio, mirándola con inseguridad. Al final, reunió el valor necesario y carraspeó avergonzado.

—Lo siento. Espero que mi padre no te haya reprochado nada.

—No, ha sido muy comprensivo —contestó Barbe-Nicole.

—Puede ponerse en mi lugar. Quiso mucho a mi madre y sabe lo que significa que te separen de la persona que lo es todo para ti.

—¿Por qué no me dijiste que tu mujer espera un hijo? —preguntó Barbe-Nicole, aunque ya sabía la respuesta.

—No tenía ninguna importancia —respondió él encogiéndose de hombros—. ¿Qué habría cambiado?

Barbe-Nicole se volvió y miró por la ventana.

—No lo sé.

Le habría gustado convencerse de que no habría iniciado una relación con él si lo hubiese sabido, pero no podía engañarse a sí misma. Entre las espigas, entre sus brazos, envuelta en su olor y su calor, a ella también le habría dado igual.

Sintió sus manos sobre los hombros y suspiró.

—He prometido a tu padre que no nos volveremos a ver más.

Los dedos de él se contrajeron y la obligaron a darse media vuelta para quedar frente a frente.

—¿Cómo has podido hacerlo? —preguntó indignado.

Su enfado y su obstinación la excitaron.

—La pobre Aurélie no tiene la culpa de que no la quieras. Pero tiene que vivir contigo. Y lleva en su vientre a tu hijo. Significa que te has acostado con ella. No tenemos derecho a convertirla en el hazmerreír de todo el mundo.

—¡Así que se trata de esto! Estás celosa —replicó él. La soltó y empezó a pasear arriba y abajo del salón—. Sí, he cumplido mis deberes maritales porque así me lo han exigido. Y porque necesito un heredero para la propiedad de la familia.

—¿Pretendes hacerme creer que no disfrutaste? —le contestó Barbe-Nicole—. Yo nunca he pensado que fueses un monje.

Se calló al darse cuenta de que, efectivamente, sentía celos, un sentimiento que no tenía derecho a experimentar. El rostro turbado de Marcel confirmaba que había dado en el clavo. Él no hizo ningún intento más de negarlo. Era demasiado sincero.

—Lo único que quiero es ser feliz contigo —dijo.

—Lo sé —contestó ella con dulzura—. Pero no es posible. ¿Lo entiendes?

—A mí me da igual lo que diga la gente —afirmó despectivo.

—Esa gente son tus vecinos —le recordó—. Tienes que vivir con ellos. No olvides que uno es el padre de Aurélie.

En los ojos negros de Marcel centelleaba la rabia y la terquedad. Era como un niño al que le han arrebatado su juguete favorito.

—¡Me da igual! Quiero dejar este teatro, dejar de fingir que la armonía reina en mi matrimonio. ¡Que la gente diga lo que se le antoje!

—Eso perjudicaría vuestro negocio. ¡Y mi compañía!

Él la miró sin dar crédito.

—¿Tu compañía es más importante que nuestra felicidad?

Barbe-Nicole notó que estaba a punto de decir algo ofensivo, pero se había dominado en el último instante. Su cólera se convirtió en dolor.

—Debería haberlo sabido —murmuró el joven—. Eres realmente la hija de tu padre…

Sin volver la vista atrás, abandonó el salón y montó a caballo. Barbe-Nicole se quedó escuchando el sonido de los cascos al alejarse antes de volver a su habitación. Dijo a Marie que saliera, se sentó en la cama y rompió a llorar.

31

Inveraray Castele, noviembre de 1862

Jeanne inspiró el aire fresco y levantó la vista a la torre de vigía que se erigía sobre la colina, detrás del castillo. Un velo de niebla translúcida rodeaba la parte inferior de las pendientes, y la cumbre parecía flotar sobre una nube blanca y plumosa. Una ligera brisa soplaba desde Loch Fyne.

Jeanne se ciñó más el chal alrededor de los hombros. Aunque disfrutaba de la pureza del aire, habría deseado ponerse una de las cálidas chaquetas de *tweed* que llevaban los caballeros fuera de la casa.

Al oír unos pasos sobre la arena del camino del jardín, se dio media vuelta y vio que el anfitrión de la cacería, George Campbell, duque de Argyll, se aproximaba a ella. Dos de sus perros, que lo seguían a todas partes, daban brincos a su alrededor moviendo la cola.

—¿Sola, madame? —preguntó el señor de la casa frunciendo el ceño—. ¿La ha abandonado su acompañante?

Jeanne sonrió.

—El señor Vasnier quería contemplar antes de la cena su impresionante colección de arte.

—¿Y usted, madame? Parece que le interesa más la arquitectura que la pintura y los jarrones.

—Yo no diría eso. Me encanta la pintura y las artes plásticas igual que al señor Vasnier, pero, con su permiso, su castillo me parece fascinante.

El duque de Argyll siguió la mirada de su invitada, que se dirigía hacia un edificio similar a un viejo castillo con almenas. El viento, que soplaba ahora más fuerte, revolvió el fino cabello rojizo que al duque le llegaba hasta la nuca. Unas patillas de ese mismo tono cobrizo enmarcaban su rostro pálido hasta el cuello alzado de la camisa blanca, que un pañuelo de cuadros mantenía en su puesto. La frente alta de Campbell, la mirada penetrante, la nariz afilada y la barbilla sobresaliente le conferían un aspecto algo intimidante.

—Cierto, es impresionante —admitió el par escocés—. Incluso el doctor Johnson admira el estilo «neogótico» que en la época de su construcción fue una novedad. No obstante, el conjunto no es más que pura fachada. Las almenas y matacanes solo son adornos y en caso de que se produjera un asedio no servirían de nada.

—¿Como la torre de vigía de la colina? —preguntó pícara Jeanne.

—¿El Dun na Cuaiche? Sí, exacto, todo fachada, un capricho de mis antecesores —contestó sonriendo Campbell—. En el siglo pasado, toda casa señorial debía tener una ruina o una torrecita derrumbada. Y si no había a mano ningún edificio antiguo en ruinas, tenían que construirlo.

—Inveraray Castle me recuerda un poco a Mellerstain House, en Berwickshire, que pude admirar durante mi visita hace dos semanas.

—Y sin duda otras incontables casas solariegas que se construyeron en ese periodo en el que el estilo castillo estaba de moda.

Jeanne se echó a reír.

—A mí me gusta, su señoría. A lo mejor porque me recuerda el castillo de las Ardenas en el que crecí. Aunque no era ni de lejos tan bonito como este.

—Yo aprecio más la localización que el edificio en sí —confesó el duque de Argyll—. Me gusta observar las aves, y en este parque las hay a montones. En Loch son distintas. Estudio sus maniobras de vuelo, ¿sabe? Me fascinan sus gráciles movimientos. He escrito una pequeña monografía sobre el principio del vuelo. ¿No la habrá leído, por casualidad?

—No, lamentablemente —contestó Jeanne—. Pero parece interesante.

—Entonces le regalaré un ejemplar antes de que se marche —prometió satisfecho Campbell—. Escribo sobre todo lo que me interesa, no solo sobre política. —Bajó la voz, como si quisiera confiarle un secreto—. Los hombres de Estado no suelen pensar en otra cosa. Yo encuentro los misterios de la ciencia mucho más cautivadores. Pero no se lo diga a nadie. La mayoría de mis invitados son políticos y consideran lo que hacen enormemente importante.

—Le garantizo que no diré nada acerca de nuestra conversación —prometió Jeanne.

—Es usted una mujer destacable, señora, madame. No tan... —Campbell se detuvo, en busca de otra palabra que no sonara llena de prejuicios.

—¿Superficial? —dijo Jeanne, en un tono irónico.

—Pues sí, con la mayoría de las damas resulta difícil encontrar un tema de conversación. Siempre hablan sobre los hijos y el servicio.

Jeanne no le llevó la contraria. Tampoco para ella era fácil entablar una conversación con las mujeres.

—La administración de una casa precisa de experiencia —dijo como de pasada—. A lo mejor formo parte de las pocas afortunadas que no tienen nada que criticar a sus sirvientes.

La expresión seria del rostro del escocés dejó paso a una sonrisa franca.

—Según dicen, gobierna usted su negocio como si fuera un Estado. Incluso tiene usted en el señor Vasnier a un ministro de Finanzas y envía mensajeros a todos los países del mundo. Es usted una exitosa mujer de negocios, pero nadie se atrevería a definirla como tendera porque el champán no es una mercancía, sino una obra de arte.

—Lo ha dicho estupendamente, su señoría. Aunque me he dado cuenta de que nuestro vino de perla no acaba de ser de su agrado —señaló Jeanne, con una mirada escrutadora.

—Es cierto —admitió Campbell—. No me malinterprete, madame, su champán es algo especial, pero es tan dulce que en realidad solo se puede beber como postre. A las damas les gusta. Pero yo personalmente prefiero mucho más disfrutar mientras como con un vino seco.

—No es la primera vez que lo oigo decir —confirmó Jeanne suspirando—. Desde hace más de medio siglo, nuestro vino espumoso se ha adaptado al gusto de nuestros clientes de Prusia, Austria y sobre todo Rusia. A los rusos les encanta el champán muy dulce.

—Y bien, contra gustos no hay nada escrito —dijo prudentemente el duque de Argyll—. Pero no le he preguntado por la cacería de hoy, madame. ¿Se lo ha pasado usted bien?

Mientras Jeanne estaba sentada delante del tocador de su habitación y dejaba que Lafortune le cepillara el cabello, pensaba en las palabras de su anfitrión. Le estaba agradecida por haberla invitado a la caza de faisanes, de la que había hablado en un encuentro en casa de su vieja amiga lady Houghton, en Londres. No todos los miembros de la aristocracia inglesa habrían invitado a su casa de campo a la viuda de un comerciante de vinos. Pero a Argyll no le importaba lo que la gente opinara. Una conversación interesante le resultaba más preciada que la estricta observación de las normas sociales. Jeanne estaba contenta de haber aceptado la invitación. En Inveraray Castle había ampliado de golpe su círculo de conocidos considerablemente, y además había tenido la oportunidad de averiguar de primera mano lo que sus mejores clientes pensaban del champán. Saber que pese a las altas cifras de ventas solo respondía limitadamente al gusto inglés no la había sorprendido —madame Clicquot se había quejado de lo mismo—, pero a Jeanne le preocupaba que se le mencionara algo despectivamente como vino para damas. Había informado a Henry Vasnier de su conversación con Argyll. Pero él solo se había encogido de hombros, «a la manera francesa», como hubieran dicho los ingleses.

—Así son los británicos —había dicho él—, ásperos y toscos.

Pero Jeanne no iba a darse por vencida tan fácilmente. Cuando estuviera de nuevo en casa, pediría asesoramiento al maestro bodeguero.

Lafortune, que de vez en cuando lanzaba una mirada furtiva a su señora por el espejo, se percató de la expresión decidida en sus ojos y apretó los labios. Le resultaba fácil leer en las facciones de madame Pommery, y era evidente que de nuevo se estaba formando una idea en la inquieta mente de esta. Sus expectativas de que la señora se hartase del trabajo de oficina vinculado a la dirección del comercio de champán no se habían cumplido hasta la fecha. Al contrario, madame Pommery hasta parecía divertirse levantándose cada mañana a las cinco y respondiendo a un sinnúmero de cartas de clientes, viticultores, suministradores de botellas y corchos y viajantes de comercio. La contabilidad no le gustaba tanto, se la había cedido a Henry Vasnier. Pero eso no era suficiente. Aunque la Casa Pommery tenía representación en Londres, la viuda viajaba regularmente a la isla para cuidar de los contactos que había establecido en sus anteriores visitas y ganarse otros nuevos. Y, sin embargo, a la doncella no le disgustaba que su señora disfrutara de bailes, cacerías y salidas al teatro, pero habría preferido que se hubiese presentado como una dama de sociedad y no como representante de un vino espumoso. De todos modos, no era su tarea juzgar a sus señores. No le quedaba otro remedio que tolerar los caprichos de madame Pommery y sacar de ello lo mejor posible.

Jeanne oyó suspirar a su doncella y le sonrió, burlona.

—¿Hay algo que la preocupe, Lafortune?

—No, madame.

—Ya sé que a usted como a tantos otros les cuesta aceptar mi decisión. Sabía en qué me metía cuando tomé las riendas del negocio de mi marido y no me arrepiento de ello. Al contrario, disfruto de cada momento.

—Sí, madame —contestó Lafortune con una expresión imperturbable que no dejaba adivinar sus sentimientos.

En honor a la viuda Pommery, antes de la cena se sirvió en el salón champán como aperitivo. Jeanne volvió a encontrarse junto a un anciano caballero al que le habían presentado previamente como Anthony Ashley-Cooper, *earl* de Shaftesbury. Era miembro del partido *tory* y un filántropo convencido.

—Qué bien tener oportunidad de conversar con usted, madame —dijo con una sonrisa sorprendentemente cariñosa. La expresión de su rostro alargado le había parecido en un principio severa y carente de humor. Sus ojos hundidos estaban sombreados por unas pobladas cejas y una espesa barba adornaba sus mejillas enjutas.

—Me gustaría saber de qué modo se enfrentan en Francia con el problema de la pobreza.

Jeanne sonrió algo insegura.

—Sé que usted, lord Shaftesbury, se ocupa de la formación de los pobres, especialmente en Londres, pues su fama le precede en todas partes. Pero debo confesarle que todavía no he reflexionado demasiado sobre este asunto en mi país. Estoy segura de que también en Reims hay calles y barrios en los que imperan la necesidad y la miseria, pero para mi vergüenza debo admitir que hasta la fecha nunca he puesto el pie en ninguno de esos ámbitos.

—¿Le interesaría ver *in situ* el fruto de nuestro trabajo? —le propuso Shaftesbury.

—¿En qué consiste exactamente su trabajo, milord? —preguntó interesada Jeanne.

—Pues bien, en primer lugar está la formación de todos los niños a los que a causa de la pobreza no se les permite asistir a la escuela dominical por su aspecto desaliñado y porque por su conducta molestan en las clases —explicó el filántropo—. De ahí el nombre que hemos puesto a nuestras escuelas: *Ragged-Schools*, «escuelas andrajosas». Junto a las clases de lectura, escritura y cálculo, a los niños se les da comida y ropa. Casi todos los maestros son voluntarios.

—Entiendo —contestó Jeanne—. ¿Los niños aprenden porque lo desean?

—Y tanto, siempre tenemos más interesados de los que podemos acoger en las aulas.

—Pero deduzco que usted mismo no da clases.

El hombre rio.

—No, como presidente de la Unión Londinense de las Escuelas Andrajosas no tengo tiempo para ello. Pero sí visito regularmente las escuelas que suelen instalarse en casas vacías o establos, y escucho las preocupaciones de los necesitados.

—Algo digno de consideración —señaló impresionada Jeanne—. ¿Y no tiene miedo de introducirse en esos ambientes?

—¿Se refiere a lugares como el Acre del Diablo en Westminster, un hervidero de pordioseros y ladrones? —contestó él, irónico.

—¿Sucede allí realmente tal como lo describe su brillante escritor, el señor Dickens?

—Se podría decir que sí. ¿Conoce su libro *Oliver Twist*? El Field Lane de la novela en que se encuentra la madriguera de ladrones de Fagin se parece a algunas calles de los barrios pobres. Pero, para responder a su pregunta: no, no tengo reparos a la hora de mezclarme con esas personas. Nunca he oído una mala palabra, porque esa gente enseguida reconoce si se es comprensivo con su estado o si se va allí para mirarla embobado o tratarla con superioridad. Agradecen la ayuda que se les ofrece con franqueza y sin juzgar su forma de vida.

—Parece fascinante, milord —dijo Jeanne.

—Si vuelve a Londres, madame, será un placer acompañarla.

El gong anunció que la comida estaba servida. Lord Shaftesbury ofreció galantemente el brazo a su interlocutora.

—¿Puedo acompañarla a la mesa, querida? Para mí sería un honor.

Halagada, Jeanne puso la mano sobre el brazo del aristócrata. Disfrutaba de ese intercambio con hombres de Estado, escritores y hasta con miembros del ejército, incluso si desdeñaban su vino de damas. Tenía que hablar urgentemente con monsieur Vasnier acerca de cómo ganarse una clientela fija entre esos ingleses y su caprichoso paladar.

A la mañana siguiente, el señor de Inveraray no perdió la oportunidad de conducir a Jeanne por su castillo.

—El tercer duque de Argyll empezó su construcción en 1744 —explicó, mientras paseaban por el salón en cuyas paredes se alineaban los retratos de la familia—. El arquitecto fue Roger Morris, quien ya había proyectado Clearwell Castle en Gloucestershire en un estilo neogótico. William Adam y sus hijos también participaron en la construcción.

—Es realmente fabuloso —dijo Jeanne, cautivada. Se habían detenido delante del revestimiento de la chimenea—. Me encanta la elegancia del decorado. Esta chimenea era de James Adam, ¿verdad?

—Exacto. No cabe duda de que tiene usted buen ojo para el arte, madame —contestó el anfitrión—. Venga, le mostraré mi tesoro: los siete tapices de Beauvais. El mobiliario de interior fue diseñado por Robert Mylne en el año 1772. Espero sinceramente que mis sucesores lo dejen todo tal como está, pues es perfecto.

—No puedo menos que darle la razón, su señoría —dijo Jeanne.

Mientras disfrutaba de la belleza del mobiliario, la viuda intentaba al mismo tiempo impregnarse de los detalles. Había planeado renovar su casa de la Rue Vauthier-le-Noir y buscaba inspiración. A lo mejor se mudaba en los próximos años; si el negocio crecía, la bodega no tardaría en ser demasiado pequeña para servir de almacén del vino.

Cuando Jeanne volvió a encontrarse con el *earl* de Shaftesbury en una recepción en Londres, este le repitió el ofrecimiento de mostrarle una de las escuelas que él protegía. Como prometió acompañarla personalmente, para que no pudiera pasarle nada en esos barrios de mala reputación, Jeanne aceptó.

Lafortune estaba horrorizada.

—Pero, madame, allí la matarán o como mínimo le robarán —le advirtió.

—Milord me acompañará —replicó Jeanne—. Me ha asegurado que no es nada peligroso.

—Pero ¿por qué se ha dejado convencer para visitar esos barrios pobres? ¿Qué espera de ello?

—Llámalo experiencia vital —contestó Jeanne, pensativa—. Yo comercio con artículos de lujo que solo se puede permitir la gente con dinero y visito casas solariegas y palacios en los que residen mis clientes. De ese modo se puede perder la visión de la realidad. Todos somos criaturas de Dios. Creo que ha llegado el momento de pensar en el destino de aquellos que no tienen tanta suerte como nosotros y a los que con tanta frecuencia olvidamos. —Dirigió una sonrisa triste a la doncella—. Espero aprender algo que me ayude a mejorar la vida de las personas de mi ciudad. Como empresaria siento que tengo el deber de compartir algo de mi éxito.

—Bien, si lo ve así, madame —transigió Lafortune—. Pero insisto en acompañarla.

—Si así lo desea… —acordó Jeanne.

Jeanne llegó a Westminster el día acordado acompañada de su doncella. En vano, Henry Vasnier había intentado convencerla de que no visitase el barrio pobre y había preferido no ir con ella. Anthony Ashley-Cooper, *earl* de Shaftesbury, esperaba a las dos mujeres delante del edificio del parlamento. Se ofreció a mostrarles las respetables salas para que pudieran admirar la fantástica arquitectura de Augustus Pugin. Tras la visita fueron a pie, pasando de largo Westminster Abbey, hacia Dean Street y luego a Orchard Street. Las casas de ladrillo gris en terrazas pertenecientes a funcionarios y escribanos cedían poco a poco sitio a casas urbanas que en los siglos pasados habían sido construidas por la nobleza, pero entre tanto habían quedado abandonadas. En los edificios vacíos se habían instalado familias pobres que habían dividido las habitaciones con tabiques hechos con tablas y construido así pequeñas viviendas que siempre estaban abarrotadas. La mayoría de los vidrios de las ventanas estaban rotos, y la cubierta, con frecuencia defectuosa, de modo que cuando llovía había goteras. En los jardines que años atrás habían estado cuidados con esmero, se habían construido cobertizos de madera. Solo había unos pocos retretes; al igual que pocas calderas para hacer la colada, que colgaba por doquier en las cuerdas tendidas entre las casas. Los residentes en el barrio iban a buscar agua potable a un pozo alimentado por pequeños afluentes o por el Támesis. Ocho años antes, el cólera había hecho ahí estragos, como en muchos otros lugares de la ciudad.

Cuando la gente reconoció al *earl* de Shaftesbury, le habló y le contó sus cuitas. Cuando comprobó que la desconocida que estaba a su lado la escuchaba con atención, respondió de buen grado a sus preguntas. Cada vez eran más los residentes del barrio que se acercaban y querían conocer a la francesa que se interesaba por sus necesidades y que también tenía algún consejo que dar para solucionar un problema doméstico. Pasó casi una hora hasta que Jeanne, lord Shaftesbury y Lafortune llegaron a la One-Tun-Ragged-School en Perkin Rents, que había fundado nueve años atrás una mujer llamada Adeline Cooper. Jeanne conversó animadamente con la señora Cooper, quien enseguida quiso contratarla como profesora.

A última hora de la tarde, cuando regresaron al edificio del Parlamento, Jeanne se sentía agotada tras tantas emociones. De repente deseó volver a Reims y observar las calles de su ciudad con una mirada más crítica, gracias a las experiencias que había vivido en Londres.

32

Reims, noviembre de 1862

Cuando el carruaje que la había recogido se detuvo en la Rue Vauthier-le-Noir, Lafortune suspiró aliviada. Jeanne le sonrió comprensiva. A la doncella no le gustaba viajar. Pero eso formaba parte de las tareas de una ayuda de cámara, y ella solía soportar con serenidad las incomodidades.

Un sirviente con librea salió presuroso de la casa y abrió la portezuela del vehículo. Antes de bajar, Jeanne se volvió a Henry Vasnier, que estaba sentado junto a ella, y se despidió.

—Espero que sus tesoros hayan sobrevivido bien al viaje, monsieur. Nos vemos mañana.

—Sí, madame, yo también lo espero —contestó el contable, sonriendo con satisfacción.

En Inglaterra había adquirido unos pocos y peculiares objetos de arte y estaba impaciente por desempaquetarlos.

En el vestíbulo, Jeanne pidió al sirviente Pascal que llamara al maestro bodeguero.

—Por lo que yo sé, monsieur Olivier no ha venido hoy a trabajar —respondió Pascal incómodo—. Su esposa está enferma y no se atreve a dejarla sola.

—Oh, el pobre —se lamentó Jeanne—. Entonces iré a visitarlo esta noche a su casa. ¿Cómo están mis hijos, Pascal? Estoy impaciente por verlos.

ϒ

Damas Olivier residía con su familia en una pequeña vivienda de la Rue de l'Ecrevisse. Jeanne partió en la carroza por las angostas calles y puso a su bodeguero en una situación muy embarazosa cuando él se percató de su llegada. Apresurado, las recibió a ella y a su doncella en el portal. Jeanne advirtió que el hombre habría preferido pedirles que no entrasen, pero, como ya no era posible, condujo a su jefa al primer piso con el rostro abatido. La vivienda de la familia Olivier estaba en uno de los mejores alojamientos del edificio, pero a pesar de ello era pobre. Jeanne intentó que no se le notara, pero estaba horrorizada por las condiciones en que vivía su empleado. Los suelos de madera estaban limpios y fregados, pero solo había un par de alfombras deshilachadas y unos pocos muebles.

—He venido a informarme de cómo se encuentra su mujer —dijo ella, como para disculparse de su presencia.

—Agradezco mucho su amabilidad, madame —contestó Olivier incómodo—. Lamento no haber podido ir a trabajar, pero…

—No se preocupe por eso, monsieur —lo tranquilizó Jeanne—. Hasta ahora siempre ha sido muy eficiente y se merece un par de días libres. ¿Tan mal se encuentra su esposa?

—El doctor Henrot está examinándola en estos momentos, madame. —De repente, Olivier recordó sus deberes de anfitrión—. ¿Puedo ofrecerle un café, madame?

—Si tiene tiempo para mí, sí, gracias —contestó Jeanne—. Enseñe a Lafortune dónde están las cosas y siéntese conmigo, monsieur Olivier, me gustaría conversar con usted.

El maestro bodeguero condujo a la doncella a la desordenada cocina, de la que se avergonzaba, pero en el fondo se alegró de que ella asumiera la tarea. Cuando Jeanne tomó asiento en una butaca que pareció hundirse bajo su peso, no puedo evitar decirle:

—Sea sincero, monsieur Olivier, ¿puede usted vivir con el sueldo que le pago?

Desconcertado, el bodeguero apartó la vista y calló.

—Está bien, no tiene que contestarme —dijo Jeanne con un suspiro—. Le prometo que en el futuro recibirá un sueldo apropiado a sus habilidades. Tengo para usted una tarea que precisará de toda su destreza. Como bien sabe, acabo de regresar de Gran Bretaña, donde nuestro champán no está tan bien valorado como desearía. El problema reside en que está elaborado, como el de nuestros competidores, para complacer el gusto por lo dulce de la clientela rusa. Los ingleses también disfrutan con los vinos dulces, pero ya tienen una amplia selección de ellos; a saber, el jerez, el oporto o el madeira, que suelen tomar tras las comidas. ¿Por qué abrir además una cara botella de champán?

Damas Olivier asintió.

—Conozco el problema. Hace un par de años, un comerciante inglés pidió a monsieur Roederer que le suministrara un champán sin azúcar, pero él se negó.

—¿De verdad? —preguntó Jeanne sorprendida—. ¿Y por qué?

Una sonrisa taimada se deslizó por los labios del maestro bodeguero.

—Muy sencillo. Para conseguir un champán seco, no hay que añadir tanto sirope de azúcar y aguardiente durante su elaboración. Aunque estos sirven para refinar el vino, pues el azúcar y el alcohol cubren el sabor de la uva no madura y ácida cuando la cosecha ha sido mala —informó Olivier a su jefa—. Así pues, se necesita uva de mejor calidad que pueda madurar más tiempo en la cepa antes de cosecharla.

—Lo cual encarece la producción. Sí, entiendo —contestó Jeanne pensativa.

—Pero esto no es todo —prosiguió Olivier—. Para que tenga un buen sabor, un champán de este tipo debe mantenerse almacenado más tiempo. Esto exige bodegas más grandes y con ello más capital.

Jeanne reflexionó sobre lo que había dicho.

—Le agradezco su franqueza, monsieur Olivier. Su explicación me ha dado una razón sobre la que meditar. —Una sonrisa sincera apareció en su rostro ensimismado—. Tenemos un montón de trabajo ante nosotros, estimado Olivier. Pero primero su esposa ha de curarse. Voy a enviarle a Suzanne, una de mis ayudas de cámara. Tiene experiencia en el cuidado de enfermos y le ayudará.

En ese momento, un joven entró en la habitación. Damas Olivier se levantó de un salto de su silla y corrió hacia él.

—¿Cómo está mi esposa, doctor?

Una sonrisa tranquilizadora apareció en el rostro anguloso del médico.

—Está camino de la mejoría, monsieur —respondió—. Dentro de un par de semanas, seguro que volverá a poder ponerse en pie.

Jeanne también se había levantado y se acercó a los dos hombres. Olivier, con el rostro visiblemente aliviado, los presentó:

—Madame, este es el doctor Henri Henrot; doctor, le presento a madame Pommery, mi estimada jefa.

Henrot se inclinó, sonriente.

—He oído hablar mucho de usted, madame. Es un honor para mí conocerla por fin. Si alguna vez precisa de mis servicios, estoy siempre a su disposición.

—Lo tendré en cuenta, doctor —respondió Jeanne.

Aunque el médico no tenía más de veinticinco años, su expresión era de un hombre sensato y capaz. Jeanne tomó nota de su nombre.

Jeanne pasó los siguientes días examinando el correo sin revisar. El mensajero apareció varias veces al día llevando un nuevo montón de cartas a las que ella echaba un rápido vistazo para confirmar si había algo urgente que tuviera que solucionar de inmediato. En tal caso, la respuesta llegaría el mismo día al remitente, siempre que viviese en los alrededores de Reims. Para su sorpresa, entre las consultas de clientes e informes de los comerciales descubrió una carta de la viuda Clicquot. Rompió curiosa el sello y desplegó el papel. Habían transcurrido dos años desde su última visita a Boursault. Estaba asombrada de lo deprisa que pasaba el tiempo desde que se entregó apasionadamente a la dirección de un pequeño comercio del vino. Su socio Narcisse Greno, satisfecho de lo entregada y responsable que era, casi se había retirado del negocio. Entre sus ocupaciones como directora de una compañía y madre, Jeanne no se había dado cuenta de que había dejado de cuidar su relación con madame Clicquot. En su carta, la viuda expresaba su pesar y la invitaba a que la visitara en los próximos días al Hôtel Ponsardin.

En los labios de Jeanne asomó una sonrisa. Seguro que la anciana dama había oído hablar de su regreso de Inglaterra. A lo mejor sentía curiosidad por saber cómo le había ido allí. Jeanne no dudó en confirmarle su visita en una breve nota.

Acompañada de Lafortune, por la mañana se encontraba en el lujoso palacio que Barbe-Nicole Clicquot-Ponsardin había heredado de su padre. Como hacía sol y era un día inusualmente cálido, el criado las condujo al jardín, rodeado por distintos edificios. Reinaba allí un silencio tal que se podría pensar que se hallaban en el campo y no en una ciudad tan activa como Reims.

Barbe-Nicole Clicquot no estaba sola. Cuando Jeanne salió al jardín, la viuda se encontraba delante de uno de los arriates de flores rodeados de setos de boj, en los que ahora en noviembre solo brillaba alguna que otra flor, y conversaba con un hombre de edad avanzada de cabello ondulado y gris en quien Jeanne reconoció al conde de Chevigné, el yerno de madame Clicquot. Cuando el sirviente anunció a la visitante, ambos se volvieron.

—Ah, madame Pommery, qué alegría volver a verla —dijo Barbe-Nicole.

—Muchas gracias por la invitación, madame —contestó Jeanne.

—¿Me permite que los presente? El conde de Chevigné; Louis, madame Pommery —dijo la viuda Clicquot.

El conde se inclinó haciendo una reverencia y Jeanne flexionó una rodilla.

—Un placer conocerla —dijo él—. He oído hablar mucho de usted. Emula usted a mi madre política al asumir el comercio del vino de su esposo. Algo digno de admiración.

Iba muy elegantemente vestido, a la última moda. Todo le sentaba a la perfección, incluso la perilla, perfectamente afeitada. Intercambiaron unas palabras corteses y al final Chevigné preguntó:

—¿No habrá leído por casualidad mi libro, madame?

Jeanne negó con la cabeza. Con el rabillo del ojo vio que madame Clicquot ponía los ojos en blanco.

—Contiene una serie de narraciones en verso, entre ellas una oda al champán —explicó el conde.

—¡Qué interesante! —respondió Jeanne. Nunca había oído hablar de ese libro de poemas.

—Es una obra que ha aparecido anónima —prosiguió él—. Ya sabe, en mi posición…

—Entiendo —contestó Jeanne, sin acabar de entender.

—Le haré llegar un ejemplar —prometió Chevigné con una sonrisa autocomplaciente.

—Muy generoso por su parte, conde —respondió Jeanne.

—Creo que ya es hora de entrar —intervino Barbe-Nicole—. Empieza a hacer frío aquí fuera.

Tras franquear la puerta abierta de la terraza llegaron a un lujoso salón en el que se hallaban reunidos otros miembros de la familia. Jeanne reconoció a la hija de madame Clicquot, Clémentine, que parecía enferma, su hija Marie-Clémentine, condesa de Rochechouart de Mortemart y su esposo el conde. En un sillón delante de la chimenea dormitaba el anciano caballero que Jeanne había visto en la terraza durante sus visitas previas a Boursault.

—Ahí al lado estaremos tranquilas —señaló con determinación Barbe-Nicole.

—Espero que su familia esté bien —observó Jeanne, después de que se hubiesen instalado en un pequeño gabinete. Una ayuda de cámara sirvió el té.

—Todos están bien, gracias —respondió Barbe-Nicole—. He hecho preparar té inglés porque ha llegado a mis oídos que es de su agrado —añadió sonriéndole—. Yo todavía me tengo que acostumbrar a su sabor.

Va directa al tema que le interesa, pensó Jeanne. Observó a la anciana, a quien llamaban la reina de Reims. Su rostro ancho, con la nariz grande y los labios finos, casi no había envejecido en los últimos años. Llevaba un vestido gris cerrado. Un chal de *chiffon* fino le cubría el cuello. Su aspecto era tan majestuoso como el de una soberana. Gracias a su influencia, había evitado hacía unos años que destruyeran la Porte de Mars, el arco del triunfo de la época romana, y había luchado para que se restaurase. Su socio, Édouard Werlé, a esas alturas también alcalde, había asumido la conservación del monumento que había sido en su tiempo parte del muro de la ciudad y que con la demolición de este último había parecido inútil e intrascendente a los defensores de una planificación urbana más moderna.

Para tener un poco en vilo a la anciana dama, Jeanne no hizo caso de la alusión al viaje a Inglaterra y preguntó:

—No sabía que el conde de Chevigné tuviera talento para la poesía.

—Es que no lo tiene —contestó cínica Barbe-Nicole—. Y ya me cuidaré yo de ahorrarle la lectura del mencionado libro. Contiene unos versos obscenos de una grosería espantosa. Siempre que tiene deudas de juego que no puede pagar manda imprimir una nueva edición. Yo intento comprar todos los ejemplares que puedo para que mi hija no tenga que avergonzarse de la verborrea erótica de su marido. Disculpe que utilice estas duras palabras, madame, pero es sumamente lamentable. Amo a mi yerno, pero desearía que no fuera un libertino; me gustaría que fuera tan poco ingenioso y aburrido como el conde de Rochechouart.

—¿Esta es la razón por la que ha dejado la compañía en manos de monsieur Werlé? —preguntó Jeanne.

—Monsieur de Chevigné nunca habría podido dirigir mi empresa con la habilidad y la energía innatas en monsieur Werlé. Lo reconocí enseguida, cuando en el año 1821 inició sus prácticas en mi negocio. Nueve meses más tarde, al dejarnos Antoine Müller, lo nombré maestro bodeguero. En 1831, monsieur Werlé se convirtió en socio con los mismos derechos y en mi heredero. Nunca me he arrepentido.

Jeanne recordaba vagamente un episodio a finales de los años veinte, cuando el banco fundado por la viuda Clicquot en 1822 estuvo al borde de la ruina y Édouard Werlé se mantuvo en la brecha. Pero no conocía los detalles. Jeanne no se lamentaba de haber aceptado la invitación. Todavía podía aprender mucho de la anciana dama.

—Por lo que he oído decir, acaba de llegar de Gran Bretaña, madame —dijo Barbe-Nicole yendo al grano.

—Sí, visité a una vieja amiga en Londres, a la que conocí en mi primera estancia, en el año 1837 —confirmó Jeanne.

—Tiene usted una oficina que la representa en Londres, ¿verdad?

—Sí, en Mark Lane. La dirige un empleado muy eficiente, monsieur Adolphe Hubinet.

—Me alegra oírlo. Ya le dije lo importante que era hacerse con un buen personal. ¿Y cómo desarrolla usted el negocio en la isla? Todavía recuerdo cuando en 1801 Louis Bohne intentó en vano meter un pie en el mercado inglés. Nuestros competidores estaban tan bien asentados allí que no volvimos a repetir el intento. Hasta hoy solo suministramos unos pocos miles de botellas a Gran Bretaña.

Jeanne asintió admirativa. Aunque la viuda Clicquot ya se había retirado hacía veinte años del negocio, seguía revisando con interés los libros de contabilidad y mantenía contacto epistolar con sus antiguos clientes.

—Ya conoce la razón —dijo—. Nuestro champán es para los ingleses demasiado dulce.

—Sí, lo sé —contestó Barbe-Nicole encogiéndose de hombros—. A los rusos les encanta. No se puede servir al gusto de todos. —Dirigió una astuta mirada a su interlocutora—. ¿No estará usted jugando con la idea de hacer concesiones a los ingleses? Seguro que habrá oído hablar del comerciante Burnes que, hace unos diez años, trató de convencer a algunos productores de champán de que le suministraran champán seco.

—Creo que se negaron —dijo Jeanne.

—Y con razón —replicó Barbe-Nicole alzando las manos—. ¿Qué sería del champán sin su dulzor y su gran contenido en alcohol? ¡Una limonada mal hecha y demasiado ácida!

—Los norteamericanos comparten el gusto inglés —observó Jeanne.

—En eso tiene usted razón —admitió la viuda Clicquot—. Pero no habrá pasado su estancia en Gran Bretaña ocupada solo en las quejas de los clientes ingleses, ¿no?

—Tengo la suerte de disponer de un amplio círculo de conocidos gracias a mi amiga y me han invitado a bailes, a ir a la ópera y al teatro. Pero con lo que más he disfrutado ha sido con las excursiones a casas solariegas y palacios, sobre todo en Escocia, cuya arquitectura es muy ecléctica. Muchos nuevos ricos que no han heredado ninguna casa de campo se construyen una en estilo neogótico, como Strawberry Hill. Es encantador.

—Me despierta la curiosidad, madame —confesó Barbe-Nicole—. Por desgracia, nunca he cruzado las fronteras de Francia. Durante mi juventud siempre había guerra y para una mujer era difícil viajar. Eso lo tiene usted más fácil. Solo puedo desearle que no tenga que vivir nunca una guerra, madame. Que no tenga al enemigo en su país, y aún menos en su propia casa, donde hasta ahora siempre se había sentido protegida. Pueblos y campos desiertos, la población huida y... —Barbe-Nicole tragó con dificultad—, esa pobre gente, los bellos hombres jóvenes cuyos cuerpos se desgarran en el campo de batalla. Vi algunos de ellos, que traían a Reims, todavía vivos. Estuve ayudando con mi doncella Marie, en el Hôtel-Dieu, que se convirtió en un hospital militar.

—¿Y el negocio? —preguntó Jeanne para apartar a la anciana dama del horrible recuerdo de los heridos.

—El negocio estaba muerto —contestó Barbe-Nicole con una sonrisa triste, con la que agradeció el esfuerzo que había hecho su invitada—. Ironías del destino. Después de todas las malas cosechas que tuvimos durante años y que rompieron el corazón de mi querido François, hubo en 1811 una cosecha realmente divina. Le pusimos de nombre el Año del Cometa. No sé si ese sorprendente cuerpo celeste tuvo algo que ver con ello, pero obtuvimos un vino de una dulzura y un sabor tan exquisitos que extasiaba a los viticultores.

—He oído hablar de ello —intervino Jeanne—. Si recuerdo bien, llegaron a inmortalizar el cometa en los corchos, antes de que adornara sus etiquetas.

Barbe-Nicole asintió.

—Así es. Con lo que me hace recordar una cosa que debería mencionar si no se la han señalado antes. Al principio, nuestro champán era reconocido solo por un ancla marcada al fuego. Mi suegro había introducido ese signo, que simboliza la esperanza, y François y más tarde yo lo conservamos. Pero especialmente en Rusia, a los falsificadores se les ocurrió la idea de volver a utilizar mis corchos para subir el precio de un champán más barato. Eso manchó mi buena reputación. Así que nos vimos forzados a diseñar etiquetas para que se reconocieran nuestras botellas. Tampoco eso, sin embargo, evitó que aparecieran nuevas imposturas en el mercado. Si los maleantes estaban en el extranjero, no se podía hacer nada contra ellos. Pero aquí en Francia me puse en su contra con toda determinación. En 1825, con ayuda de un servicial inspector de aduanas, conseguí llevar ante los tribunales a un sinvergüenza, un comerciante de vino de Metz llamado Robin. Condenaron a ese bribón a diez años de cárcel y a pagar una elevada indemnización.

Jeanne se estremeció. En ese negocio había que ser duro; no sabía si ella lo conseguiría.

33

Reims, enero de 1814

—¡Los prusianos están llegando! —gritó Marie fuera de sí—. Los prusianos están en Francia.

Barbe-Nicole, que había estado revisando los libros de contabilidad, se acercó a la ventana y miró al exterior. La doncella, con la cara sofocada, se precipitó en el patio por la Rue de l'Hôpital y repitió la noticia hasta que el frío y la excitación la dejaron sin voz.

Barbe-Nicole se arrebujó en el chal, del que tampoco podía prescindir en casa, y entró en el vestíbulo, cuya puerta acababa de abrir el mayordomo. Los pocos criados y los bodegueros que todavía quedaban, porque por diversas razones los habían declarado inútiles para el ejército, se apretujaban en el patio y acribillaron con preguntas a Marie. Barbe-Nicole se unió a ellos.

—¿Qué dices? —le preguntó a la doncella—. ¿El ejército prusiano ha cruzado la frontera?

—Sí, madame. Los rusos también —informó Marie sin aliento—. Y por lo visto los austriacos han entrado por Suiza y ahora están camino de Langres.

—¿Cómo sabes todo esto?

—Un batallón de soldados de los nuestros está en la plaza del ayuntamiento y anima a la población a que defienda la ciudad del enemigo.

Barbe-Nicole dibujó una sonrisa despectiva con la comisura de la boca.

—Algunos recibirán a los ejércitos de la coalición como libertadores. Pues su llegada significa que pronto reinará la paz.

—Pero en un primer momento significa devastación y saqueo —señaló el maestro bodeguero Jacob—. Un ejército es como una plaga de langostas que arrasa la tierra a su paso. La gente morirá de hambre.

Barbe-Nicole reflexionó.

—Y si Napoleón no puede detenerlos, también llegarán a Reims.

—Nuestro emperador seguro que los hace retroceder más allá de nuestras fronteras —profetizó uno de los trabajadores de la bodega.

—O, en caso de que no pueda, entregará Reims para proteger París —especuló Barbe-Nicole—. Un ejército, que ha desfilado por toda Europa, no solo traerá hambre. Saqueará nuestras bodegas.

En el rostro del maestro bodeguero se dibujó una expresión horrorizada.

—Tiene usted razón, madame, los soldados vaciarán todas las botellas de nuestro vino. Nos arruinarán.

Barbe-Nicole sintió que el frío de ese día de invierno se filtraba por todo su cuerpo y anidaba en su corazón. Hacía años que su empresa estaba al borde de la ruina. Las continuas contiendas impedían el comercio en el extranjero, de forma que la compañía Veuve Clicquot prácticamente solo tenía clientes franceses. El único rayo de esperanza en esa época sombría era la excelente cosecha de 1811, el año del cometa. El exquisito vino de perla se almacenaba en sus bodegas, y Barbe-Nicole había puesto todas sus esperanzas en venderlo a buen precio en cuanto se impusiera la paz. Pero si el ejército enemigo realmente lograba entrar en Reims y tomaba la ciudad, se llevaría sin la menor duda su tesoro. ¡Y eso no debía suceder!

Barbe-Nicole se estremeció con solo imaginárselo. Pero se negaba a esperar de brazos cruzados lo que pudiera suceder. Una parte de ella deseaba, pese a todo el horror que conllevaba una invasión, que los ejércitos de la coalición llegaran pronto y acabaran con el tirano que estaba devastando toda Europa con sus guerras. Tal vez acabaría así esa pesadilla y por fin podrían vivir en paz.

Barbe-Nicole se enderezó y ordenó a los hombres que volvieran a su trabajo. Cuando el maestro bodeguero se disponía a seguirlos, lo retuvo.

—Maestro Jacob, creo que ha llegado el momento de examinar la bodega y trazar un plan para proteger el vino —dijo con determinación.

Mientras pasaban revista a las existencias, Barbe-Nicole no pudo contener un suspiro. Le esperaba un inmenso trabajo.

—Primero tenemos que distribuirlo de otro modo —decidió—. Los hombres tienen que colocarlo todo de otra manera. Esto es lo más importante. No sabemos cuánto tiempo nos queda. Las botellas del Año del Cometa, sobre todo, tienen que almacenarse al fondo, en la parte profunda de las galerías. El espumoso que no sea de tanta calidad, por el contrario, se colocará delante.

Barbe-Nicole levantó la linterna y contempló las bóvedas. Luego avanzó unos pasos y deslizó la luz centelleante por las paredes. A continuación, se detuvo y señaló un lugar en el que hacía tiempo se había abierto un boquete entre dos sótanos.

—Había pensado tapiar todas nuestras bodegas —explicó—. Pero ahora he comprendido que sería absurdo. Los invasores no se creerían que no tenemos ningún vino en el almacén y adivinarían que nuestros tesoros se encuentran detrás de un muro, cerca de la entrada a las bodegas. Si en lugar de eso levantamos un muro al fondo de las bóvedas y apilamos delante unas botellas, tal vez los soldados crean el engaño. Este sería un buen lugar.

—Sí, madame. Estoy de acuerdo —convino Jacob.

—Encárguese de que las botellas se vuelvan a apilar, aunque alguna se rompa —le indicó Barbe-Nicole—. Cualquier cosa es mejor que perder todas nuestras existencias. Luego contrate a un albañil para que levante el tabique... No, espere —añadió enseguida—. Es mejor que mantengamos nuestro plan en secreto. ¿Hay por casualidad entre sus hombres alguno que pueda construir una pared?

—Yo mismo me encargaré de ello, madame —aseguró Jacob—. Confíe en mí. Cuando estemos listos, nadie sospechará que este sótano es más grande de lo que parece.

A finales de enero, la coalición de Austria, Prusia y Rusia ya había conquistado gran parte del este de Francia. El emperador Napoleón salió de París con un ejército reclutado a toda prisa para enfrentarse al enemigo. Los habitantes de Reims se enteraron por soldados que habían desertado de que los ejércitos se habían encontrado en Brienne. El mariscal de campo prusiano Blücher, que estaba al mando del llamado ejército silesio, había estado a punto de perder la vida. Napoleón persiguió a Blücher hasta La Rothière, un pueblo que estaba a unos ciento treinta kilómetros de Reims. Una fuerte tormenta de nieve cayó durante la batalla que, al final, perdieron los franceses.

Cuando los primeros heridos entraron en Reims, Barbe-Nicole se dirigió con Marie al hospital del Hôtel-Dieu, en la Rue de Puits-Taira, y colaboró en el cuidado de los enfermos y heridos. El cirujano jefe, Jean-Baptiste Duquenelle, era cliente suyo desde hacía muchos años y un buen amigo. En las grandes salas del hospital, Barbe-Nicole y su doncella repartían comida entre los hombres que yacían en cama y les ofrecían su consuelo. A menudo, cuando los cirujanos pasaban horas en el quirófano sin parar y también las enfermeras carecían de tiempo, la misma Barbe-Nicole curó pequeñas heridas. Se asombró de lo poco que le impresionaban la visión de la sangre y de la carne desgarrada.

La hija de Barbe-Nicole, Clémentine, también se había mostrado dispuesta a acompañarla. Cuando los ejércitos enemigos cruzaron la frontera, su madre la había sacado del convento parisino, al que asistía desde hacía un par de años, para que regresara a su hogar. Sin embargo, le pareció que la adolescente de dieciséis años era todavía demasiado sensible para afrontar las crueldades de la guerra. Y tuvo la sensación de que Mentine se sintió aliviada cuando le dijo que se quedara en casa.

Tras la batalla de La Rothière fueron llegando cada vez más soldados al Hôtel-Dieu. Muchos solo pedían algo de pan y agua y volvían a desaparecer: desertores que regresaban con sus familias. Grandes caravanas atravesaban Reims cuando se retiró el ejército francés. En las camas de las salas de enfermos enseguida dejó de haber sitio para los muchos heridos y era obligado dejarlos en el suelo sobre lechos de paja. Al final, también la paja se agotó y los hombres tuvieron que tenderse sobre las baldosas desnudas.

Barbe-Nicole, acompañada de Marie, circulaba entre las hileras intentando consolarlos y darles ánimos. Le afligía no poder hacer más para aliviar su sufrimiento. En ocasiones ya era una ayuda apretar la mano de un agonizante antes de que cerrara los ojos para siempre y decirle que su madre lo quería. Con el sufrimiento y el miedo a la muerte, todos los jóvenes volvían a la infancia.

Dos días después de la batalla y antes de que Barbe-Nicole se marchara a su casa para cenar algo y dormir un poco, descubrió al hacer la última ronda a un nuevo grupo de heridos leves que estaban sentados en el suelo en un rincón. Barbe-Nicole supuso que, como muchos otros, habían venido a pie desde los alrededores de La Rothière. Sus uniformes estaban sucios y desgarrados. No llevaban nada que les cubriera la cabeza ni tampoco armas. Pese al frío invernal, uno iba descalzo. Los zapatos abotinados de los demás estaban cubiertos de una espesa capa de fango. Estaban sentados allí, en silencio, demasiado cansados para hablar.

Barbe-Nicole los miró compasiva un momento antes de acercarse y hablarles:

—¿Están ustedes heridos, messieurs? ¿Necesitan la ayuda de un barbero cirujano?

Los hombres se volvieron hacia ella como sonámbulos. La joven viuda se quedó helada al ver el rostro abatido de Marcel, con barba de tres días. En los últimos años se había encontrado solo unas pocas veces con él, cuando el azar había cruzado sus caminos. Sabía por Marie que Marcel era padre de un niño y le había enviado una nota para felicitarlo. Pero ya no había vuelto a visitar los viñedos de los Jacquin, tal como le había prometido a Olivier. Cuando en la catastrófica campaña rusa se hicieron nuevos y masivos llamamientos a filas, había temido que también lo reclutaran a él. En el mes de noviembre del año anterior, se decidió que incluso los padres de familia se vieran obligados a prestar sus servicios en el ejército. Durante sus guardias en el Hôtel-Dieu siempre había temido encontrarle entre los heridos graves o que algún soldado le contase que había muerto en el campo de batalla. Al verlo ahora ante ella en ese estado tan desastroso, pero vivo, las rodillas le flaquearon y un velo negro le cubrió los ojos. Sintió la mano de la doncella sujetándola por debajo de codo. La buena de Marie, pensó Barbe-Nicole. Siempre sabe lo que me sucede. Por un momento no fue capaz de pronunciar palabra y solo se quedó con la vista fija en Marcel. Había cambiado. Su rostro se veía envejecido y amargado. La expresión de sus ojos era dura y decepcionada. Barbe-Nicole notó que la camiseta que llevaba bajo la casaca azul del uniforme, que llevaba sobre los hombros, estaba manchada de sangre. Estaba herido.

—Marcel —susurró.

Él la miró sin verla. Los demás soldados dejaron sitio a Barbe-Nicole para que pudiera inclinarse sobre él. Cuando le tocó el brazo, Marcel se estremeció y su mirada se iluminó.

—Barbe —murmuró sorprendido—. ¿Qué haces tú aquí?

—Estoy ayudando a cuidar de los heridos —contestó ella—. ¿Tu herida es grave?

Él negó con la cabeza.

—Solo una herida profunda, en el brazo, donde me ha alcanzado una bayoneta rusa.

—Déjame ver.

Barbe-Nicole no esperó respuesta, le quitó la chaqueta del uniforme de los hombros. La manga izquierda de la camiseta estaba desgarrada y empapada de sangre. Examinó la herida.

—Hay que poner unos puntos —dijo—. Marie, mira a ver si monsieur Duquenelle tiene tiempo.

La doncella se apresuró a marcharse. Poco después, a su vuelta, le informó:

—Monsieur Duquenelle y los otros cirujanos todavía están operando, madame.

—Entonces yo misma me encargaré de esto —decidió Barbe-Nicole—. Pero no aquí con tanta suciedad. Vienes con nosotros a casa —le dijo a Marcel, quien no opuso ninguna objeción.

Se despidió de sus camaradas, que se lo quedaron mirando con envidia cuando abandonó el hospital acompañado de las dos mujeres.

En su casa de la Rue de l'Hôpital le indicó a una de las sirvientas que preparase una cama en una de las habitaciones de invitados. Un criado ayudó a Marcel a desnudarse, mientras Barbe-Nicole reunía las vendas y los utensilios para suturar la herida. En las últimas semanas había visto en incontables ocasiones de qué modo se cerraban las heridas y se veía capaz de efectuar ella misma el tratamiento. Cuando Marcel, recién bañado y con un camisón de François, se sentó en la cama de la habitación de invitados, Barbe-Nicole se dispuso a curar la herida del brazo. Mientras lavaba con vino la herida, examinó el rostro de Marcel, que el criado había afeitado. Bajo la barba habían aparecido unos rasgos pálidos. A Barbe-Nicole le pareció que tenía las mejillas conmovedoramente hundidas y que alrededor de sus ojos y su boca se habían formado arrugas profundas. ¿Debían atribuirse tales cambios solo a sus vivencias en el campo de batalla? ¿Qué había visto durante su servicio en el ejército? ¿Qué hacían los generales con los jóvenes para obligarlos a matar a otras personas y temer por su propia vida?

Marcel parecía tan agotado que casi no se percató de la cura. Después de que ella lo vendara, le instó a que comiera un plato caliente. Luego él se acostó, agotado. Cuando ya se había dormido, Barbe-Nicole se quedó a su lado mirándolo. Estaba contenta de que viviera.

Al día siguiente, Marcel permaneció mucho tiempo dormido y cuando por fin despertó se sentía mejor. Después de que una asistente de cámara le llevara el desayuno, Barbe-Nicole se sentó en la cama, a su lado.

—¿Qué vas a hacer ahora? —preguntó.

Marcel permaneció unos instantes aspirando el aroma del pan recién horneado antes de hincarle con ganas el diente.

—¿Te refieres a si voy a volver al ejército? No, Barbe, yo no vuelvo. Has acogido en tu casa a un desertor —confesó con cinismo—. La causa del emperador está perdida. Y yo no estoy dispuesto a sacrificar mi vida por él. Lo único que quiero es regresar a casa.

—Me alegro de que pienses así —contestó Barbe-Nicole aliviada—. No podía soportar la idea de que volvieses al campo de batalla y de que quizá no regresaras. —Sonrió con timidez—. Pero, antes de partir, debes descansar un poco. Además, quiero asegurarme de que la herida se cierra bien. Quédate un par de días aquí, te lo pido.

Él la miró con escepticismo.

—La gente cotilleará —señaló.

—¡Bah, que lo hagan! —exclamó Barbe-Nicole—. Tú no eres el único herido que ha venido a mi casa. Hemos colocado camas de campaña en el salón y hemos cuidado a algunos heridos leves procedentes de la batalla de Brienne que solo necesitaban un poco de descanso y comida, pero no atención médica. Anoche estabas tan agotado que ni siquiera los viste.

En su rostro apareció esa sonrisa burlona que ella ya conocía.

—Ya, pero ninguno de esos pobres diablos tiene una habitación para él solo —le recordó.

Ella temía que fuera a rechazar su invitación y marcharse a casa. Sin embargo, deseaba tanto retenerlo un par de días a su lado… En los últimos años había llevado una vida muy solitaria. Si bien siempre surgían pretendientes, como el joven Jérôme Fourneaux, que heredaría la compañía de su padre, el antiguo socio de la viuda. Pero ninguno de esos hombres la seducían. Además, percibía que a la mayoría de ellos no les acababa de gustar casarse con una mujer que dirigía su propia empresa y que no iba a abandonar su función a ningún precio. Solo Marcel había sido siempre para ella algo más que un hombre con el que se entendía bien. Era un compañero al que respetaba y con el que podía hablar de todo.

Por cómo la miraba, supo que Marcel le estaba leyendo el pensamiento. Una sonrisa de alegría transformó sus rasgos y les dio por un momento esa expresión despreocupada y traviesa que ella amaba.

—Creo que, en efecto, necesito un par de días de tranquilidad antes de emprender el largo camino a casa —dijo—. Así que, si puedes soportar alojar en tu casa a un desertor, estaré encantado de quedarme.

Barbe-Nicole le dirigió una mirada seria.

—Sé que no eres ningún cobarde, Marcel. Has cumplido con tu deber y has servido en el ejército del emperador. Has combatido y te han herido. Y tú no eres el único hombre que tras dos décadas de guerra está harto y ansía que se imponga la paz. Espero de todo corazón que Napoleón sea vencido y que los Borbones vuelvan a ocupar el trono de Francia. Y yo rezo cada día para que los monarcas que conducen sus ejércitos a nuestro país apuesten por ello.

Él sonrió, pensativo.

—Deseas la paz para poder volver a vender tu vino espumoso en el extranjero —dijo.

—¿Y eso está mal?

—No. Es tu sueño. No fue justo por mi parte echarte en cara que sacrificaras nuestro amor por tu sueño. Tenías razón. Habríamos sido infelices si hubiésemos seguido viéndonos, y nuestros vecinos estarían enfurecidos con nosotros.

—No me resultó fácil, créeme —dijo Barbe-Nicole—. Te he echado de menos.

Ella se levantó y fue hacia la puerta.

—Te enviaré a Robert para que te ayude a vestirte. Le he pedido que te encontrara una indumentaria adecuada. Ahora ya no necesitas el uniforme.

Durante los días que siguieron, Barbe-Nicole y Marcel pasaron muchas horas juntos en el estudio, donde nadie se atrevía a molestar a la viuda Clicquot. Tenían mucho que contarse, acerca de la familia, del trabajo, de sueños y expectativas. Al final, Barbe-Nicole le preguntó cómo le había ido en el ejército.

Él le habló algo vacilante de sus experiencias.

—Despedirme de mi padre y de mi familia me dolió. Ninguno de nosotros sabía si volveríamos a vernos. Yo intentaba no pensar en lo que me esperaba. Me fui a la guerra como un sonámbulo.

»Cuando entré en el centro de reclutamiento, resultó que yo era uno de los pocos tontos que había respondido a la convocatoria. La mayoría no apareció. E hicieron bien. Casi no había equipamiento, solo los uniformes usados de los caídos y que nosotros mismos teníamos que remendar..., no había armas ni municiones..., ni ningún oficial que nos formara. Tuve la suerte de recibir las sólidas botas con clavos de un soldado fallecido. Pero otros ni siquiera tenían eso y debían pelear con un calzado que con la nieve y el fango se descomponía.

»Hicimos unos pocos ejercicios. Aprendimos a desfilar y a manejar el mosquete y la bayoneta. Pero no nos dieron mucho tiempo para aprender la práctica de la guerra. Tras unos pocos días de instrucción nos marchamos y nos unimos al ejército. Nosotros los recién llegados teníamos el privilegio de que nos inspeccionase el emperador, el *Petit Caporal*, como lo llamaban. Parecía tan abatido como nosotros, los soldados rasos. Entonces Napoleón nos llevó de Châlons a Brienne, donde nos enfrentamos a las tropas del mariscal de campo prusiano Blücher. Fue una batalla encarnizada, pero conseguimos desterrar de la ciudad a prusianos y rusos. Se dice que Blücher se salvó por los pelos. Bajo las órdenes de Napoleón emprendimos su persecución. De repente, cerca del pueblo de La Rothière todo permanecía en silencio. Eso era peor que estar en plena contienda. Ahí se puede dar rienda suelta al miedo y la desesperación golpeando salvajemente alrededor. Pero la espera te vuelve loco. Estás sentado, oyendo los latidos de tu corazón, y cuando este se acelera de excitación tienes miedo de que se pare de golpe. No puedes comer nada porque todo el rato sientes náuseas y, al mismo tiempo, te duele la barriga de hambre.

»Y de repente el enemigo atacó. Más tarde llegó a mis oídos que tanto prusianos como rusos, austriacos, bávaros y soldados de Wurtemberg habían participado en la batalla. Yo estaba cerca de La Rothière cuando comenzó. Apenas se veía nada, pues había empezado a nevar y soplaba un fuerte viento. Luchábamos ciegos contra fantasmas que se precipitaban sobre nosotros, la infantería rusa a la que solo veíamos cuando ya la teníamos enfrente. No disparaban, sino que habían calado la bayoneta y nos la clavaban. Mis camaradas cayeron junto a mí. Yo embestía a mi alrededor con la bayoneta. No sé si conseguí matar a algún enemigo…, no lo recuerdo. Luego sentí la herida en el brazo y me caí. Antes de que pudiera volver a levantarme, los rusos ya seguían su camino. Aquellos de nuestro pelotón que todavía podían caminar se escondieron entre los matorrales. Ninguno de nosotros quería regresar y seguir luchando. Nos quedamos allí, simplemente, donde estábamos. No teníamos más fuerzas, ni ánimos, ningún espíritu combativo. Si el enemigo se hubiese abalanzado sobre nosotros en ese momento, nos habríamos dejado hacer papilla sin oponer resistencia…

La mirada de Marcel se perdió en la lejanía, como si volviera a ver esas horribles escenas. De repente frunció el ceño y murmuró:

—Nosotros no éramos los únicos a los que nos repugnaba ese derramamiento de sangre, ¿sabes? Cuando la batalla terminó y nuestra unidad se retiró, mis camaradas y yo seguíamos sentados, como paralizados, entre los matorrales vecinos al campo de batalla y en la nieve, y entonces aparecieron unos jinetes con el uniforme prusiano. Un hombre de buena apariencia con la mirada penetrante de un aristócrata y un bigote poblado y oscuro, un general, habló a un joven oficial. Uno de nosotros comprendía alemán, y como el viento soplaba a nuestro favor, pudo traducirnos lo que decía el general. Por lo visto, era el mariscal de campo Blücher, que aleccionaba al príncipe de la corona prusiano. Dijo que en una guerra injusta «la sangre de los caídos se graba en la conciencia de los regentes como aceite hirviendo». Fue extraño oírselo decir al mariscal de campo que por vocación se había dedicado al oficio de la guerra, pues de lo contrario no estaría donde estaba. Pese a todo, nos pareció que era sincero. Yo no quiero volver a vivir algo así nunca más…

Mientras hablaba, a Marcel le temblaba todo el cuerpo, pese a que estaba sentado delante de la chimenea. Ella lo abrazó y lo estrechó contra sí. Entonces empezó a llorar como un niño y hundió el rostro en el hombro de Barbe-Nicole.

Ya de noche, después de que ambos tomaran juntos una cena ligera en la habitación de invitados, la joven se retiró a su propia habitación. Permaneció un rato sentada indecisa frente a su tocador. Marie, agotada, se había dormido sobre un colchón. De manera excepcional, Barbe-Nicole la había enviado a ella sola al Hôtel-Dieu y la doncella había vuelto tarde. Había explicado que eran incontables los soldados franceses que en esos últimos días habían pasado por Reims procedentes de los campos de batalla. Habían vuelto la espalda al ejército imperial y regresaban a su casa.

Un escalofrío recorrió a Barbe-Nicole cuando recordó lo que Marcel le había contado. Le habría gustado desprenderle de esos recuerdos horribles y devolverle la paz de espíritu. Él había confesado que casi cada noche tenía pesadillas en las que veía morir a sus camaradas e intentaba defenderse contra un número muy superior de soldados enemigos. Mientras ella se soltaba el cabello que le caía sobre los hombros, vio su expresión desesperada y sintió un profundo dolor. Al final, no aguantó más. Cogió la lamparilla del tocador, observó que Marie dormía y dejó sus aposentos. La habitación en la que se alojaba Marcel estaba justo junto a la suya. No llamó a la puerta, la abrió sin hacer ruido y entró.

Marcel estaba vestido y sentado al borde de la cama con la vista fija en la pared. Ella sintió una punzada en el corazón ante esa imagen, pues su actitud le recordó a François poco antes de su muerte. Corrió hacia él y le puso la mano sobre el hombro para arrancarlo de esa enfermiza apatía. Él volvió la cara hacia ella y sonrió.

—¿Vienes a darme las buenas noches? —preguntó sarcástico.

—No —contestó ella dulcemente—. He venido para pasar la noche contigo..., si así lo deseas —añadió insegura.

Él cogió su mano en silencio y se la llevó a los labios para besarla. Luego sentó a Barbe-Nicole en su regazo y la estrechó con tal fuerza contra sí que ella casi no podía respirar.

Al día siguiente, las tropas regulares francesas, a las órdenes del general Rigau, abandonaron Reims. Evacuaron a los soldados heridos del Hôtel-Dieu y solo dejaron a los que no podían trasladar.

Por la mañana temprano, Barbe-Nicole recibió la visita de su padre, el barón Ponsardin, quien desde hacía casi cuatro años era alcalde. Le comunicó que tenía que viajar urgentemente a Le Mans por cuestiones de negocios.

—¿Cómo?, ¿ahora que los soldados enemigos están delante de las puertas de la ciudad? —preguntó Barbe-Nicole, atónita—. Lo necesitan aquí, papá. ¡Yo lo necesito aquí!

—Pero, mi querida niña, no estaré mucho tiempo ausente —contestó Nicolas Ponsardin, intentando tranquilizarla—. Antes de que llegue el enemigo, habré vuelto.

Mientras hablaba, el hombre evitaba mirar a su hija a los ojos, así que ella no lo dudó: estaba mintiendo. ¡Su padre, a quien respetaba y amaba más que a nada en el mundo, la dejaba en la estacada! A ella y a los habitantes de la ciudad que confiaban en él.

—¿Por qué no me acompañas, Barbe? —dijo cuando distinguió una expresión acusadora en sus ojos.

Ella esbozó una sonrisa amarga. ¿Había querido proponérselo desde un principio o se le acababa de ocurrir? Pensó en Marcel, que por fin había sucumbido al sueño en la habitación de invitados después de pasar toda la noche agitándose de un lado a otro por culpa de las pesadillas. Pero también pensó en su bodega, que tanto se había esforzado en proteger. Si dejaba la ciudad con su padre, seguramente lo perdería todo..., y decepcionaría a aquellos que dependían de ella.

—¿Va Clémentine con usted? —preguntó Barbe-Nicole cortante—. ¿O Jean-Baptiste?

El anciano barón negó tímidamente con la cabeza. Entonces ella supo que no había tenido la intención de pedirle que fuera con él antes de visitarla.

—Vaya usted, papá —dijo con expresión abatida—. Nosotros defenderemos el fuerte en su ausencia.

Ese mismo día, el alcalde y el subprefecto Leroy abandonaron Reims. Para su defensa solo quedó una fuerte milicia de unos quinientos hombres bajo el mando de un comerciante llamado Mitteau Fillion. Algunos notables, comerciantes y fabricantes ricos se reunieron en un comité a cuya cabeza se encontraban el teniente de alcalde, Andrieux, y el antiguo ocupante del cargo, Jobert Lucas.

Marcel permaneció una semana en la casa de Barbe-Nicole en la Rue de l'Hôpital. Llegaron a Reims los rumores de inminentes acuerdos de paz, y la población esperaba más noticias con impaciencia y llena de esperanza. Sin embargo, Barbe-Nicole sospechaba que una paz que permitiera a Napoleón seguir gobernando en Francia solo brindaría la oportunidad al emperador de prepararse para una nueva batalla. Por lo visto, los países de la coalición pensaban lo mismo, pues las negociaciones se retrasaban.

Después de que el ejército le confiscara el último caballo de tiro, Barbe-Nicole solo poseía dos mulos, uno de los cuales dejó a Marcel para que no tuviera que ir a pie hasta su casa.

Llegó sano y salvo a la bodega de su padre. Allí corrieron a su encuentro Olivier, Aurélie y su hijo de siete años, Alain. Loco de alegría, ciñó al niño entre sus brazos y lo estrechó contra sí. Alain hizo lo mismo. Solo la tímida Aurélie pareció incapaz de decir nada ante su marido. Después de tres meses sin él, le parecía tan extraño como si hubiesen pasado décadas separados. El recuerdo de su convivencia con Barbe todavía llenaba tanto el corazón de Marcel que no quería exigir a su mujer que pasara la primera noche sin descansar por culpa de sus pesadillas. Hasta que no se encontrara mejor, se instalaría en la habitación de invitados. Cuando no podía conciliar el sueño, pensaba en los días en la Rue de l'Hôpital, donde había casi podido olvidar los horrores de la guerra y casi había vuelto a sentir algo así como la felicidad.

El día en que Marcel regresó, un batallón francés marchó cerca de los viñedos de los Jacquin. Una patrulla entró a caballo en el patio interior y miró a su alrededor, aparentemente en busca de desertores, caballos y comestibles que requisar. Olivier y Marcel se acercaron al oficial y le contaron que no tenían nada que llevarse, pues otros ya se habían servido abundantemente de sus existencias.

El oficial observó al anciano viticultor con expresión sombría y sometió también a Marcel, que llevaba el brazo en cabestrillo, a una inspección exhaustiva.

—¿Cómo está la situación en Reims? —preguntó Marcel.

Se notaba que el subteniente se contenía para no hablar sobre los movimientos de la tropa, pero al mismo tiempo entendía que la población estuviese preocupada.

—Estamos retrocediendo ante los invasores —admitió—. Al cabo de un par de días a más tardar, estarán aquí. —Dirigió a los dos hombres una intensa mirada—. Si puedo darles un consejo, messieurs, lleven a sus mujeres a un lugar seguro. Los rusos, en especial, son como animales. Háganme caso, es mejor que no caigan en sus manos. —El subteniente dio la orden de retirarse e hizo dar media vuelta al caballo.

Padre e hijo se miraron mudos de horror.

—¿Qué vamos a hacer? —preguntó Olivier desconcertado.

Marcel inspiró hondo para desprenderse de la parálisis en que había caído su cuerpo. Entonces dijo decidido:

—Enviaremos a las mujeres y a Alain a Reims.

—Pero la ciudad estará a rebosar de desplazados —señaló Olivier—. ¿Dónde se instalarán?

—Madame Clicquot los acogerá —aseguró Marcel.

Su padre emitió un profundo suspiro.

—Estuviste con ella, ¿verdad? Y eso que me prometió...

—¡Padre! No le reproches nada —le cortó Marcel—. Trabaja en el hospital miliar y me llevó a su casa para curarme la herida. Sin ella seguramente no habría conseguido llegar aquí. Y estoy seguro de que dará cobijo a las mujeres.

Ese mismo día, Marcel enganchó el mulo delante de un pequeño carro y encargó a uno de sus bodegueros que llevara a Reims, a la Rue de l'Hôpital, a Aurélie, Alain y las criadas. Olivier, los otros mozos y él cuidarían de la propiedad.

A la mañana siguiente, una tropa de prusianos se acercó por el camino y entró en la granja del viticultor. El oficial que la dirigía preguntó en tono autoritario si había alguien en casa. Olivier y Marcel salieron de la vivienda para mostrar a los soldados que iban desarmados. El oficial prusiano se los quedó mirando.

—Messieurs, soy el teniente mayor Drage, auxiliar del mariscal de campo Blücher. Tienen ustedes el honor de atender al mariscal, a sus oficiales y a una parte de la unidad rusa que nos acompaña —anunció con un tono que no admitía réplica.

Ya mientras hablaba, entraron tras los prusianos una tropa de la caballería y la infantería rusa que capitaneaba un teniente general. Luego aparecieron más prusianos a caballo. Uno de ellos llevaba el uniforme de mariscal de campo.

—Disculpe, monsieur —contestó Olivier—, no tenemos suficiente comida para tantos hombres.

El teniente mayor dibujó una sonrisa cínica.

—Los soldados se alimentarán con las tostadas que llevan en su equipo de marcha. Ustedes solo tienen que dar de comer a los oficiales. Y necesitamos forraje para los caballos.

Bajo la mirada escrutadora del oficial prusiano, Marcel dio instrucciones al mozo Philippe para que mostrara el pajar a los jinetes.

—Está usted herido —observó el teniente mayor—. ¿Es soldado?

—Lo era —respondió Marcel discretamente.

—¿En qué batalla combatió?

—La Rothière.

—Ah, debo reconocer que lucharon con valentía. ¿Volverá al ejército?

—No.

—Bien. Muy sensato. Su emperador está acabado. Estamos aquí para desterrarlo —explicó el prusiano con arrogancia.

Aunque no había nada que Marcel deseara más que el final del imperio, era tal el orgullo que sentía por el extraordinario arte de la guerra de Napoleón que le hubiera gustado gritarle a la cara a ese oficial que el emperador ya les daría una lección. El prusiano supo interpretar en su rostro lo que pensaba y volvió a sonreírle con desdén. Pero antes de que Marcel se alterase tanto como para cometer una imprudencia, una voz autoritaria llamó por su nombre al teniente mayor, que tuvo que marcharse. Un oficial de edad avanzada, con rasgos nobles y posición erguida, preguntó si todo estaba en orden. Marcel lo reconoció sin esfuerzo. Era el mariscal de campo Blücher, al que había visto en el campo de batalla de La Rothière. Después de que Blücher examinara brevemente a los dos franceses, llamó al teniente general Olsufiev, que estaba al mando de la unidad rusa. Como hablaban en alemán, Marcel no entendió lo que decían.

Entre tanto, el auxiliar prusiano había vuelto junto a los dos viticultores y les indicó que preparasen la comida. Mientras Olivier y Marcel reunían en la cocina sus últimas reservas, escuchaban con atención lo que sucedía en el patio. Órdenes a voces y el golpeteo de los cascos de los caballos resonaban desde el exterior. Los oficiales inspeccionaban las habitaciones de la casa para asegurarse de no encontrar en ellas ningún individuo armado o francotiradores. Luego se oyeron los chillidos de las aves a las que atrapaban y mataban los soldados. Un caporal prusiano llevó a la cocina las gallinas desplumadas y se las dio a Olivier para que las preparase bien crujientes. Los dos franceses se resignaron a lo ineludible. El caporal los vigilaba mientras ellos cocinaban. Una vez que el mariscal y sus oficiales se sentaron a la mesa y fueron atendidos, permitieron que los franceses se retiraran.

Salieron al patio con sentimientos encontrados. Los rusos, en busca de un lugar abrigado, se habían puesto cómodos en el pajar junto a los caballos. Algunos de ellos habían roto la puerta que conducía a la bodega y registraban el lugar. No tardaron en aparecer con los brazos cargados de botellas de vino. Un auxiliar del teniente general ruso les gritó que los saqueos estaban prohibidos. Cuando el oficial vio a los dos viticultores, se aproximó a ellos.

—Lo siento, messieurs —dijo el ruso—. Los hombres están sedientos. Pero no permitimos robos. El ejército del zar paga por lo que consume.

Ante la mirada sorprendida de Olivier y Marcel, sacó una bolsa de monedas, calculó la cantidad y se la dio a los franceses.

Los prusianos, tal como quedó demostrado, tenían menos reparos. Antes de que los oficiales terminasen de comer, los soldados desaparecieron en la bodega. Cuando el teniente mayor Drage se dio cuenta de lo que estaba pasando, reunió a los hombres a gritos y se quejó de que se hubiesen servido antes de que los oficiales pudiesen escoger las mejores botellas.

Marcel y Olivier volvieron a entrar en la casa y ordenaron la cocina. Pensaban en Aurélie y Alain. Solo podían esperar que tanto ellos como las sirvientas hubiesen llegado a salvo a Reims.

Pasaron dos horas. Al final apareció en la granja un correo que habló con uno de los oficiales prusianos. Y de repente estalló el caos.

Las órdenes en alemán se iban repitiendo de un lado a otro y los taconazos de las botas resonaban en el empedrado del patio. Marcel y Olivier se quedaron inmóviles. Escuchaban inquietos, intentando adivinar qué ocurría. De repente, dos soldados prusianos irrumpieron en la casa, se metieron en la cocina y agarraron violentamente a los dos franceses por los brazos. Arrastraron a Olivier y Marcel al exterior y los empujaron frente al teniente mayor Drage.

—¿Dónde está? —les preguntó a gritos el oficial—. ¿Qué habéis hecho con él?

Como el prusiano había hablado en alemán, los dos franceses lo miraron desconcertados. Con el rostro rojo de cólera, sacó la pistola de chispa y apuntó con ella a Olivier.

—¡Responde! —ordenó en francés—. ¿Dónde está el mariscal?

Olivier miró horrorizado la pistola, incapaz de pronunciar palabra. Entonces Drage volteó el arma, la cogió por el cañón y golpeó con la culata al anciano.

—¡Habla de una vez, perro! ¡Como le hayáis hecho algo, colgaréis en la horca!

Olivier se desplomó por el golpe. Marcel agarró a su padre y exclamó:

—¡Por favor! Nosotros no hemos hecho nada.

Antes de que el oficial pudiera levantar de nuevo el brazo, el teniente general Olsufiev avanzó entre los prusianos.

—Mi querido teniente mayor Drage, ¿es esto necesario? —preguntó en un tono sosegado—. No olvide que queremos ser benévolos con la población francesa.

—¿Benévolos? —preguntó Drage, burlón—. Estos condenados perros se han llevado a rastras a nuestro mariscal a un rincón y es posible que lo hayan asesinado por la espalda. No lo encontramos por ningún lado.

—¿Ha mirado usted en la vivienda? —inquirió pacientemente Olsufiev.

—Mis hombres están en ello.

De hecho, salían del edificio unos golpes y un alboroto que revelaban que estaban poniendo la casa patas arriba. El oficial ruso miró pensativo a los franceses. La herida en la sien de Olivier sangraba. En vano, Marcel intentaba mantener a su padre en pie. De repente a Olsufiev pareció ocurrírsele una idea.

—En Brienne, nuestro zar encontró al mariscal en la bodega, donde estaba disfrutando de los mejores vinos.

Hizo una señal a su auxiliar y le encargó que fuera a buscar al médico y se inclinó sobre Marcel para indicarle que lo acompañara.

—No puedo dejar solo a mi padre —contestó Marcel.

—El médico lo examinará —le aseguró Olsufiev. Y añadió con vehemencia—: Venga conmigo. Hágame caso, es por su bien. Muéstreme la bodega.

Marcel se levantó sorprendido y dejó semiinconsciente a su padre en manos del cirujano que ya había llegado corriendo. Seguido por el oficial prusiano, cruzaron el lagar y luego bajaron por la escalera a la bodega. Estaba todo lleno de botellas vacías y esquirlas de vidrio. Habían agujereado los barriles con las bayonetas y en el suelo se habían formado charcos de vino. Como anestesiado fue internándose por las galerías hacia donde se encontraba su mejor vino espumoso. De repente, se oyó una voz que murmuraba algo incomprensible. Olsufiev, que estaba al lado de Marcel, lo cogió bruscamente del brazo y lo detuvo. Mientras los oficiales prusianos que los habían seguido pasaban por delante, el teniente general ruso musitó a Marcel:

—¡Márchese! Coja a su padre y escóndase entre los matorrales. ¡Deprisa!

Sin comprender, Marcel se quedó mirando al ruso. En las galerías, alguien balbuceaba en alemán: «Shhhh, tranquilos, chicos, el emperador nos oye... Ya sabéis que galopa por el viento como un espectro».

Olsufiev apretó fuertemente el brazo de Marcel, hasta hacerle daño.

—Haga lo que le digo —ordenó—. ¡Váyase! Los prusianos no dudarán en matarlos. Y no hable con nadie de lo que acaba de oír.

Marcel sintió que lo invadía el pánico. Volvió corriendo a la escalera y subió a toda prisa los peldaños, atravesó la sala de prensado y salió al patio. Los soldados estaban recogiendo sus cosas y los miembros de la caballería sacaban del pajar a los caballos. Con el corazón desbocado, Marcel buscó a Olivier y lo vio sentado al borde de la tina de los caballos. El hijo se obligó a mantener la calma y se acercó a él por el patio. La herida en la sien de su padre ya no sangraba, pero él todavía estaba aturdido. Marcel lo cogió del brazo y lo obligó a levantarse.

—Ven, ¡hemos de irnos! —dijo con vehemencia.

—¿Marcharnos? ¿Por qué? —preguntó el anciano, desconcertado.

—Luego te lo explico. ¡Venga, vamos! —le urgió Marcel—. ¿Dónde está Philippe?

—No lo sé.

Olivier percibió el miedo en la voz de su hijo y se esforzó por seguirlo. Cuando pasaron junto al pajar, descubrieron a Philippe, al lado de la puerta. Discretamente, Marcel le hizo una seña para que escapara. El mozo asintió y desapareció en la penumbra del pajar.

Marcel no dejaba de mirar atrás por si los seguían, pero nadie les prestaba atención. Solo a duras penas consiguió no echar a correr. Cuando hubieron llegado a los viñedos de detrás de la casa, Marcel miró a su alrededor. Las cepas sin hojas no ofrecían protección alguna. Entre ellas, los prusianos enseguida los encontrarían, incluso si la nieve de los últimos días se había convertido en una papilla y sus huellas no se distinguían en los charcos. Tenían que llegar hasta el bosquecillo que lindaba con los viñedos. Marcel volvió a mirar a su alrededor, angustiado. En la granja pasaba algo. Los oficiales subían a sus caballos y dictaban órdenes. Se oía claramente la palabra «franceses». Marcel se arrastró rápidamente de los matorrales al borde del bosquecillo y tiró de su padre. Encorvados se deslizaron veloces entre los árboles, a través de la broza, por encima de las raíces hacia la profundidad del bosque. En un lugar cubierto con una mata espesa y árboles caídos se lanzaron al suelo y se acurrucaron bajo un tronco.

—Silencio, oigo unos cascos que se acercan —advirtió Marcel.

Los jinetes galopaban entre las cepas, pero no se introdujeron en el bosquecillo. Al parecer, los prusianos no habían visto en qué dirección habían huido los viticultores.

Durante un tiempo que se les antojó eterno, Marcel y Olivier yacieron en la tierra fría y no se atrevieron ni a hablar ni a moverse. Cuando cayó la noche y ya no se oía nada, suspiraron aliviados.

—Pero ¡¿por qué nos perseguían los soldados?! —preguntó Olivier—. ¿Qué ha pasado en la bodega?

Marcel levantó la comisura de los labios en una sonrisa sarcástica.

—El comandante jefe de su ejército, ese mariscal Blücher, ha perdido la razón. No pude entender lo que decía, pero parecía un loco farfullando algo incomprensible. Los prusianos tenían miedo de que Napoleón se enterase. Por eso nos querían tapar la boca definitivamente.

34

Reims, febrero de 1814

Barbe-Nicole estaba en su bodega observando al maestro bodeguero y a uno de los trabajadores que daba la última mano al tabique separador recién construido. Elevó algo más la linterna para examinar la transición a la bóveda y confirmó que no se distinguía a la luz amarillenta de la llama.

—Maravilloso —dijo satisfecha.

Luego se inclinó, cogió un montón de escombros y los lanzó contra la pared. El polvo cayó en una espesa nube al suelo, pero una parte de él se quedó suspendido en los ladrillos y el revoque recién hecho. El maestro Jacob y Jean la imitaron hasta que el muro parecía tan polvoriento como todos los demás.

—Ahora solo nos queda apilar las botellas delante y nadie adivinará que aquí se ha levantado un tabique nuevo —dijo Barbe-Nicole con una sonrisa sagaz—. Esperemos que pronto podamos demolerlo.

La joven viuda tuvo que abrirse camino en el patio interior entre los desplazados que habían montado allí su campamento. Venían de los alrededores y de más lejos: agricultores, campesinos, soldados, heridos, desertores… La gente del campo incluso se había traído su ganado con la esperanza de que en la ciudad estuviera a salvo de los ladrones. Por el jardín pululaban gallinas que picoteaban, gansos aleteando y cerdos hozando. Pero Barbe-Nicole se temía que esos animales tendrían que servir para llenar los estómagos de los ocupantes. Los ejércitos de prusianos y rusos unidos se movían imparablemente hacia Reims, mientras los austriacos se dirigían mucho más al sur, a París.

De repente, Barbe-Nicole descubrió un carro que pasaba por la puerta del patio interior. El mulo que estaba enganchado a él dejaba caer la oreja izquierda de un modo que le resultaba familiar. Entonces distinguió al viejo Jacques, el mulo que le había prestado a Marcel. Se acercó con cierta curiosidad y observó a los recién llegados. El hombre que conducía el carro era un bodeguero de los Jacquin que se llamaba Paul, un chico fibroso con la espalda encorvada y un hombro más alto que el otro, lo que no le había permitido ser apto para combatir en la guerra. Detrás de él, en la superficie de carga, estaban sentadas tres mujeres y un niño pequeño. A Barbe-Nicole no le costó adivinar que eran la familia de Marcel y las criadas.

—¡Madame Clicquot! —gritó Paul tirando de las riendas del mulo. A toda prisa se quitó el mugriento sombrero y saltó del pescante—. Mi señor me ha ordenado que le traiga a madame Jacquin, al pequeño Alain y a las chicas porque los rusos y los prusianos se aproximan. El señor Jacquin le pide que dé cobijo a su familia.

La irrupción de Aurélie en su casa la ponía en un grave apuro, pero sospechó que a Marcel no le había quedado otro remedio que enviar a su esposa y a su hijo al único lugar en el que sabía que estarían seguros. Con una sonrisa acogedora puso la mano en el hombro del muchacho.

—Lo haré encantada, Paul. Mete a Jacques en el establo y ve a buscar algo que comer en la cocina del servicio. Yo me ocupo de madame Jacquin y de sus acompañantes.

Un poco forzada, saludó a la mujer de cabello oscuro, a la

que Paul ayudó a bajar del carro y que llevaba de la mano a su hijo.

—Le agradezco su bondad, madame —le dijo Aurélie a Barbe-Nicole.

Tenía unos grandes ojos azules de expresión ingenua y carente de afectación. La joven viuda se preguntó automáticamente si sabría algo de la relación que su marido tenía con la mujer que ahora le ofrecía refugio. Si era así, no lo aparentaba. Su frágil cuerpo temblaba de frío pese al abrigo que llevaba y su rostro reflejaba cansancio y sueño. Al niño de siete años también se le cerraban los ojos mientras se apretaba contra su madre. Barbe-Nicole lo miró tímidamente. Era una réplica exacta de su padre.

—Hay que mantenerse unidos en los tiempos difíciles —respondió—. Venga, madame, le enseñaré su habitación.

Para no tener que mirar a Aurélie a la cara, la precedió hasta el segundo piso de la casa y abrió la puerta de la habitación de invitados. Aurélie entró detrás de ella y miró sorprendida. A continuación, se irguió y le encomendó a la doncella el cuidado de Alain.

—Dale de comer y algo caliente que beber —indicó—. Está tiritando.

Después de que la sirvienta hubiese partido con el niño, Aurélie dirigió a Barbe-Nicole una altiva mirada con sus ojos azules.

—No he querido hacer caso de los rumores, pero esta habitación me confirma que son ciertos —dijo—. No habría ofrecido este lujoso dormitorio a la pobre esposa de un viticultor si no tuviera remordimientos de conciencia.

Barbe-Nicole iba a darse media vuelta, pues una pelea entre mujeres le repugnaba; además, no era el momento. Pero Aurélie tendió la mano hacia ella y la detuvo.

—¡No, quédese! —le pidió—. Tengo que decirlo. Sé que mi esposo la ama desde hace muchos años, desde mucho antes de que nos prometiésemos. El nuestro fue un matrimonio de conveniencia y su único fin fue el de unir los viñedos de nuestras familias. Pero, como esposo, Marcel me juró fidelidad, por lo que me debe respeto, igual que usted.

Barbe-Nicole no sabía qué decir. No le costaba nada emprender complicadas negociaciones tanto con viticultores como con clientes, pero en esa situación se sentía desarmada. Ruborizándose, bajó la cabeza.

—Le agradezco que nos acoja a mi hijo y a mí —prosiguió Aurélie—. Pero prefiero quedarme con los demás desplazados.

En su voz no había ni cólera ni amargura, solo un orgullo que casi otorgaba nobleza a sus palabras. Barbe-Nicole no pudo más que admirarla.

En los días que siguieron fueron llegando a Reims cada vez más rumores de una victoria decisiva de Napoleón sobre los ejércitos de la coalición. Se decía que junto a Montmirail, los soldados franceses habían aniquilado a las tropas prusianas y rusas bajo las órdenes de los generales Yorck y Von der Osten-Sacken, y habían puesto en fuga al ejército del mariscal de campo Blücher. El resto del ejército silesio se retiraba en dirección a Reims. Los habitantes de la ciudad esperaban con el corazón encogido que el enemigo llegara a sus puertas.

Mientras las personas se escondían en sus casas y sótanos para evitar las bayonetas de los conquistadores, los prusianos entraban en la ciudad. Constantemente se oían disparos, madera astillada, puertas derribadas a patadas y ventanas rotas. Todo aquel ruido le recordó a Barbe-Nicole aquel lejano día en que huyó por las calles de Reims con madame Jourdain, la modista. Una jauría desatada se había abalanzado sobre todo aquel que parecía pertenecer a la burguesía o al clero, lo había empujado y con frecuencia habían acabado ahorcándolo. Los cadáveres vejados de aquellos que se encontraban en el lugar equivocado o habían pronunciado las palabras incorrectas habían colgado durante días o semanas de los árboles o sobre las cercas.

A los habitantes de Reims les pasaría lo mismo cuando prusianos y rusos se vengasen de la desgracia que Napoleón les había causado, cuando fueran a compensar todas las privaciones y olvidar los tormentos que habían tenido que soportar desde el lejano Imperio del Este hasta ahí. ¿Y con qué olvidar? Con vino. ¡Con «su» vino! El vino que se almacenaba en sus bodegas y que era todo lo que poseía.

Barbe-Nicole había decidido oponer resistencia a los conquistadores en primera persona. Tenían que saber a quién saqueaban. Incluso si nunca había aprobado las guerras napoleónicas, solo podía esperar clemencia.

Los oficiales prusianos se buscaron los mejores hospedajes y decretaron de inmediato la ley marcial en la ciudad. Cualquier oposición era sancionada con la muerte. Las iglesias tenían que cerrar y ya no se podían tañer las campanas.

Tres días más tarde, cuando la unidad del teniente general ruso Ferdinand Freiherr von Wintzingerode entró en la ciudad, el comité central que acababa de formarse le envió una delegación. Dado que, en el pasado, el abate Jean-Nicolas Macquart, originario de Reims, había dado clases en San Petersburgo y por eso era bien conocido del jefe del Estado Mayor de Wintzingerode, el príncipe Volkonski, se nombró portavoz al religioso. El destino de la ciudad estaba ahora en las frágiles manos del anciano abad.

El vecino de Barbe-Nicole, monsieur Povillon-Pierrard, que observaba atentamente los acontecimientos y mantenía al corriente a la joven viuda, le informó de que diez regimientos de las divisiones Kleist y Von der Osten-Sacken, de unos veinte mil hombres, habían ocupado Reims.

—Los rusos y los prusianos no se llevan bien —le confesó—. He oído decir que los generales se pelean entre sí. Los rusos se quejan de que los prusianos están por toda la ciudad. No quieren tenerlos rodeándolos. ¡Levante barricadas alrededor de su casa, madame! Como esos bárbaros comiencen a tirarse de los pelos, más nos vale no estar entre los dos frentes.

Las tropas habían destruido la manufactura textil de Jean-Baptiste en Saint-Brice. Un duro golpe para el hermano de Barbe-Nicole. A través de los desplazados de Épernay se enteró de lo que le había sucedido a su competidor Jean-Rémy Moët: los soldados que se habían acuartelado en su casa habían saqueado su bodega y habían vaciado todas sus existencias, varios miles de botellas del mejor espumoso. Y ahora le llegaba el turno a ella.

Se acercaba el mediodía cuando la puerta del patio tembló por los fuertes golpes del exterior. Barbe-Nicole inspiró hondo e hizo una señal al *concierge* Jean-Marie para que abriera. Con el rostro petrificado, aquel hombre flaco abrió la puerta y retrocedió un paso. En contra de lo que habían esperado, no se introdujo al momento la jauría de soldados que merodeaban por allí. En cambio, Barbe-Nicole y su criado vieron una hilera de sables desenfundados que inmediatamente descendieron para dejar pasar a un hombre alto y con uniforme de oficial, quien con su abrigo de piel ocupó toda la puerta un minuto después.

—¿Dónde puedo encontrar a la viuda Clicquot? —preguntó con un fuerte acento ruso.

Barbe-Nicole se adelantó un paso.

—Soy yo —confirmó, aliviada de que el oficial la reconociera como viuda.

—Subteniente Simanski de la guardia Ismailovski. —El soldado hizo un saludo militar, tal vez porque no sabía cómo comportarse ante una mujer de luto—. Se habla de usted como… —Dudó—. ¿Comerciante de vinos?

—Es lo correcto, monsieur: Veuve Clicquot Ponsardin & Cie —dijo—. Y no nos queda nada.

—¿De verdad?

El hombre, un tipo de una estatura considerable, se la quedó mirando un momento, evaluándola. Se podía reconocer que también a él lo habían maltratado las pasadas guerras que duraban meses y años. Pero tenía los ojos despiertos e inteligentes; además, en la comisura de sus labios apareció una pequeña sonrisa, como si tuviera que pensar muy bien lo que iba a decir.

—Qué lástima —dijo finalmente—. Le habríamos comprado un número considerable de botellas. Porque… ¿su vino está embotellado?

¿Comprado? Barbe-Nicole se preguntó si podía confiar en ese hombre. ¿No sería una artimaña para averiguar si tenía vino almacenado en algún lugar? Por otra parte, fuera había cientos de soldados sedientos, tipos que habían mirado la muerte a la cara y que solo querían olvidarse de la miseria del campo de batalla. ¿Qué les impedía apropiarse por la fuerza de lo que deseaban? Eso era lo que le había sucedido a Moët. Habían saqueado ciudades y pueblos…

La joven viuda hizo acopio de todo su valor.

—Monsieur —dijo—, tiene usted delante a una mujer que lo ha perdido todo. Una mujer que nunca ha querido esta guerra y que también sufre por su causa.

De nuevo se movieron las comisuras de la boca del subteniente. Sus ojos brillaron.

—¿Es así?

—Sí, monsieur. Lo que me queda —dudó— son un par de botellas… y barriles.

Fue una mentira rotunda, pues quedaba mucho sin vender, casi todo, por culpa de la maldita guerra. Las botellas se apilaban y los barriles casi no tenían sitio en las bodegas.

—¿Dice que quiere comprarme vino?

De repente, el soldado dejó de sonreír y se puso serio.

—Nosotros no somos prusianos —puntualizó con orgullo—. No somos austriacos. Somos rusos. Si cogemos algo, lo pagamos. Si queremos algo, lo pedimos.

Para esconder su profundo alivio delante del subteniente Simanski, Barbe-Nicole inclinó la cabeza antes de contestar.

—Esto le honra, subteniente. Le aseguro que los hombres de honor siempre son bien recibidos en esta casa. Y me complace venderle lo poco que todavía poseo como vino exquisito, en caso…

—¿En caso?

—En caso de que me conceda el honor de beber una botella de mi mejor espumoso conmigo.

Ahora fue el soldado quien se inclinó galantemente delante de la viuda para responderle con una sonrisa:

—Será para mí un gran placer, madame. Veo que también la segunda referencia que me ha llegado sobre usted era acertada.

—¿La segunda referencia? ¿Y qué se supone que era?

—Sabe usted de negocios, madame.

Barbe-Nicole disfrutó de la visita de los oficiales rusos en su casa. Todos hablaban un excelente francés y mostraban unos modales distinguidos. La joven viuda no vio nada que objetar a su comportamiento. Cuando su hermano se enteró de que los rusos habían entrado en casa de la viuda, se acercó lleno de preocupación para estar a su lado y se la encontró conversando animadamente con los «bárbaros», que elogiaban su espumoso. Los oficiales se sentían tan a gusto con la viuda Clicquot que hasta el jefe del Estado Mayor del general Wintzingerode deseaba visitarla para probar el vino. El príncipe Serguéi Grigórievich Volkonski le confió que había puesto coto a los prusianos que se incautaran de los bienes ajenos. Las tropas del general Yorck se retirarían de la ciudad esa misma tarde.

Después de comer, mientras Volkonski y unos pocos oficiales más disfrutaban del vino de perla de la viuda Clicquot, el príncipe le confesó que ya hacía tiempo que apreciaba su noble bebida.

—Tiene empleados muy eficientes, madame —dijo—. Me acuerdo de un hombre pelirrojo, orondo como una matrioska, que años atrás nos honraba con su visita. No suelo tener trato con comerciantes, pero mi mayordomo me informó de que ese excéntrico hombrecillo hacía unos juegos de palabras tan divertidos que en una de sus visitas le pedí que fuera a verme. Me contó unas anécdotas tan ingeniosas de sus viajes que me parecieron graciosísimas. Un espíritu realmente agudo.

Barbe-Nicole asintió sonriendo.

—Mi leal representante Louis Bohne. Era del Palatinado y viajó infatigablemente por toda Europa para ganar clientes para mi empresa.

El príncipe Volkonski bebió un buen trago del dulce espumoso que el criado de Barbe-Nicole le había servido. A continuación, también los otros oficiales le tendieron el vaso vacío al criado.

—Creo que puedo afirmar con toda razón que en estos últimos días también ha reunido a un montón de nuevos clientes sin la ayuda del viajante, madame —bromeó el príncipe—. Esta bebida es exquisita. Dispone usted de un astuto maestro bodeguero que ha conseguido esta atractiva mezcla.

—Mi maestro bodeguero es una joya, eso está fuera de toda duda —contestó Barbe-Nicole—. Pero no es él solo quien se encarga del ensamblaje.

El ruso miró sorprendido a la joven.

—Tiene usted un paladar artístico, madame. Algo digno de consideración. —Sonrió con aprobación—. Cuando esta guerra por fin termine, conquistará usted Rusia, estoy seguro. Su espumoso ya tiene buena fama, pero en estos últimos años solo unos pocos han tenido el placer de probarlo. —Hizo un gesto amplio—. Cuando estos señores lleguen a casa, se llevarán el recuerdo de esta delicia que hemos disfrutado en su compañía. Solo tendrá que enviarla donde se lo pidan.

—¡Bravo, bravo! —exclamó un oficial.

El príncipe y los otros oficiales aunaron sus voces hasta que un clamoroso coro se elevó e hizo temblar las paredes. Barbe-Nicole escuchó encantada sus animosas palabras. Sí, esos hombres harían famosos sus vinos en Rusia. La joven viuda vio ante sus ojos un futuro de color rosa. ¡Ojalá terminara esa maldita guerra de una vez!

35

Reims, febrero de 1814

Por la noche, cuando Barbe-Nicole se metió en su habitación, se sorprendió de que Marie no estuviese allí. La bondadosa muchacha pasaba todo el día ocupándose de los desplazados y de los soldados rusos heridos que habían alojado en la casa. En esos tiempos difíciles, a Barbe-Nicole no le importaba prescindir de los servicios de su doncella, pero se preocupaba de que con su abnegada disposición no cayese rendida. Barbe-Nicole ya estaba soltándose el cabello cuando la puerta de la habitación se abrió sigilosamente y apareció Marie en el umbral.

—Ya estás aquí —dijo aliviada la joven viuda—. Empezaba a preocuparme. —Cuando vio el rostro consternado de la doncella, enseguida añadió—: ¿Ha ocurrido algo?

¿Le ha pasado algo malo a Marcel?, pensó inquieta.

Desde que Aurélie había llegado con su hijo y las sirvientas no había vuelto a saber nada más de él, más allá de que habían saqueado las existencias de muchos pequeños viticultores. ¿Les habría sucedido lo mismo a los Jacquin? Y si era así, ¿qué les habría pasado a Marcel y a su padre? Le habría gustado enviar a alguien a Bouzy para obtener información. Sin embargo, por desgracia, eso no era posible, pues había tropas prusianas, rusas, austriacas y francesas deambulando por todo el país. Seguramente habrían tomado por un espía al mensajero, lo habrían detenido y fusilado.

—He estado con madame Jacquin —contestó Marie. Sus palabras arrancaron a Barbe-Nicole de sus pensamientos—. El pequeño no está bien. Tiene fiebre.

—Entonces iré a verlo —decidió Barbe-Nicole.

Rápidamente se trenzó el cabello en la nuca y se puso por encima el abrigo que colgaba detrás de la puerta. Le gustaba tenerlo al alcance de la mano, pues a menudo, cuando no podía dormir por las noches, bajaba a la bodega y supervisaba si todo estaba en orden. Por supuesto, solo era un pretexto porque no necesitaba controlar ni a Jacob ni a los bodegueros. Era gente experimentada que sabía perfectamente lo que tenía que hacer. Pero a Barbe-Nicole le encantaba pasear con una linterna en la mano por los pasillos oscuros, escuchar fermentar el vino en los barriles y soñar en qué país lejano su espuma ocuparía unas refinadas copas y desplegaría su magia. Era lamentable que la invasión de la ciudad la hubiese forzado a construir un muro en su bodega. Así, sin querer, los rusos la habían empujado a dar los paseos nocturnos que a ella tanto le gustaban.

Delante de la puerta de la habitación las dos mujeres se encontraron a Mentine.

—¿Qué haces a estas horas aquí? —preguntó Barbe-Nicole a su hija—. Ya hace tiempo que deberías estar en la cama.

—No podía dormir, *maman* —contestó la muchacha—. ¿Adónde vas? ¿Puedo ir contigo?

—Uno de los niños que están en el salón se ha puesto enfermo —le explicó Barbe-Nicole.

Observó indecisa a su hija. Siempre se había esforzado por protegerla de las adversidades de la vida, pero en tiempos tan difíciles aquella pretensión era en vano. De ahí que decidiera de forma espontánea permitir a la muchacha que bajara con ella.

Algunos de los desplazados, que se habían dirigido a Reims después de que el enemigo cruzara la frontera, habían vuelto a dejar la ciudad con el alcalde y el subprefecto por miedo a las tropas que se avecinaban. Barbe-Nicole se alegraba de ello. Era un febrero especialmente frío y había podido alojar en el salón y en las habitaciones de servicio a quienes se habían quedado, así como al ganado en el pajar y el lagar. Aun así, no había mantas suficientes y aún menos camas.

Aurélie Jacquin se había instalado en un sillón del gran salón. Pero por la ventana que daba al jardín entraba el aire. En el vidrio se habían formado unas fantásticas flores de escarcha que no dejaban ver los caminos helados.

—Madame, mi doncella me ha comunicado que su hijo no se encuentra bien —le dijo Barbe-Nicole a Aurélie.

Esta miró sorprendida a las tres mujeres que habían aparecido de improviso ante ella. Su mirada se deslizó a Alain. Preocupada, le puso la mano en la frente.

—Tiene fiebre —contestó—. Debe de haberse resfriado durante el viaje.

Barbe-Nicole se acuclilló delante del niño, inmóvil en los brazos de su madre. Tenía los ojos apagados y el rostro enrojecido. De repente se acordó de François, quien con la más pequeña ráfaga de aire ya se resfriaba. Cuántas veces lo había cuidado en los años de matrimonio. Desde entonces había desarrollado un sexto sentido para saber cuándo el estado de un enfermo era preocupante.

—Madame, su hijo necesita urgentemente un médico —le advirtió Barbe-Nicole a Aurélie—. Y necesita calor y tranquilidad. Le ruego encarecidamente que acepte mi ofrecimiento y se aloje en una de las habitaciones para invitados de arriba.

Vacilante, Aurélie miró a su rival y luego dirigió la vista a su hijo, que había empezado a toser. Su orgullo se negaba a ceder, pero la preocupación por Alain fue más fuerte. La viuda Clicquot estaba en lo cierto. Su hijo necesitaba una cama y atención.

Capituló. Barbe-Nicole le sonrió, animosa. Cuando Aurélie se levantó y quiso coger a Alain en brazos, se tambaleó y se hubiera caído si Barbe-Nicole no la hubiese sostenido. Marie le cogió al niño y siguió a las dos mujeres y a Mentine al primer piso. Una asistente de cámara preparó a toda prisa un baño caliente para el crío. Después de que Marie le administrase un té de flores secas de saúco y tilo, el pequeño se durmió en la gran cama.

—Ahora la dejamos sola, madame, para que también usted pueda descansar —dijo Barbe-Nicole, e hizo una señal a Mentine y a Marie para que salieran con ella.

Al día siguiente, Barbe-Nicole fue a primera hora a ver al hijo de Marcel. Su madre había dormido en una butaca junto a la cama. Marie, que seguía a su señora, llevaba una infusión para el niño y café para Aurélie. Por un momento, la mirada de la joven madre resplandeció de alegría al despertar y sentir el aroma del café ascendiendo por su nariz, pero la inquietud por el estado de su hijo veló su mirada.

—¿Cómo está? —preguntó Barbe-Nicole, mientras contemplaba el rostro enrojecido del niño. Por lo visto, seguía teniendo fiebre.

—Ha pasado la noche muy inquieto —contestó Aurélie escuetamente.

—Voy a traer agua caliente para que se laven, madame —anunció Marie, cogiendo la jofaina.

—Si desea ir a comer algo en la cocina, yo puedo vigilar a Alain —se ofreció Barbe-Nicole.

Miró a Aurélie, quien habría preferido rechazar la invitación, pero la sensatez pudo más y la aceptó.

Durante la ausencia de Aurélie, Barbe-Nicole estuvo sentada junto a la cama aplicando paños fríos en la frente del niño. Ese pequeño podría haber sido su propio hijo, si no procediese de una familia burguesa y le hubiese estado prohibido casarse con el primogénito de un campesino. Intentó imaginar si habría podido ser feliz como simple campesina y llegó a la conclusión de que un viñedo, incluso uno pequeño como el de los Jacquin, también era un negocio que debía gestionarse. En lugar de negociar con viajantes de comercio y clientes de países lejanos como Rusia, lo habría hecho con enólogos y suministradores. Por las noches se habría paseado cuando le apeteciera por la bodega para comprobar que todo estuviera en orden, tal como hacía ahora. Y habría tenido a Marcel a su lado.

No saber nada de él la ponía triste. Solo podía rezar por que Marcel y su padre estuvieran bien. Haría cualquier cosa para que volviera a ver a su hijo sano y salvo.

Con un sobresalto, abandonó sus cavilaciones y se dio media vuelta. No había oído que la puerta se abría, pero notó que la observaban. A sus espaldas, Aurélie la miraba en silencio.

Barbe-Nicole se levantó con una desagradable sensación.

—No se ha movido —susurró—. Haré que llamen a un médico para que lo examine.

Aurélie asintió.

—Se lo agradezco, madame. —Sonrió—. También se preocupa por él, ¿verdad?

Barbe-Nicole adivinó que no se refería a Alain, sino a Marcel.

—Sí, así es —contestó con voz firme.

—Le pedí que viniera con nosotros a Reims —dijo Aurélie—. Se lo supliqué. Pero se negó. Olivier y él insistieron en quedarse en la finca. ¿Por qué? No lo entiendo. ¿Qué pueden hacer contra los soldados que merodean por ahí? No podrían impedir que se saqueen las existencias, o que quemen la casa y la derriben. Si han intentado oponerse, seguro que los han matado. Pero no quisieron asumir que era absurdo intentar proteger la propiedad de la devastación. —La rabia y la inquietud asomaron en los ojos de Aurélie—. A lo mejor trataron de hacerlo y han muerto —murmuró. Su mirada se perdió en la lejanía—. A los hombres les es igual el daño que nos hacen a las mujeres cuando juegan a ser héroes y con ello pierden. ¿Qué importa que se derribe una casa o se destruyan unos viñedos? Una casa puede volver a levantarse y se pueden plantar nuevas cepas. La tierra soporta mucho y tiene el don de la renovación. Pero un ser amado es insustituible…

Conmovida, Barbe-Nicole extendió la mano hacia Aurélie y le acarició la espalda suavemente. Luego se dio media vuelta y salió de la habitación.

A finales de febrero, se percibía entre los invasores una creciente inquietud. Marie comunicó que los rusos construían balsas y pontones, así como cientos de escaleras, para lo cual los artesanos de la ciudad tenían que suministrarles los utensilios y la madera necesarios. También habían derribado los vivacs que los cosacos habían montado en la plaza del ayuntamiento.

El 28 de febrero por la noche, el príncipe Volkonski fue a ver a Barbe-Nicole para despedirse de ella.

—Nuestro teniente general el Freiherr Von Wintzingerode ha dado la orden de abandonar la ciudad —explicó—. Nos trasladamos a Soissons. Pero espero que volvamos a vernos pronto, madame. Cuando regresemos, tendremos un motivo de celebración —destacó, impertérrito—. Adiós, madame.

Con sentimientos encontrados, Barbe-Nicole contempló cómo los rusos se retiraban. Unos días después, las tropas del general Corbineau ocupaban la ciudad.

La viuda Clicquot volvió a recibir la visita de soldados sedientos, franceses en esta ocasión, que querían humedecer sus gargantas con su vino espumoso. Barbe-Nicole sirvió a oficiales que festejaban la victoria de Napoleón en Craonne. Por la noche, cuando iba hacia la habitación de Aurélie y Alain, Marie la detuvo ante la puerta.

—Tengo buenas noticias, madame —dijo la doncella con una amplia sonrisa—. He hablado con un soldado de infantería procedente de Bouzy, donde su unidad estuvo hace un par de días. Me ha dicho que el viñedo de los Jacquin fue destruido por los prusianos, pero que monsieur Jacquin y su padre están bien. Están alojados en casa de su vecino, el padre de madame Jacquin.

Barbe-Nicole suspiró con alivio.

—Gracias a Dios —dijo, y corrió a darle la buena nueva a Aurélie.

La ciudad no encontraba reposo. Cuando Marie fue a hacer un recado, presenció el fusilamiento del espía Rougeville en el muro del cementerio vecino a la Porte de Mars. Rougeville había trabajado para los rusos. Por orden del nuevo subprefecto, el barón Fleury, el comisario Gerbault había detenido al espía y lo había encerrado en la prisión de Bonne-Semaine, en la Rue Vauthier-le-Noir. Una carta al príncipe Volkonski había probado la culpabilidad del traidor.

Dos días más tarde, los rusos volvieron a tomar Reims y encarcelaron al comisario Gerbault. Solo se salvó del fusilamiento gracias a su relación con el general Armand de Langeron, quien capitaneaba un cuerpo de aliados.

Sin embargo, la dirección del viento no tardó en volver a cambiar. A mediados de marzo llegó el mismo Napoleón con su ejército para liberar Reims. El regimiento ruso del VIII Cuerpo, bajo las órdenes del general Saint-Priest y el Landwehr prusiano que lo acompañaba, se defendieron valientemente. Los aliados no se retiraron hasta que Saint-Priest recibió una grave herida.

Aclamado por los habitantes de la ciudad, el emperador Napoleón entró en esta a las tres de la madrugada. La mayoría de los curiosos que flanqueaban las calles o se asomaban a las ventanas no habían osado irse a la cama mientras delante de los muros de la ciudad tronaran los cañones y se entrechocaran los sables.

Barbe-Nicole había pasado la tarde y la noche sola en su estudio. Marie se asomaba regularmente para tenerla al corriente de lo que sucedía delante de las puertas de la ciudad. Cuando quedó claro que los franceses eran los vencedores y que habían vuelto a ocupar la ciudad, Barbe-Nicole hundió agotada la cabeza entre las manos.

—¿Cuándo acabará esta maldita guerra? —se lamentó con un sollozo—. ¿Cuánto va a durar? ¿Cuánto va a durar?

Por primera vez desde hacía muchas semanas ya no pudo contener más las lágrimas. Después de todos los reveses, las malas cosechas, las relaciones comerciales interrumpidas, la quiebra inminente con una joya en la bodega, el vino del cometa, que no podía vender… Si la contienda se prolongaba, estaría en la bancarrota antes de que pudiera sacarlo al mercado. Era para desesperarse.

Unos fuertes golpes en la puerta del estudio sobresaltaron a Barbe-Nicole. Se secó rápidamente las lágrimas con la mano. Acto seguido, su hermano Jean-Baptiste cruzó el umbral. Parecía haber dormido tan poco como ella e invadido por el pánico.

—¿Qué vamos a hacer ahora, Barbe? —preguntó frotándose las manos.

—¿A qué te refieres? —preguntó ella, desconcertada.

—¡Napoleón está entrando en la ciudad!

—Sí, he oído que el mismo emperador está al mando del ejército, delante de nuestras puertas.

—¿Y qué crees que dirá cuando no haya nadie allí recibiéndolo? —replicó Jean-Baptiste—. Nuestro padre se ha largado a Le Mans, ¿recuerdas?

Barbe-Nicole miró a su hermano, asustada. Sí, de hecho no

había vuelto a pensar en que el barón Ponsardin había considerado más seguro abandonar Reims. Había dado la causa del emperador por perdida y había preferido no cruzarse con él. Pero ahora que Napoleón era el dueño de la ciudad, la ausencia del alcalde podía tener consecuencias horribles para su familia.

—¿Qué propones tú? —preguntó Barbe-Nicole consternada—. El Hôtel Ponsardin está vacío. Solo quedan un par de sirvientes para cuidar de la casa. No puedo recibir allí a su majestad en lugar de papá.

Nervioso, Jean-Baptiste se pasó las manos por el cabello.

—No, tienes razón, no sería apropiado. Pero yo sí. Thérèse es una anfitriona con experiencia. Conseguirá llevar la tarea a buen término. Pero Napoleón seguramente se dirigirá al Hôtel Ponsardin. Alguien de la familia tiene que recibirlo.

—Está bien, Jean-Baptiste, ve a casa y prepara a la pobre Thérèse para la llegada de tan ilustre visita. Yo correré a ver al emperador y asumiré la desagradable tarea de decirle que el alcalde no está.

Arrebujada en su grueso abrigo de lana y con los dedos congelados alrededor de aquel mullido tejido, Barbe-Nicole, acompañada por dos criados, esperaba en la escalinata del Hôtel Ponsardin la llegada del emperador de los franceses. Cuando el corso bajó del caballo, se acordó de que no era mucho más alto que ella y, en cierto modo, eso la reconfortó. Su rostro, con la nariz recta y los ojos oscuros, tenía un aspecto fatigado y afligido. Sin embargo, cuando la vio, sonrió y se levantó el bicornio.

—Madame Clicquot, es para mí un honor volver a verla. —Pero un segundo más tarde su cara se ensombreció—. El hecho de que me reciba usted delante de la casa de su padre, el señor barón, me permite concluir que el alcalde de la ciudad de Reims no está presente.

Barbe-Nicole se ruborizó frente a la mirada severa del emperador.

—Así es, su majestad. Mi padre tuvo que ir a Le Mans por negocios. Probablemente, los movimientos de las tropas y las batallas le impiden volver a tiempo para saludar a su majestad.

Napoleón soltó una sonora carcajada.

—¡Probablemente! —repitió sarcástico—. ¿Acaso cree que no conozco las convicciones realistas de su padre, madame? Cree que tengo los días contados y que pronto deberé ceder mi trono a ese fantoche que se hace llamar Luis XVIII. Pero nuestro querido barón Ponsardin se equivoca. Aún sigo aquí. Y ahora quiero celebrar mi victoria, madame. Para ello, ¿quiere usted servirme su exquisito vino espumoso o debo dirigirme a mi amigo Moët?

—En absoluto —replicó Barbe-Nicole con una sonrisa provocadora—. He venido para llevarle a la casa de mi hermano, su majestad. ¡Y para celebrar la victoria del día! Le ofreceré el mejor vino espumoso que jamás haya probado.

Napoleón se quedó dos días en Reims para conceder a sus tropas un descanso. Luego se dirigió al sur para luchar contra el ejército principal de la coalición, que capitaneaba el comandante jefe, el mariscal de campo de Schwarzenberg. Cuando bajo las órdenes del general Yorck los prusianos retrocedieron, también el mariscal Mortier perdió la ciudad y dejó solo a ciento cincuenta dragones para su defensa. Una vez más, los residentes temieron por su vida y por su ciudad cuando las tropas rusas del general Wintzingerode se aproximaban a Reims. Y cuando un francotirador mató al apreciado ingeniero del general, Joseph Joetzich de Heck, el destino de la ciudad parecía sellado. En los alrededores de Vesle y Cérès, los cosacos hacían estragos. Se saqueaban casas e iglesias. Delante del ayuntamiento, sobre el foro y la Place Imperiale, volvían a arder las hogueras de los vivacs de los jinetes de la estepa. Pero las calles de Reims permanecieron tranquilas. Como sus ciudadanos supieron más tarde, el príncipe Serguéi Grigórievich Volkonski había hecho prometer al general Wintzingerode que sería benévolo con la ciudad. Aparte de esto, los oficiales rusos se alegraban de poder regresar a los agradables barrios que habían dejado tres semanas atrás. El orden y la justicia no tardaron en imponerse dentro de los muros de la villa bajo la severa mano del gobernador militar, el barón Von Rosen.

Pocos días más tarde, un oficial ruso, junto con su Estado Mayor, llegaron al patio de la casa de la Rue de l'Hôpital. Barbe-Nicole salió a su encuentro, para saludarle. Después de bajar del caballo, el militar se inclinó galantemente delante de ella.

—Permita que me presente, madame Clicquot —dijo en un perfecto francés—. Soy el príncipe Serguéi Volkonski, comandante militar de la ciudad de Reims, a su servicio. He venido a ocupar el puesto del barón Von Rosen.

Barbe-Nicole miró sorprendida al apuesto y joven oficial, a quien no conocía de nada. Llevaba el rostro afeitado. Sus grandes ojos grises eran amables, casi un poco melancólicos; alrededor de su sensual boca jugueteaba una sonrisa que infundía confianza. Los rizos castaños de su cabello le caían rebeldes sobre la alta frente y le daban un aire juvenil. Llevaba un uniforme verde oscuro con cuello rojo y con charreteras adornadas con flecos dorados.

—¿Príncipe Volkonski? —repitió Barbe-Nicole confusa—. Conozco a un oficial del mismo nombre…

—Mi primo Serguéi Grigórievich —explicó el ruso—. Hace pocas semanas que tuvo que regresar a casa. Yo soy Serguéi Alexandróvich.

—Entiendo. Pero pase, príncipe —lo invitó Barbe-Nicole.

Las botas de los rusos golpearon las baldosas cuando el

príncipe y uno de sus oficiales cruzaron el vestíbulo. Puesto que el salón de la vivienda todavía acogía desplazados, Barbe-Nicole los condujo a su estudio.

—¿Qué puedo ofrecerles, caballeros? —preguntó.

El príncipe Volkonski dibujó una ancha sonrisa.

—Mi primo ha elogiado su maravilloso vino de perla. Por desgracia, hasta la fecha no he tenido la fortuna de probarlo, pues llevo años en el campo de batalla casi ininterrumpidamente. Pero he prometido a mi hermana, la princesa Varvara Alexandrovna, que la visitaría a usted, madame, y le presentaría mis respetos en caso de que llegase a Reims.

Barbe-Nicole enrojeció. Sabía que su espumoso era conocido en Rusia gracias a los esfuerzos de Louis Bohne, pero no había sospechado que fuera tan altamente valorado. Cuando la asistente de cámara llevó copas y una botella de su mejor vino de perla, brindó con los dos rusos.

—Esperemos que pronto impere la paz y pueda volver a comerciar con Rusia —dijo.

—Hágame caso, madame, haremos todo lo que podamos para restaurar la monarquía cuyos representantes son coronados en su espléndida ciudad desde hace miles de años y para devolverle a Luis XVIII el trono de Francia —aseguró el príncipe Volkonski—. Hasta entonces, mi deber consiste en guardar el orden en Reims, de modo que los habitantes puedan volver tranquilamente a sus tareas. Y usted, madame, tal vez dentro de unos pocos meses pueda enviar su excelente vino espumoso al Imperio ruso.

36

Reims, noviembre de 1862

—Ya sabe la continuación, madame —concluyó su crónica Barbe-Nicole Clicquot-Ponsardin—. A principios de abril, Napoleón abdicó y se marchó al exilio. Todo el mundo celebró con champán el final de la guerra. Yo me sumergí enseguida en el trabajo, derribé los tabiques de mis bodegas e hice el inventario. En cuanto lo permitieron las circunstancias, Louis Bohne vino a Reims y juntos trazamos planes. Como usted puede imaginar, teníamos que actuar deprisa para anticiparnos a nuestros competidores. Nuestro principal objetivo era ofrecer nuestro vino de perla a Rusia antes que a nadie. Y yo estaba dispuesta a jugármelo todo a esta carta.

Los ojos grises de la anciana brillaban al recordar la emoción que había sentido durante su conversación con Louis Bohne.

—En realidad era una locura enviar gran parte de nuestro mejor champán antes de que se levantara la prohibición rusa de importar botellas de vino, pero sabíamos que no podíamos esperar. Monsieur Bohne iba a acompañar el cargamento para que no le sucediera nada malo durante el trayecto. Cuatro años atrás se había casado y a su mujer no le agradaba que emprendiera esa peligrosa misión con todas las incomodidades del viaje, pero él no se dejó detener.

»Embarcó en Ruan primero rumbo a Le Havre y de allí a Königsberg en el carguero holandés Zes Gebroeders. Solo estaba al corriente mi representante comercial en San Petersburgo, monsieur Boissonet. Y tuvimos suerte. Entre tanto me había enterado de que la prohibición de importar vino en botellas al reino de Rusia se había levantado. A pesar de todo, monsieur Bohne decidió vender en Königsberg una parte de las diez mil botellas. —Barbe-Nicole levantó la vista al cielo sonriendo—. ¡El bueno de Louis Bohne! Era un vendedor tan astuto… Cuando la gente llamaba a la puerta de su hotel, empezó a propagar el rumor de que ya había vendido toda la mercancía. Y cuando comenzaban los lamentos y la frustración, aparentaba que se dejaba ablandar y se sacaba de la manga, como por arte de magia, un par de botellas más que vendía a un precio exorbitado. En San Petersburgo repitió la misma jugada. Al leer las cartas en las que me contaba sus logros, yo no daba crédito. En agosto ya estaba todo vendido y preparé el siguiente cargamento. Así conquistamos el mercado ruso. Estoy más que agradecida a ese amable e intrépido hombrecillo.

Mostrando cierta alegría por el mal ajeno, la viuda Clicquot se frotó las manos, satisfecha.

—Mis competidores se quedaron sin habla y echaban espumarajos de rabia por el champán que no habían podido vender y que permanecía en sus bodegas. Mis oficiales rusos fueron los primeros en pelearse por la *cuvée* de 1811, y el zar no tardó en compartir su opinión. Por fin…, ¡por fin todo había cambiado para bien!

Jeanne comprendía perfectamente la emoción de su interlocutora.

—Así empezó su gloria como comerciante de champán —dijo sonriendo—, algo que la competencia varonil ya no podía ignorar. ¡Oh, cuánto me gustaría haber estado allí!

—Usted celebrará su propia victoria, madame, estoy segura. A propósito de celebraciones…

Por lo visto, Barbe-Nicole se había acordado de algo. Se levantó y tiró del cordón del timbre que había junto a la chimenea. Volvió a sentarse en el sillón con una sonrisa satisfecha. Cuando apareció un criado, le pidió que se acercara y le susurró algo al oído. El sirviente se inclinó y partió. Mientras las dos mujeres esperaban, no pronunciaron palabra. Jeanne, sorprendida, sintió que estaban poniendo a prueba su paciencia.

Cuando el sirviente regresó, llevaba una bandeja con una botella y dos copas que puso sobre una mesa.

—¿La abro, madame? —preguntó.

—Sí, Guillaume, pero con sentimiento —contestó la viuda—. Mi *rosé* —añadió volviéndose a Jeanne—. ¿Lo ha probado alguna vez?

—Por supuesto —confirmó Jeanne—. Estos últimos años no me he quedado de brazos cruzados. He aprendido todo lo posible sobre el comercio del champán. Parte de ello consiste también en desarrollar el gusto para las diferencias del *terroir*. Sin embargo, mi paladar no alcanza la finura del suyo, madame Clicquot, que es realmente legendario.

Barbe-Nicole se echó a reír.

—Incluso François me envidiaba por ello. Pero nunca me he enorgullecido de eso. Ese sentido del gusto especialmente fino no se adquiere, sino que se nace con él. ¡Puro azar!

Las dos mujeres disfrutaron del *rosé*. Jeanne expuso la copa a la luz y admiró el discreto color. A continuación, volvió a colocarla sobre la mesa y miró a la anciana.

—Todavía no me ha contado nada sobre su gran conquista, la que la convierte sin duda en la productora de champán con más inventiva de Reims —señaló.

—¿Se refiere a la mesa de removido? —preguntó divertida Barbe-Nicole—. La idea surgió de la necesidad y no fue a mí a quien se le ocurrió, sino a mi maestro bodeguero Antoine Müller. En el año 1816, el negocio me iba tan bien por los numerosos pedidos de Rusia que me quedé sin artículos que enviar en el almacén. No poder admitir más demandas y decepcionar a los clientes era casi peor que tener pocos clientes. El problema era que la elaboración del champán precisaba de mucha mano de obra y de mucho tiempo.

—En especial, la clarificación del vino —intervino Jeanne.

—Exacto. En esos tiempos solo había métodos muy complicados para alejar de la botella los posos que enturbiaban el vino tras la segunda fermentación. Si se quiere obtener un champán claro y con burbujas finas en lugar de una sopa de guisantes con «ojos de rana», como solía decir mi querido amigo Louis Bohne, deben eliminarse los sedimentos viscosos que se depositan en la botella sin perder demasiado contenido. Antes se pasaba el vino de una botella a otra, con lo que se desperdiciaba una parte de las burbujas. Era mejor almacenar la botella horizontal y sacar sacudiéndolos los cuerpos albuminosos que se posaban en la pared de la botella. Pero eso duraba una eternidad. Monsieur Müller y yo nos sentamos juntos e intentamos encontrar una solución mejor.

—¿Es cierto que mandó llevar la mesa de su cocina a la bodega? —preguntó curiosa Jeanne.

—Una bonita historia, ¿verdad? Sí, así ocurrió. Müller tuvo la ocurrencia de colocar las botellas cabeza abajo, en lugar de dejarlas de lado, pero no sabía cómo fijarlas en esa posición. Yo hice la propuesta de probarlo con una mesa. Como no teníamos ninguna otra estable, hice bajar la gran mesa de trabajo de la cocina a la bodega. Mi cocinero, el *maître* Erard, se puso hecho un basilisco y amenazó con marcharse; pero el objetivo de clarificar el vino en menos tiempo era para mí más importante. El mismo Antoine Müller perforó los agujeros, pues teníamos que guardar el máximo secreto. Durante semanas girábamos en periodos regulares las botellas invertidas con el cuello hacia abajo. Cuando los fangos se han reunido sobre los corchos y el vino tiene un aspecto claro, se saca la botella, se suelta el corcho y se deja que vayan saliendo despacio. Justo en el momento en que el tapón está a punto de saltar, se gira la botella hacia arriba. El corcho salta y la presión que ejerce la espuma permite que se expulsen los depósitos segregados en la fermentación. Se pierde poco champán y solo hay que añadir un poco de alcohol. Nuestro experimento fue todo un éxito. —Barbe-Nicole dirigió una mirada de disculpa a su visitante—. Pero ¿a quién le cuento esto? Estoy segura de que ya se ha dedicado al degüelle y removido.

Jeanne asintió.

—De hecho, así es. A estas alturas me he familiarizado con todos los procesos de la elaboración del champán. Pero resulta interesantísimo escuchar cómo el procedimiento que usted encontró vio la luz. Sus competidores debieron tirarse de los pelos de la rabia.

—Por supuesto. No podían comprender cómo conseguía producir tantas botellas de champán y satisfacer la elevada demanda. Debo a la lealtad de mis trabajadores que el secreto se mantuviera a buen resguardo durante mucho tiempo. Jean-Rémy Moët en especial estaba fuera de sí y despotricaba a gritos. ¡Fue muy divertido! —Barbe-Nicole miró intensamente a Jeanne—. Ni siquiera se abstuvo de enviar espías a mi bodega para enterarse de la técnica que utilizaba. Mis empleados alquitranaron y pegaron plumas a los muchachos. —Esbozó una sonrisa maligna antes de volver a ponerse seria—. Pero en un momento dado consiguió sobornar a uno de mis trabajadores. Nunca averigüé a quién. Los otros productores adoptaron el procedimiento y sustituyeron las mesas por los pupitres actuales. Aunque nosotros seguimos utilizando mesas. —La anciana bebió un sorbo de su *rosé* y cerró los ojos un momento para disfrutarlo—. Ya lo ve, madame, en el negocio hay altos y bajos, como en la vida.

Jeanne notó que había llegado el momento de marcharse.

Barbe-Nicole llamó a un sirviente para que la acompañara. Cuando la visita atravesaba el salón, el conde de Chevigné la alcanzó y le dio un delgado ejemplar antes de despedirse galantemente de ella.

Después de todo, hasta voy a disfrutar de sus versos, pensó Jeanne, burlona. Ni siquiera la viuda Clicquot, la reina del champán, lo tenía todo bajo control. Toda una lección.

En la puerta, Jeanne se volvió una vez más y se cruzó con la mirada del anciano, que todavía estaba sentado delante de la chimenea. Este le dirigió una mirada traviesa y tras una breve vacilación ella le devolvió la mirada de una forma impropia para una dama.

Cuando Barbe-Nicole regresó al salón, se puso junto a Marcel delante del flameante fuego de la chimenea. Su nieta Marie-Clémentine se sentó al piano atendiendo al deseo de su padre, el conde de Chevigné, y empezó a tocar una obra de Glinka.

—¿De qué habéis hablado? —preguntó Marcel—. Habéis estado horas reunidas.

—De varios temas —respondió Barbe-Nicole—. Del extraño gusto de los británicos, de la guerra, de cuando los rusos ocuparon nuestra maravillosa ciudad…

—¿Le has hablado de tu apuesto príncipe Volkonski? —preguntó Marcel.

—¿Cómo, mi apuesto príncipe? Nunca tuve nada con él.

—Eso es lo que tú dices.

—¿No estará usted celoso, mi querido monsieur Jacquin?

—Estuvo muchas veces en tu casa como invitado. Y la gente lo comentaba.

—¡Tonterías! Exageras.

—¿No me dirás que no te parecía atractivo? Yo lo encontraba muy impresionante, con su uniforme y la estrella de

Santa Ana en el cuello. Y esa sonrisa melancólica —prosiguió Marcel, provocativo.

—¿Cómo puedes opinar? Si nunca lo viste —le recordó Barbe-Nicole.

—Es lo que se dice.

—¿Quién lo dice?

—Marie.

—Ah, la buena de Marie, era un poco soñadora. Por cierto, a ella le gustabas mucho.

—¿En serio? —El rostro de Marcel se iluminó.

—No finjas que no lo sabías —replicó Barbe-Nicole—. Te aprovechaste un montón y coqueteaste con esa alma ingenua.

—Marie no tenía nada de ingenua.

—¿Y eso? ¿No me digas que la conociste mejor de lo que pensaba?

—Ahora eres tú la que está celosa.

—Qué va. Estás intentando cambiar de tema.

—¿De cuál?

—Del de tus celos.

—No te lo tomes a mal. Siempre estabas rodeada de hombres apuestos. Y lo disfrutaste.

—¿A qué te refieres con esto? —preguntó Barbe-Nicole indignada.

—Por ejemplo, ese Georges Kessler al que querías asociarte. Siempre sospeché que había entre vosotros más de lo que parecía.

Barbe-Nicole sonrió con inocencia.

—No, no hubo nada. Ese buen hombre era un despistado que no entendía mis insinuaciones o que no quería entenderlas.

—Ya sabía yo que te gustaba —le reprochó Marcel.

—Y qué si me gustaba. Todavía era joven..., estaba sola..., tú estabas casado.

—¿Te habrías casado con él si te lo hubiese pedido?

—No sé. —Barbe-Nicole frunció el ceño—. No, no creo. No me amaba. Yo creo que no era capaz. Y yo no lo amaba. Él no era tú.

—¿Aunque nosotros nunca hubiésemos podido casarnos?

—Notaba que con él no sería feliz. Por eso abandoné la idea de cederle la empresa.

—¿Y Édouard? —insistió Marcel.

Ella se encogió de hombros.

—Édouard era Édouard: tan trabajador y eficiente que no tenía tiempo para los asuntos del corazón. Además, era demasiado joven para mí. —Le guiñó el ojo, traviesa—. Y le faltaba el encanto de cierto tarambana de ojos oscuros del que yo no podía olvidarme. —Se puso seria de nuevo—. Me afligió mucho la noticia de la muerte de Aurélie, en 1827. Se merecía algo mejor. La respetaba. Pero su muerte hizo que volvieras a estar a mi lado, esta vez para siempre. Por eso estoy agradecida. Solo siento que no te hayas entendido con tu hijo.

Él asintió con tristeza.

—Alain era de la cabeza a los pies el hijo de Aurélie. Siempre me guardó rencor por haber hecho infeliz a su amada madre. Por eso me fue fácil dejarle la finca tras la muerte de Aurélie y mudarme a la ciudad. —Apretó los labios con un suspiro—. Mi hijo murió demasiado joven, y Jules solo tenía veinticinco años cuando heredó.

—Al menos la relación con tu nieto es mejor que la que tuviste con tu hijo —lo consoló Barbe-Nicole—. Siempre que viene a Reims te visita.

—Sí, es un buen chico —convino Marcel—. Pero estoy seguro de que en su interior se alegra de no tener que ocuparse de su abuelo, que no quiere morirse.

—¿No eres demasiado duro con él?

—No, no creo. En casa tiene tres hijos, además de una madre que no deja de pelearse con su esposa. No le apetece nada tener que escuchar los consejos de un viejo sabiondo.

—¿Eso crees? Bueno, en mi casa todos te dan la bienvenida —dijo Barbe-Nicole, que dirigió una mirada irónica a los presentes—. Se alegran de que me distraigas de modo que no esté continuamente corrigiéndolos —añadió en voz baja, aunque el piano ya apagaba su conversación.

Ambos asintieron en silencio. Escucharon la música durante un rato, en silencio. Barbe-Nicole se quedó mirando a su hija, cuyo rostro había envejecido notablemente en los últimos años.

—Mentine no tiene buen aspecto —observó.

—Yo también me he dado cuenta —coincidió Marcel—. Deberían hacerle una revisión. He oído hablar de un médico que trabaja en el Hôtel-Dieu y al que sus pacientes elogian mucho. Henri Henrot se llama.

—Puede que tengas razón. Hablaré con ella.

Barbe-Nicole estuvo observando un rato el rostro casi transparente de su hija. De repente sintió la urgencia de que un médico la examinara. La vida era tan efímer... De un momento al otro un golpe del destino podía acabar con ella. Como le había ocurrido hacía tiempo a su buen amigo Louis Bohne...

37

Estrasburgo, enero de 1821

El Rin discurría por la planicie, una cinta de color plomo, interrumpida por pequeñas islas y témpanos de hielo. Cuando Ludwig Bohne abrió la ventana del carruaje y volvió la vista a Estrasburgo, el viento le lanzó a la cara una lluvia de nieve caída de negras nubes.

El palatino deslizó meditabundo la mirada por la silueta de la ciudad alsaciana. Las esbeltas torres de la catedral sobresalían once metros más que la de París, tal como le habían explicado durante la visita. Una antigua ciudad con sus sinuosas callejuelas que le recordaba a Reims. También aquí los habitantes acomodados le habían encontrado el gusto al noble espumoso. Ya no eran solo los aristócratas y los monarcas quienes bebían en eventos especiales ese vino de la Champaña. Desde que había finalizado la guerra era cada vez más conocido y apreciado como acompañante imprescindible de fiestas o como una elegante bebida con la que los anfitriones demostraban estar a la moda. La empresa de la viuda Clicquot se había salvado de una inminente quiebra y estaba ahora en camino de convertirse en una de las compañías líderes de Reims. Desde 1816 se habían duplicado y triplicado las ventas. Hacía más de un año que madame Clicquot se había comprado un palacio en Boursault con los beneficios. Y ya estaba pensando en adquirir otro y construir uno más grande y más bonito en Boursault. Ludwig Bohne no habría podido sentirse más feliz si hubiese sido su palacio, pues se alegraba de corazón del éxito de la viuda. Solo lamentaba que el esposo no hubiese podido llegar a ser partícipe de él.

También Ludwig era feliz y estaba satisfecho con su vida. Su apuesta por la compañía Clicquot había merecido la pena. Había encontrado en Katharina a una mujer que lo amaba y que entendía —hasta cierto grado— sus defectos y manías. También sus dos hijos crecían estupendamente. ¿Qué más podía desear un hombre?

El viento era cortante. Pese a su grueso abrigo de lana, Ludwig sentía que el frío le penetraba hasta la médula. Tenía los pies congelados.

Cuando el cochero se detuvo delante del puente de barcas para dejar sitio a un vehículo que se aproximaba de frente, Ludwig abrió la puerta.

—Monsieur Deschamps —gritó—, tengo que estirar un poco las piernas. Adelántese usted y yo le sigo, recójame de nuevo en la otra orilla.

—¿Cree que es una idea sensata, monsieur? —respondió el cochero—. Sopla un viento muy frío.

—Moverme me sentará bien —insistió Ludwig—. Me siento entumecido de pasar tanto tiempo sentado.

Deschamps se encogió de hombros y esperó a que el pasajero bajase antes de azuzar al caballo. El puente que cruzaba el Rin en ese lugar era lo suficientemente ancho para que dos vehículos pudieran pasar y estaba provisto a ambos lados de una barandilla de madera baja. Puesto que el río era muy profundo, se había renunciado durante su construcción a clavar pilares en el lecho y se había optado por un puente flotante sobre pontones. Ludwig ya había atravesado frecuentemente construcciones de este tipo en sus viajes, pero siempre encontraba esa experiencia a un mismo tiempo inquietante y fascinante. Uno se sentía como en un gran velero al dar los primeros pasos. Ludwig siempre necesitaba unos minutos para acostumbrarse al balanceo y poder poner un pie tras otro. Aunque hacía un par de días que había comenzado el deshielo, el puente todavía estaba cubierto de hielo y era resbaladizo. Quizás hubiera sido más sensato quedarse en el carruaje. Pero también los caballos tenían dificultades para mantener el equilibrio, así que Ludwig sacó la conclusión de que, si resbalaba, solo iba a caerse sentado y ganarse un par de cardenales, mientras que si uno de los animales tropezaba, sufriría una buena sacudida en la caja del coche.

Mientras caminaba a lo largo de una de las barandillas que bordeaban los dos lados del puente, observó la superficie del Rin. La gruesa capa de hielo sobre la que hacía una semana todavía se podía patinar se había roto. El río había crecido con el deshielo y las masas de agua arrastraban consigo grandes y pequeños témpanos de hielo, los empujaban hacia las orillas apilándolos como auténticas cadenas montañosas. Las embarcaciones que no se habían puesto a buen resguardo serían arrastradas por las crujientes masas de hielo y trituradas entre sus poderosas mandíbulas. Qué fuerza tan horrorosa era el hielo, pesado y casi indestructible como una roca, pero efímero como el aliento al calor del sol.

Ludwig sintió un escalofrío al ver que unos risueños chavales hacían equilibrios sobre el hielo. Juventud, pensó con melancolía. No conocían el miedo. La imagen de sus propios hijos apareció ante sus ojos: el de nueve años, un muchachote fuerte, y la niña de cinco años, un angelito. De repente ansió ver a su familia. ¿Tendría tiempo de dar un pequeño rodeo para pasar por su casa? Su esposa nunca le había echado en cara que siguiera viajando como representante comercial y que a menudo la dejara sola durante meses. Entendía que necesitaba la libertad de que disfrutaba dando vueltas por el mundo. No era un oficinista que pudiera pasarse todo el día sentado junto a un escritorio en un despacho asfixiante. También madame Clicquot lo había comprendido siempre. En el fondo, los dos eran iguales, la viuda y él, solo que ella, como mujer, no tenía la posibilidad de viajar por donde le apeteciera.

Entre tanto ya habían llegado a la isla que estaba en medio del río, la atravesaron y emprendieron el segundo tramo del puente que finalizaba en la ciudadela de Kehl. El hielo crujía funesto bajo los tablones mientras Ludwig avanzaba despacio y con prudencia tras los carros. Su nuevo bastón no le era de gran ayuda. Echaba mucho de menos la gruesa y vieja muleta que le habían robado hacía años en un albergue de San Petersburgo. Le habría dado más apoyo sobre el resbaladizo suelo que ese elegante y fino bastón de haya. Ludwig respiró aliviado al ver que ya casi habían llegado al final del puente. Detrás de él se oían los gritos de los trabajadores que se esforzaban con el pico y la pala en romper el hielo alrededor de una barca que había quedado aprisionada. Para mantener los ánimos se lanzaban comentarios ocurrentes y se reían de sus burdas bromas. Divertido, Ludwig volvió la cabeza para mirarlos. El sol poniente se proyectó en sus ojos y lo cegó. Pestañeó. De repente, un carro que estaba delante de él se dirigió a un lado para evitar a otro que llegaba de frente. Ludwig se volvió, pisó una superficie helada y resbaló. Intentando encontrar sostén, abrió las piernas y se dio un fuerte golpe en el pie contra la barandilla. Sintió la resistencia del pasamanos en la espalda y perdió el equilibrio. Era como si bajo sus pies se hubiese abierto un abismo en el que él descendía de espaldas. El agua helada del río se cerró encima de él. El frío le oprimió brutalmente el aire de los pulmones y atenazó su corazón como una pinza. En un primer momento, Ludwig se quedó paralizado. Su ropa lo impulsó hacia arriba y cuando asomó la cabeza fuera del río buscó instintivamente el aire. Pero la tela enseguida se empapó de agua, y ese peso de plomo amenazó con volver a arrastrarlo a la profundidad. Para permanecer en la superficie, Ludwig movió enloquecidamente los brazos y pidió ayuda a gritos. La corriente ya lo arrastraba lejos de los pontones del puente hacia los que tendía las manos con desesperación. El remolino lo empujaba entre los témpanos. Intentó agarrarse, pero los guantes mojados resbalaban por la lisa superficie del hielo. Se le entumecieron los dedos, ya no le obedecían. Volvió a sumergirse en la corriente de agua, volvió a emerger, inspiró el cortante y gélido aire que le quemaba el interior de los pulmones. Sus oídos estaban llenos de un zumbido ensordecedor que lo cubría todo. Mientras luchaba por salvar la vida, intentó volver a gritar, pero de su garganta no salía sonido alguno. De repente vio delante una placa de hielo enorme que se cernía imparable sobre él y que lo empujaba debajo del agua. Desesperado, braceó con fuerza para hacerse con un sitio libre, pero el frío paralizaba sus músculos. En un momento dado solo oía los latidos convulsos de su corazón. Ludwig abrió los ojos y vio en lo alto el cielo de un blanco lechoso. Luchó como pudo en la superficie del agua para inspirar el aire redentor. De repente oyó voces, pero no sabía de dónde procedían. En su interior nació una esperanza. Si aguantaba un poco más, lo salvarían.

El agua le entró en la boca, intentó respirar mientras tosía. Algo le golpeó en la espalda…, un témpano de hielo…, delante de él se avecinaba otro, se acercó a su pecho. Poco después estaba encajado entre los dos. La presión aumentaba, los pulmones le ardían como el fuego. Ante los ojos de Ludwig descendió un velo negro.

Katharina, pensó, lo siento…

El peso desapareció de sus costillas y experimentó una agradable sensación de calor y protección. La oscuridad dejó sitio a una luz deslumbrante que al principio lo cegó, pero que luego le pareció maravillosa. Miró a su alrededor, pero allí solo quedaba el vacío, ninguna silueta, ninguna sombra. A continuación, apareció de la nada una figura que se le fue acercando. Cuando salió del brillo luminoso y se detuvo delante de él, reconoció, para su sorpresa, a François Clicquot. El rostro del francés estaba radiante y en sus ojos oscuros saltaban chispas de emoción; era tal como Ludwig lo recordaba.

—Está usted aquí, querido amigo mío —dijo François—. Lo estaba esperando.

—¿Me estaba esperando? —preguntó Ludwig desconcertado.

—He venido a recogerlo —contestó el comerciante de vinos—. Venga. Ya es hora de irnos.

—Pero todavía no quiero irme —protestó Ludwig—. Todavía tengo mucho que hacer. Quiero reunirme con mi familia, con mi mujer y mis hijos. Ahora no puedo marcharme con usted.

Una sombra se deslizó por el rostro de François.

—A veces uno debe marcharse, aunque todavía no esté preparado para ello —dijo con dulzura—. Suéltese, Louis.

—¡No!

Ludwig despertó del sueño. Miró confuso a su alrededor. Estaba acostado. En el umbral de la puerta apareció una mujer que corrió a su lado.

—Ludwig —dijo—. ¿Qué pasa? Estabas hablando en sueños.

—¿Dónde estoy?

—En casa.

—¿Qué ha pasado? —preguntó.

Su mirada se posó en el rostro de la mujer, que lo miraba intranquila. Era Katharina.

—¿Qué quieres decir, cariño?

—¿Cómo he llegado hasta aquí?

Ella frunció el ceño.

—¿No te acuerdas?

—Recuerdo que resbalé en el puente de barcas junto a Kehl y me caí al agua… —balbuceó Ludwig—. Pensaba que me había ahogado…

—Eso fue hace una semana —le explicó su esposa—. Los barqueros te sacaron. Me contaste que les costó mucho reanimarte. Tuviste mucha suerte.

—¿Significa esto que todavía estoy vivo?

—Claro que sí, cariño. Ni siquiera te has resfriado.

Ludwig intentó sentarse en la cama cuando un dolor impreciso le recorrió la parte izquierda del pectoral. Soltó un leve quejido y volvió a hundirse en la almohada.

—El cirujano dice que es posible que te hayas roto una costilla —le aclaró Katharina—. Estabas atrapado entre dos témpanos de hielo.

Lentamente, recuperó la memoria. Después de la caída en el agua se había despertado en la orilla. El dueño de una taberna cercana le había dado aguardiente. Tras entrar en calor delante de la chimenea, en el interior del local, había subido a su carro y le había indicado al cochero que lo llevara a casa. Ciertamente, había tenido una suerte increíble. Salvo por un hematoma en el costado izquierdo del pecho había salido ileso. Aliviado, Ludwig cogió la mano de Katharina entre las suyas.

—Estoy tan contento de poder volver a verte, a ti y a los niños... —dijo agradecido.

—Y yo también, cariño mío —susurró ella.

En sus ojos brillaron unas lágrimas.

—¿Qué hora es?

—Las diez y media.

—¿De la mañana?

—No, de la noche. Hace media hora que te has acostado. Yo también iba a meterme en la cama cuando te he oído gritar. —Sonrió con ternura—. Me has prometido cuidarte durante un tiempo. Ahora duerme. Mañana, si no hace demasiado frío, daremos un pequeño paseo.

Ludwig volvió a apretarle la mano y cerró los ojos. El dolor del pecho iba disminuyendo lentamente. De repente, una profunda paz se apoderó de él. François tenía razón. Había llegado el momento de irse. Ahora podía soltarse.

38

Boursault, julio de 1866

«Abrí la puerta sin hacer ruido para no despertarlo si estaba dormido. Pero ya había muerto. Tenía una expresión tranquila y relajada. El ángel de la muerte debió de cogerlo suavemente entre sus brazos, pues nunca antes había visto en sus labios una sonrisa tan dulce. Tenía las piernas cruzadas. Por lo visto, no se había movido desde que lo dejé por la noche. Descanse en paz.»

Los ojos de Barbe-Nicole se inundaron de lágrimas cuando dejó la carta que Katharina Bohne le había enviado poco después del fallecimiento de su marido. En ella le había descrito con todo detalle el incidente en el puente del Rin. Era una tragedia que su viejo amigo hubiese muerto por un absurdo accidente justo cuando la empresa, que él tanto había amado, vivía su momento de más éxito.

Abrió la puerta de la terraza a su derecha y oyó que Marcel golpeaba la pipa contra el muro exterior antes de cruzar el umbral. Barbe-Nicole sonrió. Qué respetuoso seguía siendo después de tanto tiempo. Y, sin embargo, en contra de lo que él pensaba, a ella no le disgustaba el olor a tabaco. Prefería ver a un hombre fumando una pipa que tomando rapé. Pero, como hijo de campesino, él nunca se había acostumbrado a los lujos del palacio en el que vivía como huésped invitado desde hacía muchos años. Se sentía obligado a ser cuidadoso con los revestimientos de seda y los costosos cortinajes.

Con Marcel entró en la casa el suave aire de la tarde que olía a hierba recién cortada, grosella y miel. Barbe-Nicole hasta creyó percibir un toque del jardín de flores.

—Déjala abierta —le pidió al anciano cuando él se disponía a cerrar la puerta acristalada—. Este aire fresco resulta agradable.

Él hizo lo que le decía y se sentó a su lado en el sofá después de apoyar el bastón en la mesita auxiliar.

Al posar la mirada en la carta que Barbe-Nicole sostenía en la mano, preguntó sorprendido:

—Estas últimas semanas te veo con frecuencia leyendo el correo de entonces. ¿Añoras los viejos tiempos?

Una sonrisa forzada se formó en los finos labios de la viuda.

—Tal vez. He leído en el periódico que madame Pommery ha vuelto a emprender un viaje a Gran Bretaña. Seguro que está intentando conquistar el mercado para su champán, lo que Louis Bohne y yo nunca conseguimos. Le deseo mucha suerte con los ingleses, a los que él solía calificar de «piratas» y «dragones de agua» porque nos impedían comerciar con Rusia con su bloqueo marítimo. Hace ahora sesenta y cinco años que hizo el primer intento por dar a conocer allí nuestro champán.

—¿Crees que tu alumna tendrá más éxito? —preguntó Marcel, y en sus ojos apareció esa chispa burlona que a ella le era tan familiar.

—No la llames así —le regañó—. Yo solo le he mostrado lo que le esperaba si se inclinaba por hacerse cargo del negocio de su esposo. La decisión la ha tomado ella solita. Los tiempos han cambiado. No basta con hacer lo mismo que yo hice antes, debe tener sus propias ideas y afrontar sus propias batallas. Pero creo que saldrá victoriosa.

—Eso creo yo también. Además, en Henry Vasnier tiene a

un colaborador leal e ingenioso en cuyo apoyo puede confiar. Lo que monsieur Bohne fue para ti.

—Sí. —Barbe-Nicole suspiró—. Solo desearía que hubiese vivido más tiempo. Por suerte, ese mismo año encontré a Édouard. Quién iba a pensar que ese aprendiz torpe y rígido iba a convertirse en mi socio… y que pronto será mi sucesor.

Intranquilo, Marcel escrutó con la mirada a la mujer que tenía a su lado. El vestido de seda malva, recargado de puntillas y volantes, todavía la hacía parecer más diminuta, casi como si estuviera encogida, aunque había ganado peso. El rostro arrugado parecía cansado y los bucles rubios y postizos daban a su piel un tono macilento. Tenía ochenta y nueve años y su familia se había acostumbrado a que siempre estuviera allí. Pero tanto para ella como para él, que había celebrado su nonagésimo aniversario hacía tres semanas, se acercaba el final. Nunca lo había percibido tan claramente como esa noche, cuando el sol se hundía tras las colinas como un mar en llamas. ¿Por qué estaba leyendo justo ahora esas viejas cartas? Por su fecha y por la caligrafía, Marcel reconoció la carta de Katharina Bohne en la que le informaba de la muerte de su marido. De repente, Marcel notó que un pánico helado le atenazaba el corazón.

Como si ella hubiese adivinado sus miedos, Barbe-Nicole le dirigió una mirada tranquilizadora. Plegó la carta y la dejó en una pila que estaba sobre la mesa junto al reposabrazos. Cuando se apagó la luz de la tarde, el exterior se sumió en silencio. Los pájaros se escondieron de los depredadores nocturnos que sigilosos surcaban el aire. Barbe-Nicole cogió la mano arrugada del hombre que estaba a su lado y la sostuvo entre las suyas mientras ambos contemplaban en silencio la oscuridad aterciopelada. La barbilla de Marcel se apoyó en su pecho al dar una cabezada. Ella lo miró con cariño hasta que la penumbra se extendió en el pequeño salón y difuminó los rasgos del hombre. Había perdido pronto a su esposo, pero se le había concedido el favor de tener a su lado durante mucho tiempo al hombre al que siempre había amado en secreto. Por otro lado, se sentía agradecida por ello. Como antes, cuando todavía eran niños y se encontraron en los sótanos por primera vez, siempre había recordado que uno se siente derrotado cuando pierde la esperanza. Ella había logrado resistir firmemente frente a todas las dificultades surgidas en los peores momentos de la guerra y convertir en victoria las amenazantes derrotas. No solo había erigido un negocio exitoso, sino que había hecho realidad el sueño de su padre, que la familia formara parte de la nobleza. Su hija se había casado con un conde, al igual que su nieta, y quién sabía lo que le sucedería a su bisnieta Anne… Pero también había tenido que encajar duros golpes del destino. Su querida Mentine había muerto hacía tres años, su hermano hacía casi medio siglo y había perdido pronto a dos de sus bisnietos. Ahora notaba que había llegado el momento. El dolor en el brazo izquierdo, que la afectaba desde hacía un par de días, y la respiración cada vez más entrecortada habían empeorado esa tarde. Había temido que Marcel se diera cuenta y que lo mencionara, pero tal vez no quería percatarse. Mejor así. Podía marcharse en paz. Hacía tiempo que había preparado su legado. Édouard Werlé asumiría el mando de la Casa Veuve Clicquot-Ponsardin y la gestionaría bien.

Cuando de repente se le agarrotó la mano y le oprimió los dedos, Marcel se despertó. Notó que la presión disminuía, gritó asustado su nombre. Pero ella ya no respondía. Marcel echó la cabeza hacia atrás y lloró.

39

Reims, octubre de 1866

De regreso a la Rue Vauthier-le-Noir, tras visitar a un conocido, Jeanne miraba pensativa por la ventanilla de la carroza y observaba a los viandantes que caminaban por las calles esa soleada mañana. De golpe descubrió a una joven que empujaba a un anciano en silla de ruedas. Ambos le resultaban familiares, pero tardó un rato en reconocer a la asistente de cámara que había servido el té durante su visita al Hôtel Ponsardin. Entonces supo también quién era el anciano caballero a quien acompañaba. Lo había visto tanto en el palacio de Boursault como en el Hôtel Ponsardin.

Obedeciendo a un impulso tiró de la campanilla para indicar al cochero que frenara. Lafortune le lanzó una mirada inquisitiva.

—He visto a una persona con quien quiero hablar —explicó Jeanne, que se bajó del carro sin esperar la ayuda del cochero.

Como el vehículo había adelantado a los dos transeúntes, retrocedió seguida por su doncella. Cuando su señora habló con un hombre al que no le habían presentado, Lafortune no puedo reprimir mostrar su desaprobación chasqueando la lengua.

—Monsieur —le dijo Jeanne al caballero en silla de ruedas—, por favor, disculpe mi atrevimiento. Ni siquiera sé cómo se llama, pero lo he visto un par de veces en el Hôtel Ponsardin y en Boursault, y quería presentarle mi más sentido pésame por la pérdida sufrida.

—Es muy amable de su parte, madame Pommery —contestó el anciano—. Pero soy yo quien debe disculparse por no haberle pedido nunca a madame Clicquot que nos presentara. Mi nombre es Marcel Jacquin.

—Encantada, monsieur.

Jeanne lo miró discretamente. ¿Qué edad debía de tener? Antes le había parecido más joven que Barbe-Nicole Clicquot por esa forma jovial y alegre con que le había sonreído; pero ahora tenía la impresión de que ambos eran de la misma edad. Resultaba evidente que la muerte de su anfitriona lo había afectado. Tenía el rostro demacrado y la tez marchita. Por lo visto, no estaba en situación de poder caminar solo. De sus ojos negros había desaparecido la expresión pícara con que enseguida se había ganado la simpatía de Jeanne. Parecía haber perdido algo más que una amiga.

—Lo siento —dijo ella, al ver el dolor en el rostro del hombre—. No debería habérselo recordado.

—No se reproche nada, madame. No es necesario que nadie me recuerde mi pérdida para sufrir por ella. Madame Clicquot y yo nos conocíamos desde que éramos niños. Nunca pensé que yo la sobreviviría.

—¿Vive usted todavía en el Hôtel Ponsardin? —preguntó Jeanne.

Le costaba despedirse de él porque sospechaba que no volvería a verlo.

—No, no quería imponer por más tiempo mi presencia al conde de Chevigné —respondió Marcel Jacquin con una sonrisa irónica—. Tengo una pequeña vivienda en la Rue de Vesle. Colette se ha mostrado dispuesta a cuidar de mí los pocos meses que aún me quedan. Es así de buena chica. —Observó con detenimiento el rostro de Jeanne—. Por lo que dicen, se ha convertido usted en una exitosa mujer de negocios. A lo mejor quiere hablarme alguna vez de ello.

—Me gustaría —contestó Jeanne.

—Si tiene tiempo, mañana por la mañana la recibiría en mi humilde casa.

—Me siento muy honrada, monsieur.

Él se levantó el sombrero para despedirse y Colette empujó la silla de ruedas. Jeanne se lo quedó mirando unos minutos antes de volver a subir en la carroza.

—Está sufriendo mucho —murmuró para sí misma—. Debían de estar realmente muy unidos.

Notó que Lafortune ponía los ojos en blanco y la miró inquisitiva.

—Por lo visto, sabe usted más que yo —observó Jeanne, irónica.

—He oído algún que otro rumor —contestó la doncella.

—A saber...

—Exactamente esto, madame. Monsieur Jacquin era propietario de un viñedo cerca de Bouzy; durante la guerra, en tiempo de Napoleón I, fue devastado. Madame Clicquot lo ayudó a recuperarse. Tras la muerte de su esposa se entabló entre ellos una duradera relación amorosa, o al menos eso dicen.

—Cotilleos de sirvientes —observó desdeñosa Jeanne.

Pero entonces se acordó de algo que le había contado la viuda Clicquot. ¿Acaso no había sido un joven viticultor llamado Jacquin quien les había introducido, a ella y a su esposo, en los secretos de la producción del vino?

—¿Cree usted que es cierto? —preguntó a la doncella.

—Madame Clicquot todavía era joven cuando murió su marido.

—Sí, tal vez sea verdad. —Apretó los labios, consternada—. Y confieso que los envidio.

ϒ

En contra de lo que tenía por costumbre, a la mañana siguiente Jeanne dejó el trabajo y se dirigió en carruaje, acompañada por Lafortune, a la Rue de Vesle. Mientras se sentaba en el pequeño salón a la espera de Marcel Jacquin, la doncella ayudó a la antigua ayuda de cámara a servir el chocolate caliente. La viuda empezó la conversación refiriéndose a la finca del anfitrión.

—Cuando mi hijo fue lo suficiente mayor, le cedí las viñas y me mudé a la ciudad —explicó el viticultor—. Entonces él ya tenía su propia familia. A estas alturas es mi nieto quien gestiona el negocio, y con mucho éxito.

—Entiendo —contestó Jeanne.

—Pero no la he convocado para hablar de mí, madame —dijo Marcel Jacquin con una expresión traviesa en sus ojos—. Me interesa mucho más saber cómo le ha ido después de su última visita al Hôtel Ponsardin. He oído decir que está totalmente centrada en la empresa del champán y que está obteniendo grandes éxitos. Incluso ha rescatado para la compañía a monsieur Greno, que ya se había retirado.

Jeanne rio.

—Sí, es verdad. Mi querido colaborador monsieur Vasnier tenía dificultades para encontrar viajantes de confianza, y monsieur Greno sintió pena por él y se mostró dispuesto a cruzar una vez más el Rin y ayudar al representante que tenemos allí, monsieur Mertens. Actualmente están visitando a nuestros clientes para invitarlos a la Feria Mundial de París, que se celebrará el año que viene. Espero que durante el evento se sirva sobre todo mi champán.

—Qué plan tan acertado —opinó Marcel—. Es usted muy ambiciosa, madame. Si he de ser sincero, no lo habría sospechado.

—¿Acaso teme que sea una rival para la Casa Clicquot y el legado de su querida amiga?

—No, no se preocupe. Si bien admiré a madame Clicquot por sus dotes empresariales, nunca estuve implicado en su compañía y no me siento obligado para con su sucesor. Solo le deseo lo mejor, madame.

—Es muy amable por su parte —dijo Jeanne risueña.

Le gustaba ese anciano. Ojalá su padre hubiese sido como él. Después de que se separara de su madre, se habían distanciado.

—¿Desea también conquistar el reino ruso? —preguntó Marcel interesado.

Sorbió con placer su chocolate caliente y la miró con curiosidad por encima del borde de la taza.

—¿Como madame Clicquot? Pues claro —confirmó Jeanne—. Rusia es un mercado demasiado grande para quedar desatendido. Pero todavía me estimulan más Inglaterra y los Estados Unidos de América.

—Que acaban de sufrir una horrorosa guerra civil —señaló Marcel.

—En efecto, pero al menos el norte tiene que celebrar haber vencido al sur. También en Inglaterra vuelve a recuperarse el comercio, tan afectado por la pérdida del suministro de algodón de los estados confederados. —Animada por el interés de Marcel, Jeanne prosiguió—. Si me promete no decírselo a nadie, le confesaré un secreto, monsieur: en mis frecuentes visitas a Inglaterra me han confiado que al paladar sajón no le gusta el champán dulce que tanto elogian los rusos. De ahí que me haya marcado como objetivo crear uno seco que complazca a ingleses y estadounidenses. Monsieur Vasnier no está demasiado entusiasmado, pero mi maestro bodeguero, Damas Olivier, cree que la idea puede llevarse a la práctica.

—Mmmm… Un champán seco debería contener solo un poco de azúcar, así como menos alcohol. Eso significa que ha de madurar más tiempo, cosa que exige más espacio de almacenaje.

Jeanne suspiró.

—Ahí está el problema. Mi bodega de la Rue Vauthier-le-Noir ya hace tiempo que se ha quedado pequeña. He tenido que alquilar más espacio de almacenaje a monsieur Henriot en la Place Royale.

—Todavía necesitará más —opinó Marcel reflexivo—. Es decir, si realmente se toma en serio la elaboración de otro tipo de champán, tendrá que invertir mucho dinero.

—Ese es mi propósito, monsieur —contestó Jeanne impertérrita.

El anciano dibujó una sonrisa de aprobación. ¿Le recordaba a su vieja amiga Barbe-Nicole Clicquot, quien con ese mismo entusiasmo quería conquistar el mercado ruso? En su sonrisa había una alegría y un encanto tan seductores que Jeanne ya no puso en duda que la viuda lo había amado.

Como si le hubiese leído el pensamiento, Marcel dijo:

—Cuando todavía éramos niños, llevé a madame Clicquot a las cuevas de yeso, en los alrededores de la ciudad, junto a Saint-Nicaise, y la conduje a través del laberinto de incontables galerías. ¿Sabía que ahí abajo, en las *crayères*, hay permanentemente una atmósfera fresca?

—No, no lo sabía —contestó Jeanne.

Enseguida entendió qué le estaba indicando sin tener que decirlo. Le habría encantado estrecharle la mano para darle las gracias.

—Monsieur Vasnier, ¿me acompañaría usted a dar un pequeño paseo? —preguntó por la tarde al joven contable.

—Por supuesto, madame —respondió—. ¿Adónde tenemos que ir?

—A Saint-Nicaise.

—¿Ese terreno desierto y pantanoso que la ciudad utiliza como vertedero? ¿Qué quiere hacer allí?

—Se lo explicaré por el camino.

Tampoco Lafortune estaba muy satisfecha con salir de excursión al suburbio de Reims. Durante el trayecto, Jeanne le recordó a Henry Vasnier que necesitaban más espacio de almacenaje y que había llegado el momento de buscar una solución por sí mismos, en lugar de competir con los otros comerciantes por los sótanos de la ciudad. Él le dio la razón, pero no entendió a dónde quería llegar.

Cuando llegaron a la zona, el cochero tiró de las riendas.

—Creo que no es aconsejable seguir, madame —dijo el hombre—. Este suelo es traicionero y se podría abrir bajo el peso de los caballos.

—Bajemos —decidió Jeanne tras unos segundos de incertidumbre.

Lafortune miró horrorizada a su señora, pero no dijo nada al ver su expresión resuelta. Henry intercambió una mirada resignada con la doncella y abrió la portezuela. Después de que ayudara a las dos mujeres a bajar, todos miraron a su alrededor. Al oeste se hallaban los restos de la antigua muralla. Al parecer, el camino en el que se había detenido la carroza era el que utilizaban los carros de la basura. Un olor repugnante les llegó de la montaña de inmundicia que se extendía ante ellos. Las moscas revoloteaban a su alrededor y acosaban a los caballos, que no dejaban de levantar la cabeza y de agitar la cola para deshacerse de ellas.

—Ya le dije, madame, que no era un lugar agradable —observó Henry arrugando la nariz.

Su sensibilidad estética no soportaba la fealdad del entorno. Para protegerse del hedor, sacó un pañuelo perfumado con aroma de lima y lo agitó delante de su cara. Jeanne no pudo ocultar que la visión de ese lugar tan venido a menos le provocaba una enorme decepción.

—¿Sabe dónde están las grutas de yeso?

Inseguro, Henry deslizó la mirada alrededor y señaló hacia el este.

—Creo que están allí.

—Entonces vayamos. Ahí veo un sendero —dijo Jeanne subiéndose el miriñaque para evitar la maleza baja.

—Madame, se va a arruinar la falda —refunfuñó la doncella.

—¡Y a mí qué más me da la falda! —replicó Jeanne irritada—. No voy a ir esta noche con ella a un baile. Bastante tengo con este incómodo armazón. Madame Clicquot tuvo la suerte de que en su época se llevaran los vestidos de muselina.

Lafortune y Henry Vasnier consideraron que era mejor callar y siguieron a la viuda por el sendero. Continuamente tenían que separar con las manos las ramas de los arbustos de alrededor, dos veces se quedó Jeanne atrapada por el dobladillo de su vestido y tuvo que liberarla su doncella en medio de suspiros.

—¿No prefiere regresar a la carroza? —propuso Henry—. Yo ya continuaré solo.

—No, amigo mío —contestó Jeanne—. Tengo que ver las grutas con mis propios ojos. Solo entonces podré decidir si son apropiadas para nuestro objetivo. Pero le doy las gracias por su ofrecimiento.

Jeanne se arrepintió un momento de haber tomado esa decisión cuando el suelo se volvió traicionero y tuvo la sensación de hundirse. Pero pronto recuperó su solidez y llegaron a una elevación cubierta de arbustos bajos. Un rebaño de ovejas pastaba ahí cerca, vigilado por un pastor. El rostro de Jeanne se iluminó. Por fin alguien que podría ayudarlos. Henry adivinó lo que estaba pensando y llamó al pastor.

—¡Disculpe, monsieur!

El hombre se volvió sorprendido y se quedó mirando a los intrusos con asombro en la mirada. Por lo visto no solía cruzarse con paseantes en ese lugar abandonado.

—¿Puedo ayudarles, mesdames, monsieur? —preguntó—. ¿Se han perdido?

—No, hemos venido en un carroza que nos espera allí. Estamos buscando las grutas de yeso.

—¿El laberinto? Bien, están en el sitio adecuado. Hay una entrada cerca —confirmó el pastor—. Pero ahí abajo no es un lugar seguro. Han pensado en cerrar la entrada antes de que alguien se desnuque. Además, eso está negro como boca de lobo. Necesitan una linterna para ver algo.

Henry lanzó una mirada suplicante a Jeanne.

—Madame, ya ha oído, no puede entrar en las grutas. Es demasiado peligroso.

Jeanne vaciló. Si ahora daba media vuelta le costaría más convencer a sus acompañantes para regresar otro día. Por muy atrevida que se sintiera, era consciente de que no podía emprender ella sola esa exploración ¿Qué habría hecho Barbe-Nicole? ¡Se habría impuesto!

Henry ya había contado con su resistencia. Cuando vio la expresión obstinada en su rostro, se dio media vuelta.

—Vuelvo a la carroza para traer una linterna —anunció.

El pastor miró con curiosidad a las dos mujeres.

—¿Se dejaría usted convencer para llevarnos allí, monsieur? —preguntó Jeanne.

—Lo siento, no puedo dejar solas las ovejas —contestó el hombre—. Pero el chico les mostrará la entrada.

Dio un fuerte silbido y poco después llegó corriendo un muchachito de cuya presencia no se habían percatado.

—Émile —gritó el pastor—, las señoras quieren ver las grutas de tiza. Llévalas allí.

El joven dirigió una sonrisa franca a Jeanne y Lafortune. A la viuda le recordó al anciano. Con sus rizos negros, el rostro armonioso y los ojos oscuros que la observaban con atención, hasta debía de parecerse al joven Marcel Jacquin. Jeanne lo interpretó como un buen presagio que la llenaba de esperanza.

Cuando Henry Vasnier regresó con la linterna, Émile los precedió. Delante de una gruta, en cuya pared se habían cavado unos escalones provisionales, el muchacho se quedó parado mirando a los adultos.

—La entrada es estrecha y se pone oscuro enseguida —advirtió—. Lo mejor es que encienda ahora la linterna, monsieur.

Henry insistió en ir delante de las damas. El guía tenía razón. En cuanto hubieron descendido un par de metros, los envolvió una oscuridad impenetrable. Avanzaban inseguros por el suelo cubierto de arena y escombros.

—Se dice que los soldados romanos sacaron de aquí bloques de yeso para construir los muros de la fortaleza de la ciudad —explicó el muchacho—. Las galerías no se acaban nunca. Pero solo se puede ver una parte de ellas. En algunos lugares se han derrumbado o están inundadas.

Jeanne miraba a su alrededor fascinada. El pasillo que se extendía ante ellos era impresionante. Todavía se apreciaban las huellas de las herramientas que se habían incrustado en la tiza. Jeanne deslizó los dedos por la superficie de la blanda piedra percibiendo una agradable sensación de frescor. El aire que inspiraba era puro. Cuando siguieron descendiendo por el subterráneo, notó que le penetraba el frío a través de su fina blusa de seda.

Por lo visto, no eran ellos los primeros a quienes el muchacho guiaba por los pasillos de piedra, pues reclamaba su atención para mostrarles, sin que se lo pidieran, distintas inscripciones que a través de los años se habían ido realizando en el yeso. Jeanne estudió un alfabeto y algunos torpes intentos de escritura en una de las paredes que Émile les mostró.

—Por lo visto, alguien aprendió aquí a leer —observó la viuda—. ¿Cuántas cosas habrán visto estas grutas?

—Si lo desean, les muestro la capilla escondida, mesdames, monsieur —se ofreció Émile.

Jeanne se acordó de que la viuda Clicquot le había hablado de una capilla en la cantera romana en donde se celebraban misas a escondidas durante la Revolución. Entre tanto, había nacido en ella la sospecha de que madame Clicquot no había estado allí con su hermano, sino con Marcel Jacquin. Sonrió al pensarlo.

—Sí, por favor —dijo—. Llévanos a la capilla.

Cuando regresaron a la superficie, Jeanne estaba helada. Pero no era solo el frío de las galerías lo que le había puesto la piel de gallina, sino reconocer la oportunidad que se le brindaba. Hasta entonces nadie había visto el valor que tenían aquellas escondidas galerías de yeso. Sería fácil adquirirlas. En ellas podría construir la bodega más grande de la región.

40

Reims, julio de 1870

Jeanne contempló desde la carroza el enorme edificio. Dos años atrás había comprado el terreno desaprovechado a la ciudad de Reims y había adquirido más tierras privadas. Bajo la superficie estaban las *crayères*, las incontables canteras de yeso donde Jeanne quería construir una gran bodega. Se decía que había docenas de grutas y galerías excavadas por los romanos recorriendo el suelo. Se había propuesto ampliarlas y unirlas entre sí. Pero antes había tenido que recurrir a una máquina de vapor, como las que se habían desarrollado en Inglaterra para la minería, para extraer las aguas subterráneas. La viuda tenía la intención de levantar sobre la bodega un nuevo edificio al estilo inglés que alojase la compañía. Eran proyectos laboriosos que exigirían muchos años de trabajo duro y mucha inversión. Pero ella no se dejaba intimidar por ese reto.

Pensaba con nostalgia en el anciano monsieur Jacquin, que le había dado el impulso para emprender su plan. Para su pesar, no había vuelto a verlo. Había fallecido pocos meses después de su visita. Todavía le dolía que la decencia no le hubiese permitido como mujer y viuda presenciar el sepelio de un hombre con el que no tenía ningún vínculo.

Solo un factor enturbiaba la satisfacción de Jeanne por el veloz avance de sus planes: el espectro de una nueva guerra que acechaba en la sombra aguardando a que llegara su hora. Las tensiones entre Francia y el reino de Prusia se habían agudizado. Se hallaban sobre un barril de pólvora que cada día amenazaba con estallar. Una pequeña diferencia de opinión, una pelea por una nadería serían el motivo para que los políticos de ambos países los llevaran a todos a la ruina.

Últimamente, los clientes, representantes y comerciantes de vino de Jeanne en el extranjero pedían entregas más grandes ante el temor de que una guerra cortara las rutas comerciales y dificultara la expedición de mercancías, cuando no las imposibilitara.

Mientras Jeanne contemplaba a los trabajadores en las obras de excavación, vio que se acercaba un jinete procedente de la ciudad. Solo cuando detuvo el caballo junto al carro se dio cuenta de que era su hijo Louis. Tenía el rostro sudado y cubierto de polvo, el sombrero se le había calado sobre la frente y su respiración era entrecortada, señal de una intensa cabalgada.

—¡Louis! —exclamó sorprendida—. ¿Qué pasa? ¿Ha ocurrido algo?

¿Ha estallado la guerra?, añadió para sus adentros.

Su expresión sombría delataba que todas sus plegarias y esperanzas habían sido en vano.

—El emperador ha ordenado la movilización, mamá —respondió con voz ahogada que casi no le obedecía—. Ya no hay duda: van a declarar la guerra.

Jeanne miró horrorizada a su hijo. Aunque Louis ya tenía casi treinta años y hacía cuatro que estaba casado, seguía siendo su hijito, al que debía proteger tras la muerte de su padre. No participaría en la guerra. Como hijo de comerciante, nunca había mostrado el menor interés por una carrera militar. Aparte de eso, ella, mujer adinerada, contaba con los medios y métodos para librarlo del frente en caso extremo. Bastante tenían él y su hermana Louise con tener que vivir una guerra después de haberse ahorrado la experiencia durante tanto tiempo.

Algunos de los trabajadores se habían detenido y los miraban, suponiendo que había llegado una noticia importante. Jeanne decidió dejar la carroza y hablar con ellos. Tenían derecho a enterarse inmediatamente. Aquellos que no procedían de los alrededores más cercanos seguramente querrían regresar a su casa o alistarse para tomar las armas.

Sintió que un escalofrío le recorría la espalda. Henry Vasnier se había marchado a Stuttgart hacía dos días para reunirse con un importante cliente. No había sido un buen momento para cruzar la frontera, pero Henry se había sentido obligado a atender una reclamación y tranquilizar personalmente al disgustado cliente. Jeanne solo podía esperar que a esas alturas ya estuviera de regreso y pudiera volver enseguida a Reims.

41

En un camino rural de Alsacia, julio de 1870

Henry Vasnier sacó del bolsillo del chaleco un pañuelo y se secó el sudor de la frente. El sol brillaba ardiente y producía un desagradable calor. Hacía una hora que se había quitado la chaqueta para estar algo más fresco y la había dejado en la silla de montar, delante de él. El caballo tropezó y el repentino movimiento lo lanzó hacia delante. Por fortuna, en su juventud había pasado mucho tiempo a lomos de caballos y era un buen jinete. Se percató de que el paso de la yegua se había vuelto irregular. Alarmado, tiró de las riendas y bajó. Gracias a su experiencia, enseguida supo de qué pata se trataba. La levantó para examinarla y liberó la herradura de la tierra que había quedado prendida. Pasó el dedo por la piel. Estaba caliente, un calor poco natural. El caballo estaba cojo.

Acarició sosegador el cuello de la yegua.

—Lo lamento, chica. Te he pedido demasiado. Pero quería cruzar lo más rápido posible la frontera para que no nos pillara la guerra.

Henry deslizó la mirada con atención. En la pista que había seguido, aconsejado por un vendedor ambulante para evitar las tropas de los caminos principales, no se veía ni un alma. El trigo resplandecía dorado bajo los rayos del sol. Una suave ráfaga de viento levantó olas sobre la densa superficie de espigas.

Se aproximaba la cosecha. Henry notó que el corazón se le encogía de pena. ¡Qué momento para iniciar una guerra!

No tenía otra elección, debía seguir cabalgando al menos hasta el próximo pueblo. Cuando volvió a subir a la silla, la yegua gimió y se puso en marcha resignada. Media hora después, Henry tropezó en la linde de un pequeño bosque con un grupo de campesinos que dirigían al campo de cultivo el carro de tiro.

—Buenos días, messieurs —los saludó Henry—. ¿Hay por aquí cerca algún lugar donde pueda descansar mi caballo?

—Sí, monsieur —respondió el más joven, mientras los demás observaban con desdén al desconocido—. Siga el desfiladero a través del bosque. Llegará a Schirlenhof, una pequeña aldea que dispone de una pensión y establo.

—Gracias, amigo —contestó alegremente Henry, aunque vio que uno de los campesinos más ancianos escupía con menosprecio en el suelo a la vista de la diligencia del joven. Henry no se preocupó. La gente del campo solía desconfiar de los desconocidos. Ya le parecía bien. Los prusianos no hallarían entre ellos a ningún amigo.

La fresca sombra de los árboles en la que se sumergieron Henry y su caballo les sentó bien a ambos. Bajo el espeso follaje reinaba un silencio extraño. No cantaba ningún pájaro, pero Henry tenía la sensación de que lo observaban. A lo mejor algún animalillo acechaba entre el matorral y en las copas; pero puede que también los espíritus de todos sus antecesores contemplaran desde lo alto con tristeza a los hombres que avanzaban hacia una guerra fratricida. Un escalofrío le recorrió el cuerpo. Era tan solo una reacción al aire frío del bosque después de ese calor aplastante; pero su cuerpo se estremeció hasta la médula. Suspiró aliviado cuando ante sus ojos surgió la aldea. La población se componía de una docena de casas. Henry dirigió la yegua al edificio más grande en el que confluían el pajar y el establo. El patio interior estaba sin pavimentar; aunque los cascos de su montura no hacían ruido, el patrón apareció enseguida en la puerta de su pensión. Al ver que el recién llegado estaba solo, su rostro, al principio desconfiado, se iluminó y lo saludó.

—Mi caballo está cojo —respondió Henry, mientras bajaba de la silla—. Me gustaría alojarme con ustedes y alquilar un sustituto, si es posible.

—Lo lamento —respondió el patrón—. Todos los caballos, o bien están en el campo, o bien en el ejército. Pero lleve a su animal al establo. Mi mozo lo examinará.

Henry hizo lo que le indicaba. Un adolescente llevó agua fresca y algo de avena. Luego examinó la pata dañada de la yegua.

—Es probable que haya pisado una piedra —dijo el joven—. Le envolveré el casco con paja húmeda para enfriarlo. Mañana debería estar mejor.

Henry se lo agradeció y le dio unos alentadores golpecitos en el cuello a la yegua; luego se fue a la taberna de la pensión, donde era el único huésped.

—Siéntese —lo invitó el patrón—. Le traeré algo de comer. Mi esposa ha preparado unas patatas.

—Gracias —contestó Henry. Su estómago le recordó que ya era mediodía—. Pero antes me gustaría beber algo. Tengo la garganta reseca.

—Entiendo. Hoy hace mucho calor —dijo el alsaciano, comprensivo.

Desapareció por una puerta y volvió con una jarra de vino y un vaso de estaño.

—¿Bebe usted también un trago? —preguntó Henry.

—Será un placer —contestó el patrón, sentándose a la mesa con su huésped.

—Me llamo Henry Vasnier —se presentó este.

—Mucho gusto, yo soy Kieffer —contestó el alsaciano—. Es usted de ciudad, ¿verdad?

—De Reims. Trabajo para la casa de champán Pommery, que tiene allí su sede.

—Entonces anda usted de regreso.

—Así es. He ido a ver a un importante cliente en Stuttgart para solucionar una reclamación, de lo que no quería que se encargara el representante local. Allí me llegó la noticia de la declaración de guerra y he cruzado la frontera lo más rápidamente posible.

—Sí, mmmm, nos cogió por sorpresa —murmuró Kieffer abatido.

—Tuve la impresión de que lo mismo les sucedió a los habitantes de Stuttgart —señaló Henry—. Esta guerra la han tramado los políticos entre sí. Y nosotros tenemos que volver a pagar los platos rotos.

—Cuánta razón —confirmó el patrón—. Pero ¿por qué viaja usted a caballo y no en el tren?

—Todos los trenes están llenos de soldados, también los caminos principales. He preferido alquilar un caballo y dirigirme a Reims por vías secundarias. De lo contrario no habría salido. Los prusianos son como una plaga de langostas en la ruta de la frontera.

—Entonces solo nos queda esperar que nuestro ejército no los deje entrar en suelo francés. Mi abuelo me contó con tristeza la ocupación de los rusos y prusianos en el año 1814. No es algo que yo quiera vivir.

Henry se limitó a asentir, pero no hizo ningún comentario. No entendía mucho de la guerra, pero sí lo suficiente para saber que en esos tiempos la artillería decidía su desenlace. Por el camino había visto los grandes cañones del ejército prusiano. Esa horrorosa guerra costaría la vida de muchos jóvenes.

La esposa del patrón apareció con un plato de humeantes patatas que dejó sobre la mesa, delante de Henry.

—Ahora le dejo que coma tranquilo —dijo Kieffer, que se levantó.

Henry ya iba a hincar el diente cuando llegaron a la taberna voces desde el exterior y resoplidos de caballos. La orden de desmontar en alemán lo dejó petrificado. El patrón iba a correr hacia la puerta cuando irrumpieron varios soldados. Llevaban el uniforme azul de los dragones de Baden, aliados de los prusianos.

Una patrulla, pensó Henry. ¡Qué insolentes, pavoneándose allí, detrás de la frontera!

—Hora de comer, señor patrón —dijo un joven capitán que se adelantó a sus hombres—. Nos gustaría que nuestros caballos pudieran comer y beber y que nos sirviera algo también a nosotros. Como hemos tenido que pasar la noche en el bosque, venimos con un hambre canina.

El alsaciano asintió resignado.

—Meta a sus caballos en el pajar. Mi mozo les llevará forraje y agua —indicó. Luego se volvió hacia la cocina y gritó—. Maria, prepara una olla de patatas, tenemos clientes.

En la pequeña taberna no tardaron en aparecer once hombres vestidos de uniforme. El capitán se inclinó cortésmente delante de Henry.

—Disculpe la molestia, caballero. Permita que me presente: Ferdinand, conde Von Zeppelin, a su servicio.

El francés respondió a la cortesía.

—Henry Vasnier, empleado de la Casa Pommery establecida en Reims.

Una alegre sonrisa apareció en el rostro del oficial.

—A ver si esta guerra termina pronto para que no tarden en suministrar champán de nuevo —dijo el conde—. Aunque sirva para celebrar nuestra victoria.

Henry no respondió para no verse envuelto en una discusión. También él quería que la guerra no se dilatara más, pero, aunque deseaba una victoria francesa, se temía que esta solo se conseguiría a través de unas pérdidas enormes.

—¿Es cierto que la Casa Pommery está gestionada por una mujer? —preguntó Von Zeppelin.

—Sí, la viuda Pommery asumió la dirección cuando su marido falleció —respondió Henry con orgullo.

—Algo digno de admiración. Gestionar un negocio así, ¿no exige mano dura?

—Le aseguro, señor conde, que si la viuda Pommery estuviera al mando del ejército francés, ni usted ni los prusianos tendrían motivos para reír —contestó Henry.

Zeppelin soltó una carcajada y se reunió con sus compañeros, que se habían distribuido por varias mesas. Tenían que apretujarse en los bancos, pero al parecer eso no les molestaba. Habían dejado las carabinas apoyadas en un haz contra la pared y los cascos estaban diseminados por todos lados donde hubiera sitio. Solo habían conservado los sables.

A Henry le costó tragar bocado. Miró de reojo a Kieffer, cuyo rostro desvelaba sentimientos contradictorios. Por una parte, le daba miedo tener un ejército armado del enemigo en su taberna, pero, por otra, se alegraba del buen e inesperado negocio que estaba haciendo. Henry suponía que uno de los dragones estaba de guardia en el exterior y que impediría que cualquiera abandonase la granja para ir en busca de ayuda. Así que no les quedaba más remedio que esperar a que los soldados se marcharan pacíficamente después de comer. En cualquier caso, su capitán parecía tener buenos modales.

Sin poder evitarlo, Henry escuchó la conversación de los hombres de Baden. El conde Von Zeppelin informaba a quien tenía al lado, que también llevaba uniforme de oficial, de lo que había presenciado durante la guerra civil norteamericana.

—Allí se utilizan globos de reconocimiento. Desde arriba se puede tener una visión general mucho mejor que desde el caballo —explicaba Von Zeppelin.

—Pero un globo se mueve muy lentamente. Se le puede pegar un tiro con mucha facilidad —objetó el subteniente.

—En eso tiene usted razón, mi buen Villiez —confirmó el conde—. Además, los globos dependen totalmente del viento y no se pueden dirigir. —Se mordió el labio, pensativo—. Habría que encontrar un sistema para propulsarlos, como los barcos de vapor que no necesitan vela.

El Freiherr De Villiez dibujó una ancha sonrisa.

—Esperemos que no solucione este problema demasiado pronto, señor conde, entonces no se necesitarían patrullas de reconocimiento y deberíamos renunciar a nuestras excursiones.

Henry, que escuchaba interesado la conversación, pensó para sí: un hombre interesante ese capitán. En otras circunstancias me habría gustado charlar con él.

La conversación terminó cuando la esposa del patrón apareció con una gran olla de patatas calientes. Uno de los oficiales se disponía a distribuir con un cucharón la comida en los platos cuando en el exterior resonó un disparo y el centinela dio la señal de alerta.

—¡Todos fuera! Una patrulla.

Casi al mismo tiempo, todos los dragones de Baden se pusieron en pie, cogieron las carabinas y se precipitaron a la puerta. El Freiherr De Villiez fue el primero en salir. Resonaron los cascos de los caballos y unas detonaciones.

En un primer momento, Henry se quedó paralizado. Oyó que el patrón lo llamaba.

—¡Escóndase, hombre!

Pero sus piernas no le obedecían. Solo cuando el conde Von Zeppelin pasó corriendo a su lado hacia la puerta trasera, se desprendió del horror y se metió debajo de la mesa. Por lo visto, el número de franceses que había aparecido era demasiado grande, pues los dragones no dejaron la taberna, sino que se apostaron junto a la puerta y las ventanas. Las balas rompieron el vidrio, unas esquirlas cayeron sobre la mesa.

—¡Rendíos! —Se oyó desde fuera—. ¡No tenéis ninguna posibilidad de salir indemnes!

Henry se asomó con prudencia fuera de la maciza superficie de la mesa y descubrió al patrón delante de la escalera que conducía al piso superior. Kieffer le hizo unas enérgicas señas.

—Venga, monsieur. Esto está muy feo.

Henry hizo acopio de valor y corrió agachado a través de la sala de la taberna. Subió los escalones a grandes saltos y siguió al patrón y a su esposa a un dormitorio en el que en ocasiones también pernoctaban viajeros. Puesto que el tiroteo no cesaba, Kieffer se aproximó a una de las ventanas y miró hacia fuera.

—¿Cómo están las cosas? —preguntó Henry.

—Una tropa de cazadores a caballo está atacando a los de Baden —informó el alsaciano—. Pero no puedo ver con exactitud qué sucede. El patio está lleno del humo de las armas.

La curiosidad empujó también a Henry a acercarse a la ventana. Todavía se oían disparos y los caballos relinchaban muertos de miedo. Los cazadores franceses habían desmontado y disparaban a los enemigos a cubierto desde los edificios de alrededor. Uno de ellos yacía inmóvil en el suelo, mientras que uno de los de Baden, herido, se arrastraba hacia el pajar. De repente, los franceses dejaron de disparar y retrocedieron un poco. Henry supuso que temían que aparecieran más soldados enemigos.

Detrás de la pensión se oyó un grito. Henry y Kieffer se precipitaron al dormitorio posterior y miraron por la ventana. Abajo, el conde Von Zeppelin apareció en un campo de lúpulos en el que se había escondido y llamó a sus compañeros. Una muchacha que se atrevió a salir de uno de los edificios contiguos tendió la mano a un caballo que andaba por ahí sin jinete y lo detuvo. Era de uno de los cazadores franceses. Como ninguno de los dragones de Baden acudió a la llamada de Von Zeppelin, el conde corrió junto al caballo, arrancó a la muchacha las riendas de la mano y montó de un salto. Poco después, había desaparecido envuelto en una nube de polvo. Mientras seguían con la mirada al jinete, Henry le deseó buena suerte.

El grito horrorizado de la esposa del posadero los sobresaltó. Salieron a toda prisa de la habitación y vieron a un dragón de Baden en la escalera. El uniforme azul estaba empapado de sangre y tenía el rostro contraído de dolor. Debía de haber empleado una fuerza sobrehumana para subir los escalones hasta el piso superior. Pero el esfuerzo había sido excesivo y se desplomó. Sin dudarlo ni un instante, Henry y Kieffer corrieron hacia él y lo arrastraron por los pies.

—Llevémoslo a una cama —dijo el patrón—. No creo que este pobre diablo haga gran cosa. Mujer, ve a buscar vino, deprisa —gritó a su esposa, que se había quedado mirando con los ojos desorbitados al muchacho tan gravemente herido.

Ella tragó saliva y descendió corriendo la escalera.

—No sé qué le pasa. Nunca se encuentra mal cuando mata un cerdo... —observó Kieffer, como disculpándose—. Es probable que el joven le recuerde a nuestro hijo Joseph, al que le ha tocado en suerte unirse al ejército. Acaba de cumplir veinte años... Este no debe de ser mayor. ¡Qué pérdida!

Subieron al pobre chico a la cama e intentaron colocarlo lo más cómodo posible. El uniforme estaba agujereado en el pecho izquierdo y en el vientre.

—Deme una almohada más para levantarle un poco el tórax —pidió el alsaciano—. Así podría respirar mejor. —Se dirigió al herido con voz tranquilizadora—: ¿Cómo te llamas, muchacho?

—Winsloe... —consiguió decir el soldado—. William.

—¿Inglés? —preguntó Henry sorprendido.

El joven asintió.

—Nací en Inverness..., mi familia se mudó a Mannheim cuando yo era todavía un niño...

—No hables —le pidió el patrón—. Te fatiga demasiado.

De repente, los hombres se dieron cuenta de que fuera reinaba el silencio. La difícil respiración del herido llenaba la habitación de un aire fantasmal.

—Voy a echar un vistazo al patio —se ofreció Henry, aunque se le encogía el estómago solo de pensar en abandonar la protección de la casa.

Al asomarse con prudencia por la puerta, vio que, para su

tranquilidad, los franceses habían vencido. Los cazadores habían apresado a seis soldados enemigos, tres de los cuales estaban heridos. Un soldado francés yacía muerto en el suelo.

Cuando los cazadores vieron a Henry, el oficial lo llamó:

—Salga con las manos arriba. ¿Quién es usted?

Henry salió lentamente al patio.

—Mi nombre es Henry Vasnier. Soy el jefe de contabilidad de la Casa Pommery, en Reims.

—¿Pommery? ¿Qué es lo que vende? —preguntó desconfiado el cazador.

—Champán.

El oficial se relajó y se echó a reír.

—¿Champán? ¿No llevará una botella consigo? Como ve, tenemos algo que celebrar.

—Lamentablemente, no. He regresado a toda prisa —respondió Henry.

—¿Estaba usted en la taberna cuando entraron los soldados de Baden? —preguntó el oficial—. ¿Sabe cuántos eran? Por cierto, ya puede bajar las manos.

—Creo que eran doce. El capitán salió por la puerta trasera. En el piso de arriba hay un soldado malherido.

—A ese ya lo recogeremos más tarde. Primero tenemos que reunir a los huidos. Será mejor que vuelva a meterse en la casa.

Por la tarde, Henry vio a los cazadores franceses colocar el cadáver del sargento Claude Ferréol Pagnier en un carro de adrales. A través del primer teniente, Jacques de Chabot, comandante de la patrulla, se había enterado de que Pagnier era hijo de campesinos del Franco Condado y que había sido nombrado caballero de la Legión de Honor por su valentía durante la expedición militar a México.

Dos de los hombres de Baden a quienes no habían alcanzado las balas sacaron de la pensión a su compañero, el teniente

Winsloe, y lo dejaron al lado del fallecido Pagnier. Los dragones que también sufrían alguna herida subieron a la superficie de carga del carro. Los otros presos tenían que seguirlo a pie.

Como su yegua seguía cojeando, Henry había pedido a Chabot que le permitiera acompañarlos a la próxima población más grande para alquilar allí un caballo en buen estado. Le dejaron montar un caballo de los dragones.

Cuando la comitiva llegó a Niederbronn, conocida por sus aguas medicinales, sus habitantes salieron curiosos a la calle a ver qué sucedía. Al comprender quiénes eran los hombres con aquel extraño uniforme, los insultaron con una rabia y una acritud que sorprendió a Henry. Tal vez los alsacianos no se consideraban franceses, pero sí ciudadanos de Francia, y cubrieron de improperios a los dragones en el dialecto alemánico, que los de Baden a duras penas entendían.

Un transeúnte les indicó dónde encontrar a un médico. Henry se ofreció para ayudar y con la colaboración de un cazador llevó a Winsloe a la casa. El médico, que también era cirujano, los condujo a una habitación contigua a su consulta. Cuando los hombres hubieron dejado al malherido sobre el colchón de la cama, el doctor Keller se inclinó con cara abatida sobre el joven teniente. Winsloe ya estaba inconsciente. Con mano temblorosa lo liberó del uniforme azul.

Cuando percibió la mirada escrutadora de Henry, se disculpó.

—He encajado roturas de huesos —explicó— y amputado dedos a campesinos que se los habían aplastado al trabajar, pero nunca he visto una herida de bala.

Examinó los ojos y las encías del herido, como tal vez habría hecho con un caballo.

—Ha perdido mucha sangre —dijo—. Voy a intentar sacar la bala, pero no creo que sobreviva.

Henry asintió. Se fijó en lo trasparente que se había vuelto la tez del chico, lo afilada que era su nariz y lo pálida que era su piel. Una delgada capa de sudor le cubría la frente y las mejillas.

Ni el mismo Henry sabía por qué el destino de ese joven le afectaba tanto. Aunque tenía mucha prisa por emprender el viaje, quiso ayudar al médico. El doctor Keller consiguió sacar dos balas, pero no podía alcanzar la tercera, que estaba en el pulmón, sin provocar más daños que el mismo proyectil. Milagrosamente, el teniente Winsloe sobrevivió al proceso y enseguida lo vendaron y lo cubrieron con una manta. Su rostro, sin embargo, estaba tan blanco como las sábanas de la cama.

Cuando el doctor Keller pasó a la sala de curas para ocuparse de los otros dragones heridos, Henry se quedó junto a Winsloe. Inesperadamente, este despertó y pidió agua.

Mientras Henry se la servía, preguntó:

—¿Es usted católico o protestante? Hay aquí un pastor protestante. Pero ir a buscar a un sacerdote católico puede ser más lento.

El moribundo intentó sonreír.

—Se refiere a que no me queda tanto tiempo —susurró débilmente—. Tengo la suerte de ser protestante.

Unos pasos se acercaron a la habitación y el primer teniente Chabot se asomó por la puerta.

—El médico dice que no hay ninguna esperanza —le dijo a Henry.

Este asintió.

—Pide un pastor.

—Enseguida envío a alguien que vaya a buscarlo —prometió Chabot. Luego se volvió a Winsloe—: Ha luchado usted con valentía, teniente. Ha hecho honor a su país. Lo señalaré en mi informe.

—Gracias, señor —susurró el herido.

Chabot le dirigió un saludo marcial y se retiró. Henry no acababa de decidirse a partir. Solo cuando llegó el religioso se marchó a la sala de curas. Como allí no precisaban de su ayuda, se dirigió con un suspiro de alivio a la taberna más cercana. Se sentía muy cansado. El viaje agotador y las emociones de ese último día lo habían dejado sin fuerzas, casi aturdido. Decidió quedarse esa noche en Niederbronn y seguir el viaje a la mañana siguiente.

El teniente William Winsloe murió a últimas horas de la tarde. Henry vio que llevaban su cadáver a la sala del balneario y que lo velaban junto al de Claude Pagnier. Tras una noche inquieta, llena de pesadillas, Henry se sentó después de desayunar en un banco delante de la pensión y expuso su rostro al sol. Sabía que tenía que marcharse pronto para llegar a Reims antes de que las tropas francesas bloqueasen todavía más las carreteras. Pero no acababa de encontrar las fuerzas para levantarse e informarse acerca de un caballo de alquiler. Nunca había esperado que lo sucedido en Schirlenhof lo fuera a afectar de aquel modo. Pero la aniquilación y la violencia contra la vida humana de que había sido testigo le rompían el corazón. Pensó en lo que les esperaba a todos esos jóvenes muchachos que como Winsloe se enfrentaban a la muerte y en todas esas mujeres y esos niños que se hallaran entre dos frentes.

Al mediodía, cuando llevaron al sargento Claude Pagnier al cementerio de Niederbronn para enterrarlo, Henry siguió a la comitiva como un sonámbulo y observó el sepelio desde una respetuosa distancia. Por la tarde, los cazadores franceses llevaron el ataúd del teniente Winsloe al mismo camposanto. Sus oficiales lo escoltaron con la misma digna actitud con que habían escoltado a su compañero y dispararon tres salvas de honor en la tumba.

Mientras Henry presenciaba la escena, le sobrevino una extraña sensación de irrealidad. Todo le parecía tan ilógico que por un momento pensó que estaba viviendo un confuso sueño. Qué absurda era una guerra en la que unos soldados franceses llevaban a su tumba a un muchacho inglés, al que habían matado, aunque no lo conocían, solo porque había estado en el lado de los prusianos durante la batalla. Y todo porque un par de políticos pensaba alcanzar fama y honor a través de la contienda.

42

Reims, septiembre de 1870

Jeanne se remangó la falda y bajó los escalones de la bodega. La recibió el silencio. Sintió el contacto de la corriente de aire frío que soplaba por las cavidades de la ciudad contra su acalorada piel. El pasillo que recorría estaba flanqueado por hileras de botellas de champán formando altas pilas, que tan solo un par de armazones de tablas de madera unidas con clavos impedía que se desplazasen y se convirtieran en un montón de esquirlas. Una fina y blanca capa de polvo las cubría.

Jeanne levantó la lámpara que sostenía en la mano y contempló la pared recientemente construida que limitaba un pasillo lateral del almacén. Ahí detrás había escondido su mejor champán y los vinos que le parecían más apropiados para su experimento con el vino de perla seco. Un trabajador digno de su confianza apilaba delante las botellas de una cosecha no tan buena.

Afligida, recordó lo que le contaba la viuda Clicquot. En el año 1814 se había hallado ante el mismo problema que Jeanne en la actualidad. «¡Que vienen los prusianos!» De nuevo resonaban gritos de espanto en las calles. La mañana del segundo día de septiembre, los lectores en voz alta de diarios habían dado a conocer la noticia, bajo las farolas de gas y también bajo las ventanas de su casa en la Rue Vauthier-le-Noir, de la derrota del ejército francés en Sedán y de que habían apresado al emperador Napoleón III.

Poco después, Henry Vasnier había ido a verla y le había aconsejado que se alejara con sus hijos de la ciudad. Jeanne había construido una elegante casa señorial en el precioso pueblecito de Chigny en la Montagne de Reims. Era ahí donde pensaba celebrar fiestas y cacerías para sus clientes. No solo Henry Vasnier había insistido en que se trasladara allí con Louise, sino que también su hijo, así como familiares y amigos, habían intentado convencerla de que en Chigny estaría más segura. Incluso su representante en Inglaterra, Adolphe Hubinet, la había invitado y ofrecido alojamiento en su casa. Pero Jeanne se había negado. Podía haber estallado la guerra, pero ella seguía teniendo que administrar un negocio. Aquellos trabajadores a los que no habían llamado al frente necesitaban a alguien que les garantizase que también después de la guerra tendrían un trabajo, y las mujeres de los otros, los que tenían que combatir, necesitaban consuelo y protección. Además, ella tenía bajo su responsabilidad instituciones benéficas, como el orfanato de Saint-Nicaise y la caja de asistencia a los niños, que distribuía limosna a los necesitados. ¿Cómo iba a dejar en la estacada a todas esas pobres gentes?

¡Que vienen los prusianos! El enemigo ya estaba en suelo francés, tal vez llegara a Reims por la mañana. Jeanne había decidido negociar. Naturalmente, no se hacía ilusiones respecto a que no saquearan buena parte de sus existencias del almacén. Sin embargo, a lo mejor conseguía engañar a los intrusos con alguna artimaña.

Una vez que Rabier hubo terminado de apilar las botellas, llevó por indicación de su jefa las herramientas y los ladrillos sobrantes a un lugar del sótano en el que antes había estado el muro de los calabozos de la prisión de Bonne-Semaine.

—Levántalo hasta la mitad, más o menos; luego lo dejas tal cual —le indicó—. Parecerá como si no hubiésemos acabado y nadie prestará atención a la pared que hay delante del pasillo lateral.

—Sí, madame.

Después de que sus deseos se vieran cumplidos, Jeanne se marchó al estudio en el que tiempo atrás su marido, Alexandre, se había ocupado de la correspondencia de la compañía Pommery & Greno. Lo echaba de menos, pero estaba contenta de que no tuviera que presenciar esa desdichada guerra. También añoraba a la viuda Clicquot, que había vivido una situación parecida en el pasado. Cómo le habría gustado recurrir a las experiencias de la anciana dama y pedirle consejo en un periodo tan turbulento. Pero ella sola debía superar la prueba que le esperaba.

Dos días más tarde, las tropas prusianas entraron en Reims. Jeanne oyó los cascos de la caballería, el eco de las suelas con clavos de los zapatos de los soldados, el himno marcial alemán saliendo de las roncas gargantas y el estribillo interrumpido por hurras triunfales que resonaba por las calles.

Jeanne cerró los ojos un momento y luchó contra la sensación de asco que se apoderaba de ella. Notó que el estómago se le encogía dolorosamente. La náusea era tan intensa que pensó que iba a vomitar. Pero consiguió dominarse.

Se levantó lentamente. Sus piernas amenazaban con no sostenerla, así que tuvo que apoyarse con las manos un momento en el escritorio hasta que el temblor de sus músculos cesó. Con movimientos decididos reunió los libros de contabilidad, las plumas y tinteros, así como el papel, y los llevó a su dormitorio.

Lafortune y Louise estaban junto a la ventana, mirando la Rue des Anglais. Con el rostro afligido se volvieron hacia ella. La muchacha, de trece años, estaba blanca como un muerto.

—¿Entrarán los prusianos en nuestra casa y nos matarán, mamá? —preguntó amedrentada.

Jeanne dejó los libros y los papeles sobre el tocador y se acercó a su hija. La abrazó para darle consuelo y la estrechó contra sí.

—No, no van a hacerlo, cariño —aseguró a Louise, aunque le temblaba la voz.

—Pero ya han matado a muchos de nuestros compatriotas... —objetó la pequeña.

—Eso fue en el campo de batalla —respondió Jeanne sin pensar, aunque se le partía el corazón al recordar a todos esos jovencitos que habían dejado la vida en la lluvia de balas de cañón—. Aquí en la ciudad, los prusianos nos tratarán con respeto. No tengas miedo.

Jeanne se desprendió dulcemente de las manos de la niña e intercambió una mirada discreta con Lafortune, que esperaba, por su expresión, que estuviera en lo cierto.

Luego regresó al estudio, cerró el armario con los archivos y se colgó la llave en una cadena de plata que llevaba alrededor del cuello. Ahora solo quedaba esperar.

A la mañana siguiente, cuando se oyó el temido golpe en la puerta del patio interior, Jeanne, con Lafortune a su lado, se dirigió al vestíbulo de la casa e indicó al conserje que abriera. Las dos mujeres se habían puesto el traje de luto que habían llevado tras la muerte de Alexandre. Los espejos, al igual que la aldaba de la puerta, exhibían un crespón. Los intrusos debían reconocer a primera vista lo que los habitantes pensaban de ellos.

Cuando los soldados de uniforme entraron en el vestíbulo precedidos por un grupo de oficiales del Estado Mayor, se quedaron callados delante de la escalera, consternados, viendo a aquellas dos mujeres vestidas de negro. Al final, uno de los oficiales dio un paso hacia ellas y se quitó la gorra de visera azul oscuro con una banda roja. Llevaba una levita de color gris oscuro y unos pantalones del mismo tono. Resaltaba el rojo del cuello y el de las franjas en la parte exterior de las perneras. En las botas de montar había unas salpicaduras de barro.

—Mesdames —las saludó—. Soy el príncipe de Hohenlohe, gobernador militar de la ciudad de Reims. ¿Tengo el honor de hablar con la propietaria de la casa, madame Pommery?

Jeanne asintió, pero no consiguió pronunciar palabra, su lengua era como un trozo de madera reseca en la boca.

—Lamento tener que comunicarle, madame, que debo confiscar su casa en nombre de su majestad Guillermo I de Prusia. Mis oficiales y yo nos instalaremos aquí hasta el fin de las hostilidades. Naturalmente, sus aposentos personales quedan excluidos. Por favor, indique a mi auxiliar dónde están las habitaciones. Por desgracia, necesito también un estudio para realizar mis tareas administrativas.

El príncipe hablaba francés con fluidez, aunque matizado por un fuerte acento de Prusia oriental. Jeanne lo estudió con la mirada. ¿Era un hombre de honor? Eso ya se vería.

—Mi mayordomo se lo enseñará todo, príncipe —dijo orgullosa.

Luego se dio media vuelta y se retiró a su dormitorio seguida de Lafortune.

Durante las siguientes horas, las mujeres oyeron a los soldados enemigos trajinar por la casa. Seguro que ya habían visitado la bodega. Su mayordomo, Roger, se había reunido en la cocina con el resto del personal y con el *maître* Rosselli, el cocinero. Jeanne se había dado cuenta de que su viejo sirviente hervía de indignación y desespero porque tenía que aceptar de brazos cruzados que ocuparan su patria y su ciudad natal. Solo esperaba que no cometiera ninguna insensatez. Una palabra equivocada podía tener consecuencias funestas.

Jeanne había advertido al servicio que tratara a los oficiales prusianos como si fueran invitados y que obedecieran sus órdenes. Sin embargo, los criados siempre se volvían hacia su señora antes de hacer lo que les pedían. *Maître* Rosselli, que siendo medio italiano era de temperamento tempestuoso, se negó en un principio a preparar comida para esos bárbaros del este; Jeanne tuvo que convencerlo y darle bombo diciendo lo mucho que los nobles oficiales los envidiarían por sus elaborados platos. Solo entonces se conformó y prometió, conteniendo su ira, que no pondría veneno en la comida. Para asegurarse completamente, Jeanne le dijo que ella comería con los invasores.

Antes de que se sirviera la cena, el príncipe de Hohenlohe pidió a la señora de la casa que fuera a verlo al estudio, donde se había instalado.

—Espero que sea todo de su agrado, príncipe —dijo Jeanne evidentemente tensa.

Hohenlohe le pidió que tomara asiento, pero ella se negó. Él se levantó y empezó a pasear arriba y abajo delante de la pequeña chimenea. Debía de tener unos cuarenta años, pero el porte militar hacía que pareciera mayor, con el cabello rubio corto y ese bigote.

—Sí, madame, le doy las gracias por las molestias que se ha tomado —contestó Hohenlohe con una sonrisa—. No podemos quejarnos. —La escrutó con la mirada—. Es un honor alojarse en la casa de una dama tan apreciada, la *grande dame* de la sociedad de Reims. Su fama la precede, no solo como directora de una de las casas de champán más importantes de la ciudad, sino como benefactora de pobres y necesitados y promotora de las artes. Está superando a la famosa viuda Clicquot.

—Me adula usted, príncipe —contestó Jeanne impertérrita.

Hohenlohe se puso serio.

—He inspeccionado personalmente sus bodegas. Por lo visto, nuestra llegada ha impedido la ejecución de las obras de su rehabilitación. —Sonrió con cinismo—. Siendo un lego, no entiendo, naturalmente, nada sobre la producción del champán (yo solo disfruto consumiéndolo), pero ¿acaso no precisa esa noble bebida de un entorno de aire puro y fresco durante su almacenamiento? ¿Y deseaba usted encerrar su champán en un sofocante agujero del sótano?

Jeanne no contestó, sino que lo miró impasible hasta dejar desconcertado al soldado. De repente trazó con la mano un movimiento de rechazo.

—Sé que hasta ahora el ejército prusiano y los hombres de nuestros aliados no han dejado una buena impresión. Las calles de la Champaña están llenas de las esquirlas de las botellas que nuestros soldados han vaciado. Le prometo que, bajo mi mando, aquí no pasará algo similar. Nadie tocará su vino.

Jeanne respondió a tal afirmación con una protocolaria inclinación de la cabeza y se retiró.

Agnès, la ayuda de cámara, había puesto los cubiertos y se dirigía a la alacena cuando apareció la señora de la casa. Poco después entró el mayordomo, Roger. Tenía el rostro enrojecido y bajo la piel de su mandíbula temblaba un músculo. Sostenía en la mano una Colt que un cliente satisfecho de Estados Unidos le había regalado hacía un par de años a Jeanne.

—¿Cuáles son sus intenciones, Roger? —preguntó Jeanne horrorizada.

—Los mato... ¡Voy a matar a tiros a esos condenados perros! —siseó.

Jeanne se dirigió con determinación al anciano y le arrancó el revólver de la mano.

—¡No, no lo va a hacer! No estamos en un campo de batalla. Mientras esos hombres no cometan ningún error bajo mi techo, están protegidos por las reglas de la hospitalidad.

—Pero, madame, Suzanne ha contado que al entrar en la ciudad han puesto contra un muro y han fusilado a un trabajador, un pobre anciano que levantó el puño a su paso.

—¿Y qué se cree que harán los prusianos con usted si mata

por la espalda a un oficial, *maître* Roger? Todavía tengo a unos pocos individuos de confianza en esta casa. Y no quiero perderlo a usted por un acto descabellado. —Lo traspasó con la mirada—. Deje que se peleen los soldados afuera. Sea razonable, ¡se lo pido! Superaremos esta mala época.

Unos pasos delante de la puerta anunciaron que los oficiales prusianos acudían a cenar. Rápidamente, Jeanne se dio media vuelta, abrió un cajón de la alacena y dejó la Colt dentro. Agnès le tendió veloz una servilleta para que cubriera el arma con ella. Luego dibujó una sonrisa forzada y se volvió a los extraños que entraban en el comedor.

—¡Estos condenados rebeldes! —tronó el príncipe de Hohenlohe furioso—. Esos desalmados nos toman por idiotas. Aparecen de la nada y luego desaparecen en el bajo bosque. Y la población los apoya. Cuando no nos disparan desde un escondite. ¡Schlewitz! —vociferó.

—A sus órdenes, señor comandante —respondió su auxiliar.

—Todos los civiles tienen que entregar las armas de tiro de que dispongan. Encárguese de que se transmita la orden. ¿Ha entendido?

—Sí, señor comandante.

Hohenlohe había gritado tan alto que Jeanne pudo oír su voz a través de la puerta cerrada de la habitación. Aunque no entendía el alemán, había captado el sentido de sus palabras. No le sorprendió su cólera. ¿Se había creído que los franceses se quedarían mirando sin hacer nada mientras los alemanes devastaban su país? El emperador podía haber acabado en prisión, pero su pueblo ya hacía tiempo que le había dado la espalda; como en el tiempo de la Revolución, hacía noventa años, había tomado él mismo el control. En París se había proclamado la Tercera República. Puede que hubiesen derribado al ejército, pero el pueblo nunca se daría por vencido.

Durante días, los prusianos fueron de casa en casa para que se cumpliera la orden de desarme. Se recogió todo tipo de armas: escopetas de caza, pistolas de chispa de la primera guerra napoleónica, armas oxidadas que eran tan peligrosas para los que intentaban dispararlas como para aquellos a quienes apuntaba su cañón...

Jeanne se preguntaba cuándo le pediría Hohenlohe que entregara su arma. Hasta ese momento lo había eludido, tal vez por cortesía ante su viudedad o porque creía que en una casa donde solo vivían mujeres no las había. Menuda sorpresa se habría llevado de saber que su viejo mayordomo había escondido algunas escopetas de caza bajo el suelo de la habitación del servicio.

Cuando el gobernador militar comunicó a Jeanne que la siguiente noche recibiría en su casa al edecán del rey de Prusia, el conde Von Waldersee, entendió su nerviosismo. Desearía causarle una buena impresión al noble. Hohenlohe le pedía muy amablemente que los acompañara durante la cena.

Waldersee era un hombre cortés, casi jovial, en la cuarentena, con un bigote imponente cuyos extremos estaban primorosamente retorcidos. Sus aventuras como espía, primero durante la guerra entre Prusia y Austria, y después como agregado militar en la embajada prusiana de París, eran legendarias. Cuando se lo presentaron a Jeanne, esta enseguida reconoció por qué tenía tanto éxito a la hora de embaucar a otras personas. Por su actitud serena y encantadora se diría que era un ser inofensivo. En realidad, un elemento del que había que cuidarse.

Durante la comida, Waldersee la elogió por la maestría de su cocinero y bromeó diciendo que intentaría quitárselo y llevárselo a la residencia familiar en Prusia. Jeanne se imaginó que *maître* Rosselli aniquilaba a toda la estirpe Von Waldersee con un ragú envenenado. Descartó verbalizar el chiste, pero la sonrisa sarcástica que asomó en sus labios hizo callar al mismísimo y campechano Waldersee.

—Mmmm, pues bien —dijo el conde tras una incómoda pausa—, mi buen príncipe de Hohenlohe, ¿cómo progresa el desarme de la población?

—Bien, muy bien, conde —contestó el gobernador militar.

Dejó la cuchara sobre el plato. Ya no podía comer ni un bocado más del *soufflé* que habían servido de postre.

—Le aseguro que aquí en Reims no queda ningún civil armado que pueda representar un peligro para nuestras tropas.

Jeanne se dio unos toquecitos en los labios con la servilleta y la colocó sobre la mesa. Sin mirar a Waldersee se preguntó si se creería lo que aseguraba el gobernador militar. Como hombre de mundo debía contar con que no todos los habitantes de la ciudad invadida iban a entregar voluntariamente sus armas. ¿Ordenaría a Hohenlohe que registrara las casas para asegurarse de que la gente estaba desarmada? ¿Qué ocurriría con el viejo Roger si descubrían su almacén secreto? Cuando Jeanne se imaginó las consecuencias inminentes, se le encogió el estómago.

Waldersee y Hohenlohe se hicieron llevar unos cigarros.

—Espero que el humo no la moleste, madame —dijo el conde, mirándola inquisitivo.

—En absoluto —le aseguró, esmerándose por mostrar tranquilidad.

Waldersee encendió el cigarro en una vela y empezó a deleitarse fumando.

—¿Sabe usted que me sorprende, madame? —observó.

—¿Sí? ¿Cómo es eso? —quiso saber Jeanne.

—El príncipe de Hohenlohe me contó que los recibió usted completamente sola a él y a su unidad cuando llegaron para confiscar la casa. Vive usted aquí con su hija de trece años sin la protección de un hombre. Debo decir que me impresiona que no haya preferido abandonar la ciudad.

La arrogancia del comentario la ofendió. Se levantó orgullosa, se acercó a la alacena que estaba junto a la pared y abrió el primer cajón. Mientras colocaba la mano dentro y cogía la culata de la Colt, dijo:

—Dirijo una empresa y tengo una gran responsabilidad para con mis trabajadores. Además, hasta ahora solo ha entrado en mi casa gente decente. Para aquellos con otras intenciones tengo esto.

Cuando los dos hombres vieron el revólver en la mano de Jeanne, se levantaron sobresaltados de sus sillas.

—Pero, madame, ¡en la casa del gobernador militar! —exclamó Hohenlohe indignado.

—No, príncipe, en «mi» casa tengo todo el derecho del mundo a defenderme contra las impertinencias —respondió Jeanne—. Pero no se preocupen, messieurs, como hombres de honor no tienen conmigo nada que temer.

La tensión en el rostro de Hohenlohe desvelaba que no sabía qué hacer. El conde Waldersee, por el contrario, sonrió con admiración.

—*Touché,* madame. Conserve usted su revólver. Nosotros no desarmamos a las damas, sino ellas a nosotros.

43

Reims, octubre de 1870

—Sea sincero, señor Conway, se lo pido. ¿Qué le parece mi champán seco? —preguntó Jeanne ilusionada.

El periodista estadounidense reprimió una tos.

—Me pide que sea sincero, madame —dijo después de un largo carraspeo—. Entonces le haré el favor: este vino es un horroroso matarratas. Es tan ácido que hasta te encoge la piel de las encías. Lo siento, señora Pommery, pero me ha pedido que le diga la verdad.

El maestro bodeguero que había servido a Daniel Conway se afligió, pero Jeanne dibujó una sonrisa.

—Bien, no me sorprende. Mis trabajadores se han mostrado igual de críticos. Monsieur Vasnier incluso se inclina por suspender los experimentos con el champán seco, pero yo no he arrojado la toalla. Lo que necesitamos es una buena cosecha. Entonces lo conseguiré.

—Creo que tiene usted razón, madame —convino el estadounidense—. En cualquier caso, siempre encontrará en mí a un servicial catador.

—Gracias, señor Conway —respondió Jeanne—. No lo olvidaré. Como consuelo por las molestias causadas y para quitarle el gusto ácido, bebamos juntos una botella de mi mejor champán.

—Buena idea —dijo el periodista con alegría.

Como corresponsal de guerra para distintos periódicos estadounidenses, Conway había observado muy de cerca varias batallas; en ese momento, estaba de paso hacia París para informar sobre la ocupación prusiana de la capital francesa. Había visto escenas horribles que le recordaban los campos de batalla de la guerra de secesión de su país. Cuando Conway se había entrevistado con el gobernador militar de Reims, este lo había invitado a comer. Luego, Jeanne lo había conducido a su bodega y le había dejado probar el primer intento de Damas Olivier de elaborar un champán seco.

—Algo horrible, esta guerra —observó Conway, mientras tomaba un sorbo del dulce vino de perla de la copa que Olivier le había servido—. Puedo decirle, señora Pommery, que tanto en mi país como en Gran Bretaña están horrorizados ante la invasión de su capital. París es algo especial: la ciudad de las luces, de la cultura, del arte... En mi país, algunos se preguntan si realmente hacemos bien no actuando ante lo que está sucediendo. —Suspiró abatido—. Naturalmente no se plantea que Estados Unidos vaya a intervenir, pero espero dar a los lectores de mis artículos una imagen exacta de los acontecimientos. Creo que a los británicos tampoco les agrada la visión de esos cañones Krupp. Deben de preguntarse cuál será el próximo objetivo de los prusianos en caso de que Francia sucumba y después de que ya hayan derrotado a Austria.

Jeanne reprimió unas palabras que tenía en la punta de la lengua: las naciones comerciantes comprenderían demasiado tarde lo que significaría para ellas que Francia se desangrase por culpa de la guerra. La industria ya se había parado en todas partes. Hacía un par de semanas que Édouard Werlé, que había asumido la dirección de la compañía tras la muerte de madame Clicquot y que hacía un año había sido reelegido procurador, se había reunido con el canciller prusiano, el conde Von Bismarck. Werlé había solicitado autorización para importar carbón de Bélgica para suministrar combustible a las fábricas y manufacturas. Se decía que los dos habían hablado en francés, aunque su lengua materna era el alemán, porque Werlé, que llevaba mucho tiempo nacionalizado francés, se había negado a sostener la conversación de otro modo. Era tan cabezota como la viuda Clicquot.

Mientras Jeanne y Conway seguían disfrutando del champán, madame Olivier apareció en la puerta de la bodega. Estaba fuera de sí. Sin prestar atención al visitante, corrió hacia su marido y hacia Jeanne.

—¿Qué ha pasado, Adèle? —preguntó Damas Olivier inquieto—. ¿Les ha ocurrido algo a los niños?

Negó con la cabeza. Cuando empezó a hablar, sus ojos se llenaron de lágrimas y la voz amenazaba con quebrársele.

—El doctor Henrot…, lo han detenido…

—¿Detenido? Pero… ¿quién?… ¿Por qué? —preguntó Olivier.

—También han arrestado al doctor Brébant y al doctor Thomas —balbuceó su esposa—. Se lo han llevado por la fuerza cuando estaba comiendo, delante de su familia.

—¿Los prusianos? —preguntó Jeanne—. Pero, madame Olivier, tranquilícese, por favor.

La mujer asintió.

—Es algo inaudito —opinó Jeanne.

—¿Madame? —intervino Conway.

—Por lo visto, los invasores han detenido a unos médicos muy respetados en la ciudad —explicó Jeanne—. Los rebeldes les dan mucho trabajo. Sabotean las líneas de ferrocarriles y obstaculizan la entrega de abastecimientos para el ejército prusiano, luego desaparecen sin dejar huella. Los prusianos no saben qué otra cosa hacer salvo castigar con toda dureza a quienes apoyan a los milicianos. Por lo visto, creen que los médicos están vinculados a ellos. Hace poco condenaron a muerte a un notario de Aubigny, quien solía representar a mi familia, por colaborar con los resistentes. Cuando me enteré, supliqué al príncipe de Hohenlohe que lo salvase. Conseguí evitar que ejecutaran a *maître* Tarel. Y sabe Dios que no permitiré que estos tres médicos sean fusilados. —Cuando Jeanne dirigió la mirada al periodista, sus ojos estaban llenos de determinación—. ¿Se queda un par de días más en Reims, señor Conway? Si lo hace, tendrá material para su artículo.

Cuando Jeanne se presentó para hablar con el príncipe de Hohenlohe, su auxiliar le comunicó que el señor gobernador militar no estaba y que tendría que esperar hasta la noche. Disgustada e intranquila, Jeanne se retiró a su dormitorio. Estaba fuera de sí. Y la demora hacía que su ira fuera a más. Ante la mirada preocupada de Lafortune, Jeanne iba de un lado a otro de la habitación, mirando sin cesar por la ventana con la esperanza de ver regresar más temprano a Hohenlohe.

El sol ya se había puesto cuando por fin oyó su voz. Increpaba a un soldado que estaba de guardia porque no había saludado lo suficientemente deprisa y reprochaba a su auxiliar por permitir que sus subalternos fueran cada vez más negligentes.

Cuando la viuda Pommery apareció en el umbral de su despacho para hablar con él, además antes de la cena, el príncipe de Hohenlohe cedió malhumorado. Se veía que había tenido un mal día y que no estaba demasiado accesible. Jeanne pensó si no sería más inteligente esperar a presentar su petición, pero decidió que no. No había ninguna garantía de que el gobernador militar estuviera de mejor humor al día siguiente. Si le llegaba una mala noticia, quizás estaría aún más huraño.

Con ese aire altivo que había asumido siendo joven en el pensionado de las hermanas Vienaud, en París, entró en su estudio, donde el oficial prusiano estaba sentado tras el escritorio y anotaba algo en un pliego de papel. No la miró, sino que siguió llenando la hoja con las apretadas líneas de su ilegible escritura. Jeanne se quedó en silencio, esperando, delante de él. Si era necesario, podía ser muy paciente.

Al final, el príncipe de Hohenlohe dejó la pluma y levantó la vista con un suspiro.

—¿Qué puedo hacer por usted, madame?

Jeanne fue directa al grano:

—Dicen que ha detenido a tres médicos, el doctor Henrot, el doctor Brébant y el doctor Thomas.

—¿Eso es lo que dicen? —repitió con ironía Hohenlohe—. En esta ciudad las noticias corren como reguero de pólvora.

—Estos caballeros son respetables ciudadanos y han hecho mucho por el bien común.

—Son sospechosos de espionaje —respondió Hohenlohe—. Por lo visto, mantienen correspondencia con el Gobierno de Tours y han propagado secretos militares.

—Ah, ¿como el conde Von Waldersee en París? —preguntó Jeanne burlona.

Había dado en el blanco, pues Hohenlohe enrojeció de cólera. Un instante después se recuperó y respondió con cinismo:

—¿Acaso en el año 1814 un tribunal de guerra francés no condenó a muerte al traidor Rougeville, que había espiado para los rusos, y lo fusiló en la pared del cementerio cercano a la Porte de Mars? Ya ve, no somos más implacables que sus compatriotas.

Jeanne se había puesto pálida.

—¿Quiere fusilar a tres hombres, príncipe? ¡Eso sería asesinato!

—Así lo dice la ley marcial, madame —replicó él con expresión severa.

—Pero ¡no puede hacerlo! Conozco personalmente a esos tres caballeros. En su vida han hecho algo reprochable.

—Es lo que dijo sobre ese *maître* Tarel cuando me suplicó

que lo indultase. Me dejé ablandar y cambié la ejecución por el encarcelamiento. Pero esta vez tengo que ser duro, madame. ¡Esos hombres son espías!

—¿Quién lo dice? —replicó Jeanne indignada—. Solo son calumnias de envidiosos. El doctor Henrot y el doctor Brébant son miembros del consejo municipal y ocupan puestos influyentes en la ciudad. Han trabajado mucho para conseguirlos. Sus enemigos, que envidian su posición, solo esperan la oportunidad para sacárselos de encima y poder ocupar ellos mismos ese lugar. ¡Está dejando que unos espíritus mediocres lo utilicen, príncipe!

No sabía si aquello era verdad. Tal vez fuera cierto que los tres médicos habían espiado para el Gobierno francés de Tours, pero solo si creía firmemente que eran inocentes tenía una posibilidad de convencer a aquel soldado que la miraba dubitativo. Era duro, pero parecía tener buen corazón.

Los apasionados rayos de sus ojos hicieron dudar a Hohenlohe. En el rostro del príncipe pudo ver que se lo estaba pensando. Ahora no tenía que ceder.

—He visto trabajar a esos tres médicos, monsieur —prosiguió—. El doctor Henrot atiende a los pobres en sus modestas viviendas y los trata cuando debe hacerlo, sin cobrar.

Eso era mentira. Desde que era consejero y dirigía el departamento de anatomía del Hôtel-Dieu tenía muy poco tiempo para dedicarse a las visitas médicas y se limitaba a los clientes que pagaban. Pero ¿qué más daba?

—Piense que el invierno está a la vuelta de la esquina. Se han destruido cosechas por doquier y han matado absurdamente al ganado. La población pasará hambre. Puede que sus soldados también. Habrá más enfermedades. ¿Cree que estamos en posición de prescindir de cualquier médico?

Hohenlohe no logró resistir su penetrante mirada y bajó la vista.

—Nunca tuve la intención de ejecutarlos… —respondió

irritado—. Tiene usted razón. Las pruebas contra ellos son insuficientes. Pero algo de cierto ha de haber. Por eso los señores médicos siguen siendo prisioneros.

Jeanne no estaba satisfecha. Para alguno de ellos, estar presos en una fortaleza alejada, allá en Prusia, era lo mismo que una condena a muerte. Allí los esperaba el maltrato, el frío, el hambre... No, ¡tenía que librarlos de eso! De repente, recordó al *earl* de Shaftesbury y su visita al barrio pobre de Westminster.

—Me gustaría invitarle a dar un pequeño paseo, monsieur —dijo ella con ese aire resuelto con el que tantas veces había logrado imponer su voluntad.

—Pero, madame, la cena... —objetó el gobernador militar.

—La cena puede esperar. Lo que quiero enseñarle es importante. ¡Vamos!

El rostro desconcertado de Hohenlohe revelaba que ni él mismo sabía por qué accedía y abandonaba el escritorio para seguir a la viuda. Lafortune salió como un fantasma de las sombras junto a la puerta. Jeanne sospechaba que había estado escuchando. La buena de Lafortune volvía a interpretar una vez más el papel de ángel protector.

—Traiga mi abrigo, Lafortune —le pidió a la doncella—. El señor gobernador militar y yo vamos a dar un pequeño paseo.

—Pero ¿adónde quiere ir, madame? —protestó Hohenlohe—. Todavía tengo mucho trabajo.

—Hace un minuto estaba usted decidido a sentarse cómodamente a cenar —le recordó Jeanne—. No nos llevará mucho tiempo. Cuando regresemos, *maître* Rosselli habrá preparado algo muy especial para usted, se lo prometo.

En el patio interior, Hohenlohe hizo una seña a dos soldados para que los siguieran. Jeanne le dirigió una sonrisa provocadora.

—No necesita escolta, príncipe. No tiene nada que temer de mi compañía.

Él inclinó la cabeza en señal de reconocimiento y le ofreció el brazo, que ella tomó. No le haría ningún bien a su reputación que la vieran dando un trato tan confidencial a un oficial prusiano, pero valía la pena correr el riesgo.

Las calles estaban vacías por el toque de queda. La luz de gas de las farolas se reflejaba espectral sobre el pavimento húmedo. Atravesaron el cruce y recorrieron la Rue de l'École hasta la catedral de Notre-Dame, que se erigía ante ellos. Se quedaron un momento delante de la espléndida fachada oeste con las representaciones de los reyes y los ángeles.

Jeanne rezó para sí una oración: «No me abandonéis, ejércitos celestiales. Necesito vuestra ayuda».

A su izquierda se encontraban los laberínticos edificios del antiguo Hôtel-Dieu, del hospital municipal en el que se trataba sobre todo a los pobres. Los ricos preferían recibir a médicos y cirujanos en sus propias casas y que los operasen allí mismo. Una hermana con velo blanco les abrió la puerta y los saludó. Su rostro impasible no reveló ninguna sorpresa ante tal inesperada visita.

Jeanne le murmuró algo. La monja asintió y los precedió con la cabeza inclinada.

—Madame Pommery, realmente tengo que... —empezó a protestar el príncipe.

—Venga, monsieur —lo interrumpió Jeanne con determinación.

El oficial siguió a disgusto a la viuda y a la monja. Las salas de enfermos por las que pasaban estaban repletas de voces humanas que murmuraban, suspiraban, gemían y gritaban de dolor... Jeanne vio que el oficial que estaba junto a ella se estremecía y supuso que no debía agotar su paciencia. Por suerte, habían llegado. La hermana se había detenido delante de una ancha cama con baldaquín y corrió las cortinas. Toda una hilera de niños de diferentes edades se apretujaba bajo una manta. Algunos dormían. Dos niñas que estaban abrazadas se asustaron al ver el uniforme prusiano junto a Jeanne. Un crío pequeño tosió y se quedó sin respiración. Todos los críos estaban pálidos y su aspecto era miserable.

—Son todos del orfanato de Saint-Nicaise, que yo misma fundé —explicó Jeanne—. No solo han perdido a sus padres, sino que la guerra todavía les depara hambre y terror.

Hohenlohe miró conmovido a los niños que lo observaban con los ojos redondos muy abiertos. La monja que los había conducido hasta allí aprovechó el momento de silencio para plantear una pregunta.

—¿Sabe cuándo volverá el doctor Henrot, madame? La tos del pequeño ha empeorado. Le falta aire. El doctor Lacour ha venido esta mañana, pero hay tantos que no están bien...

—El doctor Henrot no tardará en venir, hermana —le aseguró Jeanne—. Ahora puede volver a sus tareas.

Cuando la monja ya no podía oírlos, Hohenlohe susurró:

—Ahora es usted quien intenta manipularme, madame.

—Solo quería hacerle ver aquello que las palabras no logran expresar.

—No habría sido necesario. También nosotros los prusianos amamos a nuestros hijos. Le doy la razón. Tenemos pocos médicos. —Su rostro se ensombreció—. Está bien, madame. Usted gana. Consideraré que a los señores doctores se les ponga en libertad tras una breve estancia en prisión, pero espero que los convenza y les deje claro que deben abandonar su intercambio epistolar con el Gobierno francés de Tours. —Se volvió para marcharse—. Y algo más, madame: es la última vez que libero a uno de sus protegidos. ¡No lo olvide!

44

Reims, abril de 1879

Jeanne estaba en el gran almacén de su empresa, feliz de ver la actividad desplegada a su alrededor. Unas columnas de hierro aguantaban la imponente cubierta. El sol de primavera repartía sus rayos a través de las ventanas de arco ojival que recordaban un castillo medieval y alumbraba los barriles de vino apilados hasta el techo en los dos lados de la sala. No obstante, el ambiente era fresco. A su lado, su hija Louise se frotaba los dedos entumecidos. A pesar de contar con sentido comercial y de haber crecido en el negocio del champán, Louise no sentía la misma alegría que su madre por cómo se desarrollaba el trabajo. Aun así, Jeanne esperaba que Louise todavía tuviera interés por la firma tras su boda con Guy de Polignac, que se celebraría en junio, pues ella heredaría una parte de la empresa.

Observar la actividad de los trabajadores, con sus largos delantales blancos, llenaba a Jeanne de profunda satisfacción. Bajo la mirada severa del supervisor, arrastraban cestos con botellas o las transportaban a su lugar de destino con carretas de dos ruedas. No perdían la oportunidad de levantarse la gorra cada vez que pasaban por delante de su jefa. Al final, Jeanne no pudo evitar reírse.

—Creo que es mejor que vayamos al despacho para que

los hombres puedan trabajar tranquilamente y no pierdan el tiempo saludándome —bromeó.

En la entrada al almacén se encontró con Henry Vasnier, que iba acompañado de una visita. Cuando Jeanne reconoció al intruso, se detuvo encantada. Una sonrisa resplandeciente se dibujó en su rostro.

—¡Señor Conway, qué sorpresa! No había pensado que volvería a verlo después de tantos años.

—Admito que me he tomado mi tiempo, pero no podía resistir la tentación de volver a ver su ciudad —respondió el periodista estadounidense—. Disculpe mi negligencia, madame, han pasado muchas cosas en el mundo y yo he estado viajando constantemente. Pero, por lo que veo, usted tampoco ha estado ociosa. —Con ojos radiantes, Conway contempló la enorme sala de almacenaje—. ¡No tenía la menor idea! He acudido a la Rue Vauthier-le-Noir y monsieur Vasnier ha sido tan amable de traerme en la carroza. Qué panorama cuando se pasa por la gran puerta de hierro y se llega al recinto y luego se ve al frente ese maravilloso edificio, que parece una casa señorial inglesa, con su pórtico neogótico y las torrecillas eclécticas con sus espirales de ladrillo rojo y el revoque de un azul grisáceo... ¡Un auténtico palacio! —Hizo una mueca de pesar—. Lástima que solo pueda ilustrar con fotografías en blanco y negro mi artículo.

Jeanne esperó a que el burbujeante entusiasmo del norteamericano se apaciguase un poco.

—¿Le gustaría hacer una visita guiada, señor Conway? Para mí sería un placer acompañarlo.

Captó la mirada vacilante de Henry y asintió conciliadora.

—Pero qué modales son estos —prosiguió, volviéndose al periodista—. ¿Puedo presentarle a mi hija Louise? Este verano contraerá matrimonio con el marqués de Polignac.

—Mi más sincera enhorabuena, miss Pommery —dijo Conway cortés—. Me alegro de conocerla.

Después de que Henry se hubiese despedido, Jeanne le habló al estadounidense de la construcción del edificio.

—He encontrado en Reims a dos excelentes arquitectos: monsieur Gosset y monsieur Gozier. Sus proyectos plasmaban justo lo que yo deseaba: un estilo inspirado en los castillos y casas señoriales que había visitado en Inglaterra y Escocia. —Sonrió complacida—. De este modo quería conseguir que los visitantes procedentes del espacio anglosajón, que son conocidos por su pasión por viajar y a los que les agrada ver los lugares importantes del continente, se sintieran como en casa cuando vinieran. Desde el final de la guerra celebro regularmente cacerías en la residencia de verano de Chigny, pero necesitaba un lugar aquí, en Reims, para que también las visitas de un día tuvieran la posibilidad de conocer mi empresa. La casa en la Rue Vauthier-le-Noir no era apropiada para eso. Además, necesitaba una bodega más grande.

—¿Para sus experimentos con el champán seco? —se interesó Conway.

—Exacto. ¿Recordará nuestras primeras pruebas con monsieur Olivier, entonces, en el año 1870?

—Oh, sí —confirmó el periodista estremeciéndose.

Jeanne se echó a reír.

—Lo sé, no fueron muy exitosas. Monsieur Olivier está ahora jubilado. Mi nuevo maestro bodeguero, Victor Lambert, tampoco tuvo al principio mucho más éxito, pero en 1874 tuvimos un verano caluroso y una buena cosecha que nos dio uva especialmente dulce. Llegué a un acuerdo con los viticultores que me suministraban para comprarles todo el producto si me permitían a mí tomar la decisión de en qué momento cosechar la uva. Les garanticé el precio total, incluso si un inesperado cambio de tiempo dañaba la fruta. Así que induje a los viticultores a recogerla cuando estaba realmente madura y dulce.

—Pero seguramente eso precisó del empleo de una suma considerable de capital —señaló Conway impresionado.

—Si, era arriesgado —contestó Jeanne—. Pero valió la pena. El resultado fue el mejor champán que jamás haya probado, sir, y eso sin el aditamento excesivo de azúcar. En Inglaterra les fascinará. Bueno, y espero que en su país también tenga éxito, mister Conway.

—Ardo en deseos de probarlo —dijo el estadounidense—. Pero primero me gustaría mirar de cerca ese barril enorme que está ahí detrás.

—Impresionante, ¿verdad? —observó Jeanne. Mientras se acercaban, explicó—: En su interior se mezcla el vino. Contiene unos cinco mil quinientos galones.

Conway contempló fascinado el inmenso barril de madera adornado con el monograma P & G y el blasón de la ciudad de Reims. Por una escalera de hierro se llegaba a una plataforma que rodeaba el barril.

—¿Qué están haciendo allí esos chicos? —preguntó el periodista.

—Con ayuda de la manivela que sobresale dan vueltas a la rueda de paletas que hay en el interior del barril —explicó Jeanne—. Así se mezcla el vino de modo equilibrado.

Pasaron un rato contemplando cómo subían los barriles pequeños a la plataforma con una polea. Dos trabajadores vertían el contenido en el barril grande a través de un canalón de metal.

—Ah, ya entiendo, y con los montacargas que hay ahí al fondo se sube el vino del sótano, ¿es así? —preguntó Conway.

—Exacto —respondió Jeanne—. Se accionan con vapor y pueden subir y bajar hasta ocho barriles en un abrir y cerrar de ojos.

—¿Es verdad que los sótanos que hay bajo el edificio son inmensamente grandes?

—Se extienden más de dieciocho kilómetros y unen unas sesenta grutas de yeso que mandé excavar a mineros belgas. Se llega ahí por esta puerta.

Jeanne señaló una puerta con arco ojival y herrajes que se hallaba al fondo de la sala; con Louise a su lado, precedió al estadounidense. Detrás, una gran escalera, digna de un palacio, descendía hacia la oscuridad. Jeanne oyó que ante esa sorprendente visión Conway suspiraba impresionado.

—¿Cuántos metros de profundidad hay? —preguntó cuando se hubo recuperado.

—Treinta metros. Hay ciento dieciséis escalones —respondió con orgullo la viuda Pommery—. ¿Se cree usted capaz de bajar? En tal caso, le mostraré mis bodegas de yeso.

—Por supuesto, madame. Por nada del mundo me perdería algo así.

Los pasillos contenían por doquier botellas apiladas o encajadas en pupitres, donde los trabajadores las hacían girar con regularidad. Una y otra vez tropezaban con las esquirlas de alguna botella que había estallado por la presión de la espuma.

—Para proteger a mis trabajadores he introducido máscaras de malla de alambre de acero —explicó Jeanne cuando advirtió la mirada inquieta de Conway—. En verano, sobre todo, suele romperse alguna.

—Debe de haber cientos de miles de botellas —exclamó estupefacto el periodista—. Me he quedado mudo, madame.

—Hasta ahora poca gente ha visto todo esto —dijo Jeanne—. Inauguramos el espacio hace una semana. Tampoco está todo terminado. Proyecto encargarle a un escultor unos grandes huecorrelieves en algunas de las grutas. Me imagino la representación del dios romano Baco y de Selene con sus ménades. A lo mejor también una fiesta en la que se sirva champán. Pero todavía no he encontrado al artista adecuado.

—Tiene usted unos planes muy ambiciosos, madame —contestó Conway.

—No hay que parar nunca de presentar novedades para deslumbrar a la gente; de lo contrario, esta pierde interés —dijo Jeanne—. La competencia no duerme. Ahora ya hay otras compañías adquiriendo las parcelas de los alrededores para construir sus propias bodegas de yeso. —Sonrió—. Pero volvamos a subir. Le había prometido presentarle mi *cuvée* de 1874.

Subieron la amplia escalera y entraron de nuevo en el almacén. En un extremo se hallaban los despachos y una habitación elegantemente amueblada, en la que las visitas podían catar los vinos. Había sofás y butacas tapizados. Las paredes exhibían cuadros de pintores franceses. Varios jarrones con unas espléndidas rosas adornaban las mesas.

Conway miró impresionado a su alrededor.

—Tiene usted una gran afición a las artes, madame. Ya me di cuenta en el despacho de su gerente, el señor Vasnier, en la Rue Vauthier-le-Noir. Las estanterías de las paredes estaban llenas de porcelanas de Faenza. El señor Vasnier dijo que usted misma había reunido las piezas.

—Es cierto —confirmó Jeanne—. Siempre he sentido debilidad por la cerámica. Pero las rosas son mi gran pasión. En mi casa de campo de Chigny he construido un jardín encantador, para el que un buen amigo, el cultivador de rosas monsieur Leveque, me suministra sus últimas creaciones. Ha prometido que bautizará con mi nombre uno de sus cultivos.

—Le interesan muchísimas disciplinas, madame —dijo el periodista—. ¿Cómo consigue dedicarse a todas?

—Me levanto al amanecer y no descanso demasiado —contestó Jeanne—. La vida es tan corta... Hay que aprovechar cada minuto.

—En eso tiene razón —convino Conway—. Sobre todo porque la humanidad pierde un tiempo precioso en guerras absurdas. La última vez que conversamos, su país estaba atravesando un periodo tan sombrío que su suntuoso palacio industrial me impresionó especialmente. —Se puso serio—. ¿Qué ocurrió al final con los tres médicos a los que detuvieron los prusianos? Como tuve que marcharme de viaje, jamás averigüé si consiguió usted liberarlos.

—Los soltaron y regresaron sanos y salvos al cabo de unos pocos meses de cautiverio en Magdeburgo —informó Jeanne—. Uno de ellos, el doctor Henrot, es ahora alcalde en funciones.

—Me alegra oír tal cosa. No debe de haber sido fácil convencer al gobernador militar.

Jeanne asintió pensativa. Recordaba su conversación con el príncipe de Hohenlohe, que se había dejado convencer por sus argumentos e indultó a los tres médicos. Pero también le juró que sería la última vez que hacía algo así. Y mantuvo su palabra. Ella no había podido salvar al abate Miroy, el párroco de Cuchery, un pueblo a unos treinta kilómetros de Reims. Después de firmado el armisticio, los prusianos habían fusilado al sacerdote según la ley marcial, porque se suponía que había alojado a los rebeldes.

—¿Madame? —dijo con suavidad Conway cuando se percató de su expresión abatida—. ¿Se encuentra bien?

Jeanne esbozó una sonrisa forzada.

—Sí —contestó—. Venga, querido. Mi maestro bodeguero le dejará disfrutar todo cuanto le apetezca de un Pommery Nature del año 1874. Ese champán es suave como el terciopelo y huele a primavera. Desarrolla en el paladar un aroma especiado y afrutado que cautivará sus sentidos.

El telégrafo emitía su sonido percusivo en el despacho contiguo.

—Pero ahora tendrá que disculparme, sir. La obligación me llama. Está llegando un mensaje que tal vez sea importante. Disfrute del champán.

45

Reims, septiembre de 1888

Henry Vasnier entró en la barbería de la Rue de Tambour y el dueño, el maestro Tarbé, hizo que se sentara en una silla vacía. El cliente que estaba a su lado, al que el barbero acababa de cortarle el cabello, volvió la cabeza y lo saludó afablemente.

—Buenos días, monsieur Vasnier. Qué placer tenerlo aquí de nuevo. Últimamente es usted caro de ver.

Henry sonrió con picardía.

—Como usted sabe, querido señor alcalde, el trabajo no cesa jamás.

El doctor Henri Henrot escrutó con la mirada a su vecino.

—Por lo que se oye decir, eso no me sorprende.

Vasnier se forzó en ignorar la indirecta y se apoyó en el respaldo de la butaca con fingida relajación.

—Vaya, ¿y qué es lo que se dice?

—Ya lo sabe. Se dice que la Casa Pommery & Greno se ha endeudado y está al borde de la ruina.

Henry abandonó la farsa y fulminó al alcalde con la mirada.

—¿Me está diciendo que se cree usted estas perversas calumnias?

El doctor Henrot le sostuvo la mirada y sonrió.

—No —respondió—. No las creo. Pero siempre hay ingenuos que dan por verdaderas las mentiras y las van propagando. Si se exceden, es fácil que cunda el pánico. Debería hacer algo en contra, mi querido amigo.

—Puede estar usted seguro de que lo haré —contestó Henry.

—Sabe cuánto le debo a madame Pommery. Me sentiría profundamente apesadumbrado si su negocio sufriera dificultades. En caso de que pueda ayudarlos, hágamelo saber —se ofreció Henrot.

El maestro barbero se inclinó delante de Henry.

—En cuanto termine con el doctor Henrot, le afeito, monsieur. ¿O tal vez se daría por satisfecho con uno de mis muchachos?

—Sí, por supuesto —respondió Henry—. Adelante.

Un joven acudió corriendo y llevando los utensilios necesarios para el afeitado, el jabón, la navaja y la banda de cuero. Con un grácil movimiento rodeó el cuello del cliente con un paño limpio. Mientras, el maestro Tarbé frotaba el cabello del alcalde con una mezcla de aceite de almendras y de oliva.

—¿Cómo está yendo su parque zoológico, monsieur Vasnier? —preguntó el doctor Henrot.

—Muy bien. A los visitantes les gustan sobre todo las airosas jirafas. Además, he decidido crear también un jardín de plantas exóticas —respondió el hombre de negocios.

—¿Y qué tal funciona su salón en la Picardía? —El alcalde arrugó la frente—. ¿Cómo se llamaba…? ¿California?

—Exacto —confirmó Henry con una ancha sonrisa—. Si quiere venir a verlo algún día, estimado amigo, diré a las damas que le brinden un trato especial.

—Pero, monsieur Vasnier. —El doctor Henrot se ruborizó—. Si se supiera… Es usted realmente un libertino.

—Es usted quien ha sacado el tema, doctor —le recordó Henry.

—Bueno, sí… —Consciente de su responsabilidad, el alcalde enmudeció y trató de encontrar la posibilidad de cambiar de tema—. ¿Ha oído hablar de la subasta en la que se pondrán a la venta algunas obras de arte? Entre ellas estará *Las espigadoras,* de Jean-François Millet.

—¿En serio? —preguntó Henry, interesado—. Recuerdo haber visto el cuadro en el año 57 en el Salón de París. Entonces todavía no se sabía apreciar el realismo de la representación al que los pintores de la escuela de Barbizon se habían consagrado.

—Por fortuna, esto ha cambiado —contestó el alcalde—. Como comerciante de arte seguro que sabe que la población ha aprendido en estos últimos años a valorar las obras de nuestros artistas y que no le agradaría ver que una joya de tanto significado nacional se compra en el extranjero, como suele ocurrir tantas veces.

—Sí, entiendo a qué se refiere, doctor —convino Henry—. En especial los norteamericanos ricos no solo gastan el dinero en champán, sino cada vez lo dedican más a los tesoros de arte del Viejo Mundo. Debe de ser porque su historia es breve.

—Sabía que lo vería igual que yo —dijo el doctor Henrot complacido.

El maestro barbero apartó la toalla de los hombros de Henrot. El alcalde, después de pagarle, se inclinó delante de Henry.

—Salude de mi parte a madame Pommery —le pidió antes de despedirse.

Mientras el muchacho daba forma al bigote de Henry con una pomada, este pensaba en las palabras de Henrot. Tal vez había una posibilidad para acallar las malas lenguas.

—¿Y cree que esto sería suficiente? —dudó Jeanne.

—¿Para recuperar su prestigio? ¡Si lo organizamos de modo realmente espectacular, sí! —afirmó Henry convencido—. Lo más importante es que la población se sienta involucrada. Pero todos los preparativos deben hacerse en secreto para que no llegue a oídos de la competencia cuáles son nuestras intenciones.

Jeanne se recostó en su silla y jugueteó con la pluma que tenía en la mano.

—La idea me gusta. Se me podría haber ocurrido a mí misma. Debo de estar haciéndome vieja —dijo la viuda, que lanzó un suspiro.

Henry arrugó la frente.

—¿Se encuentra mal, madame?

—¿Solo porque estoy un poco melancólica? ¿Acaso no tenemos que asumir todos que nuestras facultades disminuyen, querido amigo? Soy consciente de que llegará un día en que tendré que soltar lastre. Pero cuando sea el momento, quiero dejar la «tienda», como solía decir Narcisse Greno, en un estado excelente.

Henry observó a la viuda: a pesar de que parecía tan activa como siempre, de repente notó una vaga sensación en el estómago. ¿Acaso presentía que ya no viviría mucho más tiempo? No quería darle demasiadas vueltas. A los cincuenta y seis años, tampoco él era joven, pero todavía tenía tantos planes que no iba a dedicar ni un solo pensamiento a la muerte.

—¿Cómo quiere proceder? —preguntó Jeanne.

Vio en su rostro intranquilo que él intuía alguna cosa y se esforzó para redirigirlo al tema original.

Henry dibujó una sonrisa forzada y carraspeó tímidamente.

—Como coleccionista, estoy relacionado con comerciantes de arte y expertos muy influyentes —explicó—. Uno de mis amigos escribe artículos para diversos diarios.

—¿Un periodista? —intervino Jeanne.

—Más bien un crítico de arte. Además, monsieur Godard es un brillante defensor del arte nacional y tiene tratos con muchos pintores y escultores. Creo que lo animaré para que escriba algún artículo sobre un tema que debería inquietar a todos los franceses, a saber: la pérdida de tantas obras nacionales en el extranjero. —Una sonrisa autocomplaciente se dibujó en las comisuras de los labios de Henry—. Ya verá, madame, él conseguirá avivar el interés y la pasión de la población... ¡Y entonces atacaremos!

Jeanne asintió convencida.

—Madame Clicquot me advirtió años atrás que el éxito de un negocio no depende solo de una gestión fuerte, sino también de empleados hábiles. Me siento agradecida de que mi esposo fuera tan inteligente y lo contratase, Henry. Sin su ayuda y apoyo seguramente no habría llegado a donde he llegado.

—Para mí, siempre ha sido un placer trabajar con usted, madame —contestó Henry.

Aunque no era un hombre tímido, se ruborizó. Para disimular su embarazo, Henry se inclinó.

—Si me lo permite, me pongo manos a la obra de inmediato; iré a ver a monsieur Godard. Me despido de usted, madame.

Enfadada, Jeanne dobló el diario y lo dejó a un lado. Las especulaciones sobre la situación económica de la Casa Pommery no cesaban. Resultaba sorprendente lo que los periodistas hacían a partir de un par de insinuaciones lanzadas al aire. Sus competidores no tenían ni que contar mentiras, bastaba con que fingieran haber oído algo en boca de alguien que decía que la empresa de champán Pommery había agotado sus recursos y que en el futuro no estaría en situación de pagar sus facturas. Jeanne dio un profundo suspiro. Esperaba que el plan de Henry saliera bien. Era una maniobra arriesgada y podía costar una fortuna. Pero valía la pena intentarlo. Ese día era decisivo. Nerviosa, se levantó, se acercó a la ventana y miró al exterior. Como cada mañana, estaba en su despacho examinando la correspondencia desde el amanecer. Desearía tener la posibilidad de hacer algo más que estar sentada a su escritorio redactando cartas y telegramas, pero la época en que viajaba a Inglaterra y ella misma estudiaba las costumbres de sus clientes había pasado a la historia. Estaba contenta de que Henry hubiese encontrado a un sustituto que acudiría en su lugar a la subasta y pujaría por ella. Le había presentado al crítico de arte Godard, y Jeanne había tenido la impresión de que ese hombre era lo suficientemente digno de confianza para defender sus intereses en esa cuestión. No obstante, eso significaba que ella tenía que quedarse en Reims y esperar a que todo hubiese pasado.

Por la tarde, la recepcionista anunció una visita. Animada por tener la ocasión de distraer su mente, la viuda hizo pasar al doctor Henrot. Sus pensamientos giraban incesantemente en torno al desarrollo de la subasta, por lo que no podía concentrarse en nada más. Así que daba la bienvenida a la visita del alcalde.

—Qué contenta estoy de que venga a visitarme, doctor —dijo con toda franqueza Jeanne.

Henrot se inclinó con un besamanos cuando ella le ofreció la mano.

—Siempre es un placer para mí venir a ver a mi heroica salvadora, madame.

—¿Cuándo olvidará de una vez ese episodio, querido amigo? —le respondió burlona. Aun así, se alegraba de que él lo mencionara.

—Pero, madame, ¿cómo voy a olvidarme del servicio que me prestó en su día? —protestó el doctor Henrot—. Es usted demasiado modesta.

—¿Ha venido para hablar de negocios?

—No, es una visita de pura amistad. Esperaba que me concediera un poco de su precioso tiempo para charlar.

—¿Cómo iba a negárselo, mi querido amigo? Pues bien, si no se trata de negocios, le propongo que salgamos al jardín. ¿Beberá una taza de té conmigo? Me vendría bien un tentempié.

—Será un placer, madame.

Se sentaron a una elegante mesita de exterior en una terraza pavimentada sobre la que un parasol proyectaba su sombra. La recepcionista les llevó té. En los arriates de flores de colores que bordeaban la cuidada alfombra de césped zumbaban abejas y abejorros. Por todos lados florecían las rosas, que emanaban su denso perfume.

—Debo admitir que es la curiosidad lo que me trae hasta aquí, madame —confesó el doctor Henrot.

Jeanne, que observaba sonriendo una ardilla que saltaba por el césped, preguntó ingenuamente:

—¿Y eso?

—Monsieur Vasnier ha dejado caer que ha encontrado usted una solución para silenciar las malas lenguas. —Alzó las manos a la defensiva cuando vio que ella iba a secundar el mutismo de Henry—. Entiendo muy bien que se necesita discreción. Pero estoy impaciente por saber cuándo romperá por fin el silencio.

—Bueno, debe tener un poco de paciencia, monsieur —contestó con cierta malicia Jeanne.

Y, sin embargo, no estaba de humor para bromas. Tenía un nudo en el estómago, y parecía que nada podía frenar aquellos dolorosos espasmos. Para tranquilizarse, tomó un sorbo de té. Si no había habido ningún retraso, ya hacía una hora que el asunto en cuestión se habría puesto en marcha…, y esperaba que con éxito.

Cuando Jeanne ya creía que no sería capaz de aguantar más la tensión, madame Prieur apareció por la puerta de la terraza y se acercó a ella con su típico paso resuelto.

—Perdone que la moleste, madame, pero un mensajero acaba de dejar este telegrama urgente.

—Gracias, Prieur.

Con mano insegura, Jeanne desplegó el telegrama y leyó la noticia: «El cuadro es nuestro por trescientos mil francos de oro».

El doctor Henrot la miraba de reojo, lleno de curiosidad, intentando descifrar las palabras. Pero no era preciso: el rostro de madame Pommery le reveló que las noticias eran buenas.

—Así que ha conseguido lo que se proponía —afirmó.

—Así es. —Le dirigió una sonrisa indulgente—. ¿Y quiere ser usted el primer en saber de qué se trata?

—Ha adquirido un cuadro, ¿tengo razón?

Jeanne asintió.

—Un cuadro muy especial: *Las espigadoras*, de Jean-François Millet. Sé que fue usted quien advirtió a monsieur Vasnier de que se celebraría una subasta. Un coleccionista estadounidense dio a conocer que tenía gran interés por esa obra y amenazaba con llevársela al extranjero, como ha sucedido con tantas obras de arte francesas. Por eso me he decidido a pujar fuerte en la subasta de hoy.

El doctor Henrot contempló con admiración a la viuda, que parecía más que aliviada.

—Trescientos mil francos de oro es un precio considerable. Cuando se sepa que ha comprado usted el cuadro, nadie creerá que tiene dificultades financieras. Bravo, ha ganado usted, les ha cerrado la boca a sus competidores.

—No obstante, debo pedirle, monsieur, que no diga nada sobre esta adquisición. Mi mediador ha comprado el cuadro anónimamente.

—Entiendo —dijo sonriendo el doctor Henrot—. Quiere conservar la tensión hasta el final para que, cuando se revele su nombre, el efecto sea aún mayor. Muy refinado. En esta ocasión, es usted la que juega con la prensa, y no al revés. Puede confiar en mi discreción.

Vació su taza y dejó que Jeanne la volviera a llenar.

—Si me permite la pregunta, ¿qué hará usted con *Las espigadoras* ahora que el cuadro le pertenece? —preguntó el alcalde con su más encantadora sonrisa.

A Jeanne no le costó ningún esfuerzo adivinar en qué estaba pensando.

—Lamento profundamente no poder donar la obra al Museo de Arte de Reims, querido señor alcalde —contestó apenada—. Como ferviente patriota, creo que ese cuadro se ha ganado un lugar especial: el Louvre. Pero no se desilusione: no voy a olvidarme de Reims, nuestra ciudad.

46

París, mayo de 1889

Emocionada, Jeanne Alexandrine Pommery se detuvo y levantó la vista a la torre de hierro de trescientos metros de altura que servía de portal de entrada al recinto de la exposición mundial. Ese año, la feria se realizaba en París para celebrar el centenario de la Revolución francesa. Henry Vasnier, que estaba a su lado, también se había detenido y contemplaba la retícula construida con perfiles metálicos.

—Dicen que es la construcción más alta del mundo —observó impresionado.

No eran los únicos visitantes que se habían quedado parados, impactados por las dimensiones de la torre y que estaban inmersos en su contemplación. Un caballero con un traje oscuro se acercó a ellos y los saludó levantándose el sombrero de copa.

—Por lo que veo, admira usted mi creación, monsieur Vasnier —dijo. Una sonrisa dejó al descubierto el brillo de unos dientes entre una barba oscura—. Por favor, sea tan amable de presentarme a su encantadora acompañante —pidió.

Henry así lo hizo.

—Madame Pommery, este es monsieur Eiffel, cuyo estudio de ingeniería civil ha diseñado y construido el monumento. Monsieur Eiffel, madame Pommery, directora de la compañía Pommery & Greno y mi preciada socia.

—*Enchanté*, madame.

Ella inclinó la cabeza, divertida.

—Me temo que la torre no es del agrado de la población parisina.

—Por todas partes se encuentra gente chapada a la antigua que quiere dejarlo todo como está e intenta poner trabas al progreso —contestó sin inmutarse Gustave Eiffel.

—¿Dibujó usted mismo la torre, monsieur? —preguntó Jeanne con vivo interés.

—No —admitió—. Mi empleado monsieur Koechlin hizo los planos y supervisó la construcción. Pero, como soy el jefe, fui yo quien tomé todas las decisiones y tuve la última palabra. Además, la sala de máquinas que ven detrás de la torre también es de mis empleados.

Jeanne, Henry y el ingeniero emprendieron juntos el camino por debajo de la torre Eiffel y admiraron la peculiar construcción metálica en todo su esplendor desde el suelo.

—Por la noche estará iluminada, la cumbre lanzará rayos de luz al cielo. No se lo pueden perder, madame —dijo Gustave Eiffel entusiasmado.

—No lo haremos, monsieur —le aseguró Jeanne.

Se quedó un momento junto a la fuente dispuesta debajo de la torre y disfrutó de la refrescante llovizna de sus surtidores. Hacía mucho calor y se sentía un poco floja. Henry la miró preocupado. Intuía que no estaba del todo bien. Los dolores de estómago que había sufrido media vida habían aumentado en los últimos meses. La visita a los baños termales de los Pirineos tampoco la había aliviado en esta ocasión. Jeanne tenía la sensación de que los dolorosos espasmos absorbían todas sus fuerzas. A veces no podía tomar otra cosa que leche caliente durante días, y de vez en cuando vomitaba sangre. Cada vez le resultaba más difícil asumir sus tareas. Con frecuencia tenía que descansar al mediodía. Era evidente que bajar los ciento dieciséis escalones para llegar a las famosas bodegas de yeso la agotaba; para subir necesitaba ayuda. Sospechaba que no iba a vivir mucho más tiempo; tras algunos días de desesperación había acabado asumiéndolo. Tenía que estar agradecida porque le había quedado tiempo para salvar su negocio de la crisis que amenazaba con llevarlo a la ruina. Lo dejaría en un estado en el que su marido, Alexandre, no se habría atrevido ni siquiera a soñar antes de su muerte. ¿Volvería a verlo? Había pasado tanto tiempo..., habían ocurrido muchísimas cosas en los últimos treinta y un años y le costaba evocar su imagen. Sus rasgos se habían difuminado en su memoria. Siempre había creído que los recuperaría en el rostro de su hijo Louis, pero a estas alturas ya no estaba segura.

—¿Prefiere volver al hotel, madame? —preguntó Henry inquieto.

Arrancada de sus pensamientos, Jeanne vio que los dos hombres la estaban mirando y movió la cabeza obstinadamente.

—Hemos venido aquí para ver el cuadro expuesto en la feria, y lo vamos a hacer.

—¿Ya ha ido al Palacio de la Industria? —preguntó Gustave Eiffel—. La cúpula central es realmente impresionante. Además, el alumbrado eléctrico es una buena prueba de con qué esplendor brillará nuestra ciudad también por las noches dentro de unos años.

—No, todavía no —contestó, sonriendo ante su entusiasmo.

Hombres, pensó. Son como niños. Se pasarían la vida con sus juguetes.

—Me gustaría mucho ver el *Wild West Show de Buffalo Bill* —admitió Jeanne—. La reconstrucción de la Bastilla también ha sido muy impresionante. Aunque tengo que admitir que solo una cosa me ha parecido horrible. En la explanada de Les Invalides, junto al pabellón de las colonias francesas, se exhibe a los indígenas de los países conquistados para que nos los quedemos mirando con la boca abierta como si fueran animales en un parque zoológico. Ante esa imagen, me he avergonzado de ser francesa.

Eiffel intentó calmar su indignación.

—Pero, madame, esto es solo para aproximar a los visitantes de la feria al tipo de vida de esa gente.

—¿Para que puedan imaginarse que han liberado a esos pobres salvajes de su mísera existencia llevándoles el progreso? He intercambiado un par de palabras con un senegalés que se siente profundamente ofendido por que se representen las casas de su pueblo como sucias cabañas, lo que no se corresponde con la realidad.

—La he enfurecido con mis palabras irreflexivas, madame Pommery —dijo el ingeniero, avergonzado—. Lo siento. Por favor, acepte mis disculpas.

Se despidió levantándose el sombrero y desapareció entre la muchedumbre.

—Comprendo perfectamente sus sentimientos, madame —confesó Henry—. Sin embargo, la mayoría no comparte su opinión.

—Lo sé —contestó Jeanne—. Pero nunca pude ver el sufrimiento y la injusticia sin que naciera en mí el deseo de hacer algo para combatirlos. —Dibujó una sonrisa forzada—. Venga, vamos al pabellón del champán.

Henry le ofreció su brazo y ella lo cogió. A un ritmo tranquilo, pasaron por los expositores de los edificios del canal de Suez, visitaron las salas dedicadas al teléfono y la electricidad, y al final se detuvieron delante del palacio de las especialidades francesas. En efecto, el pabellón parecía un enorme palacio con torres eclécticas y una suntuosa fachada como la del Louvre. En el interior se exponían todas las especialidades del país anfitrión. No sin envidia, Jeanne y Henry admiraron el barril de roble más grande del mundo, que su competidor Mercier había llenado con doscientas mil botellas. Pero el objetivo de su visita era el cuadro de *Las espigadoras*, de Jean-François Millet, por el que Jeanne había pujado hasta la ostentosa suma de trescientos mil francos de oro. Cuando la exposición mundial hubiese terminado ocuparía su puesto en el Louvre.

Con una sonrisa satisfecha, Jeanne contempló a las tres mujeres que recogían las espigas caídas del campo de grano recién cosechado, una apacible escena rural que simbolizaba la sencilla vida en el campo francés. Ese campo en el que crecían unas cepas de las cuales ella, como antes Barbe-Nicole Clicquot, extraía el noble champán, el néctar de los dioses.

EPÍLOGO

Esta novela cuenta la historia de dos mujeres que perdieron precozmente a sus maridos y que tuvieron que decidir si dedicarse a cuidar a su familia solamente, como esperaba de ellas la sociedad de su tiempo, o si debían conservar el negocio de su esposo. Sabemos cuál fue la decisión que tomaron ambas mujeres. Aunque ni Barbe-Nicole Clicquot-Ponsardin ni Jeanne Alexandrine Pommery tenían experiencia en el comercio del vino, ni mucho menos en dirigir un negocio, decidieron asumir la gestión de la compañía de sus difuntos maridos. Ambas consiguieron convertir la empresa familiar en una reputada y exitosa casa de champán.

La historia de las empresas se basa en los archivos conservados en los libros de cuentas y en la correspondencia entre las viudas y sus sucesores con clientes y empleados. Sin embargo, de la vida privada de ambas mujeres se sabe poco. Por eso: la historia que se cuenta en esta novela es ficticia. Las cartas solo nos ofrecen indicios sobre el carácter de un personaje histórico, pero a través de ellas no averiguamos nada acerca de sus pensamientos y sentimientos íntimos. Me he esforzado por ceñirme a los hechos históricos en tanto son conocidos. En ocasiones, los datos se contradicen, y a veces solo hacen referencia a rumores acerca de algunos sucesos. Buen ejemplo de ello es el episodio en el que una Barbe-Nicole de once años huye por las calles de Reims en compañía de la modista de su madre durante la Revolución francesa. Tal anécdota se menciona en un esbozo biográfico (Jean Princesse de Caraman-Chimay: *Madame Veuve Clicquot Ponsardin: sa vie, son temps*, Reims, 1956, pág. 2). Por el contrario, en otras biografías más recientes, fue la hermana más joven de Barbe-Nicole, Clémentine, quien se escondió en casa de la modista. La autora estadounidense Tilar J. Mazzeo opina en su libro *The widow Clicquot: The story of a champagne empire and the woman who ruled it*, que fue Barbe-Nicole quien vivió esa aventura, y yo estoy de acuerdo con ella.

No está del todo claro de qué murió François Clicquot a la edad de treinta y un años. Se habla de unas fiebres malignas; es probable que se tratara de una de esas enfermedades infecciosas tan extendidas en la época como el tifus o la tuberculosis. Corría también el rumor de que se había quitado la vida, según afirma el estadounidense Robert Tomes en su libro *The Champagne Country* (pág. 66). La descripción de su capacidad para entusiasmarse y de su amor por el riesgo de los que su padre le advierte en sus cartas permite suponer que tal vez era bipolar (maniaco-depresivo), y así lo he descrito en la novela. Es posible que el rumor que Tomes menciona responda a la verdad, pues el riesgo de un suicidio es muy elevado cuando se padece esta enfermedad.

No se sabe nada de la vida privada de Barbe-Nicole Clicquot tras la muerte de su marido. Como era joven cuando enviudó, le he atribuido una larga relación amorosa con el ficticio hijo de un campesino, Marcel Jacquin.

Los detalles del accidente en el puente de barcas entre Estrasburgo y Kehl que condujo a la muerte a Louis Bohne proceden de una carta que su viuda escribió a Barbe-Nicole Clicquot (citada en Frédérique Crestin-Billet: *Veuve Clicquot. La Grande Dame de la Champagne*, ed. inglesa, Grenoble, 1992, pág. 89).

Todavía existe menos información sobre la vida de Jeanne Alexandrine Pommery. Queda demostrado porque en muchos libros y artículos se refieren erróneamente a la viuda Pommery como «Louise Pommery». No queda claro cómo se ha llegado a generalizar el nombre de pila falso, tal vez porque se ha confundido con el de la hija de Jeanne, Louise, quien junto con su hermano Henri Alexandre Louis y Henry Vasnier dirigieron la firma tras la muerte de la madre.

Jeanne Pommery es conocida sobre todo por haber creado el champán seco (*brut*) y haber conquistado de ese modo el mercado británico y estadounidense. No ha quedado constancia de si las dos viudas se conocieron, pero es probable que coincidieran en acontecimientos sociales. No cabe duda de que el éxito de Barbe-Nicole Clicquot en el negocio del champán sirvió de ejemplo a Jeanne Pommery e influyó en su decisión de imitarla.

La escena, durante la ocupación alemana de Reims en 1870, en la que Jeanne saca un revólver delante del gobernador militar y del conde Von Waldersee pero no entrega su arma, se describe en muchas narraciones, así como la respuesta de Waldersee de que los prusianos no desarmarían a las damas de Reims. El altercado en Schirlenhof se desarrolló tal como se describe en la novela. Solo he inventado la presencia de Henry Vasnier en la pensión.

La vida de Jeanne Pommery fue tan notable como la de la viuda Clicquot. Jeanne invirtió sumas inmensas en un enorme proyecto de construcción cuyo resultado todavía hoy puede verse. También ganó reconocimiento como benefactora y promotora de las artes. Fue la primera mujer favorecida en Francia con un entierro oficial. El alcalde, el doctor Henri Henrot, cuya liberación consiguió ella durante la guerra de 1870-1871, pronunció un emotivo discurso ante la tumba, del que he reproducido una parte en el comienzo de la novela («Daniel Pellus: Madame Veuve Pommery [1819-1890]. Inventeur de Champagne *brut*», en: Pellus, D.: *Femmes célèbres de Champagne,* Amiens, 1992, pág. 181). Después de que Jeanne muriera, el entonces presidente de la República, Émile Loubert, preguntó a la hija de la fallecida, Louise, durante una visita a la empresa en el año 1902, qué podía hacer en honor de su madre. Louise le habló de la pasión de la viuda Pommery por las rosas. A partir de entonces, la pequeña población de Chigny, donde se hallaba la residencia de verano de Jeanne, pasó a llamarse Chigny-les-Roses.

Agradecimientos

Quiero dar las gracias especialmente a mi agente Thomas Montasser, quien me estimuló a contar esta historia. Sin él, esta novela no existiría.

También deseo dirigir mi sincero agradecimiento a todos los que me han apoyado con sus consejos y se han puesto a mi disposición con sus conocimientos técnicos. Las empleadas y empleados de las casas de champán Veuve Clicquot Ponsardin y Vranken Pommery de Reims, en especial la historiadora Sofie Landry de Vranken Pommery, han contestado con mucha paciencia y entusiasmo a mis incontables preguntas.

En las descripciones médicas, me ha asesorado, como siempre, la doctora Mila Beyer, de la clínica universitaria de Düsseldorf. Los eventuales errores corren, por supuesto, a mi cargo. Muchas gracias también a la historiadora y germanista Gesine Klinkworth, quien pese a sus deberes familiares y profesionales dedicó su tiempo a buscar los errores ortográficos, gramaticales o de contenido. Gracias de corazón también a la editora Ilse Wagner. Y, por supuesto, no debo olvidar a mi familia, amigos y compañeros.

Bibliografía

Ariès, P.; Duby, G. (eds.). *Historia de la vida privada,* tomo 4: «De la Revolución francesa a la Primera Guerra Mundial», Taurus, Barcelona, 1990.

Bertho, M. *Serge Wolkonskiy. Prince de Reims,* Chaumont, 2013.

Cornuaille, B. «Jeanne Alexandrine Melin, la Maison Pommery au cœur». En: Cornuaille, B. *Femmes d'exception en Champagne,* Villeveyrac, 2016, págs. 248-267.

Crestin-Billet, F. *Veuve Clicquot. La Grande Dame de la Champagne,* Grenoble, 1993.

Kladstrup, D. & P. *Champagner. Die dramatische Geschichte des edelsten aller Getränke,* Stuttgart, 2007.

Leggiere, M. V. *Blücher. Scourge of Napoleon,* Norman, 2014.

Lieven, D. *Russland gegen Napoleon. Die Schlacht um Europa,* Múnich, 2011.

Mayer, K. J. *Napoleons Soldaten. Alltag in der Grande Armée,* Darmstadt, 2008.

Mazzeo, T. J. *Veuve Clicquot. Die Geschichte eines Champagner-Imperiums und der Frau, die es regierte,* Múnich, 3.ª ed., 2016.

Pellus, D. «Madame Veuve Pommery (1819-1890). Inventeur du champagne *brut.*» En: *Femmes célèbres de Champagne,* Amiens, 1992, págs. 181-191.

Pellus, D. *Reims à travers ses rues, places et monuments,* Lyon.

Pölking, H.; Sackarnd, L. *Der Bruderkrieg. Deutsche und Franzosen 1870/71*, Friburgo de Brisgovia, 2020.

Vizetelly, H. *A History of Champagne with Notes on the Other Sparkling Wines of France*, Londres, 1882.

Von Boehn, M. *La moda. Historia del traje en Europa desde los orígenes del cristianismo hasta nuestros días.* Salvat Editores, Barcelona, 1951.

Este libro utiliza el tipo Aldus, que toma su nombre
del vanguardista impresor del Renacimiento
italiano, Aldus Manutius. Hermann Zapf
diseñó el tipo Aldus para la imprenta
Stempel en 1954, como una réplica
más ligera y elegante del
popular tipo
Palatino

La princesa del champán
se acabó de imprimir
un día de invierno de 2023,
en los talleres gráficos de Liberdúplex, s. l. u.
Crta. BV-2249, km 7,4. Pol. Ind. Torrentfondo
Sant Llorenç d'Hortons (Barcelona)